宿命之门

云珂

慕时因 著

中国出版集团
现代出版社

图书在版编目（CIP）数据

宿命之门·云珂/慕时因著. --北京：现代出版社，2016.7
ISBN 978-7-5143-5138-5

Ⅰ. ①宿… Ⅱ. ①慕… Ⅲ. ①长篇小说－中国－当代
Ⅳ. ①I247.5

中国版本图书馆CIP数据核字（2016）第144807号

宿命之门·云珂

作　　者　慕时因
责任编辑　李　鹏　陈世忠
出版发行　现代出版社
地　　址　北京市安定门外安华里504号
邮政编码　100011
电　　话　010-64267325　010-64245264（兼传真）
网　　址　www.1980xd.com
电子邮箱　xiandai@vip.sina.com
印　　刷　北京旺鹏印刷有限公司
开　　本　787×1092　1/16
印　　张　26
版　　次　2016年7月第1版　2016年7月第1次印刷
书　　号　ISBN 978-7-5143-5138-5
定　　价　49.80元

目录

CONTENTS

引子

夜。

暴雨如注。

一道凌厉的闪电从墨蓝的天空劈下，仿佛死神高举起的镰刀。

顷刻间，整条皇后大道的路灯都熄灭了。

远方，一星暗红从松动的泥土中飘出——那是来自一栋古老的博物馆里种植的柳树，雨幕笼罩，让此刻的这里诡异得犹如一座空森的坟墓。

突然间，黑色的咒文布满了整栋博物馆，它围绕着博物馆高速旋转着，但仅是一瞬，它便消失得无影无踪。

依稀的风中，隐约飘来血的味道。

路灯下，有战栗的路人似看见一道影从咒文中步出，但那究竟是一个人，抑或是一片光？

第一滴血

（1）三界事务所

我一直相信人在一生中的某个时刻会得到注定的指引。

它或许会化身为一个人、一串文字、一个音符，或者……一张明信片。

是的，我的指引来自一张明信片，一张看似再简单不过，却未留下署名的……明信片。

我的名字叫葛叶，命运这个巨大的官方给我的人物设定是刚毕业的大四学生，但其实……我的真实身份是——阴阳师。所谓阴阳师，顾名思义就是学习古阴阳术的术士。战国时期有个阴阳家，就是此道的先祖。虽然法术的运用上，不同流派的术士们是从古至今，推陈出新，大家也懂得博采众家之长，推出自己的独特业务技能。但从亘古的启蒙时期开始，从我们的先祖被历史的车轮碾作的尘埃上踏过之时，人们就明白我们这些人的使命所在——平衡天、地、人这三界力量的神秘存在者。不过更多的人更愿意把这称作幻术师。

我们的灵能来自于我们有别于普通人类的血统，血统的品质越是纯粹，相应地，灵能水平也就越高。

可惜，我一直无缘知道我的杂牌灵能来源于哪里，因为我并没有真正有血亲的家人，而我那没有血亲的家人一个早在四年前就突然失踪，另一个则是自称颜值爆表的二货脱线青年。

我的灵能觉醒于一场与暴走黑麒麟的恶斗，但在那之后，它就一直处于时好时坏的状态，甚至我一度以为它的存在其实是随机生成，就在我那天无意撞出了一个1之后，它就一直是0至0的无限循环……

不过就是因为那次觉醒，我决心在这条路上坚持一走到黑，一撞到底。

我最好的朋友宋娅楠，死于黑麒麟的暴走。因为灵界的凶杀不属于人类社会的侦查范围之内，所以宋娅楠的死，就成了陈年悬案。

也就是从那时起，从小在师父的熏陶下还对阴阳学吊儿郎当的我，立志要成为一名足够强大的阴阳师。

以保护我现在还不能保护的人。

很显然，我的实力虽然是术士里拉低水平线的存在，我亲近的师兄和师叔都认为我可能根本就缺乏天赋，以后也不可能有资格做一名职业术士，茶余饭后给亲友算算一周运程也就是最好的结果了。不可否认的是我的运气值却被命运这个巨大的官方开启了外挂。

因为就在昨天，我的山寨手机里收到了来自三界事务所的入职邀请函邮件。应该怎么去形容这所事务所呢？简单说说，作为三界管理协会的直属机构，它对阴阳师们的诱惑就不亚于高新技术之于硅谷，鸡翅之于新奥尔良，拖拉机之于蓝光，厨师之于新梦想……好吧，后面两条偏题了，但我所要表达的是，它虽然听起来像个传说，看起来像个神话，但的的确确，我，葛叶，一个刚刚通过术士从业资格的菜鸟，被录取了！

虽然，我目前还不清楚原因是什么，但想必是和我现在手里这张不知是谁寄来的明信片有着莫大的关系。

烈日下，它素白的信笺纸反射出晃眼的光，明明是印刷体的铅字却仿佛跳动的墨色火焰，有种难以形容的魔力。

——“GY三界事务所”它将我的名字隐成了拼音缩写，但不知道为什么，就在看见它的第一眼，我就觉得，这将是我未来的命运。

沿着绿荫小道向南直走拐过一条小巷，我手机的定位终于在某个标记点停住。地图显示，这条街道叫作广角斜街，对于这样清冷的街道，混迹于港岛市各大街道的我自然是无法记住的，不过，对比起如中环路那样的老牌商业街，这样的地点，却是最合适开办阴阳师事务所的。

现在的时间是上午九点四十，这个时间，港岛的柏油路几乎都被灼烤成了松软的蛋糕，我撑着伞一步步踏在上面，有种极度不真实的感觉，就仿佛天地都在我眼前晃，唯一能安定人的，只有邮箱里躺着的那份录用通知书和手上的明信片。

我用明信片扇了扇脸上的热气，然后收起伞，进入一栋外表看来有些古旧的欧式洋楼里。这是一座独栋的三层小洋楼，它的外墙上碧绿的爬山虎茵茵缠绕，我推开铁艺大门进入，一股凉风顿时沿着小腿肚爬了上来。

并不是冷的感觉，而是……我深吸一口气，抬眼看见原本空空如也的椴木指示牌上忽然溜出一道古铜色的光：欢迎来到三界事务所。

这是用幻术做出的符咒吗？我深吸了口气，手心不由又是一紧。说起来，我虽然也是个刚拿到从业证的初级阴阳师，但实际上，相比起绝大多数的阴阳师，我的能力并不在于我对式神这项基本技能掌握得多么到位，而是……我那几乎等同于阴阳眼的视力。可以说，这原本就是一项BUG技能，只是，当几个世纪前阴阳界的某位达人发明了柳叶符这种透视阴阳的道具后，我这唯一的长处也被它迅雷不及掩耳的普及速度掩盖了。

对此，我断定，我当真是投胎投错了时代。

我叹了口气，一步步踏上小洋楼的二层，至于我为什么来的是二层而不是一层，这个原因实在是……

“一楼维修中，游人止步。”

半分钟前，就在我正积极地试图寻找出事务所前台所在的时候，我被视线中冷不丁冒出的指示牌几乎雷得要摔门而去。

传说中的三界事务所是多么高端大气上档次的地方啊！怎么能出现这样一个乱入的场景呢！瞬间，我只觉即将要成为这里一员的自己膝盖剧疼，然而，就在我紧接着又打了一个喷嚏后，我那向来不靠谱的方向感居然在陡然间升华到了另一个高度。

但，就在我三步并作两步要往二楼入口走去的一分钟里……

“哎哟我去，谁走路不长眼啊！”我被那忽然闯出的身影撞了个正着，实在不能称作亮堂的过道里，某人脸上熟悉的酒窝一瞬而逝，他诧异地看向我，说：“阿叶，你怎么来了？”

我想要回答，却忽听他身后一阵清脆的风铃响，接着一道修长的身影就这么慢条斯理地踱了出来。

那是我第一次看见卓扬，二十六七岁的年纪，穿着件质地精良的白衬衫，颈上还松松系着条黑色领带，修长的手指节间烟香缭绕，但味儿并不呛，像是一种从渺远山中飘来的青松木香。

那一瞬，我得承认，我是失神了。而失神的原因，不过是脑海中轻易冒出的两个字：祸水。

此时，祸水君推推直挺鼻梁上的黑色细框眼镜，又上下打量了我一番，简洁地说：“你是来面试的？”

我点头。

他偏头看向我的师兄陆温茗，目光复杂地停上一停，终于一挑眉，说：“那就收了。”

我：“？”

身旁陆温茗顺势将房门带上：“还愣着做什么，时间就快要来不及了，先出任务要紧！”

就这样似懂非懂地跟他们上了车，过了好半天，我才从这不知是惊还是喜的诧异中回过神来。我看着前座上并排坐着的两人，先是拿出单肩包里的打印好的简历攥了攥，再是喝口水清了清嗓子，如此重复几次，正准备开口，忽觉一道清湛的目光从后视镜里扫了过来，接着是一声不咸不淡的低磁嗓音：“怎么，你这是在表达自己的存在感？”

我：“……”

我表情僵了下，下一秒正开着车的陆温茗也转过头，清了清嗓子对我说：“阿叶，以后有老大罩着你，我就放心好了。”

我一脸茫然地看着他，倒是那祸水君随即将脸偏成一个对他来说再好不过的角度，然后说：“卓扬，你从今以后的上司。”

我啊了声，心说他这样单刀直入地介绍是不是也太突兀了些时，他却点起了一根烟，利落按下车载音响。

“据港文博馆某知情人透露，为确保一年一度的文博展顺利进行，馆方特邀著名阴阳师任阗恺坐镇七号密室看守此次展会的压轴文物——轩辕夏禹剑。本月22日零时，馆内突发线路故障，一切监控系统包括红外感应在内，均遭受莫名干扰。馆内工作人员随即赶往七号密室，经清点，锁于密室保险柜内的轩辕夏禹剑已经丢失，同时发生意外的，还有密室内的高级阴阳师任阗恺。目前，港文博馆已对此事展开调查，并延迟文物展出。《晨报》特约记者麦可报道。”

“是任叔？任叔他死了？这怎么可能，这不可能啊……”车厢里，音响中传来的清冷的女声仿佛二月的冰凝固在了七月的酷暑里，我搓了搓鼻尖，忽地就不知道应该说什么了。又一个和我的过去有联系的人就这样消失了。尽管，那并不算得熟悉，但是……

“是，他死了。”卓扬眼神有些复杂地看我了一眼，随手抽出一张餐巾纸递过来。“葛叶，现在还不是难过的时候。”

原来，此次事务所接到的委托，居然就是刚才听到的文博馆的那桩事，自然，要调查清楚的除了任阗恺的死因外，更有轩辕夏禹剑的去向问题。

从他的口中，我了解到，这把轩辕夏禹剑正是古代十大宝剑之首：圣道之剑。传说，它的剑身一面刻日月星辰，一面刻山川草木，乃是由众神采首山之铜所铸，后赐予轩辕黄帝击败蚩尤的黄金神剑。此后，剑又被商汤所得，大败上古三大邪刀，并推翻了夏朝最后一位君王夏桀的暴政。但是在那之后，世上就再无轩辕夏禹剑的记载了。

我一路听着他讲那段遥远的历史，几乎忘了自己是什么时候过海的。当时间停在三点钟的位置时，我们终于到达了位于北岛的港岛市文博馆。印象中，港文博馆一直都是一栋有些年头的老建筑，政府曾提议要扩建，但之后又因为种种原因耽搁了下来，倒是现在看来，这栋经历了一个世纪风风雨雨的建筑，更像是一名历史的见证者。

可惜今天我们的主要任务并不是参观。而就在我们刚进入馆内大厅没多久的时候，一位剪着短发气质干练的女经理就招手向我们走来，示意这次将由她接待。

她告诉我们，文博馆是由4个主陈列室组成，分别展示上古、中古、近世以及现代的一些海外归国文物。至于这次老任出事的地点，正是1号陈列室的先秦文化展厅。不过，由于这把富于传奇色彩的轩辕夏禹剑在展会前神秘失踪，又在同时间内发生了命案，所以这期间文博馆的1号陈列室并不对外开放。

听着她的讲述，我们很快走进了先秦文化展厅，虽然是老建筑，但这里每年高额的修缮费用仍旧将它保护得很好。空旷的展厅里，我的视线很快被钢化玻璃罩中一件件曾在喧嚣岁月中用以钟鸣鼎食的器物所吸引，看着它们，我似乎也能想象到那份承载着的沉甸甸的历史。

记得曾在一本书上读过，说那时的漆绘制品通常是与铮亮的青铜器以及白色的陶器摆在一起的，它们色调鲜明，且极富有观赏价值。可想而知，当将这一件件的文物回归到属于它们的时光轴上时，整个历史也仿佛因此而流动、鲜活起来。

思绪一路翻飞着，等面前的女经理停下脚步时，我才恍然自己已然走到标着第17号的玻璃展台前了。钢化的玻璃罩中，感应灯随即亮起，一片幽黄的光中，一尊半人高的直耳深腹的三足青铜鼎静立眼前。

“传说夏禹曾收九牧之金铸九鼎于荆山之下，以象征九州，并在上面镌刻魑魅魍魉的图形，让人们警惕，防止被其伤害。自从有了禹铸九鼎的传说，鼎就从一般的炊器发展为传国重器。国灭则鼎迁，历商至周，都把定都或建立王朝称为‘定鼎’。”看着那口鼎，卓扬有些出神地说。

“啧，老大历史通啊。”听着卓扬的解释，陆温茗也不由跟着叹了声，倒是卓扬并没有过多的表情，只是点点头向身旁的女经理比了个请的手势，示意可以开始了。

女经理嗯了声，掏出钥匙打开玻璃罩的后门，她灵活的手指在三足青铜鼎的底座上摩挲着。随即，就听一阵木质地板移动的声音从我身后的地面传来，我转头，吃惊地发现在17和18号展台之间的地面竟深陷了下去，半分钟后，一条一人宽的密道赫然呈现在我们眼前。

“密室就在这下面。”女经理说着，朝卓扬点点头。我看看他，又看看卓扬，一紧手心就要往那冒着嗖嗖凉风的漆黑洞口走去，谁料这才刚迈开一步，面前就被一只修长的手给拦了住，“跟在我后面”。那个低磁的声音说。

我心怔了下，下意识看了眼那个高挑的身影，不由照做。

正如我刚才所描述，眼前的这条密道的确极其幽深，我小心地扶墙走着，很快，就发现这狭窄的石梯原来并非一通到底，而是迂回着向下。阴暗的密道里，大概每隔十米便有一盏幽幽的壁灯，它亮在夜里，仿佛是通往邪恶祭坛的蜡烛。在这里，一切都像静止了下来，唯有我们脉搏跳动的声音和呼吸声，还彰显出一丝生命的迹象。

忘了我们究竟走了多久，我只知道当我走下最后一阶石梯准备继续向下时，周围的光突然就暗了下来，紧接着我就撞上了前面的卓扬，倒是他的手电即时打开，同时落音镇定：“就是这里了。”

随着那束光将前方照亮，阴阴的地道深处，只见一道沉重的铁门抵挡住我们的去路，而空气到此也仿佛不再流通，那种感觉，就像我们此刻进入的是尘封了千年的墓室。

然而，哪怕再神秘的墓室，也阻止不了岁月这把无情的钥匙。但，此刻的问题是，就在那道门被我们强行打开的瞬间，一晕石青色的光芒出现在了我们的视野里。

“是……结界。”我惊了惊，不由开口。

身后，卓扬也皱起了眉。

所谓“结界”，在《阴阳师生存手册·基础篇》指的是以灵能制造出的异空间。灵能越高，空间就越真实，同时，维持的时间也越长。但像任阓恺现在设下的这种，难道是为了防御吗？

我在心中假设着，一面偷偷看着身边默不出声的卓扬，可惜，高出我一个多头的他虽然是瞧见了，但那一双深黑的眼睛却丝毫不见要表态的意思。

我眨眨眼，刚要以为是自己疑惑的信号表达得还不够强烈，没想余光一个不慎，就这么恰好地窥见了他指尖夹着的烟在暗处猝然变成一柄通体暗纹的薄质银剑的全过程。我揉了揉眼，正要以为自己是眼花，哪晓得下一秒，就听他一声不徐不疾的“破”，跟着手里的长剑就这么姿态优雅地直划了下去。

瞬间，那石青色的结界便如碎裂的玻璃罩般，随着他剑锋划开的第一道裂缝，割裂出了无数道的细痕。紧接着，幻化作数万亿颗闪烁的星辰，消散在了空气里。

我屏息，刹那间竟没舍得眨眼，这场面实在美得太过虚幻，但更虚幻的是我身旁那位一脸高冷的美男，此刻，他作势将剑一收，又化作了夹在手里的香烟，看罢我终于反应过来，我说：“你这烟挺不错的。”

他听后将直挺鼻梁上的眼镜推了一推，淡淡说：“我也觉得不错。”

我：“……”

随着结界被打开，我们很顺利就走了进去。眼前的密室里，除了三壁白墙，顶上一盏晃动着的白炽灯外，就是斜对着大门那个接近两米高的深绿色保险箱了，只是那保险箱的门现在半敞开，里面铺着黄绸的锦匣早已空空如也。

很显然，那把传说中的轩辕夏禹剑开始就是放在这里的。

我闭上眼，准备感受下这里的气氛，倒是身后的卓扬忽而冷静开口，说：“你们有没有想过，任阓恺的六芒星阵究竟是被什么破坏的？”

听着他的话，我也不由皱起眉，我侧脸，看见他半蹲在地上，修长的手指摩挲着地面，显然，这个地方，就是当时任阓恺布阵的所在。好半晌，他才站起身冲我们推了推眼镜："排除任阒恺是自杀的可能性，那么试想一下，对方是如何做到在不破坏结界的情况下进入密室盗走轩辕夏禹剑，并将任阒恺杀害的呢？"

顺着他的话，我将自己刚才感应的情况仔细想了想，说："从老任六芒星阵的残余力量来看，当时，他的阵法应该是由内向外被破坏的，既然这样，有没可能是逆风呢？"

"你的意思，术法失控，反噬灵主？"随即抢话的是我的师兄陆温茗，他将视线从保险柜转向我的眼睛，边说边摇头："我说师妹啊，好歹任阒恺也是高级术士，这种只有发生在菜鸟身上的事……"

"我倒觉得，葛叶说的并不是没有道理。"一旁的卓扬却将他的话打断了，"但，你们不要忘了，对方的目的是这把轩辕夏禹剑，他这么着急地想要拿走它，你们认为，会是为了什么呢？"

会这样问，显然卓扬这番话里还有话，我思索了下，很快明白到，毕竟对于像轩辕夏禹剑这样一把正史上并没有过多文字描述的古剑，撇去使用价值不谈，只说文物鉴定这一块，其实难度系数就极大，既然如此，寻常的变卖，显然就说不过去了。这边琢磨不出个所以然，我叹了口气，索性再次走近那保险柜，并起手祭出个诀，打算以搜灵术试试能否找出老任生前的最后一丝念力。

雾。

眼前所见皆是浓得化不开的黑雾。

异度空间中，我看见黑雾正中的星阵里一道绛红身影蹿起，紧接着，就这么愉快地失去了知觉……

（2）回魂夜

我醒来的时候，人被一条安全带勒紧在座椅上，后视镜中，驾驶座上的陆温茗正在开车兼扯皮，副驾驶座上的卓扬则在抽烟。整个画面一静一动，完满而和谐。

“醒了？”卓扬一推眼镜，与正偷窥着后视镜里的我对了个正着，我啊了声就要开口，倒是陆温茗随即嘀咕道：

“阿叶你行不行啊？不用见着个比师兄我帅的就鼻血流成这样吧？还晕倒……”他夸张地做了个晕倒的姿势，顺便递过一张面巾纸。我吸了吸鼻子，没打算理他，倒是随即卓扬也转过身来，正色道：“葛叶，你刚才都看见什么了？”

看见什么了？我皱眉，潜意识却是不愿回想刚才看见的一切：黑雾、红影、声音以及……

想到这，我心中猛地一抽紧，我闭上眼，将身子靠向了后背椅，回忆道：“我听见了老任的声音，但他的喉咙似乎是被人掐住了，我并不是很确定，不过……最后一句我听得很清楚，他说：‘你永远也得不到那样东西。’”

说到这，连我也不由得睁开了眼睛，我看着面前一脸猜不透神情的两人，只当是自己说得还不够具体，于是索性又加一个比喻：“就像是闷在罐子里发出的那种。”

前方卓扬没表情地打断我的话：“那还有呢？”

“还有……”我避开他的眼，看了看车窗玻璃里映出的自己，顿了下，才说：“还有一个女孩儿。”

“女孩儿？什么样的女孩儿？”说话的是陆温茗，此刻他正握着方向盘，但分明地，我却感到车身一颤，我皱眉，自然以为他是惊讶：“那女孩儿身上穿的，好像是秦汉的服饰。”

“秦汉啊？”听到这，他故意清清嗓子，同时放慢了油门：“那还真不好办啊。”

我疑惑地看他一眼：“怎么说？”

陆温茗：“要说她真是秦汉的，那咱们这上哪儿找公元前的黑驴蹄子镇她啊！”

我：“……”

气氛僵了一僵，为了不冷场，我想了想，决定先将刚刚没说完的话题讨论下去，我说："老任那话什么意思呢？他说的那样东西究竟是什么，难道……他就是为了这个送命的？"

卓扬："你确定没被自己绕进去？"

陆温茗："阿叶啊，那肇事主这回盗的可是轩辕夏禹剑。你想啊，当时只有任阗恺在密室里，所以说，他杀任阗恺只是顺带，以那时的情况，换谁都一样。"

我愣了一愣，觉得他说得也是，思路又一转，这才反应了过来，我说："……可就算这样，你俩刚才那一致对外的口气是怎么回事啊？"

卓扬、陆温茗："……"

这边的沉默还没有结束，忽地，我单肩包里的手机就响了起来。按下接听键，赫然是师叔萧正的声音，果不其然，他那边的消息收到的也并不慢。

"哦？好，我知道了。"

收了线，我将目光望向陆温茗，倒是没想到触到卓扬若有所思的目光。

"要是有事就先回去吧。"他抬手示意陆温茗停车，忽像想起了什么又道，"不过，对于这把剑，你还得多多留心。"

我朝他点头，实在除了如此，也不知道该多说些什么了，毕竟师叔交代的事，现下才是最重要的。

第二天时间刚过9点，我就被楼下的各种背景音吵醒，如此又在床上挺了十来分钟尸，终于还是爬了起来。根据师叔昨天的交代，说为了了解线索，今天将会以咒术让老任提前回魂。如此，我势必就得提前去一趟镜灵阁。

出了门，面对浅水湾一带今天的路况，我感到有些忧郁。烈日炎炎，我在楼下的和记随便吃了早点，后又经过两个小时的电车折腾，终于在一处名叫北岛中心的地方下了车。

北岛中心从前有一个北岛私立小学，不过后来小学拆了，被一个名叫富润中心的商厦所替代，所以名字一改再改，就成了现在的北岛中心。

大概老一辈的港岛市民都知道，北岛中心的这一带城区，早在20世纪30

年代是一片坟场。也正是因为这个原因，这里的房价一直都升不上去，小学建了又拆，至于说富润商厦，眼见着估计也就这几年交代了。

但现实的情况是，不论风水先生把这里形容得再如何不堪，世上总还都会有那么几个不怕死的，镜灵阁的老板洛小满就是其中一个。

小巷深处，一家名为靓点的美容美发，正紧挨着镜灵阁。遥记四个月前，这里似乎还是一处名叫客似天天来的游戏机室，时光如梭，真难为我看着不觉得违和……

彩绘玻璃门上的小木牌挂着正在营业，我拉开镜灵阁的门刚要准备进去，险些撞上风风火火正要出去的洛小满。

“叶子姐，好久不见你了呀。”

眼前的正太一头淡金色卷发，身穿一件宽大的T恤，像是故意要显出他尖尖的小下巴，他眯了眯琥珀色的眼睛，笑嘻嘻地从我袋子里不客气地拿走一杯奶茶。

“小满，切记卖萌可耻啊！”话说着，我又狐疑地看了他一眼，问：“你这是准备出去？”

“叶子姐，给我5分钟！你先帮我看下店噢！”他朝我扬了扬手里一个包装好的纸盒，飞速骑上他的小电驴消失在门口。

别看洛小满一副卖萌正太的模样，事实上，他可是一只活了三百年如假包换的柳树精。至于他的这间镜灵阁，也是取的精灵二字的谐音。作为一只与时俱进的柳树精，正太洛小满同学一直努力发挥着他身为妖精的特质，决心让镜灵阁走出港岛，面向全国。

更据我所知，镜灵阁除了他这个老板外，还有一个常年不见人的桃树精伙计，可惜，那人我至今尚未见过，除了知道性别为男外，别的都一概不知。

趁着洛小满出门的工夫，我再次将这家镜灵阁打量了下。说起来，我最晚一次来这里也是在四个月以前，倒是四个月过去，这里依旧没什么变化。表面来看，这间镜灵阁与一般的精品店并没什么两样，甚至偶尔还会看见一些女学生或者小白领进来光顾。但在绝大多数的时候，这里的顾客都是像我这样的阴阳师，以及……妖精。

话到这，就不得不多提一句。事实上，天、地、人三界其实是平行存在的独立三界，在这之中，天族、魔族属天界，地界属冥府，人界则包含着人族和妖族。不过，我现在要着重说明的并不在以上，而是在三界间其实还存在着微小的缝隙，当三界成员通过管理协会的许可后，就可以进行穿越。

搞清楚了以上，你也许又会想起另一个问题，因为既然它们都已通过了许可，那为什么还需要你们这些阴阳师？对于这个问题，实际上我也很苦恼，因为这事实在就像那些拿到美国绿卡的人未必不会作奸犯科一样，让人防不胜防。

思绪胡乱翻飞着，耳畔忽然一阵清脆的风铃声从门口传来，来人正是洛小满，他狡黠的眼睛望过来晶亮亮的，一边故意问得贼兮兮："叶子姐，这次又是给你师叔买东西吗？"一边低头吸了口奶茶，接着顺手从柜台中递过来一张卡单，我拿过一看，原来是最新的阴阳师道具价目表。

敢情，又涨价了。难道，这也叫与时俱进吗？

我抽了抽嘴角，迅速计算了下，说："来瓶300mL的无根水，500G宝华山的香炉灰，还有150G茅山道场出品的朱砂……嗯，再来些画符用的道灵纸吧。"

听到这，他吸着奶茶的嘴猛地停住了，他抬头一看我，说："买这些，叶子姐你们是打算招魂？"略一顿，他又说，"不过最近店里的道灵纸都售完了，我给你拿些笺灵纸怎么样？一样都是写符用，算你八折啦。"

笺灵纸？我皱眉，随即想起《阴阳师生存手册·百无禁忌篇》中提到过的笺灵纸得和金光朱砂搭配使用的注意事项，赶忙将目光瞄向了价目表的朱砂类印有万藏阁金光朱砂的那栏，我叹了口气，痛心疾首地说："小满你卖这么贵，怎么不去抢啊。"

"叶子姐，一分钱一分货呀。"洛小满嘿笑一声抽走我手里的价目表，接着将一张印制精美的卡片塞进我手里，我低头一看，只见卡片正中一行艺术体：洛小满の屋。

竟然是他新开的淘宝网店……

我一时无语，倒是耳边听他一边继续推销生意，一边手脚麻利地装着我的道具：“开店大吉，开店大吉，叶子姐你没事也来帮衬帮衬嘛。”

我只好嗯了声，顺便又环视圈四周的货柜，现在除了那些固定售给学生白领的小饰品还在外，其他的货架大多都空了，我有些疑惑，于是问：“看样子，小满你这生意最近挺不错嘛。”

他听后耸耸肩，在将我的东西装好后，终于嘘了口气，说：“最近阴阳师们都忙得很呢。不过，小满的人生目标就是睡觉睡到自然醒，数钱数到手抽筋，嘿嘿嘿。”

“嗯，争取早日开全国连锁。”我拍拍他的肩，拿上自己的东西后，便跟他告别出了镜灵阁。

镜灵阁外阳光刺眼，我一路回想着小满的话，最近阴阳师都开始忙起来了吗？如果说阴阳师都开始忙起来，那是不是也意味着？

这个话题我没敢深想下去，我在北岛中心的电车站等到车之后，又经过一个多小时，终于赶在中饭前到了老萧在乐活城的AIR事务所。从外观来看，AIR事务所和一般的信息咨询中心并没有什么很大区别，狭窄的店面隐匿在乐活城一条人流拥挤的街道里，丝毫不显得惹眼。

半敞开的玻璃门后，前台现在只有华琳一个人接待，她是事务所新招进的女职员，年龄比我稍大一点儿，平时话不怎么多，但听老萧说她业务水平其实还挺不错。

在和她简单打了个招呼后，我很快就走进了里面的小客厅，出乎意料的，现在事务所里只有陆温茗一个人在沙发上。此刻，他正抱着笔记本在津津有味地玩着网游《壮士联盟》，我轻手轻脚走近打算从他身后偷袭，谁想他突然抬头看过来，然后说：“你怎么还不偷袭？我都预备了这么久了！”

我：“……”

我在他身旁坐下来，正琢磨着该如何从他嘴里套出为何他会莫名就成了卓扬事务所的一员时，他忽而一合笔记本，说：“阿叶，你给我老实交代，你不乖乖待在老萧这，没事学人搞什么求职啊！”

我：“……”

我还没感慨完，忽听推门声从身后传来，只见老萧照旧穿一身中山装，显出他微挺的肚腩，他一手拎着装满蔬菜的塑料袋，一手扶住门框，说："匹夫不可夺其志，嗯，不过在这之前……阿叶，你赶紧先替师叔把这个鱼弄一下。"

我、陆温茗："……"

吃过饭后，我们又在老萧的事务所稍作了一番休息，便动身去南哇岛了。南哇岛是港岛市的第三大岛屿，面积比南岛和北岛都要略小一些，据说在唐宋那会儿这里曾用于停泊外国开往广州的船只，因此这里又得了个雅号，叫作舶寮洲。

南哇岛上风景宜人，离南城也不算太远，但由于南哇岛上不能行车，所以我们只把车停在港口，就乘渡轮到榕树湾了。到了榕树湾，等我们就近吃了晚饭一路磨叽完，时间已经将近19点了。

陆温茗说这里和四年前没有太大的变化，如果一定要拿什么出来讲一讲，那就是一家四口变成了一家三口。我觉得他思维跨度实在有点大，可惜这份感慨并没有持续太久，就消亡在了进门的瞬间。

这是一幢靠海的红砖房，整体风格有点接近20世纪80年代末或者90年代初，早几年的时候因为南哇岛申报过全国最具特色的文化遗产并申报成功，所以这一带也就被保留了下来。但让我想不到的是，好歹老任也已经混到高级阴阳师这个级别了，怎么还会住在这里？

老任的家在三楼，敲门进了屋，我才发现原来这里的采光并不如预期的好，也许是这时天已经暗下来的缘故，整间屋子都显得死气沉沉的。

客厅正对着大门的位置，摆着一张樟木的八仙桌。八仙桌上此刻除了老任的遗像外，还置着几盘供果，八仙桌前，老任四岁的小儿子一身麻衣跪在前面，原本水灵的大眼睛哭得通红，但眼神到底还透着几分不知所措的茫然。倒是老任的老婆陈淑云见到我们来，脸上勉强扯出个笑容，招呼道："都快坐，快坐。"边说着，她又从厨房中替我们泡了几杯茶端出来。

才四十出头的女人没有工作，带着两个孩子，如今又刚死了丈夫。重重打击下，女人本就不娇艳的面庞只像是一只失了水分的橘子，她局促地将凌乱的发丝向后拢了拢，忽地，又像想起了什么似的大步跨进身后的走廊，对着里面的一扇门啪啪一阵乱敲："阿彩！你个死丫头！有客人来了也不知道出来招呼！"

阿彩是她的大女儿，在一次聚会上老任曾经带出来过，但不知是不是这小姑娘天生不爱笑的缘故，十五六岁鲜花一般的年纪，总让人觉得阴冷冷的。

"算了，不管她！还不都是被她爸给宠坏了！"陈淑云有些不好意思地将手在围裙上擦了擦，一脸尴尬，"你们都还没吃饭吧，这大老远的。"边说着，她就又要进厨房。

"淑云，我们来之前吃过了。"老萧站起来摆了摆手，"我们今天来，主要就是想送老任最后一程，我和老任，毕竟也是同行一场。"

话音未停，突听走廊后砰的一声，房门就被人用力摔开了。我还未来得及吃惊，抬眼就见走廊里一道黑影疾闪过，几乎是下意识的，我忙向后退了一步。

"你做什么！"我的声音几乎和陆温茗的同时落下，而他到底比我快一步按住阿彩，因为此刻在阿彩手里的，正是一把明晃晃的……剪刀？

"都是你害死我爸的！"阿彩瞪着我，双眼赤红。

"你说什么！"听到她的话，我脑中嗡的一声响。

随即，正在厨房里洗水果的陈淑云听到客厅内的动静冲了出来，她看见阿彩手上的剪刀，脸唰地一白，上前二话没说就给了大女儿一巴掌："阿彩！不许胡说！"

"淑云，阿彩她还不过是个孩子，这其中一定是有什么误会……"老萧也闻声赶来，他从口袋里拿出一沓事先准备好的钱塞进陈淑云手里，目光略一停，又向那走廊深处扫了扫，"坦白说，老任这次的事的确蹊跷，淑云，我想请你帮帮忙，借我一样老任平常用的东西。"

"东西？什么东西？"到底是身为阴阳师的妻子，此刻陈淑云显然已经预料到了什么，她声音颤了颤，问："你们这是想……招魂？"

所谓招魂，其实招的是还未正式进入阴司的鬼魂，所以这样一来，我们也就不必通过三界管理协会。与此同时，老萧郑重点点头，在看着陈淑云眼角的泪光后，他的话音也不由放缓了："我同老任十几年朋友，难道你还信不过？或是，你就甘心眼睁睁看着老任就这么不明不白死了？"

"不！当然不！"女人摇摇头，带出哭腔的声音听得人心中顿时一抽。昏暗的光下，她接过钱，说着就要跪下来，好在老萧及时扶住她，并保证说，事务所里老任的那部分股份会尽快转到她账上，请她放心。

也许是终于说到了陈淑云的心坎上，阴影中，我瞧见她的表情松了松，终于说："阗恺有一块表，从我们结婚就戴着，我去给你拿。"

老萧嗯了声，转身又对上一直被陆温茗驾着手臂的阿彩，他从口袋里拿出根烟点上吸了口，这才说："我不知道你看见了什么，但我能说的是，事情一定不是你所想的那样。"

"就算不是她……"

"阿彩，够了！"从房里走出的陈淑云蓦地打断她的话，"个人有个人的命，阴阳师也有阴阳师的命！你爸爸是个阴阳师，从我嫁给你爸爸那一天起，就知道跟着个阴阳师，注定过不了和常人一样的生活，我认了！"她紧了紧手里的表，舍不得似的又多看了眼，这才拿给一旁的陆温茗。

望了眼墙上的挂钟，老萧上前拍拍她的肩，低道："时间差不多了，淑云，我还要借你们家阳台用一用。"

女人点点头，转身也去准备了。

依照俗礼，阴阳师起祭回魂，家中亲人皆要回避。陈淑云在将晚饭做好了留在客厅里后，很快就带着阿彩和小儿子一起去了离这不远的娘家。

房里少了三个人，顿时就显得有些空了。我们来到阳台上，开始布置今晚要用的东西。老任家阳台的位置向海，好在今晚的海风并不大，不过即使这样，海风吹在人身上也是凉凉的有些瘆人。

我和陆温茗将香炉灰细细布好，香烛酒食也一并都摆上了方桌，老萧则认真将殃榜又核对了一遍，看清老任的年庚、大小殓以及迎煞的时间有无记错，这才斜贴在了门上。

"阿叶，熟鸡蛋已经备好了吗？"老萧翻开随身的手提袋，忽而皱起了眉，

“怎么是笺灵纸和金光朱砂？”

“有什么问题吗，老萧？”问话的是陆温茗，我心一紧，又见老萧摆了摆手，道：“效果太厉，只怕会引四方邪物罢了，不过有师父我在，你们也不用过分担心。”

关于熟鸡蛋的事，根据《阴阳师生存手册·风生水起篇》中记录，用土罐装一些煮熟了的鸡蛋放置于房屋角落，可以在回煞这天贿赂到殃神（鸡脚神），让死者的鬼魂在家里多待一段时间。而我们开始布的香炉灰，则是为了用来看看死者留下的脚印，也就是所谓的布灰验迹了。

一切准备停当，时间又过了十来分钟，头顶的月光终于被一片阴云遮蔽，这样一来，光线就更显得阴森暗淡了。

“老任，这法子虽然俗了点，但我们也是不得已而为之，你见谅。”随着老萧的话音落下，一张笺灵纸已被他拿过沾上金光朱砂写起了符来。

三张灵符写毕，老萧咬破中指起手祭了个诀，将符丢入一旁的火盆里。火舌一卷，火光顿时暴涨开来，一片火海中，老萧将老任的手表扔进火盆中，同时低喝道：“式神引路！”

话音落，周围霎时一阵阴风翻涌，浓黑的风中，只见一头威风凛凛的白虎破势而出，它怒吼着，转瞬冲入无边天际。

“牛逼啊。”

紧跟着那白虎翻云的气势，陆温茗突然大煞风景地吐了句。而我在一边极力按捺着，实际上心情也是起伏得厉害，一般说来，我们这些做阴阳师的，有一两只式神并不足为奇，但老萧的这只却并非普通的式神，而是传说中四圣兽之一的——白虎。

拥有四圣兽式神是每个阴阳师的梦想，譬如我的式神是一只自小就养着的青鸟，我梦想着有朝一日它能进化成四圣兽中法攻最强的朱雀；而陆温茗的式神是一只意外捕获的蛟龙，若机缘来至，进化成青龙也不是没可能的。

阵法启动，周围很快被笼罩上了一层黑色的雾气。说来这雾气普通人并不能看见，就如无法看见式神和刚刚的火海一样，阴阳师借助柳叶符打开天眼，并以自身灵能召唤异空间的灵体，这些灵体，就是我们通常说的——式神。

与此同时，时间也似乎慢了下来，我们屏紧呼吸，盯紧着地面的香炉灰。

原本来说，回魂这日屋里最好不要留人，但我们此行的目的，本就是想趁着老任在头七魂魄回归之日，让他透露一些当日的情况。而方才老萧祭出式神白虎，则是为了让他能不受沿路小鬼的纠缠，确保魂魄能赶在时间内来到。至于说那块手表，则是因为魂魄并不能开口说话，所以才要借助生前一样珍视的物件，让魂魄可以在短时间内附身其上，起到一个指引的作用。

呼——

香炉灰突然被吹了起来，我心悬了下，抬眼望见空中一头白色的老虎腾空向我们冲来，那如虹的气势几乎要掀翻方桌上我们摆好的香烛酒食。很快，一阵沙沙的声音在老萧身后响起，香炉灰上，脚步也开始陆续显现，一步、两步、三步……直到停在方桌上的火盆前。

刹那间，阴风停住了，或者说像是凝住了。但，火盆中手表的指针却高速转了起来！

是以老萧方才点的火并不是普通的火，而是阴阳师才可驱使的阴火。森森的烛光下，木桌上的手表时针飞快转动了一圈，蓦地，停了下来。只是，那顺时针21点的方向，竟是——

咻——

“式神归位！”老萧皱眉，立时高喝道，同时右手虚空再结一道印。方桌上，火苗猛地一跳，半晌，黑雾终于退去，眼前的一切也恢复了平静。

沉默大概了半分钟，陆温茗望着我，突然大吼了一声：

“这绝对不可能！”

（3）另一个自己

乘着渡轮，一路上我们谁都没再说话。海风徐徐，当我们从南哇岛回到南城时，时间已经差不多23点了，老萧拍了拍我的肩说，要么今晚去他那将就一晚？我表示虽然自己已经很困了，但还是坚持说要回学校。

今天是周六，不论如何，我都还想回宿舍看看我的猫。公寓的房东不让养宠物，所以我只好将才半岁大的小黑猫崽希特勒先寄养在好友沈一菲那里。

对此陆温茗强烈地表示要送一送我，我心说别以为你这货心里想什么我不知道，但终归今天发生的事太多，而我心里又太乱，便点头答应了。

“阿叶，要我说招魂这个事啊……”开着车，陆温茗将视线望向车窗外，“横竖老萧他失手也不是一次两次了，虽说比起你，他的确是该笑了，但是……”

“师兄你这真的是在安慰人吗？”我白了他一眼，低头拿过包翻起来，车厢颠簸，我将包掏了个底朝天，却也没找见我要找的东西。

陆温茗咦了一声，余光望了望我，问：“你这是鬼子进村呢啊。”

我睨他一眼，说：“我MP3不见了。”

陆温茗随即开口：“你要么用手机打来试试？”

我终于忍不住了，将包一把扔他身上，说：“我就是发射了信号，它也接收不到啊亲！”

“老实说，昨天你用搜灵术时是不是看到了些别的？”方向盘一转，路灯的光线顿时将陆温茗的半张脸隐在了夜幕后，他咳嗽一声，忽然问：“你不是说你看到了一个秦朝的黑驴蹄子？哦不，是秦装的女孩子。”

我觉得自己快要被他气死了，干瞪了他差不多十秒钟，才说：“就是在眼前晃了一下，也没怎么看清楚，不过……”我慢慢靠在车座上，将眼睛闭了起来，“你试过这种感觉吗？就像是隔着遥远的时空，看见了另外一个自己。”

哐。

车顿时刹住了，陆温茗眨眨眼，伸手摸摸我的额头又摸摸自己的，“也没烧坏啊，怎么就不清楚了？”停了下，他将车子熄了火，转过脸正色看向我，

“阿叶，你听过一个理论吗？两点之间，什么距离最短？”

“当然是直线。”我不假思索地说。

“但如果你将平面的概念换成空间呢？”他比画了下，“设两点为一个平面，将平面对折，那么重合的两点才是距离最短。”

“但是根据平行宇宙论——平行宇宙里的自己是不可能相遇的。”他补充。

“我不明白。”

“也就是说，我们之所以看不到其他的平行宇宙，因为我们的世界是重叠的。”

“世界是重叠的？”

“所以结论就是，那个人绝对不可能是你。”

“错觉吧。”我嘘了口气，扫一眼面前闪烁的液晶时钟：“走吧，12点要门禁，再晚你就见不到一菲了。”

“嘿，果然是师妹最懂我。”陆温茗冲我露出个酒窝，重新握住方向盘，将汽车重新发动了。

G大离G大附中只有两站路，路过附中时我本想多看两眼，可惜陆温茗继刚才的平行宇宙论之后，就开始不停地讲冷笑话，好不容易等到了G大，下车后，陆温茗突然指着一旁的地铁站对我说，阿叶你看。

只见地铁禁止跳下的横幅对面，广告灯箱熠熠发亮，正上书：

Just do it……

我看罢，果断放弃了挣扎。

我的宿舍是在G大东校园的13栋，13栋前傍碧云湖，后倚东区菜市，左接校外美食一条街，右临福聚龙超市，实在是处集特色消费和大众休闲观光为一体的理想去处。

陆温茗将我送到了13栋的楼下，我看着他一脸欲擒故纵的表情，假装配合地问，师兄你要不要上去坐一坐？他听后大惊，故看了我一眼，又看一眼，说，做一做？

我白了他一眼，心道你这一句话真心是浇灭了我对你的最后一丝想法啊。

回到宿舍时，沈一菲光着细白的小腿穿着条碎花吊带裙正在台灯下看《山海经》。我将包单手搭在肩头，站在昏黄的走廊下对她吹口哨：“嗨，美女。”

“无聊。”她笑笑，顺手将书桌上的一盒蜂蜜龟苓膏递给我，“额心长痘，你最近压力很大吗？”

“凑合过呗。”我把包放在对面自己的桌上，轻手轻脚地往我的鞋架走去。介绍一下，我们宿舍是四人住的标间，由于大四实习的关系，所以现在宿舍里只住了沈一菲和姜悦。大学里，我和沈一菲走得最近关系也最为要好。不过说句实在话，其实论相貌沈一菲并不算是一等一的美女，不过她身材匀称苗条，再加上瓜子脸上丹凤眼微挑着，很有点古典佳人的味道。

“希特勒睡觉了啊？”我小心地把放在鞋架边的大纸箱打开，准备逗一逗这领养来的小奶猫。

“你真的这么痛恨纳粹啊？”沈一菲叹了口气，“要么还是换个名字吧？你不知道，我每次叫它这个，都会被人笑个半死……”

“其实吧，”我嘿嘿一笑，摸了把纸箱里蜷缩成一团的小猫软软的毛，“潜质这个东西，基本在小的时候都是看不出来的。”

沈一菲：“……”

喵呜！

实在那变故来得太快，我这边正跟沈一菲说着话，谁料手背上突然就火辣一痛，而等我反应过来，我才猛地发现眼前的小黑猫不知几时竟然已经醒了！它金色的眼睛眯成了一条线，浑身的毛都仿佛炸开了，我瞪它，它居然跳起来给了我颈脖一爪子！

“我靠！”我忍不住叫了出来，实际上，半岁的小猫爪子已经很锋利了，又由于我是穿着件圆领的T恤，所以自然的，颈脖的位置当场就挂了彩。

“哎呀！都说了让你别逗它！”下一秒，沈一菲忙从椅子上跳下来，“快给我看看，伤口深不深！”

喵呜！喵呜！

我狠狠瞪了它一眼，顺便踹了脚纸盒。

喵呜！喵呜！喵呜！

“听说猫是个灵物啊。你是不是招了什么鬼怪上身了？”沈一菲神秘兮兮地打量我。我心一沉，想起了之前在老任家发生的种种怪事。招魂失败，手表的指针却偏偏指向我，还有他的小女儿阿彩怪异的言行……

文博馆里只有我看见的那个身着古装的神秘女人又浮现在脑海里。难道说，我身上真的沾染了邪气不成？

不会的。我摇摇头，师叔和师兄明明都在身旁，却并没有看出来。

此时小猫已经缩成了一团，但身上的毛全是炸开着，它刨着前爪，金色的眼睛却一动不动地瞪着我，最后干脆连吃奶的劲都给使出来了。我上前，它便退后，直退到纸盒边缘，叫声就更凄惨了。

另一边，正将急救箱打开的沈一菲忽然像是想起了什么似的停了下来，她哎呀了一声，道：“糟糕！它还没打疫苗呢！”

“没事，随便涂点药就行了。”我无奈地叹了口气。这两天本来就够我累的了。

“不行不行，这猫之前还不知道是不是流浪猫，没打疫苗这种情况可大可小。那个谁……”她侧过脸，脸上的神情被恰好垂下的头发遮住：“我刚刚在阳台看到你师兄了，要么现在打电话给他？”

“或者打给温尘？他不是住在附中那片吗？”乍地从沈一菲口中听到温尘温老师的名字，我的心还是不免一跳，倒是她转过脸，再来的那句显然接得更急促。

“但是现在已经很晚了，再说了，我跟温老师又没什么……”我犹豫了下，瞄了眼她桌灯下的闹钟，只见时针和分针重叠在12点处，竟是不觉间已然过去了一天的节奏吗？我微嘘了口气，未免她误会，想了想还是说：“一菲，其实今天我去了趟南哇岛，那什么，当然老萧他也去了……”

铃……

呃？包里忽然响起的铃声让我们不由都愣了愣，我迅速掏出手机，却在看着屏幕时皱了皱眉。

陌生号码？

“喂，您好，请问您……”沈一菲见我一脸莫名的表情，索性替我把手机拿过来，并按下免提键。

“喂。”很磁性的男声，但是听着也……很耳熟？

“你是？”说话的是沈一菲，她看看我，又看看手机：“您找哪位？”

“葛叶在吗？”好听又礼貌的声音总是让人无法拒绝，沈一菲抬眼看我，下意识开口道：“她刚被猫抓伤了，但那猫没打疫苗……”

“你们在哪里？”怔了两秒，对方冷静道。

“G大。”沈一菲道。

“等我，我马上来。”

“喂、喂……”

“嘟……”

“他是谁啊？声音可真是男神范儿。”挂了电话，沈一菲一挑眉凑近了来看我的脸，“别告诉我说你不认识，对我还保密，就太不够意思了喔。”

“好像是……”我向后小退一步，将视线从她脸上移开，“似乎是……可能是……”

铃……

救星似的，我赶紧接过手机喂了一声。

“我到了，你下楼来。”

“啊？”

“嘟……”你个死卓扬！装酷也是有限度的！

“他就是我的新老大，人称事务所一枝花，嗯……”我拎过包，即兴给他起了个绰号：“可惜是刺儿没去的那种。”

“晚上给我留门，我还会回来的。”又折回来把龟苓膏拿上，我补充道。

13栋宿舍楼下，卓扬黑色的BMW在夜色下透出一分低调的嚣张。我走上前，故意把拎着的包晃了晃，没话找话地指指手表：“你说马上，这也太马上了点吧。”

“你同学眼睛长得很漂亮。”车厢里的灯亮着，方向盘上，卓扬手支着颔，在看见二楼阳台上的沈一菲时，突然隐隐笑了笑，“当然，身材也不错。”

我印象里这人似乎很少笑，但在此刻车灯暖黄的光线下，他这一笑，霎时就让我没出息地晕了一晕。

真是个祸水啊，我顿时在心里感慨道。

“我刚就在明珠酒店这边，”卓扬推了推眼镜将目光移向我，回得言简意赅，“上来，给我看看。”

说实话，虽然他这一张脸当真是生得十足招人惦记，但偏偏，有些人实在不是你想惦记就能惦记上的，所以对于这种，我通常的做法是，若不抱希望那么就不会失望，然而……

等我上了副驾驶座，他顺手关上车灯，光线一下子就暧昧起来了。

“怎么伤这里了？”他突然侧过身，撩开我肩上的头发：“那猫也挺会挑地方的，嗯？”

从鼻息间发出的一声嗯，尾音甚至还带着少许上扬的磁性，光影暧昧，混着他身上淡淡的烟草味，这一刻，我不得不承认，我是想多了。

“希特勒平时也不这样的。”我本能地打算拍开他的手，但就在我准备动作的前一刻，他已然将手重新移回了方向盘上，并发动了车。

“希特勒？”他僵了下，脸上既没笑也没有其他的表情，只是将好看的脸对向前方，停了好一会儿，才道：“你就没个正经的时候吗？”

我啊了声，见此时车已拐过前方的十字路口，看着这方向，我觉得他是准备带我到港中医院了，但是……我紧了紧手里的包，突然有种要么现在索性连人带包一起跳下去的冲动。

“你跟陆温茗他们今天出去了？”也许是闻见我身上还沾着的香炉灰的味儿，卓扬问道。

我正纠结着要不要说换个地方，又哪里来得及思考他这话之间的逻辑关系，只好又啊了声说是。

“我跟你说的让你去查夏禹剑的资料，你也没来得及查吧。”猛地一踩油门，卓扬淡淡道。

我被他美貌冻人的侧面果断冷住，于是立刻打了个哈哈：“那什么，老大我明天一定、一定……”

“以后可以叫我卓扬。”他开着车，脸上依旧没什么表情，我再看他一眼，不知现在的气氛算不算是缓了下来，下一秒，又听他淡淡补了句：“在没人的时候。”

我愣了下，正思索着他这话题是不是有点转得太快，他却忽然一踩刹车，说：“到了。”

我：“……”

我一直不大喜欢医院那股福尔马林的味道。

记得小时候我和师父住在台州，因为那会儿我年龄太小身体又不好，所以师父出门办事时，偶尔也会托邻居张姨照看我。张姨的工作是在台州市的一所医院里做收银员，有时工作忙起来，自然就不太顾得上。有一回我误闯进一间没人的房间，不想竟瞧见桌上那个两尺长的玻璃瓶里似乎是浸泡着个什么东西，当时我心中好奇，只想上前一看究竟，怎想那里面的一个大头婴儿竟瞪大眼慢慢转向我……

后来值班的医生走进来，看见我一直指着那瓶子，以为我是问那里面的液体是什么，便随口道，小姑娘，那个是福尔马林。

“葛叶，你怎么了？”我捂着嘴，不知怎么总会在进入医院时想起那个浸泡在玻璃瓶里对我瞪着眼睛的大头婴儿，大概因为这个，所以脸色显得有些发白。

“没事没事，其实找个诊所就行了，不用这么麻烦的。”我摆摆手，表情和语气都尽量真心实意了，“而且吧，我今天医疗卡也没带出来，你看……”

“我去挂号，你就在这等着。”他将话扔下，转头走了几步又折回来，“别乱走，别让我又找不到。”

最后那一句我听得一头雾水，虽然当时我实在很想说一句，其实这里我也很少来的啊亲。

子夜的医院门诊部，自然比白天要显得空旷。服务窗口后，两个十八九岁小姑娘正凑着台Ipad看韩剧，我走近了些，恰好听见里面的男主角对女主角声泪俱下地控诉：“恩熙，你就是为了他才背叛我的是不是！”

此时女主也掬了把泪，却是答得甚违心：“英赫哥，你觉得我会肤浅到因为民浩哥的外表才看上他吗！”

我听罢还没来得及哆嗦一哆嗦，就听身旁一个脚步声靠近了，那人用低磁的声音说：“请问，五官科怎么走？”

话音落，就见面前的俩小姑娘脸抬头，脸先后一红，其中一个指了指楼道的电梯，说：“五官科在6楼。”

说完随即被旁边的小姑娘推了一把，对卓扬说：“不过现在五官科医生不在，先生您去今晚坐班的徐医生那吧，他在4楼。”

“好的，谢谢。”卓扬点点头，望过来的目光有些复杂，“所以，你也是看上那个温尘外表的？”他走了几步，突然说。

我说：“啊？”

他脚步没停，且随即给出了个合理的解释：“陆温茗说的。”

师兄这个叛徒！我在心里叫嚣，脚步也没停下，跟着卓扬走进电梯间，然而，狭促又四下无人的场面倒是让气氛忽地更加诡异了。此时，高出我一个多头的卓扬倚着扶手站着，却将侧脸偏成一个对他来说再好不过的角度，他说：“刚刚的问题你还没回答。”

我瞬间反应了下，直觉认为这问题回答是错，不回答是错，于是趁着他推眼镜的瞬间，抬头偷瞄了他眼，越发认定了他这问题是个局的可能性。

我说：“要么我给你看他照片？”说完我假装掏包，只听他脱口道：“不用了。”

值班室外，零星地坐着几个待诊的病人。对着门的木条长椅上，一位70多岁的老奶奶一会看看我，一会又看看卓扬，再一会看看我脖子上的猫爪痕，终于将目光偏向了卓扬的手。我被她这一举动望得顿时惊悚了，索性就将后面的头发放了过来。

倒是这时老奶奶凑近了，问我：“小姑娘，你男朋友啊？”

我说："他不……"

老奶奶却眯眼一乐，指着我的项链道："挺激烈的嘛。"

被她这样一说，我低头，这才看到原来是脖上的那条瓦片链竟已歪掉了一截……靠！这个山寨货！我赶紧摆了摆手，可就在我准备说不的时候，卓扬已然不紧不慢走过来，说：

"这坠子得配铂金蛇骨链，周一我把链子给你带来。"

他这一口气说得太快也太过理所当然，导致我还没想好应对的策略，就见那老奶奶眼眯成了一条线，说："小姑娘福气真好，找了个这么帅气又体贴的男朋友。"

我说："他不……"

卓扬却打断了我的话，上前一步坐下来："老人家您是哪儿不舒服？"

我："……"

听着卓扬和老奶奶聊起来，不知怎的，我心中却突然萌生出一种奇怪的想法，似乎这家伙对别人态度都不算太坏，但是对我就……当然了，我还不至于自作多情以为是这家伙看上我了，但如果不是的话……

打完疫苗，我从医院出来以后就一直琢磨着卓扬不待见我这个问题的概率有多少。但从现实的情况来看，我跟他从认识到现在，也不过区区两天时间而已，而除了尚未来得及查夏禹剑的资料这事以外，我目前尚想不出有什么地方得罪了他。

算来算去，我只好艰难地决定提高成本带他光顾一回G大旁边号称美食一条街中的懒羊羊牛杂店。上了车，我把龟苓膏从包里拿出来又放回去，如此磨叽了半天，终于准备开口。

"你饿了？"卓扬开着车，不想竟是先一步抢了我的台词，而抢我台词的后果就是，直接堵了我后面的套路。

"呃……那什么……"我别过脸，佯装正在看车窗外的风景，后视镜里，玻璃镜面真切地映出我歪了一道的项链，我抿了抿唇说卓扬，他嗯了声，我于是再接再厉，说："项链我是打算明天去中环那边修的。"

卓扬听后偏了偏目光，故意漫不经心道：“哦，刚忘了说，钱从工资里扣。”

我：“……”

沉默了大概3分钟，他估计是见我面色不善，于是推了推眼镜，问：“你那是什么坠子，会变色的？”

我啊了声，赶紧低头看颈上的坠子，夜色下，原本暗红的颜色似乎更鲜艳了，我把它握在手心里，仿佛还能感到一股隐隐的暖意。

“怎么了？”卓扬说着打开了车灯，我松开手再仔细一看，果然是更亮了。

“不值钱的。”说完我把头撇向了窗外，其实在我九岁那年，我就曾背着师父偷偷让一位珠宝商看过这坠子，可是他看了半天，最后还是没有买。当时我就知道，原来这个世上唯一能证明我身世的东西，除了能做个念想，并没什么太大意义。

“要是值钱，你就会卖掉它？”车子突然刹住，我回过神，见着卓扬的眼镜片正对我冷冷反着光。我心一怔，心想我既不能在气场上压倒你，那起码也要在气势上打败你，寻思片刻，我索性道：

“是啊，那时都快过不下去了，就算我不吃饭，师父也要吃。家里能卖的东西都卖干净了，要不是在台州没法过了，我们又怎么会跑到港岛来。”

“葛叶你……”他望过来的神色有些复杂，停了会儿，他拿出根烟点上，但并不抽，只是任星火在修长的指节间明灭，许久，他说：“我们交往吧。”

（4）轩辕夏禹剑的传说

我有一种被幸福的大球狠狠砸偏的错觉，这夜我思来想去，都觉得他是在表达一个单方面的意思。还记得不久前我和沈一菲一起看过的一个名叫浪漫对对碰的相亲栏目，其中一位相貌不俗的归国男嘉宾表示，他除了对女嘉宾客观上要求白富美的同时，更会看重女嘉宾的内在素质，当时我和沈一菲看后纷纷表示，他说的这种纵观我们认识的三次元，恐怕都是不存在的啊。

只是如此横向的一对比，我觉得卓扬岂止是降低了档次啊，他简直就是逆天了档次嘛。但不管怎么说，面对之前我还怀疑是不是不待见我的人的突然表白，整整周日这一天，我都在为此深深的消化不良。

中午的时候，沈一菲帮我从食堂打了我爱吃的鱼香肉丝和莲藕片。闻着饭香，我苦苦斗争了十来分钟，终于还是投降爬起了床。

沈一菲抿着嘴，丹凤眼瞄过来，说：“昨天是那个卓扬送你回来的哦。”

我反应了一下，总算搞明白了这句话里的关键词，我问：“你是怎么知道他名字的？”

沈一菲将我的手机拿过来，指了指：“早上有人打电话来，我看你还在睡觉，就替你接了。你个糊涂虫，人家手机号码你也忘记存。”

我于是接过手机一看，果然沈一菲已经替我存好了卓扬的号码，我皱了皱眉，但还是问：“他找我干吗？”

沈一非托着腮帮子想了想，说：“他说项链已经订好了，让你今天不要去中环。”

……吓！这人的这种行为就叫作先斩后奏吗？我咽了咽口水，只听沈一菲继续道：“他还说，他昨天说的事，让你认真考虑。”

哪件事认真考虑，是价钱从我工资里扣这事认真考虑还是交往这件事认真考虑？前者我表示没什么好考虑的，至于后者，我压根就没想过要考虑。

见我没说话，沈一菲脸已经凑了过来：“考虑什么事哦？这么神神秘秘的。”

我立刻摆摆手，冲进阳台准备洗漱。因为笔记本没带来，所以吃完饭，我只好找隔壁宿舍正准备和男朋友出去约会的王萌借来她的笔记本。已经有两天没刷微博了，我不由得开始手痒痒。

登录微博桌面，只听熟悉的叮的一声，私信列表上，一只白狐狸的头像闪了闪。

白狐公子：在不在~0(∩_∩)0~~

我看了看日期，正是昨天我和老萧陆温茗他们去南哇岛的时间，我赶忙回了个来了，很快，他的消息就发了过来。

白狐公子：快上游戏~~今天服里出了60环任务~~~~(>_<)~~~~

白狐公子是我微博上认识的一个性别为男，头像却是只狐狸的微友，他这会儿找我，想必又是为了最近我刚接触不久的一款名为《战国on line》的网游。《战国on line》是由联众网络自主研发的一款构架在春秋战国时期的大型多人在线游戏，历史上，这一阶段乱世纷争、百家争鸣，它极大的想象空间，也让不少的玩家抱以期待。

此时，一听他说出了环任务，我立刻整个人都精神了，于是麻利输入——

我：有什么奖励？

白狐公子：随机三种属性宝石打70级武器~~~都是7A级的~~！！

我：等等，我去查查70级的法杖叫什么名字。

白狐公子：终末之杖~~你赶紧的~~任务还有15分钟就开始了~~┳┳﹏┳┳

我：嗯嗯。

我快捷键切换到主屏幕，找了下桌面的图标，也亏得王萌和我一样都是游戏迷，大概是知道最近《战国on line》在公测，所以电脑里也安装了游戏。登录游戏界面，我的叶飞白还停在晋国的阵营里。

游戏里，场景曲乐大气悠扬，城垛前，我望着晋字大旗猎猎飘展，忽然间竟也有了一种似曾相识的感觉，我说不上是为什么，却在望着往来如梭的人群时下意识地停了下来。接着手指不自觉地操作，来到一处偏僻且废弃的城垛前，这里渺无人烟，但望着无边的夕阳，我却好像真的置身其中，而在我看不见的远方，似乎始终有一道人影，那个人影伴随着烈烈的火海和奔涌千年的时光而来，他音调寂寂，一如古剑回鞘，他说，小珂，对不起。

“喂喂，小叶你打个游戏不用这么有代入感吧！”忽然，我感到有人温热的手指覆上我的眼睛，“真的哭了呢，你没事吧？”

“呃……”意识到这声音是沈一菲，我赶忙推开她的手，然后点开官网的页面：“当然没事，就是忽然被自己惨不忍睹的等级虐到了而已！”

“哦，这样呢……”

“那可不是。”我胡乱应着，同时迅速浏览资料页页面，因为60环任务是系统第一次开放，所以众多的玩家预先也不知道系统会需要玩家提供怎样的任务材料。但好在系统只是规定72小时内必须做完任务，并且不计下线时间。

再次回到晋国阵营的兵器店里，我点击任务NPC，此时弹出一条对话框。

> “你好！侠士‘叶飞白’，近月来，天下间纷纷流传圣道之剑在我晋国现世的消息，请你前往桃花坞寻找出曾齐锋（坐标：337，84）证实这项消息。任务奖励：3000金，经验：53000”

圣道之剑？轩辕夏禹剑？我怔了下，可是传说中的轩辕夏禹剑曾经在春秋时代的晋国出现吗？我暂停游戏，同时用搜索引擎开始搜索，网页浏览完，我大概明白了这把剑的来历。

说的是三千年前轩辕黄帝为征伐妖族首领蚩尤，铸造出一口神兵。然而，这口神兵剑体虽成，但并无剑气。眼看着蚩尤大军即将攻入人界，黄帝只好用未铸成的神兵斩杀蚩尤。

可惜未铸成的神剑灵能有限，并不能击败蚩尤，于是黄帝取下女娲补天剩下的五块神石，再将蚩尤的头部砍下，又以自身的灵能注入补天石，这才将蚩尤封印在地下迷宫。在此之后，这几块夺取了蚩尤灵魂的女娲石便被他散落到人界。

辗转间，这口神兵流落到夏禹手中，剑这才有了新的名字——轩辕夏禹剑。夏禹之后，剑一度被商汤所得，并大败夏桀奉于太庙的三大邪刀。自此之后，世上再无轩辕剑记载。

原来是这样吗？

女娲石、轩辕剑、女娲石……我默念着，忽地，我心中猛一紧，与此同时，宿舍门也被人用力敲了起来。

“不得了了！”门外是王萌的声音。

“怎么了？”沈一菲起身与我对视一眼，立刻打开门。走廊上，只见王萌青白着脸，旁边站着他的男朋友郑晓。

“我和小萌刚刚去附中……”他停了停，闪烁的眼睛似是有些犹豫，“经过7教后面的小树林，当时那周围围了很多人，我和王萌本来以为只是有热闹看，谁知道……”

我没出声，只是听他继续，“死了两个学生，现在警署已经派人来封锁了现场……”

“小叶，你干什么去！喂！”身后传来的是沈一菲的声音，但我却像是什么都听不到，我想起那年去参加化装舞会的路上，宋娅楠穿着一身纯白的礼服裙倒在夜幕中浑身被鲜血染透，茂密的树林深处，一头黑麒麟慢慢地从阴影里向我走来。

那是我永生都无法忘记的画面，因为我的来迟，更因为我的无能，没能从那妖精的爪牙之下救出宋娅楠。我以为，如果人这一生有什么是注定过不去的事，那大概就是这件了。

回忆如同被人故意剪切下的慢镜头，即使本已说好了不去想，但当时间地点再次遇上，还是难免地教人心潮激荡。当时因为事件发生得太过离奇，所以案件一度被警方和校方同时封锁，可就算如此，整个附中还是传得沸沸扬扬。而王萌，当时也正就读于G大附中。

我不知道自己跑了多久，我只记得这时的天已缓缓暗了下来，天边最后的一丝霞光融进浓厚的云层里，就像血融开了的颜色。沈一菲则一直跟在我后面，她不停地叫着我的名字，她说，小叶，你停下，算我求你，你停下来。

恍惚间，我想起宋娅楠那个时候是不是也曾这样叫过我，她说，小叶，没有用的，你停下来，算我求你，你停下来。

两站地，两千米。步行半小时，公交10分钟。

明明已是这样近的距离，但好像任你再如何走，你都依旧回不去曾经的路头。

也许是跑得太急，我终于在附中的校门口狼狈地摔了一跤。

沈一菲拎着我的包，低着头对我伸出手：“那件事我听陆温茗提过，真的不怪你的。”

是啊，本也不该是怪我的。我站起来拍了拍手上的灰，冲她笑笑：“你看，现在热闹没看成，反惹得一身骚。要说还真是……”

“你是想说看客的心，弄臣的命吗。”沈一菲丹凤眼睨过来，望得人顿时有点吃不消了，我朝她扯出个笑，但很快被她挽起胳膊，一同上了停在附中门口的校内公交。

校内公交开了差不多一刻钟，终于在附中的充电房前停下。绕过一片绿化带，就是位置较偏的第7教学楼。

这次案件发生的地点是在7教后的小树林。从方位来看，小树林紧挨着校内的人工湖星柘湖，而茂密的小树林则将这片湖泊圈成一弯月牙的形状。因为环境清幽，所以不少的学生情侣都常会选这里作为他们约会的地点。

我们来到现场时已经散了不少人，但因为地点仍被封锁，我和沈一菲都只能站在一边远远看着。小树林这带一直都没有路灯，虽然这时的天色并不算晚，但葳蕤的树木还是挡住了不少的光线。

炎热的天气让地表的血迹迅速干涸，但石凳前的那摊暗红，还是让人觉察出了一丝不寻常的气息来，但又有几分似曾相识，那情形和宋娅楠死时的画面几乎重合。陆温茗说过，黑麒麟是温和的精灵，不会攻击他界生物，而当时他们从黑麒麟腹中取出了乾坤珠。

乾坤珠虽说是个如同定海神针似的宝贝，但其质坚硬无比，其气锐不可当，黑麒麟应该不会当成食料来吃。给黑麒麟喂食乾坤珠造成它发狂暴走的事恐怕是人为的。

宋娅楠的死至今还是个悬案。难道这次的事情也是……？

我深吸了一口气，一股怪异的气息充斥着我的鼻腔，莫名其妙地，我觉得身体发热，头脑也不清楚起来。

“小叶！小叶……”肩膀被人用力地拍了拍，我这才回过神，见沈一菲拿着我正响着的手机，犹豫着不知该接还是不接。

我皱了皱眉，说：“你替我接了就是呗。”

她却执意把手机给我，我低头一看，原来来电显示的是师兄。我一边笑，一边按下了接听键：

“阿叶，现在方便说话吗？”陆温茗难得正经地问。

我扫了眼周围，嗯了声。再来便听他清了清嗓子，说：“老萧昨天回去琢磨了一天，说任阒恺在南哇岛的房子八成是有问题，还有那个阿彩，肯定是知道些什么。不过老萧也说，现在他手里没有确实的证据，估计等过阵子，咱们还得再去一趟。”

我听后皱了皱眉，想想还是说：“反正这事儿不弄清楚我心里也不踏实……”故意停了下，我瞄了眼身侧将头发丝打着转儿的沈一菲，将手机移到了另只耳朵，“师兄，我在G大附中这……”

“你没事怎么跑那去了！”他几乎是用吼的跟我说，话音顿了下，他问：“你一个人？”

我说：“一菲陪着呢。”

他听后咬了把牙，说：“你等着！”

我的师兄陆温茗曾对我说过，他平生最大的愿望就是泡遍全世界的美女。长久以来，我苦苦碍于和他是师兄妹的关系，一直都没有告诉他我觉得他的愿望有多么地不靠谱。这事就如同在蓬莱鬼话发帖的写手习惯在帖头列出这样一行字：请务必相信，这是一个真实发生的故事。

然而，在陆温茗还没有泡遍全世界的美女之前，沈一菲同学的出现就已经尽职尽责地糟蹋了他的这个所谓的愿望。可见，日漫表达的那个万年不变的中心思想：这是一个需要靠少女拯救的时代，真是放之陆温茗而皆准啊皆准。

心里一边感慨着，我们一边在校门口等了差不多二十分钟，陆温茗终于开着他的车姗姗来迟。

今天周末，陆温茗一身天蓝色的运动套装配一个白色棒球帽，一副清爽扮相地出现在了我们眼前。下了车，陆温茗说，师妹，我听林弯弯说大角那边最近新开了家台州菜馆味道相当正，师兄我请你吃饭吧？他一边对着我说，一边却看着沈一菲。

我被他弄得有些哭笑不得，但还是安慰着自己说，趁你还没有真正变成一个高瓦数的电灯泡之前，作为一个低瓦数的红娘，我还是可以先发些光发些热的。

说来沈一菲是台州人，不过因为初中那年她父亲工作变动，所以才举家迁来了港岛。至于我就更不用提了，九岁以前一直跟随师父生活在台州，所以对家乡菜，我俩都很有些情结。

不过，话又说回来，陆温茗啊陆温茗，现在车上还有我一个大活人呢，你那点司马昭之心用不用表现得这样明显啊。

一路挤兑着陆温茗，在将近50分钟以后，我们才来到大角。在港岛市，大角素来有美食一条街的赞誉，但也因为这一带的餐馆酒楼众多，所以竞争一直都相当激烈。不过，等我们来到这家苏菜馆时，还是发现已经来了不少人。

馆里的装修设计是仿明代的风格，一色仿红木的桌椅，配着吊顶绢纱的六角宫灯，一派的古色古香。服务台前，一名身穿正红色旗袍的女生冲陆温茗露了个甜美的笑：

“先生，请问您有预约吗？”

陆温茗看了眼她，很快道：“367号，姓陆。”

“好的，您这边请。”另一名女生很快冲我们比了个手势。

我们的包厢是在三楼的听风苑，名字听着文雅，包厢内的布置也是风雅。

一旁站在的服务小姐将菜单递过来，陆温茗扫了眼我，我立刻识趣地将单子又传给了沈一菲，且主动热情地将手搭上她的肩，说：“一菲啊，难得师兄今天请客，你想吃什么，放心大胆地点，千万别跟他客气，你跟他客气就是跟我客气，来来，你说咱们先点一个霸王别姬怎么样？”

陆温茗：“……”

倒是沈一菲面色一赧，指了指其中一个，我看了眼，说：“鳜鱼？”

陆温茗咦了声，立刻抱怨说：“一菲啊，你不用照顾我师妹的口味……”

这家台州菜馆上菜的效率倒是不慢，点菜之后时间并没过去多久，我点的蜜饯和溜鳝鱼片、沈一菲点的蒸丸子和松鼠鱼、陆温茗点的捆香蹄和纪妃伴龙颜就相继端了上来。

色香味俱佳的菜肴不免让人胃口大开，在服务员离开后，陆温茗立刻就起身夹了个丸子放进沈一菲的瓷碗里，并说：“前几天林弯弯和他男朋友来这里吃过，当时也是点的这道，你猜他回去后对我说了什么？”

沈一菲被他的话绕了一绕，丹凤眼眯起来，问：“你说的他男朋友？他俩都是……男的？”

林弯弯是师叔事务所里的员工，一个长相清秀的男生。

我立刻点头，说：“是啊是啊，是不是很有爱。”

沈一菲、陆温茗：“……”

陆温茗自觉没趣，只好给他自己也夹了个丸子，我看着他吃得那样津津有味，不禁也夹起了一个默默吃起来。谁知才咬下一口，一股奇怪的恶心感就从心口里涌了上来。面前这盘菜的味道，突然让我觉得难以忍受。我皱起眉，再看看身边吃得眉开眼笑的两人，只好先将东西咽了下去，我说：

“你们有没有觉得，这个味道有点……有点奇怪吗？”

沈一菲疑惑地看看我，又咬了一口，说：“没有呀，我觉得这个味道很鲜美。”

“噗。”一股恶心的感觉顿时从胃里涌来，我捂着嘴，慌忙中打翻了一只水杯。

“阿叶！”陆温茗起身，赶紧扶过我，“你怎么了！”

我看着他，只觉一阵天旋地转，好恶心，真的好恶心，难道他们都吃不出来吗？还是说只有我一个人……

“一菲，快给她拿张纸！”陆温茗大声道。

“温茗，小叶颈上的坠子是怎么回事？怎么会……”沈一菲一脸惶恐地看着我，战战兢兢地拉开我的包，实在因为今天出门太急，她情急下竟错将她的包拿成我的，下一秒，只听她一声尖叫：

“这里面有东西在燃烧！”像是不可置信的，她几乎是立刻向后退了一大步。

“在燃烧？”陆温茗拉开我的包，然后飞快地合上，眉头同时锁了起来，目光炯炯地盯着沈一菲：“你能看见？”

通常非通灵者应该是看不见灵能的。

“什么？”沈一菲听得不明所以，倒是陆温茗已然把我包中的明信片抽出来，并默念起了口诀——

我的心口像是要崩裂了，我紧紧握着项链上的那个坠子——是它在烧灼着我，这个东西滚烫。

坠子上有能量，是很强大的能量！久久积存在我心中的疑虑终于在此刻明了起来，我的头脑飞速旋转，最终将一系列疑问连成了一条线。

“8月15日，我跟你在中环吃完锅贴都已经将近0点了，但为何老任七天后的回煞，他的表会指向我？还有我用搜灵术中看见的那个穿秦装的女孩儿，我认为那是我自己。可平白无故的，谁会将另一个人认作自己？”

逻辑有些乱了，但话到这，我还是将那歪了一截的项链一把扯了出来，此时此刻，我只觉胸口就快要被那闪着红光的吊坠灼出一道疤来。

“老萧说过，笺灵纸配金光朱砂会引四方邪物。那晚我们从南哇岛回宿舍，我就被我的猫给抓了，好巧不巧的，是被它抓伤的颈脖，当时我也以为它只是随便一抓……现在想想，它其实是想要抓这块石头的是不是？这块石头上有恶灵的气息，天底下只有一种东西，特别容易吸收邪气……”

我停了停，深吸了口气继续：“九岁那年，我曾向台州当地的一个珠宝商询问过，他说我这石头的成分很复杂，但他一时也说不清楚，不过他可以肯定，这绝对不是一块普通的石头。别告诉我这都是巧合……”我盯紧他的眼睛，终于下定了决心，问：“告诉我实话，这一切是不是跟我有关系，还有……”

“我身上的这块，究竟是不是女娲石？”

是不是女娲石？话与心中的答案一起落下的瞬间，空气也像是凝固了。

“你说你四年前和师父、师叔一起去过南哇岛，去找的就是这次出事的老任。我师父是在那不久后失踪的，老任又死了……”我拉住他的手，极力忍耐身体的不适与颤抖，“会不会是因为我身上带着这么重的邪气，才导致我身边的人都纷纷遭遇不幸，还有……宋娅楠……”

陆温茗看着我，皱紧的眉头却一分分舒展了开，他说：“你问题这么多，我该先回答哪一个？”

与此同时，明信片原本的那行“GY三界事务所”迅速被另一行燃烧的小篆代替：

封印即将开启。

第二滴血

（1）又一起案件

封印即将开启。

明信片上的这句话到底是什么意思呢？包厢里，我盯着陆温茗的眼睛，但他却将目光很快移开了，他说："我只知道你美人师父的失踪，是跟一样神秘的东西有关。"

跟一样东西有关？我皱紧眉，不由想起搜灵术中老任留下的最后一句话：你永远也得不到那个东西。那个"东西"是什么？轩辕夏禹剑？还是……

"不会是它吧？"我晃了晃链子上红光正逐渐褪去的石头，"这个真的是女娲石吗？老任最后的那句话难道也是指它？"

"你脑子进水了啊？"陆温茗嘁了声，并不直接回答我的话，而是用手轻敲了敲我的坠子，说："如果你美人师父真的是要找它，那还玩失踪干什么，直接让你把坠子给他不就完了？"

“谁告诉你女娲石只有一个的？”我辩驳，“《战国on line》里都有5种。”

“那是游戏，石头是拿来砸钱砸装备的。只有一种的话，你让官方怎么赚钱？这你也当真？可见你这辈子输在智商。”陆温茗嘲讽我，“可惜四年前你师父和师叔谈话的时候以买啤酒为由把我支开了。不过……”

“什么？”

“至于说这个……”他将我的吊坠小心握住，慢慢闭上了眼，道：“那晚我们坐渡轮回来，师叔突然很轻地对我说，温茗，保护好阿叶。当时我也奇怪他怎么会突然跟我说这个，但不久后，他就失踪了。”

“这么看来，老萧应该也算是这件事的知情人？”我皱了皱眉，问道。

“我问过老萧，他说离开，是为了找一样很重要的东西。”刻意加重了最后一句，他走近了拍上我的肩，目光钉在我的吊坠上：“阿叶，假定你身上这块就是女娲石，那么按照传说，女娲石的现世，也就意味着……”

“往古之时，四极废，九州裂，天不兼覆，地不周载，火烈焱而不灭，水浩洋而不息。猛兽食颛民，鸷鸟攫老弱。于是女娲炼五色石以补苍天……”随即接话的是沈一菲，但显然，此时她并非为了展示她优异的古文功底，而是——

“在所有的神话故事里，女娲炼神石补天，是因为末世即将到来，如果这样对应的话……”她的话并没说下去，而是将目光望向陆温茗总结说。

大抵陆温茗被这含情脉脉的目光望得终于有点吃不消了，只好又把话题故意岔开：“其实不管这石头来历为何，目的又为何，我觉得现在最要紧的……话说阿叶你刚刚怎么就吐了呢？按说你昨晚才跟老大出去，老大再生猛，按这速度也不至于啊……”

沈一菲、我：“……”

回到公寓后，我觉得心里有些乱，之后匆匆洗了个澡后就上床睡觉了。这一夜，我一直都睡得很不安稳。时断时续的梦里，我仿佛又回到了先前梦见过的那个偌大的皇宫，也许是火海刚刚褪尽的缘故，四周还残余着不少浓黑的烟迹。

一片残垣断瓦里，我被一株大得近乎离谱的榕树吸引，即使在现实世界里，我也没见过这么高大粗壮的榕树。我表示很感慨，于是想走近点看看，谁料很快就撞上了名高挑的男子，但奇怪的是，即使现在的可见度很高，我也依旧看不清他的脸。不过，他似乎并没有看见我，而是将左手插进右手的袖口里，并保持了很久这个姿势。我皱了皱眉，许久才看清他那黑色的袖口上绣着螭龙的纹样。

“你回来了。”他突然开口。

我被他吓了一跳，但很快发现他是在自言自语。

“小珂，我不会再让你消失。”话说着，他的右手已从绣着螭龙纹的袖口中抽了出来，他的手背向上，似乎是想交给人什么东西，但就在这时——

铃……

这该死的闹钟声！我骂了句靠，不得已还是爬起了床。趁着刷牙洗脸的工夫，我又将梦境回忆了一遍，如果我没记错，上次的梦境里，自己应该是第一人称视角，但为何这次的却是第三人称视角呢？我揉了揉眉心，向卫生间的半身镜望去：

镜面显示，我的叶形吊坠经过昨天的呕吐事件后，的确颜色又亮了些。而从昨天陆温茗隐约其词的话语里，更让我确信了这块吊坠就是传说中的女娲石。但，女娲石为何会在我身上呢？

我又想起了昨天吃饭时调侃的话。往往越接近真相的时候，就是越需要岔开话题的时候，看来陆温茗是有事情瞒着我。

今天是周一，港岛市的路况实在让人忧心。我已经刻意提前了一刻钟起床了，不想还是迟到了，但奇怪的是，等我来到事务所时，发现这里的同事似乎并没有人注意到我。或者说，是没人有工夫来注意我。

二楼依旧昏暗的走廊上，一名身材矮小，长着双玻璃珠似灰蓝眼睛的男人一边匆匆将手里的卤蛋塞进嘴里，一边将手里的资料甩得噼啪作响：“你看看，这一次又挂了五个！我们这日子真要没法过了！”他用尖厉的声音道。

他话刚说完，身边另位明显和他身材成反比的男人就耸耸肩不以为然地回嘴：“乌鸦你得了吧，只要老板还肯留着咱，像这样的事儿就是来他个一打，咱们该跑腿也得跑腿不是？”

“话是这么说，不过……妖目，你知道那港西海洋馆一直都是谁罩着的吗？”名作乌鸦的男人一副神秘兮兮地咂咂嘴，接着说：“是港岛市最上面那位家的三公子！”

“……难怪这次会这么火急火燎地要求赶紧破案！”妖目长叹一声，跟他勾肩搭背的向走廊深处走去。

等他们交谈的声音渐渐远了，在拐角处躲着的我才轻声走出来，我推开办公间的门，却见里面的陆温茗向我飞快使了个眼色：“阿叶，你怎么这么晚！”

“已经来了啊？”我哑着声，手指了指隔壁。

“嗯。”低磁的声音来自我的身后，我愣了下，低头瞧见跟前一道阴影罩下，随即就盖过了我的影子。我连忙挪开，且听他继续道：

“港西的海洋馆昨夜凌晨出事，你们准备准备，等等跟我去现场。”略停了停，他便转过身来，也就是在这时，我发现他今天穿的不再是经典的黑白，而是换了件银灰色的衬衫，修长挺拔的身材配上他本就冷静的气质，看的我简直一阵眼花。

“葛叶，你迟到了。”卓扬推了推眼镜，顺手拿过了我的环保袋。

眼见着早点被人横加掠夺，我终于反应过来，我说：“啊？”

卓扬却不因我的提问而暂停下思路，而是抬腕看了眼手表，道：“离9点还有四十五分钟，9点以后港西的路况你们应该比我清楚，其余的事，等上了车再说。”

我于是追问：“可我的早餐……”

卓扬余光扫了我一眼，将豆浆从环保袋中拿出来，掀开盖直接喝了一口，“你总要长长记性。”

我：“……”

正如卓扬所说，港西今天的路况糟糕得几乎超出了我们的理解范围。一路堵着车，卓扬除了交代文博馆夏禹剑盗窃一案由于线索不足所以暂时由乌鸦妖目他们负责接手跟进外，顺道也将昨晚的大致情况谈了谈。

自然，对于失窃案为何不是由我们继续跟进我提出了疑问。但是——

“文博馆的案件已经被列为事务所今年的A级案件，自然不会轻易收线。不过，如果后续的工作还需要我这个BOSS来跟进的话，那么还要你们这些野外大精英怪做什么呢？”

他的话简直让我难以反驳，但更可气的是——

“哦不，你还算不上大精英怪，顶多就是个……嗯，小喽啰。”他淡定地说。

我：“……”

“好啦，阿叶，老大逗你玩儿呢，看把你急的。”多半是从后视镜里看出我表情窘迫，正开着车的陆温茗赶忙插话，“其实吧，是妖目和乌鸦他俩在收集线索方面别有天赋，所以老大才会暂时先将工作转交给他们。不过你放心，任叔不会白死的，等他们的线索收集好，就是我们将整个事情调查个水落石出的时候！”

听着他信誓旦旦的承诺，我也不好再多说什么，倒是卓扬一脸没表情地打开车载音响，随即又是新一轮的案情重复。

昨夜约23时，港西海洋馆的电梯突发故障，电梯内，5名游客被困其中。依照最后的录像资料显示，电梯发生故障后，电梯内只有一名男游客进行过对外呼救，他按向电梯的紧急呼救按钮，但奇怪的是，并没有起到作用。今清晨6点，一名馆内的清洁员在打扫卫生时发现电梯内的尸体，惊慌中这才报了案。

根据验尸报告，这5名死者均是窒息身亡，死亡时间估计是在子夜1点至2点之间。但在这次的事件中，最令人不解的地方也是这里。因为据海洋馆方面反映，海洋馆每天闭馆的时间都是在22点，也就是说，每天在22点之前，都会有工作人员对馆内情况做最后的一次清点。

另外，除去这3—4个小时的时间差，就在刚刚过去的半个小时里，卓扬也接到了相关部门的电话，已经排除了因系统突发故障导致电梯按钮失灵这项因素。

一路听着案情，时间将近10点，我们才到达新城区，也就是俗称西区的海洋馆。港西海洋馆是全世界最大的水族馆之一。其主体位于港西体育馆的人工湖下，共分为3层，游客可由长达240米的亚克力螺旋透明隧道环绕参观。

说实话，如果不是因馆里莫名死了人而要我们来这一趟，我表示能领着上班钱干着下班的事，还是很开心的。虽然这其中也有美中不足的，就是我现在的肚子真的很饿很饿啊。

进了海洋馆的正门，我一个劲对陆温茗使眼色，他反应了半天，终于对卓扬说："老大，她很饿，要么我……"

他话说完，我立刻巴巴跑到卓扬跟前，冲他眨了眨眼以情真意切地表达一个我饥饿的意思。

听罢卓扬倒也情真意切地推了推眼镜，然后问："真很饿？"

我点头。

卓扬顿了顿，说："那就饿着。"

我："……"

我感到自己现在挺憋屈，都说上班的心情比上坟沉重，如今想来，光上坟还不够，若不慎摊上像卓扬这样的主……

我叹了口气，心说那还不得时时供着啊！

怀着憋屈的心理，我走在透明的海底隧道里，因为今天海洋馆闭馆休整，所以大部分的照明设备以及隧道电源都没有启动。我跟在他们后面，仰头望见幽幽的光线从深色的海水中透出，绚丽的鱼群不时从我头顶游过，在我身旁，美丽的珊瑚丛在海水中恣意舒展着肢体，倘若足够细心，还能留意到海水中一些砖色的石刻遗迹，仿佛传说中沉入海底的亚特兰蒂斯。

走了大概二十分钟，我们终于停在隧道尽头的两台升降电梯前。据一路领着我们的海洋馆陈经理介绍，这两台不锈钢电梯可直通海洋馆的一、三两层。话毕，他又指向了左边的那台，沉声说："出事的地方就是这里。"

卓扬点起一根烟，夹在手里，一副若有所思的样子。倒是陆温茗看了看周围，问道："除了这两个电梯，海洋馆还有别的出口吗？"

陈经理皱了皱眉："还有个紧急出口，不过那台电梯最近出故障了，所以暂时停用。"

卓扬点点头，向他比了个请的手势："还请陈经理暂先回避，我们需要彻底检查一次。"

"这样……那辛苦了。"话虽说着辛苦，可那陈经理面上到底还是露出了些不信任。说来也是，探查现场这种事本来应该交给港岛总署，谁知道期间一番折腾，最后竟然会委托到了我们事务所。讲到底，大部分人对科学难以解释的事还是持观望态度。

在陈经理离开后，我们按照惯例，得先用搜灵术将当时的场景还原一遍。按下电源按钮，银色的电梯门缓缓打开，此刻，虽然现场的尸体早已被人清理，但电梯的地面还是用白色的粉笔勾勒了当时5名死者的大致位置。

我环视一圈，因死者均是窒息身亡，所以电梯内部并没有遗留血迹。至于说电梯最基本的通风设备——轿箱，就更不是密封结构，平时有风扇可通风，停电后，风扇没开，但风扇的口仍在。而风口或与钢丝绳孔共用，或开在井道顶部和侧部做通风孔，用以保证井道不会密封。

既然如此，那么在这样的环境下，5名死者又怎么可能窒息而死？甚至连曾经挣扎过的迹象都诡异得并不明显呢？我向内走近一步，电梯最上方的节能灯突然闪烁起来，与此同时，一股熟悉的黑暗气息扑面而来。

宋娅楠……我脑海中嗡的一声。

我心一惊，瞥了眼身后站着的陆温茗，却见他此时竟似毫无知觉一般，只是凝神开始着搜灵术。

怎么回事？我以为陆温茗也能察觉到。

我忙扭头望向卓扬，不想他也正若有所思地看着我，而他夹在手里的香烟则在幽晦的光线下明灭起来，在他的后上方，隔着透明的亚克力玻璃，我陡然发现大量的鱼群正在朝我们的方向游来，透黑的海水里，各色各种的鱼类在我们的头顶越聚越多，越聚越密，仿佛顷刻就要冲破亚克力的玻璃。

"临兵斗者……"

我燃起了斗志。口中默念咒语，起手欲召唤式神，不料眼前突然一道极耀眼的银芒闪过，我还未来得及看清，只见那银芒蓦地暴涨开，将整个三层的海底隧道照彻得犹如白昼。

眼前，卓扬没有表情的脸上，唯有眼镜片在冷冷反着光。在他的手里，不知何时已再次握上了那柄浑身暗纹的薄质长剑，而那剑尖所指，正是电梯门的方向。

随着他口中一声“破”，长剑划下的同时，很快，眼前迷障也纷纷退去。

第二次看见他的烟变成剑，然后又由剑变成烟，我依旧吃惊得几乎能掉了下巴，倒是不远处的陆温茗竟然像是什么都没看见似的不由让人莫名。随即，他朝卓扬耸了耸肩，然后说：“最后的痕迹也被人抹去了，看来大家现在的反搜灵意识都显著提高了啊。”

我叹了口气，只好艰难地决定给他点提示，我说：“难道你刚才就没感到很强的怨气吗？就像是……”话到这里，我突然顿住了。

我的心一下子揪紧了，告诉自己不要妄下结论。我把这两件事的相似点好好在心里分析了一下，说：“我认为这次的事情还是妖精作怪。”

“妖精干的？”说话的是卓扬，镜片后，他深黑的眼微眯着，不知是不是故意要让人看清他那长得足以让全世界女生都忌妒的睫毛，他吸了口烟，说：“说来听听。”

我被他低磁的嗓音弄得很没脾气，只好指了指前面的电梯，说：“不知道你们知不知道妖精拥有可以在短时间内让空间扭曲或者时间停止的能力？电梯内是封闭空间，施展这类法术的绝佳区域。”

“今天来的路上，我们都在车里看了昨晚的录像。从录像看，这5名死者是关系亲密的几个朋友，可能经常在一起吃饭游玩。昨天一整晚，他们几个也没有分开，并且一起搭上了最后一班电梯……”

“他们进入电梯后，时间显示是22点。但也正因为他们已经上了电梯，所以馆内工作人员在最后清点人数时，才默认了馆内已经没有再留人。可电梯内，妖精早已用幻术暂停了时间，所以他们也一直以为时间还是22点，但其实，时间距他们搭上电梯，已经过去了一个小时。”

话说着，卓扬镜片后的眼睛也亮了起来，而陆温茗则咦了声，说：“书本知识学得不错，那我就再考考你。阿叶，外面有的是电梯，你知道它们为何要挑这里下手吗？”我皱眉，只听一旁的卓扬又开了口：

“葛叶，这里是海洋馆。”

是啊，是海洋馆。我心中默念了遍，这才反应过来，一般来说，即使有不同寻常的气息，但这里的鱼类和珊瑚非常密集。在被这样密集的生灵气息掩盖之后，就不会轻易被法师察觉到。可为什么我还是能有如此似曾相识的感觉？

我突然记起自己在进入电梯门之后卓扬望向我的眼神，再加上他在这之后的表现，这样说来……

不想此时卓扬也像看出了我的心思似的，他慢慢吐了个烟圈，声音也淡淡的：“你怎么就不能教人省点心？”

暧昧的语气，让人一时分不清这话究竟是褒还是贬。我很快分析了下，直觉偏向是他入戏比较深的成分多点，我于是故意清了清嗓子，假装没听见这句，顾自继续道：

“有一名游客机警地意识到了呼吸困难并想要报警，但可惜这时电梯内的空间已经被扭曲，报警器的警铃声已经不可能再达到传达室。”

“那么动机呢？”卓扬看着我，我这才发现他夹在指节的烟已经燃到了烟尾，但这烟不是他刚才那把剑吗？我皱了皱眉，觉得或许这个比我刚才讲的那个还要科幻，哦不，简直就是玄幻了……

悬案的结论已经给出了，调查下去也没有了意义。所以我只能凭着书本知识和自己的推理说：“妖精不轻易侵犯他界生物，却选择海洋馆的电梯杀人，说明这不是随机作案，目的性强。虽然不知道背后有没有主使者，但很可能是这五个人或者其中的几个早就被盯上了。因为生前做了过分的事，招致报复……”

分析到这里，我的心不由得跟着一沉。

是报复吗？我分明看见卓扬的唇角动了动，却是没说话了。

从幽暗的海洋馆出来，我被头顶的烈日晃得一阵睁不开眼睛。很快，新鲜的空气和喧闹的人声将我包围，我轻嘘了口气，突然有种重新回到现实世界的感觉。不过，现在最亟待解决的问题是，我真的很饿很饿啊……

出来后，我就一直跟在卓扬后头不吭声，气氛僵了半天，终于在陆温茗从停车场把车子开出来后打破，卓扬说，他知道这附近有一家茶餐厅不错。陆温茗听后表示跃跃欲试，奈何这欲试才试到一半，他的手机就响了起来。

打电话的是老萧事务所的林弯弯，林说事务所最近出了点小麻烦，要他赶紧回去一趟。陆温茗叹了口气，只好艰难地决定放弃这宰卓扬一次的机会，并向我抛来了一个幽怨的眼神，说他这就过去。

天可怜见，在陆温茗走后，我只觉得原本僵硬的气氛简直堪称呈指数下降。而就在气氛即将突破临界点的时候，卓扬已经一把拉开车门把我硬塞进了副驾驶座上。

我撇过脸，还是不说话。倒是他在发动车子后，推了推眼镜，我以为他推眼镜是要说话，谁料反被他先将一军，他问："你想说什么？"

敢情是预备好了套等我钻呢！这男人实在是太可恶了！我哼了声，说："没有。"

话说完，却见玻璃车窗上映出某人的嘴角隐隐翘起，他空出只手按下音响键，音乐轻柔响起的同时，只听他难得地呵了声，说："真是小孩子脾气。"

我承认自己被他受用的声音弄得很没辙，索性闭上眼，开始装睡起来。实在也是我昨夜睡得太不安稳，所以这一眯眼，没想竟然真的很快睡着了。

时间不知过了多久，等我醒来，人已在一间装修简洁温馨的茶餐厅里了。透过面前的玻璃窗，我望着楼下繁华的街道，一时没反应过来。

我扫了眼周围，发现有不少年轻情侣都在偷偷看我，我有点疑惑，于是问："我刚怎么上来的？"

此时卓扬正在看菜单，他抬眼看了我一眼，目光很快又移回去了："抱上来的。"

我愣了下，说："啊？"

然而他并不打算搭理我，只是向身旁的服务生招了招手，说："要两份意大利通心粉、一份冰酿黑糖奶茶，一杯拿铁咖啡。"点完单，他又停了停，这才补充一句：“你还挺重的。”

我：“……”

我觉得自己目前的战况有点惨淡，碰上卓扬这样重量级的嘴炮，我的道行简直都快一夕回到解放前了啊。我叹了口气，无意识地摸了摸自己的脖子，突然间，一种微凉的金属触感从指尖传了来，我低头，看见胸前吊坠的瓦片链，不知什么时候竟被人换成了条蛇骨链，再看成色，显然比我先前的银项链要亮上许多。

我努力将声音稳住了，问卓扬说：“这项链是什么时候……”

没料想卓扬倒也没回避，直将视线望向我脖颈的项链，说：“这个款式果然很适合你。”

我说：“啊？”

他推了推眼镜，隐隐勾起唇角，说：“我只是想说我真有眼光。”

我：“……”

沉默了一会儿，我分清形势，直觉认为我目前最首要的是先将局势稳定下来，我吸了口服务员刚端来的黑糖奶茶，说：“我怎么知道你究竟有没有女朋友？”

卓扬双手交叠，下巴支在上面，说：“嗯，你就是。”

我被他噎得半天张不开口，倒是这时他的目光忽而停在我的吊坠上，淡淡说：“颜色好像更亮了。”

我呃了声，想想还是把昨晚和陆温茗在苏菜馆的事大致说了一遍给他听，他听着，终于在听见女娲石三个字时挑起了好看的眉毛。但让人不解的是，他并没有如沈一菲一般表现出对传说的质疑，或者像陆温茗这种本就对情况有所了解的人一般仍旧开着半冷不冷的笑话，而是动作优雅地将服务员新端来的意大利通心粉推到我面前，然后问：

“葛叶，你相信契约吗？”

（2）镜灵阁的神秘伙计

相信契约吗？

以这样的问题请教一名本就与式神缔结契约的阴阳师，我觉得他现在搞不好是想得有点多。只是契约和银项链又有什么关系？倒是他随即用银勺搅了搅瓷杯中的咖啡，凑近了低声说："传说，女娲石可以完成人心中的愿望，但缔约者，也需付出相当的代价。"

我眨眨眼，看了看他又忙看看周围，电光火石间，我只觉脑中突然闪过一丝想法，究竟什么样的人才能在这样的场合下如此镇定自若地说出这种话啊……

我吸了口奶茶，手托上腮，小声问："你是怎么知道的？"

他推了推眼镜，说："你再过来一点。"

我照做。

镜片后，他的眼睛似噙了丝笑，他说："答应和我交往我就告诉你。"

我："……"

我觉得自己不是很能理解他的品位，当然，我估计他大概也没想过要我理解。我想了想，终于还是决定先借温老师一用。毕竟像我这样普通的姑娘，被如他这样的"霸道总裁"看上，总多少还需要一些理由。

毕竟，感情这种事就算是可以发生得不需要逻辑，但至少，需要合理。而这，显然不合理。

很不合理。

然而，再次被我婉拒后，我未料到卓扬并没有如我想象中的种种反应。他不过是略向座椅靠了靠，然后停下了用银勺搅着咖啡的动作，淡淡说："哦，那真是可惜了。"

我呃了声，以为他会有下文，谁料他只是动作优雅地慢慢吃完了自己面前的通心粉，然后起了身，对我说："葛叶，请一个刚失恋的人吃一顿中餐，想必你是不会介意的吧？"

我："……"

在这之后我和卓扬的戏份没什么可交代，倒是所里的事一波三折，是人难以料到的。

鉴于我昨天迟到带来的不良影响，所以第二天我早早起床吃了早饭就来了事务所。但让我诧异的，作为BOSS，卓扬竟然比我来得还要早。我偷偷瞄了眼他的办公间，只见那扇门虚掩着，从外能看见办公桌上的笔记本莹蓝色的光反射在他的镜片上。

他抬头看见我，很快将笔记本合上，从里面走了过来。

"怎么不进去？"话说着，他抬腕看了眼表，"八点十五准备开会，陆温茗还没来？"

一副公事公办的态度，简直和昨天的态度判若两人。我抿了抿嘴，憋出句："我路过。"

话说完，他好看的眉毛挑高了点，只一顿，他又突然俯下身，在我耳边轻道："忘了说，现在后悔也来得及。"

这个祸水……

"阿叶！呃……我什么也没看到，你们继续，继续啊……"陆温茗的声音从走廊尽头传来，我脸一热，狠狠瞪了眼卓扬，一溜烟也跑进了自己的办公间。

八点十五，会议室里准时来到的除了我、陆温茗、卓扬，这次还有妖目。对于这个古怪的名字，其实私下里我也问过陆温茗。他的解释是：术师毕竟是个大众以外的职业。从血缘上，咱们这些人是独立于世界上绝大多数人类的特殊人群，大部分人还学习了普通人类的专业，有别的工作。虽然我们有责任维持天地三界的平衡，但也有人仅仅是出于责任，并不把这个当成使命来做，因此在事务所之外都还有自己另外的职业和身份。为了不影响作为一个普通社会人的生活，不方便甚至不愿意曝光真实身份的人也是有的，比如他俩，就选择在工作的时候使用自己特殊的能力作为代号。比如你，身份不也是个大学生吗？

我白了他一眼："我现在辞职，找个别的工作是不是更好？"

陆温茗："虽然在这儿存档的职员还有很多个，不过以你的智商也干不了第二份工作，老老实实做全职比较好。不然工资减半，你又这么笨，吃什么喝什么啊？在这做全职职员，还有机会嫁个总裁……”

我懒得再理他。关上灯，拉严实百叶窗，投影仪的幕布上便显示出今天最新接到的又一起委托——乐悦会计事务所七人离奇死亡案。

从被妖目以灵能放清晰了N倍的照片中我们可以知道，这七名死者的伤口和三天前G大附中出事的两名女生有着惊人的相似之处。妖目也指向了死者的心口位置，说：

“凶手作案手法利落狠绝，从这些照片可以看出，全部都是一击毙命。”

他刚说完，陆温茗忙接话道：“凶手是变态食心人吗，哎哟，真是恶心。”他说着，端起他的咖啡杯晃了晃，顺便又抿下一口。

我的心狂跳起来。看着神情淡定的陆温茗，我怀疑他是不是被什么法术给抹去了记忆。因为此时此刻我的脑海里又浮现出了那萦绕不去的一幕……

宋娅楠！

妖目不紧不慢道：“如果真是变态食心人，那这案子想必也不会来咨询我们事务所了。”

我余光迅速又瞥了眼卓扬，见他夹烟的手这时在一份报告上顿住了，他吸了口烟，略停了停，终于开腔：“G大附中的案子后期一直是乌鸦在盯，今早他将调查的资料传来，已确认是妖精作案无疑。”

我的分析是对的。但我的心却很乱，如果这是大规模的连环案件，那么在查清楚这一系列事故的同时，我会不会接近了导致宋娅楠失去性命的真相呢？

总觉得是要发生什么事呢？我心中一紧，却见卓扬将手中的烟灰弹了弹，淡淡道：“没有确凿动机，管理协会就无法最终立案。不过纵然如此，如果确认是妖精所为，三界缉查令还是会照下的。”

前文早已提过，为了便于三界间的管理和和谐发展，每一界便派代表成立了三界管理协会。至于说三界缉查令，就是管理协会特别颁发的，天、地、人这三界通用的缉查令。

我一度还在神游，没想卓扬这时已将文件夹合起，起身道：“今天的会议就先到这里，二十分钟后，我们动身去北岛中心。”

我有些没反应过来，忙重复说：“去哪里？”

陆温茗拍拍我的肩，然后一指卓扬：“问他。”

……明骚易躲，暗贱难防，陆温茗啊陆温茗，我是怎么会摊上你这么个无良师兄的？我长叹了口气，默默进了自己办公间。

电脑仍旧是先前的开机状态，我登录MSN，扫了一圈头像，目光停在洛小满的那张戴着大黑框眼镜的正太脸上。我边看着，突然反应过来有哪里不对劲，出去倒杯水回来，才猛地想起那句：千万不要把自己的照片作MSN头像，不然一下线就黑了这多不吉利啊。

洛小满的头像是黑的，诸如他这种万年在线帝居然也会黑头像？我有点不可思议地发了条信息过去：小满满，在不在？

我等了等，竟也一直没人回复，奇怪，难道他也不是隐身状态？

“阿叶，准备走了啦。”大概嫌我太过磨叽，陆温茗替我拎起包后又八卦地瞄了眼我的显示屏：“小满满，在不在？哎哟，阿叶你吃嫩草了！吃嫩草了！哈哈哈！”

我睨他一眼，不想这就撞上了门口站着的卓扬一副若有所思的目光……

北岛中心这一片由于我经常要来镜灵阁置备些阴阳师常用的道具，所以一直都觉得挺熟，但或许也因为太熟络的缘故，所以我从没想过有朝一日，这里会出问题。而除了这次案件我们初步断定是妖精所为外，我更诧异为何连洛小满都联系不上了。

事有蹊跷，一路上，我考虑了下还是把自己的想法跟卓扬、陆温茗讲了讲。卓扬听后吸了口烟，点了点头。

这次出事的地点是富润商厦斜对面的一栋写字楼，前面已经说过，北岛中心这一片从前都是坟场，建筑地点简直堪称风水先生首推的反面教材之最。或许因为这个理由，所以开发商刚动工了一半，就又反悔了。

过了十字路口，首先映入眼帘的半吊子建筑，就是昨天出事的写字楼。这栋写字楼高九层，出事的地点正是在这第九层的会计事务所。我们进入大楼后，发现这里的光线尤其昏暗，就连它的墙皮都已经发黄剥落，不但如此，甚至连一层的电梯按钮都有些老化失灵，我们等了许久，才见旧式的电梯门缓缓打开。

进入电梯，它缓慢的上升速度更是直接激起了陆温茗的抱怨，到最后只好凭借讲冷笑话打发时间，他想了想，说：

从前有一个男人纠缠一个女人，等到了家门口男人仍不肯走，女人便让哥哥打发他走。哥哥跑过去喊道：你有点眼光行不行，居然缠着我妹。

我听着，直觉这话哪里不太对劲，反应了又反应，终于察觉出大概是这话太过意有所指。我斜睨眼他，倒是这时卓扬淡淡道："其实眼光另类点，挑女朋友才不容易撞车不是吗。"

我："……"

随着一声滴，电梯在红色的指示灯显示至第九层时停止，出了电梯，正对着的是一条走廊。走廊的左右两边各有一间办公间，左边的办公间是空着的，我走过去瞄了一眼，发现里面甚至还没有开始装修。

"这里真暗啊。"不远处的陆温茗突然叹了一声。

"坐南朝北的房间，有点意思。"他话说着，卓扬也点起烟跟了句。

见他俩都说得挺欢，我忙跑过去，此时，这间静得过分的办公间里，仅仅留下前台侧墙上"乐悦会计事务所"几个砖红色的大字似在无声地诉说着什么，光线昏暗，更显得那行红字如同墙壁渗出的血迹。

也许是因为事情发生得太过突然，总之，直到我们进入这间事务所，这里也依旧没有一个相关负责人过来，甚至就连替这里前去报案的，都是每天送港岛早报的一名邮差人员。

我们观察了下，发现这间事务所的建筑结构并不复杂。前厅的左侧有一个小型的会议室，前厅之后的空间，则是被塑料隔板独立出来的十几个办公位，在这些办公位的最后，还有两个独立的办公间，而右边这间办公间，就是这次出事的地点。

这间办公间的门是半敞着的，我推开门，只见在这三十平方米左右的空间内，一扇窗户开在正对门的方向。我心中一紧，想起《阴阳师生存手册·基础篇》中提到的一句室内风水口诀：前通后通，人财两空，说的就是门不要正对窗的方向。而港岛市本就是出了名的注重风水，又有几个建筑师在设计时会犯这样基本的错误呢？

我皱紧眉，又看了眼其他，窗户前，八张办公桌呈一字型相对放置，桌面上，除了键盘、显示屏，还凌乱摆着些资料文件。我向里小心走了几步，这才发现原来是这房间的光线暗得最为厉害。纵使百叶窗全部拉开，但从玻璃窗外透入的光线，也顶多就是半米。但这样的长度，放在其他办公间，必定都是不止的，甚至那些射入的光线，也像是……被谁吸走了。

我被心中的想法吓了一跳，就在这时，我脚下被一个什么东西绊了下，我弯下腰，看清这是瓶罐装的雀巢咖啡。显然，这瓶咖啡还没喝完，再加上我刚刚那一脚，现在又有不少咖啡流了出来，咖啡罐也同时开始滚动。

案发现场的任何物件均不能被移动，我谨记这一条，赶忙带上塑料手套准备扶稳它，怎奈它的速度太快，几秒过后，就停在了墙角铁色的壁柜前。

也就是在此时，房间的光线突然一暗。我心下一沉，只见原本空荡的房间中，一层半透明的水波纹缓缓浮荡开，水波纹内，七名白领模样的男女凭空出现在了眼前，而这七个人，正是我今早在投影仪中看到的那七名死者！

我是无意见进入了一个结界？

我正想着，就见面前的办公位上一名穿着粉色衬衫的男人将一沓资料递给身边的单眼皮男生，说道：“陈成，这份财务报表今晚要是再对不完，明天头儿回来咱们可真就得挨板子了！”

“唔，头儿真是变态呢，每个季度都接那么多任务，但就是不给我们长薪水，哎……”位置紧挨着窗户，手涂着红指甲油的女生嘟嘴说。

“既想马儿跑得快，又想马儿不吃草，哪里去找这么好的事喔。”她旁边正敲着键盘的卷发女生也点头表示同意。

“昨天连潇潇都辞职不干了！”卷发女生斜对面办公桌上，一名左耳打着耳洞的男生不满地给了办公桌面一捶，“把这单做完，就谁爱做谁做去！”

“后生仔就是后生仔。”男生旁边穿着短袖西装的大叔叹了口气，“想当年，我像你们这么年轻的时候……”

“孙叔，话不能这么说……”一只白皙修长的手拿过他电脑屏幕前的罐装咖啡，忽地，他拿着罐装咖啡的手顿住了，“孙叔，你听见了什么声音没有？”

“声音，什么声音？”西装大叔皱眉看了一圈，视线在紧靠着壁橱的最后一个办公位上略停了停，顺着他的视线，我看见一名身穿浅米色衬衣的清秀男人勾着唇，隔空对我举了举手中的黑漆杯，我望着他的眼睛，一时只觉有哪里不对劲了……

刚刚在这间办公间里的，明明只有……对，的确是七个人无误，那么现在这个是？

与此同时，慢慢打开的橱柜里，一股熟悉的怨气顿时向我袭来——

“临兵斗……”

“苍玄·破！”

蓦地，一道耀目的银光划开水波纹，银花漫下的瞬间，眼前的人事物顿时消弭不见。我一个趔趄，后腰随即被人稳稳托住，而我眼前，那罐没喝完的咖啡……也分明还在我脚下。

“阿叶，你最近怎么尽着人家道儿啊？”出了那栋诡异的写字楼，陆温茗说。大概是发现我脸色不好，他忙又从车里拿出一瓶矿泉水递过来，“刚刚要不是老大出手快，还真不知道后果会怎么样呢！不过话说回来，老大你是不是也太快了点，我那咒语才刚念一半呢，咳，老大那水我是给阿叶的。”

卓扬：“我也口渴。”

我：“……”

卓扬：“你真不喝？”他话说着，拧开喝了一半的矿泉水又递过来，阳光下，我看着他修长的手指握着矿泉水瓶，只觉连带那透明的矿泉水瓶都开始像件艺术品，面对这样的珍品，我怎么忍心暴殄天物呢？我于是厚道地摇了摇头，说不用了。

卓扬握着水瓶的手顿了顿，淡淡补充道：“你这是嫌弃？”

我立刻说没有，并这就打算向毛爷爷保证，谁料矿泉水突然被陆温茗一把夺过，并迅速仰头灌下一口：“不就喝个水吗，你俩至于吗。”

见陆温茗难得傲娇，我只好赶紧转移话题，问道：“难道刚刚那个又是‘结界’？”

卓扬点点头，并进一步给出解释：“那个‘结界’的产生应该来自于死者生前最后的残念……这一幕，会无休止地持续到他们轮回以前。”

陆温茗听后赶紧抹了把嘴，问我道：“你刚都看见什么了？”

我说：“多了一个人，有八个。”我又仔细想了想，这才明白自己当时为何会诧异了，“那个人穿着米色的衬衫，长得有点像……像那个谁……就春晚变魔术的那个……”

陆温茗咦了声，问：“难道是陶谦？”

我立刻点头，说：“对，长得还挺清秀的。”

听到这，我看见卓扬脸上明显僵了下，他说：“我还以为你会说金成武。”

我于是否认：“你比较像……”

卓扬：“我比他年轻。”

陆温茗：“我觉得老大说得对。”

我：“……”

停了停，卓扬点起根烟，正色道：“从我们到现场，一直感觉不到气氛有何异样，只有最西边那间办公间，葛叶在进去后就立刻出了问题。除了刚才提到的那个男人，还有别的吗？”

我说：“靠墙的那个壁柜不对劲。”

陆温茗：“我感觉话题快要进入关键点了……”

卓扬淡淡吐了个烟圈：“怎么个不对劲法？”

我：“场景里，壁橱的门都快要打开了，我闻到了一股和海洋馆电梯内一样的气息，但就在那时候……你们正好闯进来了。”

陆温茗：“原来是我们记错抢镜的时间了。”

我又下意识地摸了摸那颗女娲石。果然，又有点发烫。心里一沉，恐怕我的猜想是真的，女娲石不断地吸收着……

虽然我查了很多资料，得知女娲石是净化的宝石，只会不断吸收不正之气，然后以自身净化，就算有一点溢出，也不会发散或者感染周围的人。但我还是担心并且怀疑，因为我的身体因为女娲石的的确确受到了影响，而且我身边的人也……

我得坚强。不能忘了自己是因为什么才立志做一名阴阳师的，宋娅楠悬案的真相，迟早是会水落石出在我手上的。

我此刻因佩戴女娲石而造成的容易招引邪灵的弱点，能成为破案的助力……这样也不错吧。我尽量忘记关键点是自己的力量还太弱太差，无力地想着。

卓扬一抽眉角，终于掐灭了烟，对他道："你们这档的戏份结束了，先下去领便当吧。"

"……"

在案发现场采集完信息，我们略休息了下，就直接步行去了洛小满的镜灵阁。镜灵阁跟这栋写字楼只隔了一条街，我们走去不过十分钟，就到了镜灵阁的门口。但可惜的是，彩绘玻璃门上常年挂着正在营业的小木牌此时竟然翻了过来，写着：店主外出，暂停营业。

由于一般采办阴阳师用品的事都是我来办，所以陆温茗很少来这里，看到这时少见的关了店，他有些不置信地趴在玻璃窗口向里面看了看，这才向我们耸了耸肩，示意里面真的没人。

"你们找谁？"一个冷冷的男声从身后传来，我转过身，一名身穿休闲西装，相貌俊美中透出些阴柔的年轻男人站在离我们不远的地方，"你是……葛叶？"他问。

尽管脸色不善，但他还是尽可能绅士地向我伸出了手，我有些局促，好在身旁的卓扬随即向他回以相同的优雅，并替我跟他握了握手，道："卓扬，请问阁下是……桃树精？"

桃树精？我心中一咯噔，难道眼前这人就是镜灵阁那个常年不见人影的伙计？但，不管从哪个角度看，他都比洛小满更像个老板好吧？

“你是头一个看出我真身的人。”面对卓扬的直白，这位桃树精并没流露出过多的不悦，而是点了点头，作了个简短的自我介绍：“镜灵阁，路易斯。”

“十四？”插话的是陆温茗，我皱了皱眉，只觉这人冷漠的气场简直就快能与卓扬平分秋色了，倒是路易斯牵了牵唇，“名字无非是个叫法而已，既是叫法，那么十三、十四又有什么区别？”微一顿，他略显傲慢清寡的目光已经向我飘了过来，“你找小满？”他问。

我点头。

他又道：“那不巧，我们最近准备去三亚旅游。”

陆温茗听后两眼放光，问：“你们妖精也兴去三亚的？”

路易斯唇角一抽，跟着面色也阴晴起来，他说：“能力的高低并不取决于数量的多少，你该知道。”

他这话隐隐间能听出火药味儿啊，眼见着势头不对，我清清嗓子，立刻上前一步打起了圆场，我说：“那什么，路易斯，我最近都找不到小满，你知道，我平时的用品都是从……”

“你等等。”他打断我的话，并打开了镜灵阁的店门示意我进去，没有开灯的店铺内，一排排空荡的货架像昭示着这场突来的离别，一时间也不免让人怅然起来，忽然，路易斯低道：“小满一直把你当姐姐看的。”

他的话让我一阵错愕，而又像是为了佐证这话似的，他随即从吧台下搬出个早已包好的大纸箱推到我面前，说：“这些是小满怕你不够用，特地留下的。”

看着面前一堆的道具，一种说不清的感觉忽地从心底腾起，很快充盈了我整个胸腔，我觉得眼角有点涩，但还是说：“其实也用不了这么多。”

听我这么说，路易斯仍坚持将东西推了过来，他的态度不变，音调却缓了，他说：“小满跟我说过，他认识的阴阳师那么多，但真正看得起他平等看待他的，只有你一个。”

我说：“我其实……”

路易斯呵了声并没有让我将话说完，而是突然压低嗓音，在我耳边道：“最近风头这么紧，我本来以为你不会来。”

他说着，打开我的左手，迅速在手心上不知画了个什么。

（3）中间人

从镜灵阁出来，时间已经有些晚了，介于这突然多出来的一大箱阴阳师用品，以及陆温茗早已跟沈一菲约好晚上要一块去看电影的既定事实，所以送我回家的任务自然就落到了卓扬的身上。

卓扬说，既然有女生昨天中午请了他吃饭，那么理所当然的，今晚就该由他回请。且他回请的地点巧妙地定在了我胸前女娲石起反应的台州菜馆。

“我听陆温茗说了，从现在经历的案子来看，每件事都能引起你身上女娲石不同程度的反应。你说女娲石曾在那家餐厅起了剧烈的反应，那我也准备去看看，说不定能获得什么新的线索。”

听了他的解释我心情很是不爽。好不容易请我吃个饭，还要选在我不愉快的地方，又不忘了提一下工作。

“这样才有理由报销嘛。”我更无语了。

难得今天路况通畅，所以路上我们并没耽误太久，就到了大角的台州菜馆。来到苏菜馆时时间正值饭点，但让我意外的是，今天并没有很多客人。

因为开始在车上卓扬已详细询问了我当时出问题的是哪间包厢，所以他刚一来，就直奔主题去了服务台。我则借机去了洗手间，打算给陆温茗发条短信，投诉他今天如此重色轻友的不仗义行为。

在服务员的指示下，我穿过一个走廊，一扇月洞门，终于在一座花岗石屏风后找到了洗手间。但不知是不是因为还没从乐悦事务所的阴影中完全走出的缘故，总之当我进入洗手间时，恍惚这里的光线昏暗得仿佛有些不正常，为了打消心中的疑虑，我索性放开水龙头匆匆洗了把脸，然后从包里拿出了手机。

……汗！不是吧？竟然没有信号？

我叹了口气，又甩了甩手机，果然，还是一格信号都没有。

我皱眉，抬眼对上半身镜中的自己，此刻，我及肩的发丝垂落在杏色的T恤上，肩窝处，隐隐还留着刚才洗脸时不小心留下的水痕，看到这，我忙从包里拿出了纸巾，然而忽听身后一声重重的“啪”，竟是原本半敞着的支摘窗猛地被合上了。

难道是起风了？我心下一怔，就要上前瞧个清楚，但就在这时，一阵“呲呲”的声音幽幽从耳边蹿起，就仿佛煮沸的水开始冒泡，紧跟着，一层似曾相识的水波纹也蔓延开，我心中一声咯噔，却见乐悦事务所的场景出现在了面前的半身镜里。

是结界吗？惊愕间，我赶忙回头，可惜我身后的景象却并未见什么异常。难道说，有问题的只是这面镜子？抑或者，它只是个媒介？

果然，我又引来这种东西了……

一边猜测着，一边半身镜里已模糊浮现出一个人像，接着渐渐清晰，先是浅米色的衬衣，再是左手上握着的黑漆杯，最后是诡异扬起的唇角，这整个过程不到半分钟的时间，但在我看来，却像是过了半年那么长。

已经来不及思考，我除了考一级时有过的那次甚至算不上实战的实战经验，更来不及想当时还是在陆温茗事先搞到考题让我练了半个月的情况下我才勉强及格的事实。我屏息，只得强迫自己镇定下来，起手间，一道防御用的桔梗印已然缔结。

但，我的动作终究是慢了。

因为那男人在浅抿下一口黑漆杯中的液体后，几近破镜而出，我紧了紧手心，口中咒语未停，这时——

“葛叶，你在里面吗？”卓扬的声音透过花岗岩屏风传来，我心神一晃，几乎已经看见男人的手指触到了我的脸颊，我头皮发麻，本能地就是用手挡住，然而，意想不到的事情发生了，接触到我皮肤的男人就像是被什么给狠狠烫了似的，身体当即就缩成了一团。

下一刻，又一声急促的“葛叶”，我转过脸，看见被哐当一声大力拧开的门后，卓扬手里的烟已然幻作了剑……

从洗手间出来，卓扬就拉着我出了台州菜馆。我有点疑惑，卓扬却迟迟不语，等上了车才说，该要的信息他已经得手。

他是怎么收集信息的？难道又是拿我当诱饵？我看着他一脸胜券在握的样子，撇嘴说，可是我很饿，你不是说要带我吃饭吗？他推了推眼镜，双眼仍直视前方，说，对，我这就带你去吃饭。

这个可恶的男人！我握紧拳，干瞪了他一眼，不想他又是那样隐隐翘起无可挑剔的嘴角，让人想恨又恨不起来。时间不知过了多久，等我们来到滨海大道时，已经是华灯初上了，繁华的街道前，人群往来如梭，迷离的霓虹灯装点在两侧高大的建筑上，也像是为这夜色增添的一抹招摇的魅惑。

卓扬将车停在一片绿化带后，便下车替我拉开了副驾驶的门。

眼前，夹道林立的服装店、奶茶店、精品店看得我不禁发蒙，倒是他不紧不慢地偏过头，指了指二楼的某扇玻璃窗说："跟着点，我带你去。"

他的声音本就磁性，又难得这样温柔地跟人讲话，实在很难不让人心生警觉，是故我磨叽了下，顺便将为什么是楼上的可能性琢磨了一番，这才问："为什么是楼上？"

卓扬推了推眼镜，淡淡说："你会这么问，难道是觉得自己很可口？"

他这话说得很有歧义，但一时我也没想好该怎么辩驳，我抬头仔细看了遍二楼的店铺，目光终于在一家西点店的玻璃窗前停了下来，说："你是打算带我吃蛋糕？"

卓扬看向我的目光顿了顿，没理我。

我再接再厉，问："你生日？"

卓扬叹了口气，索性一把拉住我的手，带我拐进了这排店铺后的一条窄巷。要说这条窄巷也是僻静幽深，再加上四下无人，我和他一路走着，几乎能听见自己和他一前一后响起的脚步声。

等终于进了楼梯，卓扬才突然开口，道："她不会像你这么吵。"

我愣了下，虽然没搞明白他这话的他究竟是指她呢还是他，但我好歹听明白了那句不会吵，于是当下就白了眼他，同时撂下狠话："那真是委屈老大您了啊，要么小的先行退下，让老大您自个儿清净清净？”

话未完，他却一把揽住我的腰，淡淡说：“你这是吃醋了。”

一瞬，我觉得这个动作有点熟悉，但下一刻还是觉得辩驳要紧，我说：“老大您想象力真丰富。”

他将脸转过来，说：“不肯叫我卓扬，还不承认自己是吃醋了？嗯？”

尾音上挑的一声嗯，磁性得让人全无招架之力，我赶紧说：“你放手你放手。”

他呵了声，手势一收，没承想我脚下顿时就一个不稳。好在那手很快又撑了上来，再轻飘飘跟上句：“看来还是不能放。”

我：“……”

滨江大道这一带我来的并不算少，倒是这间西点店什么时候开的，我却并不知道。跟卓扬上了二楼，我才恍然这里的空间远比想象中的更要宽广，装潢奢华的西点店里，水晶吊灯在奶白色的瓷砖上反着光，最靠里的玻璃门后，甚至还带有一个小型的露天阳台。

“小卓很难得带人来这里吃东西噢。”一个悦耳的男声在我头顶响起，我抬头，看着放满各式精致糕点的玻璃柜后，一位系着白围裙的高挑男人正笑眯眯地看着我们。

“他叫你……小卓？”我有点诧异，不由多看了白围裙两眼，很难得见皮肤这样白的男人却不带一丝娘气的，更何况他还长得这样……嗯……标致。

“小姑娘你要吃什么，难得小卓请客噢。”白围裙弯下腰，一手支在玻璃柜上，另只带着枚简约银色指环的手指了指玻璃柜后的几样糕点，我眼还盯着他，目光没留意就在他白衬衫里露出一截的修长锁骨上停了停。

啧啧，这也是个祸害啊祸害。

我呃了声，这边还没感慨完，那边卓扬已然将头偏了过来，冲我一推眼镜。我眨眨眼，立刻指了一个说：“我要慕斯蛋糕。”

话音落，就见白围裙脸上的笑意更深了，他从柜台中端出两个慕斯蛋糕，又顺手取过一个不锈钢圆盘，说：“小姑娘，你口味跟小卓还挺像呢。”

“小白，你这脾气还是一点没变。”卓扬接过盘子，声音也淡淡的，“再来两杯冰可可。”

“小白？”我咦了声，看看他又看看卓扬，倒是白围裙保持手支在玻璃柜上的动作不变，同时用另一只手揉了揉我头发，“君柏，小卓的朋友，这间西点店的老板。”他话说着，又将一张精美的铜版纸递到了我面前，我一看，原来是张饮品单。

“他要喝冰可可，你喝什么？”君柏冲我眨眨眼睛。

这分明是要跟卓扬抬扛啊！我心中哧了一声，随手点向其中一个：“给我杯卡布奇诺。”

“哈哈哈哈。”听说我要喝卡布奇诺，白围裙拍着卓扬的肩顿时大笑出声，“小卓，你的这个小朋友真是有点意思哈。”

我暗笑，余光瞧见卓扬克制的脸上微微一番抽搐，下一秒便道：“葛叶，你先去露台找个位置，我等等就来。”

我只得哦了声，回头时又见白围裙一手搭在他的肩上低低说着什么，而他则照旧看不出神色。

绕过一排排的货架，我推开玻璃门，才恍然原来这是条由长廊改成的露台，正是这间西点店最精华的部分。迥然与外面的堂皇明丽，这里则更像是与玻璃门相连的别府洞天。满布着常青藤的砖色墙壁前，清一色的原木桌椅由一道道的竹编屏风相隔。铺着印花布的方桌上方，一盆盆悬挂着的铃兰花在影绰的烛光下显得楚楚动人。

现在的人并不很多，我挑了个最靠里的位置坐下，没过多久，卓扬就端着个盘子进来了。

卓扬说：“你很怕被人看见？”

我没吱声，直接拿过盘子中的慕斯蛋糕咬了一口：“你慢死了。”

卓扬推了推眼镜，淡淡说：“你这样吃，想必不知滋味。”

我被他突然这一句文绉绉的话弄得很没想法，以最快的速度吃完一个，目光又盯上了他的，倒是他虽像瞧明白了我的心思，却拿起自己的那块动作优雅地咬了一口，说：“吃完这个，等等再带你去廖记吃烧烤。”

他这话说得着实欠扁，虽说在这个天里吃烧烤最容易上火，但我承认自己还是被廖记烧烤这几个字所诱惑，我哼哼了声，没话找话问：“看你跟白围裙很熟，看来是常客呢。”

他嗯了声却不继续，暖黄的烛光里，我看着绵软的奶油融化在他线条流畅的嘴唇上，一时竟觉再生动不过，心中斗争了斗争，这才将目光移开了，我说：“原来你喜欢吃甜的？”

话说着，他却将手中的慕斯蛋糕放了下来，镜片后，他深邃的眼睛望向我。我以为他只打算这么看着了，不承想他只是略略一停，就将眼镜摘了下来。

自从我和他认识，就没见他摘下过眼镜，夜色下，我看着他近在咫尺的目光，只觉原该说是少了什么，但分明又是多了。

他说：“你刚问我怎么喜欢吃甜的？其实是很多年前，有个人喜欢而已。”

他的声音风轻云淡，却又像刻意压抑着诉说一段陈年的往事。

话到这，我才恍然剧本竟开始向言情的方向发展了，但按照小说的一般规律，男女主发展到这里，作者通常都会给他们较为狗血的一击。眼见着他表情不佳，我料想结局多半是BE了，我于是低下头，假装正经地喝我的卡布奇诺，倒是余光仍旧没忘偷偷打量他。

此时，他揉了揉直挺的鼻梁，重新将眼镜戴上了，他说：“你也不问问我后来如何？呵，也对，都是我自作孽，不可活。”

这前后两句有什么必然的关系吗？我将这其中的逻辑思了又思，还是没理出个所以然来，眉头一皱，只好安慰说：“也许是那姑娘眼光不好呢。”

他眼看向我说：“对，我也觉得是那姑娘眼光不好。”

我：“……”

大概关于姑娘的话题有点敏感，之后的沉默持续了好一会，终于在白围裙端来水果拼盘的时候停止，白围裙打量了我们一圈，突然变戏法似的从身后拿出一捧热辣的玫瑰，并说：

“小叶叶，遇上像小卓这样的万年金主，走过路过千万不要错过，今天他生日，你就代我将这花送给他吧？”

言罢卓扬眉毛一挑，我看着那花，想从来只听过男人给女人送花的，好吧，虽然我还不算是女人，但给男人送花这种事……

我说：“我不……”

奈何白围裙已经将花硬塞了过来，且不负责任地很快不见踪影。我无奈叹了口气，转过头对卓扬道：“其实白围裙不错的。”

卓扬：“嗯。”

我眨眨眼将花殷勤地递过去，“你要么考虑看看？”

卓扬：“嗯？”

我：“你考虑看看？”

卓扬一把将花接过，对着我的嘴角同时微翘起：“好。”

我：“……”

意识到自己又中了他的圈套，我瞪他一眼，却见他动作优雅地将拼盘中切成块的火龙果用竹签叉了一块放进我瓷碟里，慢慢道：“今天苏菜馆的事，你没觉得奇怪吗？”

看着落进瓷碟中的白色火龙果，我没想已被他不露痕迹的说话水平成功转移了注意力，我说：“我去趟洗手间才几分钟的工夫，你怎么就将事情弄清楚了？”

他听后将眉头皱了一皱，“几分钟？怎么，你以为只有几分钟吗？”

我茫然地点点头，他见况，只好耐心解释说，“结界”中的时间和现实中的时间其实并不一样，你虽然感觉只有几分钟，但实际上，当时已经过去了将近半个小时。

我有点吃惊，但还是比较关心他那边的进度，我说：“除了觉得菜馆里的客人少了，我并没看出别的什么不同啊。”

他眼看着我，气息却是沉默了，他说：“客人少了，说明什么问题？”

我咦了声，问：“菜的口味变了？”

他点点头，继续：“我尝了那个菜，只是普通的菜。不过据之前的顾客说，以前可不是这个味道。”

“可能是换厨师了。”我先是推测，不过很快否定了自己的推测。这么大一家菜馆，如果只是靠一两个厨师撑场面就太说不过去了。而且卓扬之所以这么问我，肯定是和灵异的事情有关。陆温茗和一菲都觉得那菜的味道特别鲜，起先我也这么觉得……可我的女娲石在吃饭时起了剧烈的反应，莫不是老板在用一些非正常的手段拢客？

我想起一些不良商贩用罂粟壳放在菜里拢客的新闻。只是毒品的话能被轻易地查出来，如果是人界以外的东西就未必了。可三界森严，这谈何容易？这老板的来路不小啊。

见我皱起的眉头微微舒展，他料着我是已经明白了一二。他顺手推了推眼镜，又叉了块火龙果放进我碟子里，说：“那里的服务员告诉我，她们从没见过这间苏菜馆真正的老板，至于他们平时主持大小会议以及和这位老板联系的，都是一名叫孔方的经理。”

我听后将眉头一皱，说：“那经理叫什么？”

他说：“孔方。”

我：“你确定没漏字？”

卓扬：“……”

好难得能噎他一回，我很是嘚瑟地咬了口火龙果，再顺便将他话里的意思想了想。但这一想，便又发现了问题，我将声音沉了沉，说：

“如果真的如你所料，那这家菜馆的老板就有非法经营的嫌疑了。只是虽然女娲石在那里也起了反应，但咱们没有证据说明女娲石起反应的地方就一定有问题。再说没有人报案就不在我们的查案范围之内啊……”

话题到这里，我才恍然原来从一开始，自己就一直在跟着他的节奏走。他将盛着冰可可的玻璃杯轻轻放下，终于说：“不愧是总裁我看上的人，深谙事务所的经营之道啊。”

一句不知褒贬的话从他低磁的嗓音里说出来，不知为何听着反倒让人觉得受用了。我偏过头，余光却见他嘴角的笑意越发盛了，气氛静默了一阵，他才说：

“从你在菜馆又进入‘结界’这点，以及我对老板揽客手法的猜测……这个菜馆和其余的案件很可能有关系。”他停了停，突然将话题一转，说：“如果我没记错，大后天就是盂兰节了吧？”

在这个年代，已经很少会有人称七月半的鬼节为盂兰节了，我皱眉，忙又用手机查了下万年历，果然，再过三天，就是七月半了。

我嗯了声，等再抬头看他，不知什么时候他已经将烟点了上。他修长的指节夹着烟，隔着烟圈袅袅，有那么一瞬，我错觉周围的一切都像被罩在了一个透明的玻璃钟里，时光如钟摆，晃动着眼前朦胧的人影，是那样近，也那样远。

“葛叶。”他突然住了我，我回过神，正要为这片刻的失神解释，下一秒却听他很轻地呵了一声，问：“你听说过炼魂吗？”

我眨眨眼，表示一无所知。倒是他悠悠吸了口烟，笃定道：“不知道也好。三天后，菜馆的那些人可能会有所行动。届时我们只要多走一趟，事情就能证实了。”

他话说着，就起身拉开了座椅，我以为他是准备走了，于是忙拎过包跟上。昏黄狭长的过道里，他站在我的身边，突然就握住了我的左手，我有些反应不及，只好由着他将我的手包裹，但很快，我就发现他的拇指正在细细摩挲着我的掌心。

我被他匪夷所思的动作所迷惑，正想着要赶紧把手抽出来，不料头顶上方他一声低磁的“别动”，反而同时圈紧了我的腰，我抬起头，心道难不成他是想……

“既然都主动送上来了，就没有不吃的道理。”

话音落，不想他近在咫尺的唇真就这么恰到好处地贴了下来，这时我的头脑还在发蒙，索性连挣扎都忘了，倒是他忽然擒住我的下巴，用低磁蛊惑的声音说：“张嘴，听话。”

我心道我为什么要听话，敢情我还要一边被强吻还一边抒发真情实感吗？我用力推开他，奈何他看着身无二两肉，力气倒是大，我的唇被他禁锢着发不出声音，鼻息间他身上淡淡的烟草味却越发鲜明了。

我觉得自己快要被他弄哭了，不想这时他的舌尖已经趁机滑了进来，当那凉凉的冰可可的味道在我口腔里迅速席卷开的时候，我的目光不小心越过他的肩，看见这条狭长过道的尽头，在那一片的阑珊光影里，温尘单手挽起袖口，正毫无表情地看着我……

（4）塔罗释义

回来后的这一整夜我都在做梦。

梦里卓扬揽紧我的腰，说，葛叶，你这回休想再跑掉。我被他的臂弯圈得动弹不得，只好说，我不跑我不跑，你手松开一点，都把我弄痛了。他听后松了点，我趁他一个不注意，拔腿就往过道尽头的温尘跑去。谁知道他反应得竟然比我预想的还快，只见他手臂猛地一伸，就又把我抓了回去。

他的这个动作让人很是匪夷所思，虽然他个子很高，但我起码也跑了五六米，依照常识，他的手臂再长，也是不可能够上的。但现在我已经没时间考虑他究竟是怎么做到的，因为温尘已经一步步向我走了过来，过道一字排开的影绰的烛光下，我看见他穿着件我最喜欢的英伦风格的衬衫，长袖挽到上臂的位置，就这么简简单单地走着，也是风姿卓然。

他说，小叶，你怎么可以跟这种人在一起？

我被他的话弄得一头雾水，可惜就在我想着该如何回答他时，眼前的镜头又一晃，顷刻间，我已经置身于一处寒气氤氲的石室里。这里的空间并不大，可我打量了一圈，仍旧没明白自己究竟是怎么进来的，因为在这间石室中，我并没有找到门。

封闭的空间内，唯一的摆设只是我眼前的石床，在石床上，现在正静静放着口三尺左右的晶莹冰棺。我屏息凑近了，没想霎时就被里面的景象吓了一跳，只见一柄没有刀鞘的青铜剑封冻其中，再看那剑身上的纹路，分明早被鲜血染得模糊了。

就在这时，我隐约听见石室外传来争执的声音，那个声音虽然隔得远，但我还是感觉到了声音主人的绝望和愤怒，他说，现在这个结果，你满意了？

时间停上许久，另一个人终于回答，他说，殿下，臣满意又怎及得上您的臣民们满意？

后面的这个声音很低沉，但让人听着有种说不上来的感觉，我觉得这段对话尤其穿越，所以靠紧了墙想听得更清楚点，不料忽然间场景迅速又一换，变成了我正紧贴着一面镜子。我心中一惊，赶紧缩了回来，四下再一看，发现自己竟又回到了苏菜馆的那间洗手间里，在我眼前，洗手池的水龙头仍旧滴着水，甚至那名昨天已被卓扬消灭的“男人”，也奇迹般地“复活”了！

男人穿着浅米色的衬衣，依旧是隔空对我举起黑漆杯，镜子中，他勾起嘴角，似乎想对我说什么，紧跟着，他手里的黑漆杯也凑近了，我心一紧，下意识地后退！眼前这一切，真的只是个梦吗？

如果是，那我为何会看得这样真实？如果不是，那对死而复生，又该怎么解释？而现在，就在我准备缔结桔梗印的时候……

铃……

突然响起的手机铃声将梦境打断，我松了口气，摩挲了下才握稳了枕边的手机。怎么？竟然是陆温茗？我皱眉按下接听键，只听那边的声音急急道：

“阿叶，你现在人在哪里？怎么不请假也不来上班？”

我呃了声，扭头看一眼矮柜上的闹钟，竟然都已经上午十点了！我腾地坐起来，忙解释说：“我在家，今天睡过头了。”

陆温茗嘁了声，道：“你们一个两个搞什么，你不来，老大也不来，还好今天不用出任务……”

我听后不免吃惊，“卓……老大他也不在？”

“没来，只知道是有点事。”电话那头陆温茗声音顿了顿，突然贼笑道：“我说……昨晚你们一起出去，阿叶，给师兄老实交代交代，老大不是在你那吧？”

我：“……”

实际上，这事原本他不提还好，现在经他这么一提，我不由又想起那后面的琐碎。倒是陆温茗停了两秒见我没反应，立刻识趣说，反正老大也没来，要么今天为兄给你请假吧。我自然顺水推舟说好，倒是他话锋一转，说今晚六点约了老萧在蓝调咖啡厅，让我也去一趟。

蓝调咖啡厅，我听着耳熟。好像是老萧他们家“女神”柳姨最近新开的。

柳姨表面上是咖啡厅老板娘，实际却是老萧的师妹和我师父的师姐。她还有另外一层身份——塔罗牌教主。对于那些笃信她的疯狂粉丝们而言，柳姨就是一个接近于神的存在，她还有个大神必备的高冷点：只给她认为的有缘人算。

说是请我去喝咖啡，不会是曲线救国想找柳姨算什么吧？我揉揉眼睛坐了起来。

被手机铃声吵醒，虽然我中间接了个电话，但挂完电话，还是不自觉地会想起刚才梦里的情境：沥血的黄金剑、复活的“男人”以及……盛满莹绿色液体的黑漆杯。这到底是怎么回事？难道真的只是我日有所思夜有所梦？

我叹了口气，抓过枕边的手机胡乱翻看了一通，这又发现了一条未阅读的短信，点开后，只见屏幕上——

早点休息，晚安。发件人：卓扬。

怎么你这家伙就只会说晚安不会再多说句对不起的吗？看到这里，我使劲用手背揉了揉嘴唇，就仿佛如此就能擦去那些不该有的痕迹。想昨天在那样的情况下让我遇上温尘，简直就好比让酸甜苦辣同时在心尖上过了一遭，而待我回过神，面前的温尘凤目流转，已经清清淡淡地搁下一句：怎么，小叶你这么快就有了男朋友了？

不得不承认，他这话说得实在太高明，简直进可攻退可守，教人不知该如何应对。倒是卓扬虽然终于肯放开我，但手臂仍旧是紧搂着我的腰，他推了推眼镜，语气亦是优雅风度的，说的却是：温老师是吗？葛叶常在我面前提起您的。

轻易绕过刚才的提问，且不真不假的同时抛出个暧昧来，我盯着他俩，一时脑中竟闪出电影《赤壁》里梁朝伟初遇金城武的那个画面来，表面藏得越是漫不经心，暗地里恐怕就越是不可能风平浪静。

只可惜，纵使我现在入了局观了戏，但终究不是那小乔抑或孙尚香，所以我只好艰难地从卓扬的臂弯里挣脱出来，然后将我的包一把挎上了肩，没出息地说：那什么，你们先聊，我先去给你们点杯喝的啊。

点饮料什么的自然只是个幌子，我还记得自己在推开玻璃门后，简直就像个第一次偷东西的贼一样，还没来得及下手，就已经在响起的警铃声中仓皇逃窜。

可是，我究竟在害怕什么呢？我不敢问自己。我想起九岁以前在台州上小学时好不容易进入校队，老师说，谁进了区赛，谁就能得到校方奖励的两百元钱。九几年的时候，两百元实在不是个小数目，于是我拼命跑拼命练，以为这样就能进区赛，结果……我在最后的训练前意外受伤无缘区赛，就更无须提那奖励的两百元钱。

也不过是两百元钱啊，现在看看，真的不算什么的。可在那时，这曾是我许诺给自己，一个要凭自己本事给师父的惊喜。如果，只是说如果，现在能将时光倒回去，让我能隔着那么远的未来看从前的自己，我不知对于时光这头的温尘，是不是也就如当初自己在心里偷偷种下的那份期许。

回忆起来，少年时代的事似乎越是靠前，人就越踟蹰着不敢回想。我将脸埋进枕头，几分钟后，才一把拉开了飘窗上的窗帘。窗外，阳光依旧，它就这样轻易地铺泻进来，像是要冲散心头的阴霾。

之后我洗漱完毕，又随意泡了碗康师傅牛肉面放在桌角，就打开了笔记本。因为我想起了一件很重要的事：寻找洛小满。但可惜，在我急急登录MSN后，却发现他的头像还是黑色的。

怎么回事？总不会就这样联系不上了吧？我叹了口气，眼光不自觉又瞄向他给我留下的那个大纸箱，如此一转念，我蓦地记起了一个细节，那天在镜灵阁中，他曾告诉过我他最近开了一家淘宝网店，名字是叫……对了，是叫洛小满の屋。

像哥伦布发现了新大陆般，我火急火燎地打开淘宝网，进入店铺搜索页面。果然，这家店铺不但存在，甚至就连客服的灯都是点亮的，至于那店主ID，正是洛小满。看到这，我忙又发了条“在不在”的信息过去，很快，页面的对话框中一行字便发了回来。

洛小满：“是叶子姐？”

我的淘宝账号名也叫叶飞白，难怪他会一眼就认出我。我思索了下，问道：“小满，在三亚玩得开心不，几时回来？”

时间略停了停，他回复道：“现在还不好说呢叶子姐，你找我是有什么事吗？”

倒是很少见他用这样生疏的口吻跟我说话，我敲下几行字，又删掉了重新写，如此重复了好几次，最后变成：“有件事想问你，一般说来，阴阳师有可能感觉到妖精的怨气吗？”

许久，我见着对话框上显示着正在输入，却没有信息发来，我一直盯着页面，小半天后，他才接话：“怎么可能呢，叶子姐？怨气这种东西是只有同族之间才能感应到的，这就好比是……嗯，属性决定。”

也许是怕我不理解，他后面又追加了一句。但他不知道的是，他这样说，只会更加重我的疑虑。我没敢往下想，可手指还是不自觉地敲下：“……但如果我说我可以呢？”

话发过去，谁想又是半天没有回复，我以为他是挂机了，但就在这时，回复发了回来，却是：“这或许跟你颈上的石头有关，路易斯。”

咦？怎么路易斯也在吗？不过话又说回来，他们一起出游，即使住在一起也没什么好奇怪的。想通了这点，我的注意力就又放到了胸口的女娲石上，算起来，今天梦里的那个男人似乎也是想要抢走这个，难道，我能感到妖精怨气的原因真是因为这个？

我皱眉琢磨了下，觉得这也许是现在最合理的解释了，便放下心来，说道：“我明白了，你们玩得开心~~~~(>_<)~~~~”

我的话才刚发过去，不想这次他倒是回复得快：“叶子姐你从来不打表情符号的！！你真的是叶子姐吗！！”

是啊，我是从来都是不打表情符号的，那又从什么时候起我也变得这样矫情了呢？我抿唇，只好转移话题，说：“洛小乖，记得回来时给姐姐带个新款的随行杯。”

洛小乖是我单独给他起的昵称，而他看到这，气氛也终于缓解了些，并提醒我说：“叶子姐，那你可千万别忘了答应我的要搞到冰酿黑糖的配方的事哦。”

也许是路易斯盯他盯得太紧，在发完这条后，他就再没回复了。我只好一个人盯着屏幕吃完了泡面，然后索性上了有一阵没登录的网游《战国on line》。

【系统提示：你好！侠士“叶飞白”！您现在来到的是公元前403年，时值天下分崩，群雄四起，寻救世之道！逆乱世之局！战国时代的大幕即将为您拉开——】

几乎是一模一样的系统公告，如果说我在第一次看见这句时只是匆匆略过的话，那么现在重看一遍，隐约间，却觉得自己像是一步步地重踏回那片遥远的乱世大陆了。

趁着我将游戏的背景音乐放大的工夫，等我回过神来，且见屏幕的左下角上——

【系统提示：您获得经验6000点】

【系统提示：您获得经验4000点】

【系统提示：您获得经验10000点】

……

【系统提示：您升级了！】

【系统提示：您升级了！】

【系统提示：您升级了！】

……

怎么回事？难道说……是白狐公子已经将我们上周的环任务跑完了？想到这，我赶忙打开好友列表，却没想此刻他的名字居然难得的黑了。这就像是所有的力气都出到了棉花上似的，我只能看着一圈又一圈的金光在我的叶飞白身上不停闪烁，然后任由那一股说不清道不明的情绪填满心田。

说到底，这也不过是个游戏啊，在一个这样虚拟的世界里，人们仅仅靠着感知，就对着另外一个人死心塌地，甚至无条件地信任，真的可以吗？还是说，当我们暂时摒弃了现世里的林林总总，让彼此相遇在一个永不可触摸的时空中时，那一瞬敞开心扉的悸动，才是真实的。

之后的这一天，我都在游戏里，而这一天中，那个身着青衫背负长剑的青年一直都没有出现。自然，少了唠叨，少了卖萌傲娇，少了一个人跟在你身后说要给你吃月饼，甚至无条件地带路，我叶飞白的升级速度毫无疑问就慢了下来，直等到快黄昏的时候，才勉强达到35级。也就是在这个时候，我接到了一个最不知该如何去面对的人的电话。

电话那头，温尘的嗓音还是一如既往地清清淡淡，他说："小叶，你不觉得你还欠老师一个解释吗？"

不得不说，他这话说得的确高明，高明到让我不知道究竟该怎么接下去了。电话这头，我听着他在那头就这么轻轻浅浅地呼吸，此刻，我房间的吊顶上风扇正在吱呀呀地转，吹得浅蓝色的窗帘布都飘起来。玻璃窗外，金色的阳光已少了灼人的温度，温柔地铺开在飘窗浅绿色的瓷砖上，仿佛是泛着波光的清凌水面。

我说："老师，昨天那个……"

他没等我将话说完，仅是温声说："昨天的事是昨天的事，比起这个，我更想知道你心里究竟是怎么想的。"

他这样说我可以理解为以退为进吗？但是，若真是以退为进，那么这个以退为进的理由又是什么呢？我听着他的话，一时觉得心跳得厉害，我不知道该怎么接下去，于是问道：

"老师晚上有空吗？我知道一家不错的咖啡吧。"

"呵，如果是小叶你请客，那老师一定来。"

一段对话完，我才反应过来自己刚说了什么，倒是电话那头的温尘似是看出了我的尴尬，便又开了口："小叶，我刚送一个学生回去，现在就在浅水湾这边，二十分钟后，你在公寓楼下等我。"

说到底他只是顺道啊，我默默替自己酸了一把，心说原来自作多情敢情真的不是情太多，而是想象力太好……

温尘向来是个守时的人，等我换了条雪纺连衣裙又特意戴了条《阴阳师生存手册·桃花篇》上推荐的比粉晶更有效的红纹石手链后，专设的手机铃声——《夜的钢琴曲》已经响起了。

说起来，正是这首歌让我结识了温尘，想那时是四年前，一个原本应该平静度过却让我终生难忘的年份：高考失利、师父阮誉失踪以及……挚友宋娅楠的意外死亡。实在这三件里的任何一件都无异于我当时生活里一根无形的柱子，那就更不需提当它们接连地坍塌了。

记得师父曾说过，世界是面镜子，你笑它就笑。只是当时的我怎么也想不到，当有一天世界与你有关的线索都断了，那么你活着，又是不是活在自己的凭空杜撰里？我想，人生畏惧的其实并不是挫折，而是进入了一个怪圈，任你再如何走，都走不出去。

温尘就是在那个时候出现的，在G大附中，他其实并未教过我，五音不全如我，却在某一天的傍晚听见他的钢琴声时，第一次无所顾忌地哭得汹涌澎湃。

我想，对任何一个女孩子来说，在她们生命的特定阶段，都一定会经历另一个女孩子，你们分享着彼此的秘密和心事，所经历的不快或欣喜，对方都是第一时间获知。你们视对方为知己，就像是这世上最相似的两片叶子，而我的那片叶子，就是宋娅楠。

一个本以为可以陪伴一生，却失约在中途的朋友。

温尘，正是宋娅楠的钢琴老师。我以为，这或许是就我们冥冥中注定的缘分，虽然这层缘分，来得会是这样的不详和惨烈。可悲的是，它的出现，让我陷入了一场永无天日且不可救药的暗恋里。但更可悲的，是我竟由衷地希望它永远秘密下去。

也许这就是第一次思慕上一个人的滋味。会那样认真地想要将永远、不舍，这些单纯的字眼毫无保留地想要送给另一个人。

终于到了傍晚时分，此刻从浅水湾吹来的海风还带着些微的暖意，我从公寓的大门后出来，看见他穿着件咖色的英伦衬衫，双手插在浅色的休闲裤中，就这么迎风站着，几乎将身后整面的浅水湾都衬成了风景。

他伸手向我挥了挥，眉眼和煦依旧："果然皮肤白，穿什么都好看。"

如果忽略五官，那皮肤白倒还真应了他后面那句穿什么都好看，我低头将握着的杏色小方包紧了紧，说："老师，昨天……"

他没接我的话，只是上前一步揉乱我的刘海："今天不是说要请老师喝咖啡吗？地方在哪里？"

"蓝调咖啡吧，听说过吗？"

废话！柳姨才开不久的咖啡厅，他又怎么可能知道？我暗自唾弃了下自己，赶紧又道："在牛津道那边，是我一个……嗯……一个阿姨开的。"

"哦？阿姨？怎么以前没听你提过？"温尘将脸偏过来，温和的目光落在我脚上买来仅仅穿过两次的白色小羊皮皮鞋上，"第一次看你穿这么高的鞋子，的确是……嗯……"似是斟酌了下后面的措辞，他忽而一笑，道："对，是女人了。"

一句女人，听得我登时脸就烫了起来。如果说对陆温茗我尚可以见招拆招，甚至对卓扬我也是大不了打不过就跑的话，那么对温尘，我唯有用一句电影台词：问世间情为何物，一物降一物，就再想不出别的可以表述的了。

"呃，我和柳姨也不常联系的，都不知道她今天在不在……"不得不承认，即使假装镇定，我后面的这句抢答仍旧很没水平，我低头将方包的提手又紧了紧，却听头顶上方温尘一声低笑，"怎么，小叶你今天很紧张"？

话音落，我忙瞪了他一眼，立刻否认，倒是他一把将我的方包拿过，淡淡说："既然有人有心要做淑女，那温某也只好勉为其难扮一回绅士了。"说罢，他朝我优雅比了个手势：

“上车吧，young lady。”

从公寓开车过去时间没有花太久，我们就到了牛津道。顺着林荫道望去，只见一间装修古典的咖啡吧的落地窗户前，坐着名身穿紫藤花旗袍身线凹凸有致的女人，她涂着豆蔻的指尖苏烟缭绕，模糊了她的表情，却将那份妩媚又孤高的气韵勾勒得越发沉淀，犹入画墨之中。

这个人，正是柳姨。

我没想到她今天竟真的会在这里，一直以来，陆温茗都主观地认为我不怎么喜欢柳姨，他的论据是同性相斥。可在我心里的真实想法则是，柳姨作为老萧苦追了十五年都不为所动的二师妹，好吧，虽然早在十年前她就因离经叛道被我那没见过面的师祖给逐出师门了，但我仍觉得她太不地道。

从了师叔有什么不好呢？就算说师叔不是高富帅，那起码他还是一颗红心向太阳吧，哦不，是向柳姨。当然了，从客观说，柳姨这人虽不轻浮，但实在也不怎么正经。

咖啡吧里，师叔老萧显然已经等待多时，不过此刻他正背对着我们跟吧台的领班抱怨着咖啡的味道太苦，并提议能不能给换杯碧螺春来。我被他的举动噎得果断没话说，心下又叹了口气，打算从另侧的屏风处偷偷绕过去，然而——

“死丫头，你这是想假装不认识师叔我啊！”

他转过身，顿时就是一声低喝，我于是只好顿下步子，顺便拉住温尘。可惜，他歪着头很快就将目光住在了我拉着温尘的手上，他抬头再看一眼，又顿了一顿，然后说：“男朋友？”

敢情男朋友这几个字最近都快成我的敏感词了，我呃了声，忙把手抽了出来：“……他就是温老师。”

“萧师叔你好，我叫温尘。”话说着，温尘的手已经礼貌地伸了出来，我看着这架势，忽然间觉得有眼熟……敢情八点档里男女主角第一次将对方带回去见家长是不是就是这个场景啊？我正脑补着，不想眼前的老萧已然道：

“温老师？怎么你就是阿叶死都不敢开口跟我们说的那个人吗？不过温茗告诉过我一点，说你是……”

“师叔！”我忙喝了一声，可惜不管用，因为他的话已经先我一步说了出来：“男二的脸，男一的命啊。”

我：“……”

今天陆温茗约我们来这里，是想找柳姨问一问明信片的事。陆温茗一直很在意我手上那张会变化的明信片。但作为东道主，我没想到他临时一通事务所的电话，竟然又爽约了。鉴于我早已习惯他的不靠谱，在点了杯摩卡之后，我就不情不愿地坐到了柳姨的对面。

柳姨的右手腕上，依旧戴着那串红檀木的佛珠，我多瞄了眼，视线很快被一团淡淡的烟气模糊了：“温茗多骄傲一个人，为你竟也肯来求我。你说，我怎么好意思不成全呢？”她红唇轻启，说着视线已然大胆地停在了温尘清俊的脸上，“女人啊，从来拼的不是容貌，是道行。”

……又来了，虽然我得承认她是个尤物，也得承认她这份风姿气韵即使是我见过的最漂亮姑娘再修炼一百年都不可能拼过的，但是我真的不想承认老萧就是因为这个铁了心要一条道走到黑的。

我故意咳嗽一声，低头撕开了桌上的糖包，慢慢倒进咖啡里：“那天之后我和师兄讨论许久，但还是想不出，究竟是谁要将那条信息告诉我们。”

“所以温茗就想到了我。”她柳眉一挑，目光已然从温尘脸上收了回来。她勾起唇角，扬手间，一条纯黑的天鹅绒方巾已经从包里抽了出来。我深吸了口气，看看老萧，又转过脸看看温尘。老萧对我点着头，温尘也轻拍了拍我的肩，修长的凤目里充满了鼓励。

也罢，箭在弦上，又岂有不发之理。

很显然，现在她已经把我当作了她的有缘人，虽然我这个被“有缘”，着实是不情愿得很。一边胡思乱想着，很快，我面前的咖啡杯就被摆到了一边，与此同时，一叠塔罗牌也被端放在眼前铺好的黑色天鹅绒面上了。

塔罗牌共78张牌，其中22张大阿卡那牌用以解释命运，剩下的56张小阿卡则用以占卜更详细的情况。我看着眼前这二十多张牌，心中猜测柳姨这次多半会选用圣三角占卜法了，一般来说，圣三角占卜法是所有牌阵中最基本也是最综合的。

“心中默念问题，可以开始洗牌了。”闭着眼，我听见响在耳边的声音很轻，又仿佛带着某种催眠的力量，很快，我的额心就被她细长的指尖点了点，“注意集中，将牌任意叠成三叠，再放回去。”

“任意选三张牌，用左手自左而右翻开——”

我按她说的步骤一一照做，翻开牌面时，却见她夹烟的手忽而一紧，一根好好的苏烟就这么被给折成了两截。

“隐者正位，”她皱着眉，开始解读牌面，“倒吊者逆位，审判……正位。”

“这都是什么意思呢？”问话的是温尘，我看一眼他，隐隐也觉得这牌局有些诡异，记得柳姨曾经说过，在所有的大阿卡那中，20号审判牌，鲜少有人拿到过。

“圣三角牌阵里，自左而右三张牌分别代表三个关键的角色以及过去、现在和未来。”柳姨光滑的指甲指了指牌面，“如果牌面解读全部正确的话，那么隐者正位，则极有可能代表寄明信片的人，就是暗地里要帮助你们的人。”

“隐者？听着就很神秘。”温尘牵了牵唇，接着又听对面的老萧道：“隐者还好解释，就是这个倒吊者，我怎么觉得听着就很不吉利啊。”

一番话，果断道出了我心中的想法，倒是柳姨哧了一声，一副并不以为然的模样：“倒吊者象征着我们的潜意识的生命状态，对应牺牲，而从牌面来看——”

“被倒吊在世界之树上，却平静地接受自己的命运，这是塔罗主牌中最神秘的一张图像。至于说倒吊者逆位，则表示现今的挫折与困惑。但……”她略停了停，“若能超越这命定，那不论是正逆位，想必都能为自己找到新生命与再生的机会，也就是审判之时。”

“柳姨，我怎么觉得您越说越玄了，能不能明白讲讲？”好吧，如果我能力时好时坏也算挫折的话，那我的挫折的确还挺大的啊。

“真是孺子不可教。”她叹了口气，重新夹起根苏烟点上，目光慢慢落回到第三张牌上，“知道为什么20号审判这张牌甚少有人能拿到吗？”

“为什么？”我赶紧问。

“审判的主宰星是执掌死亡的冥王星Pluto，也是重拾能量的主宰者，但同时，它也代表了——复活。”刻意加重了字眼，柳姨细长的手指向牌面：

“你看这张牌，天使吹起号角，让听到这音乐的死者得到救赎。但在塔罗牌中，这其实也代表在经历了一切后，终于大势已定，即将能聆听最后的审判了。”她的笑容敛了下去，细长的手指再次点向我的额心：

“握紧信仰，只要你心里仍有一丝光。”

（5）盂兰抄

我深吸了口气，努力将思绪从温尘身上拉回来。

说实话，直到临出车门的前一刻，我还悻悻地以为，像他这样的人，对谁都很好，所以大概也就意味着对谁都不会留恋。但就在刚才，他手扶着方向盘，修长的手指就这么弹钢琴似的在上面轻轻击了击，然后对我说，我原本想等你长大，但现在看来，是不能等了。

他的嗓音是一如既往地清清淡淡，但分明地，我还是听出了里头起伏的意思。

一时间，我有些惊也有些喜，正纠结着不知是哪方面更多时，他忽而靠近了揉乱我的额发，说，关于塔罗牌的事，顺其自然就好，并无须多想。我眼看着他，心说一路对着温老师你，我哪里还有工夫多想？便点了点头，没话找话问，看起来老师好像不怎么爱喝咖啡？

他听后松开手，苦笑了一笑，说，也许是喝惯茶了。

不知道为什么，他在说这句的时候，我面前突然浮现起昨天和卓扬一起时，有绵软的奶油在他嘴唇上慢慢融化开的样子，那个人明明是一张冰砖似的脸，却偏偏中意喝咖啡、奶茶，甚至没少吃那些甜甜的东西。但为什么像温尘这样的人，独独爱茶呢？

我想不明白，索性不再想下去。倒是那时温尘已经下车，极风度地替我拉开车门，夜晚的浅水湾边，我看见他就这么站着，万家灯火都仿佛一齐黯淡在了他身后的粼粼水光里。

海风徐徐，微咸的味道掺着他身上令人着迷的风之恋的香水味，忽然间让我产生一种错觉，错觉隔着遥远的时空，我看见了某个相似的场景。

场景里，风也是这样轻轻的，一个温柔的声音在耳畔说：你终于来了。

又是这个声音？谁终于来了？几乎在同一瞬，我便反应过来，于是我连忙看向他，倒是他也不避，只是目光一时间变得有些复杂，略长的停顿后，他忽而微牵起唇角，说：有没有人告诉过你，你的手很小？

他的口吻清清淡淡，一如说着些无关紧要的话，但不知道为什么，就是能让人听着心怦怦直跳。我实在没胆看他，只好将双手一合，强调说，不跟你比，我认为还是可以的。

他笑了笑，没说话。但他不知道，他这笑一笑，胜过了他那时说无数的话。

好不容易将思路整理完，我打开电脑，随手翻了翻网页。今天除去一些八卦信息，还好并没有再出什么要紧的案件。不过话又说回来，像卓扬这样对工作一丝不苟的人，今天又怎么会无故请假呢？隐隐地，我觉得有哪里不对劲，但一时也想不出个所以然来。

这边胡乱想着，我查了点资料后，再次登录了游戏。今天要不是中途出去一趟，想必我也能升级了吧？我想着，顺手拿起桌旁的水杯喝了一口，这时，打开的页面忽听系统叮的一声，弹出一条对话框：

您好！侠士“叶飞白”您有一个未接收的包裹。

说起来，《战国on line》一直设置有传递包裹的功能，只是我一直忙于升级，几乎忘了这事。我皱眉，忙按下查看键：

【系统提示：您已收到“白狐公子”发来的“日炎石”一颗。】

怎么，居然是70级专打法杖的属性石吗？我心一惊，赶紧又看了眼寄东西的时间——21:30，那不正是我还在路上的时候吗？

我沉了沉心思，若说是平时几个月饼也就罢了，但这是A7级的属性石，本服现在都还没有几颗……我忙翻开好友列表，奇怪，他怎么又不在？

难不成，他是故意不见我？故意不让我拒绝他？心中一个念头晃过，顿时让我整个人都坐立不安起来，我开始觉得这是一件好事，但或许，这也未必是一件好事。

于是接下来我所做的唯一的事情就是等待，然而，时间过去了将近1个小时，他还是没有出现。我看了眼旁边的电子钟，此时已经接近23点了，我想了想，只好决定先下线，等明天再说。

一夜无梦。

昨天发生的事简直充满了悬念。不管是在现实里，还是网络上。我都不顺利。

隐者、倒吊者、审判者。我在心里铭记，陆温茗让我问的是明信片，而我许愿时心里想的是“人”，明信片背后的人。那么，三张牌里至少有一张代表着人，“隐者”可能就是寄明信片的人。从牌义来讲，这个人可能是善意的，指引着我。

我紧了紧抓在手中的包带。明信片，此时正静静地躺在里面。“隐者”是谁，我身边的人？我素未谋面的亲人？还是……我的思绪回到了四年前。

师父说，要去寻找一样重要的东西。

我沉重地呼出一口胸中压抑已久的气，像是暂时吐掉这团迷局，默默想着第二张牌，倒吊者。柳姨说倒吊者象征困惑，也许它就是指妨碍我的人，或者是……我自身？

我的确是够困惑的。柳姨在解释“审判”的时候点了我的额头，似乎有一道光直达我的心底。可此时此刻我的心中，仍然是困顿的。

我昏昏沉沉从楼上下来，面前的光忽然被人挡住了。

那个磁性的声音说：“既然存了心要避开我，怎么现在又故意来挡我？”

不可否认，他这话说得实在高明，简直能瞬间将原告和被告的位置对调。

我暗叹了口气，阴影下，只见卓扬推着眼镜，一张好整以暇的脸上不见半分要绕开的意思。

看这架势，我赶紧后退了一步，说："老大，怎么您就回来了？"

他听后一双深黑的眼眯起来，脚步顺便朝前近了近，说："不回来，你是打算我住哪？"

要说他这一句以退为进，生生该让多少思慕他的姑娘无从招架啊？我眼看着他，很可惜也没多出息地想好要怎么答。倒是他忽而伸出手，比了比我跟他之间，我有点没看明白，下一刻，但见他隐隐翘起唇角，喃喃说："原来，真的差这么多。"

我："……"

我隐隐间有一种想法，搞不好这个卓扬就是老天爷专门派下来克我葛叶的。这种糟糕的情绪一直持续到将近下班，陆温茗得知后表示无奈，只好下楼给我买了盒芝士蛋糕上来。

他半屁股坐在我桌上，冲我露出俩招牌酒窝："你看师兄我多够意思，对女朋友都没这么够意思。"

我反问说："你有女朋友吗？"

他立刻凑过来，说："我的没有只是暂时的，但你的没有是永远的。"

我听后一把夺过他手里的蛋糕，说："是，等哪天我跟一菲好了，你的没有就是永远的了。"

我们话刚说完，就听另一个声音插了进来："如果沈一菲真能降了她，那我看着这对百合，倒也乐见其成。"

这个声音，这个语调，除了卓扬，还能是哪个？我转过头，看见他倚门站着，手里拿着沓资料，脸上的表情倒是少。"5分钟后，楼下集合。"他说。

"老大，这是又要准备开工了吗？"陆温茗疑惑地抓了抓头。

卓扬看着他，视线很快移到我身上来，说："原来，葛叶也不是事事都跟你说的。"

一句不是事事都跟你说，不由让我和陆温茗各自纠结起了这其中的意思。

我表示不是很明白，索性边吃芝士蛋糕边收拾起了东西，倒是陆温茗看着我默不作声了一阵，忽而一拍脑门，说："阿叶啊，你说老大他不是羡慕忌妒恨起我了吧？"

我："……"

时间刚过饭点，天色也基本暗了下来。车厢里，陆温茗拎来刚买的三份便当，分别递给了我们。没错，我们现在守在这里，就是为了等待苏菜馆那名传说中的幕后老板出现。

前座上，陆温茗夹下块红烧肉放进嘴里，啧啧出声："阿叶，你说我们现在这样，像不像FBI啊？"

我把他便当里的辣子鸡丁夹一块进自己碗里，接话道："要是FBI都像我们这样，那美国情报机构早晚都得倒闭啊。"

卓扬看着我俩，无奈地将鼻梁上的眼镜推了一推，也打开了自己的便当盒。我看着他行云流水的动作，以为他又在想着要怎么噎我了，但没料他不过是夹起自己那份里的吃上一口，便嫌弃地将鸡块尽数丢给了一旁的陆温茗，并说："这东西挺难吃的，怎么也会有人喜欢？"

陆温茗呃了声，目瞪口呆地看着自己碗里多出来的，只好摆了摆手，说："主要是有人不卫生惯了。"

我："……"

我觉得我快要被他们两个气死了，俗话说得好，人比人得死，货比货得扔，这样横向一比，果然还是温老师最有风度啊。我心想着，默默啃着辣子鸡丁，吃完一块，又从陆温茗便当里多夹一块，如此重复上N次，忽然间，他背脊一僵，然后将便当啪地合了上，说："快别吃了，那个孔方兄出现了！"

我下意识啊了声，忙透过挡风玻璃望了去，眼前，行人川流如织，但那个突然出现在苏菜馆石狮旁的男人却仿佛让周围的背景在瞬间淡化了，我微张嘴，浑身像被一盆冷水浇透了，只见男人一米七左右的身高，穿件浅米色衬衣，虽然手里并没有幻境中出现的那个黑漆杯，但我确定，这就是那个被卓扬消灭的"男人"无误。

他就是孔经理？但这又……怎么可能！

我皱眉，忙转头看向卓扬，而他也将下巴支在手背上，若有所思。隔着三十米不到的距离，我看见孔方很快走进了不远处的地下停车场，他眉毛皱起，并将刚刚结束通话的手机放回了西裤口袋里。

这个时候他会跟谁通话呢？会是他那个幕后老板吗？我刚要问，没想这时卓扬一推眼镜，冷峻的面容看来像是改变了主意，说：“我们去出口处等他。”

“我也刚要这么说！”陆温茗果断抢答。事实上，作为一位名副其实的富二代，陆温茗曾经特意学过一段时间的赛车，所以，他也的确有这样的自信。可惜，我这边刚要系上安全带，那边车的惯性就将我向后重重一带，差点撞晕了过去。

跟着前方的黑色路虎，卓扬的黑色BMW一路尾随其后，因为担心跟得过近会被发现而跟得太远又会将车子跟丢，所以实际上，这是件很考验陆温茗车技的事。

出了大角，黑色路虎就往中环路的方向开去，作为港岛市的交通主干道，中环路在这个时间段的交通状况着实不太理想。所以一般说来，如非必要，大多数人都不会选择走这条路。

但对我们而言，虽然塞车的情况可能降低我们跟丢车的概率，可如此一来，我们暴露身份的可能性也会随之提高。毕竟，在我们目前尚未弄清这个孔方和那个手持黑漆杯的男人究竟有什么关系之前，多一点警惕性，还是相当必要的。

“阿叶，把手抓稳点。”后视镜里，陆温茗勾着唇，握着方向盘的手突然手势一转，整辆车便插进了另一条僻静的小道里。

“中环路一路直行经过5个路口，”话说着，陆温茗腾出只手按下GPS导航仪，并将地图放大了，“那辆路虎已经拐进了第二个路口，我们从这条路追过去，十分钟后就能跟上它。”

作为一个合格的路痴，我已然被他的一通乱点果断绕晕，于是抗议：“你慢点说，为什么十分钟就能追上他啊？”

他开着车没工夫理我，倒是这时卓扬转过头来，说：“这个时候你应该问，第二个路口通向哪里。”

我说：“通向哪里啊？”

话说完，就见卓扬嘴角隐隐翘起，但很快，又敛了下去，“北岛中心”。

我不知道他们是依据什么断定那辆路虎一定是开往北岛中心的，但看着陆温茗一路专注地开车，甚至卓扬都点起根烟一副严阵以待的模样，我也不好再多说什么。

紧张的气氛不知过了多久，外面的天色终于完全黑了下来，这时我将手机拿出，发现已经接收不到信号了。

这里真的是北岛中心吗？我伸长脖子看向车窗外，夜色下，树影犹如伸张的鬼魅迅速向后倒退，空无一人的街道边，昏暗的街灯也好似成了可有可无的点缀。而那些光线，只仿佛飘浮半空的透明霭气，根本无法照射到地面。

这里真的是那个我熟悉的北岛中心吗？我第二次在心里问自己，像港岛这样寸土寸金的地方，虽说不可能每个时间段都人声鼎沸，但至少也不该安静成这样啊！

车开过间废弃的工厂，前方就是一个陡坡，陆温茗加大了油门，但很快，我们正前的视野就被收窄了。实际上，这个窄只是一个很视觉的形容，而按照武侠小说的说法就是：犹如天地被逼仄进了一段弧。

按照一段弧这么个写意又写实的描述，我一路盯紧车窗外，判定我们现在应该就在这段弧的弧顶位置。因为在弧顶的四周，阴阴的树冠已经阻挡了绝大部分的光线。也就在这个时候，陆温茗忽然猛地一踩刹车，我回过神，望见后视镜里，卓扬的眼镜片上一束强光闪过。

很快，那束光落到我们不远处的平地上，这时我才反应过来，我们现在究竟身处哪里。前文已经提到过，早在20世纪30年代，北岛中心这一带城区就是坟场，后来城市扩建，才有了今天的模样。而我们现在正对着的，就是铜山公墓的后门。

后门前，除去我们的BMW，那辆被我们一路追踪的路虎，也正静静停在那里。夜色下，只见路虎车的方向灯蓦地一熄，孔方便从轿车里走了出来。

我注意到，他的手机仍被握在手里，也许是因为刚刚被使用过的关系，手机的屏幕还在闪着莹蓝的微光。看到这，我忽然间产生了一种不好的预感。

因为今天，正是盂兰节。

“你听说过炼魂吗？”不知为什么，我脑中突然想起那天卓扬在西点店里对我说的话。在那之后，我曾仔细翻查过《阴阳师生存手册·基础篇》，复习了关于魂魄的内容。我没听说过炼魂，但书上有写聚魂。也许聚魂和炼魂有什么联系，而聚魂需要的是黄杨木。现在，盖过我们头顶的繁茂树木，正是……黄杨木。

“下车吧，葛叶。”当车门被卓扬拉开的时候，我一瞬间还在失神。我努力镇定了下，对他点了点头，与此同时，我也发现他修长手指夹着的烟开始明灭了起来。在他身旁，身材同样高大的陆温茗则双手抱着臂，轻蔑地向不远处的男子扯了扯唇角。

这场局，真的要开始了吗？

我深吸了口气，脚刚迈出车门，一阵阴风便从脚踝蹿上了背脊。

浓雾。

视野所及俱是化不开的雾。

深黑的雾气里，我听见一个声音在我耳边像是嘲讽又像是同情地说：“想不到你们竟然真的会跟到这里。”

“你想不到的事还有很多，需不需要我来一一告诉？”卓扬磁性的声音旋即回荡耳边，但我却看不见他，只能努力在浓雾中寻找那一星半星的烟火。

“你引我们来，不就是为了女娲石。”再开口的是陆温茗，对此我表示很诧异，因为我的确没有弄明白他的潜台词。然而，时间并容不我思考，只听那个声音停了停，却是答非所问说：

“知道吗，人有时候的勇气，不过是因为无知。”

呃？我被他们的对话搞得一头雾水，正寻思着得将这地方弄亮堂些时，突然又吹来了一阵急烈的风，紧跟着，我头顶的树枝也呼啦地响了起来。浓黑的雾气里，我用手背挡住眼睛，但越急的风势还是将我整个人吹得直向后栽去。

这样的风持续了好一阵才停止，待我睁开眼，周围的浓雾已经散尽，但让人诧异的是，我脚下所站的位置，显然已经不是刚才的了。

“看见了吗，在这前面就是望乡台。”

并不难出这声音中饱含着的些许温柔，我抬眼，看见高岗上孔方的浅色衬衣已被一种淡淡的血光所笼罩，在他头顶，一轮妖冶的赤色月亮渐渐从云缝中透出光来。

如此不祥的颜色，是……火宵之月吗？

我心中一紧，努力挺直了身子向后看去，在高岗的阴面，那一仞犹如刀削的绝壁上，一列石路慢慢自谷底延伸而出。那石路由窄至宽，仿佛一个巨大的倒立三角形，在它的最上面，一层米浆色的雾气氤氲着犹如一面诡异的古镜，将下面的情境毫发毕现地投射其中。

难道，这真的就是传说中的望乡台？那个进入地府的鬼魂们可以眺望阳世家中的地方？

我皱紧眉，蓦地又一道绿光闪现，随即变幻成光圈向我聚来。我心中一个咯噔，果然，现在除我以外，卓扬和陆温茗都已经不在这里了。

怎么回事？我紧了紧手心，试图冲出光圈，可惜腿才刚迈到边缘，人就被一股巨大的力量弹了回来。

靠！难道我又是不小心进入了“结界”里？想到这，冷汗已然从手心滑了出来，我深吸了口气，决定缔结咒印将我的式神放出，但诡异的是，我连试了几次，竟然都没有丝毫效果。

不是这么邪门吧？难道我葛叶的小命就要交待在这了？来不及多想，我只觉胸口的女娲石一阵激荡，紧接着，灼热的红光就从里面迸发了出来——

“放弃吧，阵法已经启动了。”

望乡台前，孔方手里不知何时已多了个透明的小号玻璃瓶，他眺望着山岗的火宵之月，脚步也同时慢慢移动，似在测量什么。忽然间，他的脚步停住了，他勾了勾唇角，将腕间一抛，那玻璃瓶中的晶绿色物质便如流星般划了出去。很快，当夜空中拖曳出一道道暗绿色的细线时，整个空气也如同停止流动了。

面对如此情形，既然挣扎无用，那我现在要做的，就唯有争取时间，我一手握住女娲石，一边极力让自己冷静下来，“你究竟是什么时候盯上我们的？”我说。

实际上，我以为这一路我们做得已经足够隐秘了，可按现在的情形看，他又分明像是故意引我们入局的。究竟是哪个环节出了问题呢？我看着他，不想他勾了勾唇，倒是配合地答：

“还不知道你是谁的时候。不过自从你第一次来菜馆，我就注意到你了。你身上的女娲石，还嫌它不够惹眼吗？”

“原来是冲着女娲石来的。”我冷笑了声，问：“你能认得这块石头，难道不是因为你的菜里有鬼怪？说吧，放了什么东西在里面？”

他听后哧笑了声，说：“你确定要知道？”

我点点头，却见他笑意已然收起，说：“女娲石善于净化。你身上的女娲石，尤其容易吸收生灵残留于世的怨气。当然，想让怨气增多，就得杀人——这是件麻烦事。不过我杀不了人，却可以借刀杀人，还可以一箭双雕——杀妖精是不犯人间法律的，这妖精的灵魂，易取易得。”

说到这，他忽然古怪地停了一停，“炼魂，顾名思义就是熬炼魂魄，炼出戾气或炼成厉鬼。当天你们吃的菜里那些调味用的高汤，都是以妖精的灵魂炼制的。怎么样，是不是很鲜？”

我极力忍住了想要吐的欲望，而他这时已然道：“你吃了这些东西，身上的女娲石就会因为吸收这些灵魂的能量而起反应。人们吃了这些东西之后，身上带着的妖精怨气自然会引起其他妖精的杀心。随着三界命案的增多，人的、妖精的怨气也就聚集得越来越多——并且随着你到处乱跑，最终都会慢慢汇集到女娲石上面……”他勾起唇，用瘦长的手指向我，“那么接下来，你是不是很想问我为什么？”

“什么意思？”我问。

“我要女娲石。我不仅要这一颗，我还需要在阴界的另一颗——”他向我走近了一步，手中一团白光乍起，蓦地强行分离了我的手和女娲石，“女娲石无比纯净，必须先让其吸满阴邪幽戾之气，在这极阴之日才能进入阴界。为了利用女娲石的相互感应把那颗藏在阴界之中不肯现世的女娲石挖出来，不费点心思怎么行呢？……”

事情自G大附中两名学生意外死亡开始，再是海洋馆的五人命案，接着又是乐悦会计事务所的七人离奇死亡，原来这一桩桩一件件的，都不过是为了布今天的局吗？而这，也就是知道隐情的洛小满刻意避开我的原因；以及，卓扬口中那个所谓炼魂的真正目的？

想通了这点，我紧握拳，愤怒地几乎连指甲都嵌进了肉里！同一刻，我望见夜空中的火宵之月已经移到了山岗的最高点，跟着我胸口的女娲石也悬浮了起来。更让我错愕的，是将它们连接起来的，赫然是孔方不久前洒下的晶绿色物体，抑或说是，妖精的……灵魂！

阴风啸啸，隐约中，我听见一个低沉声音远远传来，那个声音说：

传说，每逢一年一度的盂兰节，天地间阴门洞开之时，在阴司鬼市的深处便会浮现一座鬼楼，在这鬼楼中，有神秘鬼执，专司买卖阴事……

（6）阴司鬼市

作为一个合格的恐高症患者，对于孔方刚才怎样拽着我的手腕从那千仞绝壁上一跃而下的情景我实在不想过多描述，但当我睁开眼，我突然反应到，我也许是穿越了。

按照穿越剧的普遍定律，我接下来的反应应该是掏出手机，可惜我在口袋里摩挲了半天，才恍然手机刚才已经落在卓扬的车上了。我叹了口气，用力揉了揉眼睛。此刻，该看的不该看的都一一呈现在了我面前。

从目前的地点看来，这应该是一个空旷的旧式广场，广场横平竖直，或许因为年头有些久了，所以连脚下砖块的缝隙间都生出了墨色的杂草。我注意到，在这里除了我和孔方在额心正中带有一点幽绿的光之外，其他人甚至连五官都很模糊，他们在广场上游走着，仿佛传说中的百鬼夜行。不过他们似乎看不见我们，只是空洞地望向同一个地方。

他们看的是望乡台吗？我不禁想。逆着人流的方向，广场正中一块矗立着的高大石牌坊在浓雾下隐隐可见，待我走近了，才依稀瞧清那上面书着的古隶体：阴司鬼市。

阴司鬼市？这就是我刚才听见的那个声音所指的地方？

我皱紧眉，没想这时孔方却狠狠瞪了我一眼，压低嗓子道："听着，要等到了才许说话！"

不说话就不说话，这么凶干吗啊！我回了他一个大大的白眼，但很快，人就被他拽进了十字路口后的一条胡同。

在这条幽深胡同的尽头，隐约飘浮着两盏白色的灯笼，仿佛冥府昏昧的双眼。我们沿着胡同一路走了好一阵，终于停在了一幢古式的鬼楼前。

"到了。"

随着孔方的话语落下，鬼楼沉重的铜首大门也应声打开了。

迎面一阵阴风吹过，空荡的前厅内，只见一道火影在镂空的木雕花屏风后猛地蹿高，我揉揉眼，忽听一个低沉的声音道："小丫头，你天生命魂有缺，今天走这一遭，怕也是定数。"

命魂有缺？我皱眉，想起《阴阳师生存手册·基础篇》的第一讲就提到过的，人的精神分开成为魂和魄，一共有三魂七魄，其中三魂为天、地、命这三魂，而七魄则为尸狗、伏矢、雀阴、吞贼、非毒、除秽、臭肺这七魄。

其中三魂存在于精神里，七魄则寄居在物质中，指喜、怒、哀、惧、爱、恶、欲。在这之中，命魂又为七魄的根本。而这人说我命魂有缺，难道……

但，时间并不容我过多思考，因为我很快反应过来这个声音就是开始听见的那个男声。想到这，我头皮更是一紧，透过屏风，我看见后面安置有一张高大的木制柜台，在柜台的两旁，一左一右的两簇火苗虚空燃烧着，除此之外，这间厅室里就再没有其他人了。

难道说，所谓的鬼执其实就是？我抿了抿唇，随即将目光移向了那跳跃的火苗上，问道："阁下是？"

"知道烛阴吗？"没想那个低沉的声音居然回答了我。

烛阴？难道是《山海经》里记载那个？传说，西北海之外，赤水之北，有章尾山。有神，人面蛇身而赤，直目正乘，其瞑乃晦，其视乃明，不食、不寝、不息，风雨是谒，是烛九阴，是谓烛龙。

好吧，我很想说这段我本来也记不住的，但鉴于有沈一菲那个偏执的古文化研究迷在身边……

不过按照现在人的说法，烛阴神话实际上是古人对火山堆燃烧和爆发这一自然现象的描述。话题扯得有些远了，我将面前的两簇火苗仔细看了看，这才发现了它和普通火苗的不同：一般来说，普通的火苗都是由内向外颜色逐渐淡起来的。可我眼前的这两簇，分明里外燃的都是一样的光芒，不过右边的这簇呈现蓝紫的颜色，左边的则是暗红。

到底哪个才是呢？我一时辨别不出，索性先问道："烛阴大人，难道您真的是山海经里说的那位？"

话语落，没想右边的火苗便猛涨了起来，它先是剧烈地晃了晃，接着离开了原先的位置，用低哑的声音道："已经两千年了，算算时间，转世的应龙也是时候觉醒了。"

怎么又扯到应龙了？我诧异了下，隐约记得《山海经》里似乎也提到过这个名字。然而，早已等得不耐烦的孔方打断了我们的话题，"烛阴大人，交易可以开始了吗？"他问道。

是了，女娲石！

我心中一紧，与此同时，我胸前的女娲石再次迸裂出灼热的红光，而除去刚才，这样的情况曾经也在苏菜馆里发生过。但现在又是因为什么呢？

"你不是它的主人，它在抗拒你。"没想到，烛阴接下来的话竟是替我解开了的疑惑。然而，他用的那个它又是在指代谁？女娲石吗？我心中一个咯噔，再抬眼，烛阴已经飘忽到我面前。很快，它那原先就张开的火光便形成了一个蓝紫色的人形，那人形比孔方略高些，先是围着我转了一圈，接着伸出手指像是要碰一碰我的女娲石。

“但是奇怪，很奇怪。”他摇了摇头，又退后了一步。

“时间快到了，烛阴大人。”并无心观看我俩即性的表演，孔方锁起眉，深深向他弯下了腰。

“哈，为了等这阴时阴刻，你也是用心良苦。”

一声低呵，烛阴很快比出个走这边的姿势。跟上他的步调，我们经过前厅，又撩开一挂不知什么材质做成的珠帘，便看见了中庭的天井，在那正中，植有一株五人合抱的粗壮榕树，灰暗的光线从那阴阴树冠筛下来，依稀能分辨在这其后还有一条幽深的长廊，它隐在沉重的夜色下，仿佛一条匍匐着的巨蟒。

进入长廊后，烛阴一路都没有说话，然而，他每经过一处，走廊里挂着的风灯都会一盏盏地跟着亮起来，然后又随着我们的离开而熄灭。重重摇曳的灯影下，我发现在这条走廊的内壁上，还绘有一卷超长的壁画，不过由于光线太过幽暗，并不能瞧清楚。

就这样走了好一阵，烛阴终于停了下来，他转过身，问孔方道：“即使万劫不复你也要救她？”

“是。”几乎没有犹豫，孔方回答。

即使万劫不复你也要救她？这一刻，我脑中像有另一个声音同样在说。我晃了晃脑袋，很快打消了这个错觉。

眼前，烛阴单手抬起按向壁画的其中一处，随着他手掌的按下，不想这半面的壁画竟然就这样诡异地消失了！旋即，一个刻着古怪阴文的雕花推窗也从里面凸显出来，可显然，它的规格要远小于一般的古式窗。

对此，我有些好奇，因为在这推窗里，居然还有嵌有一间小型的壁龛。而这，仅仅是为了里面一盏隐蔽放置着的正闪着微弱光线的青铜灯！

这究竟是什么灯？需要藏得这样隐秘？我不由得想要凑近，然而，眨眼间，那光却被一团炽烈的红光所覆盖，我瞪大眼，瞬间才想明白，那始作俑者居然是我胸前的女娲石！

搞什么，难道他们口中所等的时刻就是指现在吗？我完全不知道现在该怎么做，仅仅任凭意识操控想触一触那微黄的火焰，然而，就在我的手指快要接近那火苗时——

“别碰那续命灯！”

忽然间的一声高喝，及时让我收住了手。我回过神，望见靠近走廊的阴影下，那重重冥雾仿佛被谁强行撕开了一道巨大的裂缝，裂缝中，卓扬提着剑面无表情地从里面迈了出来！而跟在他后面的，则是陆温茗的式神——一条金色的蛟龙！

“果然来得早不如来得巧啊！”声音落，陆温茗手势一挥，那条金色的蛟龙就极其上道地朝孔方俯冲了去，孔方顺势向后躲闪，手中咒印缔结，很快一只巨大的黑色秃鹫也迎了上来！

砰！

剧烈的撞击声震得屋檐下的风灯也跟着摇晃起来，而这时卓扬长剑划开冥雾，一道银华罩下，我看清在他的左手里，一枚写着“缉”字的薄质玉色令牌竟毫不逊色于他长剑的银华，在夜色下熠熠发亮！

“孔方，你以为上了三界缉查榜的人，还能有机会脱逃吗！”他说。

不是吧，难道这就是传说中的三界缉查令？我还一直当时代进步了，三界缉查令至少也该与时俱进成一张金箔纸的……

“好大的口气！不过在这阴司鬼市，你又以为你的能力能发挥多少？”下一秒，烛阴忽然狂戾地笑了一声，并伸手就是要截住那条咆哮着的蛟龙！

可这又是什么情况，他刚才那话不是对着卓扬说吗？还是……他原本就打算声东击西？我被他搞得一头雾水，抬眼，天际又是一团碧光猛烈炸开，简直就像要将这里的冥雾都驱散似的，一时将整座鬼楼都映在了它的光芒里。

无可睥睨的光，瞬时让人的呼吸都为之一凛，蜿蜒的长廊里，我瞥见走廊里那绘着的漫漫壁画，也仿佛一阕阕记载着春秋笔录的史歌。与此同时，一个古怪的念头忽然从心底冒出：眼前的这一切，似乎是在哪里见过……

下一刻，天幕中那一团拖曳着长尾巴的流火穿过重重的冥雾，直向长廊深处袭来，我心中一惊，猛地想起孔方先前说的，女娲石之间是可以相互感应的话。

难道说，是女娲石？想到这，我连忙张开手掌去接它，却没想孔方竟然快我一步挡在了身前，我自然心急，索性连缔结咒术也忘了，就是用左手狠狠推了他一把。

嗞嗞——

熟悉的声音即刻传来，随即，又是一股烧焦的味道。这个场景，分明不就是苏莱馆洗手间里的那幕吗？然而，眼前已然蜷缩起身子的孔方却像不畏疼似的，咬咬牙迅速换了个位置再次向那碧光迎了去！

汗！这人为了女娲石还真是不要命了啊？我心想着，低头却看见掌心上一个银紫色的古怪图腾慢慢地浮现了出来……

“怎么可能？这是……判官笔……”烛阴诧异的声音从身后传来。

判官笔？我一时分神，脑中却猛地浮现出那天在镜灵阁，路易斯曾在我手心里画下过什么，难道说他将判官笔封印在了我的掌心里！

他怎么会有三界审判的判官笔？

“阿叶！关键时刻，你可千万不能掉链子啊！”

蓦地，陆温茗一声喝将我从神游中拉了回来，我回头看他，这才发现现在的战况已然变成了他和烛阴一对一，不过，烛阴说起来也是《山海经》里记载的传说人物，怎么在对上了陆温茗就变成了这副德行呢？倒是卓扬，虽然手操着剑，却只是一动不动地盯着孔方。难道他想用目光杀死对方吗？我一时没跟上他的思路，只好决定先将自己的式神祭出，但让我没想到的是，就在青鸟刚刚飞出的一瞬，凌空冲来的女娲石竟然将它砸晕了，砸晕了……

看着躺在地面的青鸟，我：“……”

“葛叶，注意你的左手边！”话说着，不刻卓扬就移到了我身旁，我顺势一握，那个鸽子蛋大小的碧色圆石就被我险险握在了手心里！

“我抓到了！”

我对卓扬大喊了声，没承想，这话却是将孔方引了过来，他的秃鹫直冲向我，好在被卓扬的银剑及时拦下。

“只差最后一点点，芸芸就能复生了！我绝不允许你们破坏！”孔方向他大吼一声，双目已经赤红得不似常人。我眼看着他，本能地就握紧了女娲石。

“孔方，收手吧！”卓扬说着，一道剑气凌空划过，但见一片耀眼的银华里，孔方竟然瞬间被他击退了三米！但显然，他并不在意，只是狠狠一揩唇角的血迹，跟紧手势一挥，口中咒术再次叠起：

“临、兵、斗、者，皆阵列再前！”

我悬着心，转头再看卓扬，没想他仍旧一不徐不急的模样，错愕间，他眼镜片上冷光一闪，接着手中的长剑就这么轻飘飘迎了上去——

“星陨·破！”

砰！

火花四溅开的瞬间，我还没来得及将这一幕好好消化，抬眼，就见卓扬的银剑穿过了他的式神秃鹫，然后将剑尖停住在离他咽喉下一寸的位置。

故意到这个位置才收剑，敢情卓总你是在玩弄群众的智商吗？我哧了声，打算上前一看究竟，但没想前脚刚迈出，人就被他拦了住，他眼看着孔方，冷道：“以出卖灵魂换取那女人重生，你以为值得？”

“值不值得不是你说了算的！”像信仰遭到了质疑了一般，孔方顿时更加恼怒，但，这并不是我要强调的，因为在下一刻，他整个人就忽地一矮，而当我终于反应过来，我的喉咙已被他死死掐住了！

“把女娲石交出来！不然我杀了你！”他的声音从我耳边传来，我低头，看见他已然长出一截的西裤，这才恍然他居然还修习过传说中的锁骨秘术！可惜，即使明白了这点也并不能解决我目前的问题，因为很快，我就感到呼吸困难，连带着想咳嗽又咳不出的，只能满脸通红地看向卓扬。

但让我没想到的是，面前这位手持银剑的人却自始至终都没有看我，甚至地，他脸上连一丝多余的表情都没有，他不过是勾起唇，然后用毫无温度的声音说：

“你以为你杀了她，交易就做完了？可笑！”

话音落，却见他手中青光一晃，因为就在那修长的指节间夹着的，正是我刚趁乱扔给他的那枚女娲石……

这个浑蛋！我狠狠瞪着他，且听他继续道：

“知道吗？即使是万能的烛阴大人，也有它无法做到的事。”他说着上前一步，声音也还是那样不紧不慢的：“就好比——复活，因为在这世上，没有任何东西能帮助人重新再活一次。”

“我不信！”

闻言，孔方突然大吼了一声，震得我耳膜都嗡嗡直响。但好在，这瞬他的手不知觉也松开了些，我心下一喜，立刻就狠狠给了他小腹一下，同时间，忽听空中一声高亢鸟鸣，接着我就被直直撞了出来。

“平时看你挺机灵的，怎么这次就？”

头顶上方，某人未完的评价直击心底。我瞬间反应了下，终于搞明白自己刚才是做了个短距离的位移，至于那位肇事主——我的亲亲式神青鸟大人，现在正在奋力地啄着孔方的后背。

我：“……”

“孔方，既然你还这样执迷不悟，那我只能……”随着卓扬的一声喟叹落下，他手心里那块书着“缉”字的令牌顿时金芒又盛，眨眼幻化成一条束魂索径自向仍拼命抵抗着的孔方追了过去。很快，被束魂索绑住的孔方身体也变得透明，大概半分钟后，就随着那束魂索一起，不见踪迹了。

我目瞪口呆地看着这一切，下一刻却听正和烛阴缠斗着的陆温茗突然暴喝一声，然后全身上下都迸发出耀眼的金色光芒来。敢情他这是出BUG还是放特效了？我惊讶地看着他，正要上前瞧清楚，与此同时：

“烛阴鬼执，这桩生意，你注定接不了——”

随着卓扬话语的落下，他的长剑也向烛阴刺了过去。幽深的长廊里，我看见烛阴的火形人影猛地一暗，紧跟着檐牙下坠着的风灯也开始剧烈地摇晃起来。

顷刻间，一种天昏地暗的感觉向我袭来，我下意识地捂紧头，只觉一切都仿佛在倒退，倒退。沉重的冥雾里，我听见烛阴低沉的声音被风吹散开，他说的是：

“他的或许不行，不过你的……哈……记住那个东西的名字，它叫长……”

待我再次睁开眼的时候，地点已经变回了铜山公墓后门的那块平地，在这里，似乎一切都还维持着我们刚来的样子。幽密而层叠的树冠遮挡着我们前方的道路，只是，多了一辆空着的路虎，以及铁门后那一片静默墓地。

漆黑的天幕里，一轮皎白的月已经偏西，我揉了揉眉心，恍觉刚才经历的一切不过是场再真实不过的梦境。而最后的最后，我也依稀听见卓扬和烛阴的对话里提到了一个跟酒有关的名字，但我想了半天，还是没有想起来。

重新上了车，我说："老大，我刚才不是在做梦吧？"

卓扬听后将目光偏向我手里的石头，声音也淡淡的："能做一场梦就将女娲石拿回来的，你也不容易。"

经他的话一提，我才反应过来自己手里握了东西。我紧张地摊开手，淡橘色的车灯下，一枚碧色的石子正静静躺在我的手心里，它通体澄透，表面一层寒月的光泽隐隐流转。

我将它拿起对比了下我脖子上的那块，说："这块怎么是绿的啊？"

陆温茗："传说女娲炼五色石补天，你究竟有没有读过历史啊。"

传说跟历史有什么必然的关系吗？我被他跳脱的逻辑着实噎得说不出话来，但转念又一想，既然我前座的这两位刚才都表现得如此神勇，那在一开始都干吗去了啊，等我被人忽悠了半天才到，敢情这么多年兄弟都白做了！

想到这里，我实在忍不住不生气，我说："就算这一切都是真的，可你们那么晚才来算是个什么意思啊！"

陆温茗："不入虎穴，焉得虎子这种话我会说吗？"

卓扬："小姐，你见过哪个主角是第一个上场开打的？"

我："……"

停了停，我这才想起一开始要问的三界缉查令的事，这东西卓扬是什么时候申请的？不是说申请的手续十分烦琐，没有十天半个月绝对下不来吗？

还有路易斯的判官笔。就算抛开他手里为什么会有三界执法者的判官笔这点不说，他怎么会未卜先知我此行会进行三界审判？难道是有人提前透露给他了？……他的身份引起了我的强烈怀疑，我决定有时间再去趟镜灵阁。

说到审判，我又想起柳姨的塔罗牌来了。审判者……

不知究竟是看出了我的疑虑，还是故意要打破目前的僵局，总之，后视镜里的卓扬抬眼对上了我的，他一推眼镜，说："周三那天，听说有人无故请假了。"

我微张嘴，随即想起那天陆温茗电话里跟我说的卓扬也没来那事。原来，他就是为了办这事？我还以为……

见我不出声，他索性继续道："看来，的确是有人想多了。"

我："……"

事情到这里就算是告一段落。最近的几个案件，始作俑者都是孔方——然而，在这其中我始终没弄明白的是，孔方一介人类，没有接引者，究竟是如何出入鬼楼的？

尽管这些事件全部让我和当年宋娅楠的案件联想到了一起，但黑麒麟的线索还是断了。

这个案子，是我立志成为三界平衡者的契机，是我心中过不去的一道坎，是我当成使命的存在，更是我哪怕耗尽精力也必须要得到答案的问题。

这许多相似的情景中，仍然有个未解之谜。确切地说，是仍然有一只隐形的手，一个没有被查清身份的幕后人！

还有，当时为什么陆温茗身上会发出那样强烈的金光？

这些问题并没有得到解答，因为就在这之后不久，那间菜馆就关门大吉了。那个幕后人……

我觉得我们一定会见面的。

第三滴血

（1）浴室的滴水声

在将陆温茗欢乐农场中的番薯尽数偷光后，我终于得承认今天是无聊了。

办公间里，吊顶的风扇已经吱呀呀地转了一整个下午。事实上，由于最近这段时间事务所里没有再接到新的任务，所以我上班的重心便由出任务，变成了现在的偷菜、三国杀外加听陆温茗隔三岔五地讲冷笑话上。

不过，今天那个讲冷笑话的人没有来。

所以理所当然的，我仅有的乐趣又少了一样。

我叹了口气，百无聊赖地将目光转移到了屏幕旁的绿色仙人球上。这是前不久卓扬给我们每人发的一盆小绿植，美其名曰可以吸收电脑辐射。原本当他将那个大袋子拎回来的时候，我是兴致勃勃地挑中了一盆茎干饱满并少见地开着淡黄色花朵的仙人掌的。

谁料想我的手刚伸过去，他已经先我一步将东西抢走，说，这盆我要了。

本来，若说单这样也就算了，哪知道他在抢走了我的后，又面不改色的从袋子中将这盆明显营养不良的递了来，然后推推眼镜，说，我认为这个比较合适你。

不得不说，像他这样的人，简直就是个披着祸水皮的浑球啊。

想到这里，我不由将这仙人球也当作了是他，怎奈何揍又揍不得，只能多瞪了几眼，才百无聊赖地拿过水杯中没喝完的水给它浇上一点儿。嗯，这样颜色倒比开始要好看一些了。我心想着，不知怎的心思又飘回和这仙人球颜色一样的女娲石身上。

从阴司鬼市中我将它拿回来，它就一直安稳地躺在我给它专门配的一个乌木盒里。左右现在也没事可干，我便又从包里将盒子拿出来小心打开，黑色的绒面上，一枚鹅卵石大小的石子碧色流转，在这样的衬托下，越发显出沉静莹泽。

“你这样看，是琢磨着还想要一条项链吗？”

磁性的嗓音，似笑非笑的眼神，我转头看见身后不知几时晃过来的卓扬，忙啪地一声将盒子关上，说：“要是有人送，我也不介意啊。不过，这次能不能换个有创意点的？”

卓扬：“要么，送个戒指？”

我：“……”

我觉得我快被他打败了，哦不，是我已经被他打败了。我转过脸，故意慢腾腾地将盒子放回包里，只盼着他能赶紧知难而退。怎想他不过是一眯眼，悠哉地坐在一旁陆温茗的座位上，继而架起他模特般的长腿，说：“我怎么觉得你是怕了？”

我听后赶紧摆摆手，说：“那你对我误会还挺大啊。”

对于这句误会还挺大，我表示自我感觉还不错。虽说这次我没抢占到先机，但至少应该能和局，没想这边嘚瑟还没半秒钟，那边我桌上的手机就响了起来。

我接过手机一看，咦，这个时候找我的竟然是陆温茗？

我按下接听键，只听电话那头声音有点嘈杂，过了一会儿，大概是陆温茗找了个静点儿的地方，才开口说：“阿叶，老萧的事务所人手不够，你下班过来搭把手。”

我听后有点奇怪，问他出了什么事？但他似乎没什么耐心，只说还不是跟上次那件事有关，就很快收了线。

他口中的那件事我隐约是晓得一点儿的，大概是说AIR事务所在前阵子接受过一个地下拍卖行的委托，调查一件奇怪的古画，但是一个星期过去，那个案子一直都没什么进展，而这，正是前几次原本说好的我们三人去吃饭但他中间跳票的真实原因。

我皱了皱眉，再看时间也将近下班，就忙收拾起东西来。倒是耳边忽听一个声音问：“怎么了？”

我很自然地接话说：“老萧的事务所有点情况。”

话音顿了顿，又问：“事务所在哪里？”

我说：“在乐活城。”

话说完，我才反应过来现在是在跟谁说话，转头对上卓扬，没料得他此时已站起身来，高大的身影几乎挡住了我面前所有的光，他说：“我载你过去。”

我赶紧摇头，怎想他也不避，只是上前一步抬起手腕上的表，不咸不淡说：“你有车吗？”

我：“……那，走吧。”

虽说乐活城也在港岛市的南岛，但是和三界事务所还是隔了相当一段距离的。再加上一路堵车，等我们到老萧的事务所时，时间已经有点晚了。眼见着卓扬在将我送下车后仍没有半分要走的意思，我只好厚着脸皮带他一起进了AIR事务所。

推开玻璃门，前台接待的华琳看见卓扬，反应是预料中的一愣，倒是卓扬显然早已适应了这注目礼，对她不痛不痒地点了点头，就将目光偏向了后面铺着防滑瓷砖的小客厅里。

我说：“委托人还在里面吗？”

华琳终于将花痴的目光从卓扬脸上收回来，说：“他们前脚刚走，你们就来了。”

我本还想多问，这时只见陆温茗从里面走出来，喊了我一声阿叶，话还没说完他又顿住了，改口说："呃，老大，你怎么来了？"

卓扬："葛叶的方向感是谁教的。"

好吧，我承认刚才指错两个路口，但……我正准备斜睨他，没想耳边的陆温茗已然接话道："……老大我认为她还是不要教比较好。"

卓扬："你这个想法是对的。"

我："……"

略沉默了一会儿，陆温茗才记起要把我们引进小客厅。奇怪的是，布置简洁的小客厅里现在并没有人，我左右看了看，发现半掩着的办公室里似乎也没有人，便问道："老萧没在？还有，林弯弯是送委托人去了？"

陆温茗听后点点头，在将给我们倒好的水放在茶几上后，很快又从办公室里拿出个画轴来，说："是接人。"话停了停，他看看我，又将目光放在卓扬身上，半晌，才默不作声地打开了手里的画轴。

这是个横约130厘米，纵不到40厘米的长卷画轴。铺展的画面上，泼墨的笔法绘着远方层峦叠嶂，缭绕的云岚下，山泉汇成溪流，顺势蜿蜒。谷中最平坦处，一座工笔严谨，但显然并不违和于整体画面的石亭静立其中，石亭里，一名青衫男子举目遥望远方。而整幅画最令人瞩目的是，在画面的右上角处置有的一块多孔奇石，颇有几分耐人寻味。

我说："这就是你开始说的那幅画？"

陆温茗点点头，接着就将画的情况简略介绍了一下：大意是说画的现任主人是一对新婚夫妇，因为不久前在奥海中心买了房，便将这幅祖传的画挂到了他们家的客厅里。谁知道几个月过去，新居就开始不停地出现怪事，先是家中的水管莫名漏水，后是夜晚听见一个年轻女子的啼哭，在这其中最诡异的，则是男主人声称在这幅画里看到了一团模糊的人影。

人影？听着他的话，我皱起眉不由也将画轴重新端详了遍，但可惜，现在的画面上除了石亭里的男人外，并没有发现其他的东西。倒是坐在沙发上的卓扬也看了画一眼，便问：

“你说的那个林弯弯，是去接这幅画的主人了？”

陆温茗听后点点头，又一顿，就见卓扬习惯性推了推眼镜，说：“男主人既说这画是祖传的，那料必这幅画在他之前的家中并未发生过离奇的事。在我看来，请他过来，不如我们今天去他家住一晚，温茗，你认为呢？嗯？”

合情合理的猜测，只是最后这声尾音上扬的嗯是怎么回事？我余光瞄向他，倒是他虽然瞧见了，但更多的像是在等陆温茗的回答。时间停了停，陆温茗终于重重嗯了声，拿起了茶几上的电话。

“嗯，对。11栋4单元502？行，我们准备准备就来。”

结束了和林弯弯的电话，陆温茗冲我们点点头，便将画轴卷起来收进了一个素色的长盒里。

“林弯弯已经和那边说好了，我们今晚就在画主人家过夜，我们四个大老爷们倒好解决，就是阿叶你……”他声音忽地一住，把我上下打量了个遍，“要么我把我的T恤借给你当睡裙？”

卓扬：“那不如考虑我后备厢里的Versace衬衫。”

我：“……”

在随意找了间茶餐厅解决晚餐后，我们就直接开车去了奥海中心。好在奥海中心本身和乐活城之间的距离并没多远，所以时间并没有过多久，我们就到了画主人在这里的一处名叫锦绣花园的小区。现在，在小区正大门的位置，林弯弯正显眼地站在那里。

说起来林弯弯这个人我还算熟悉，他和陆温茗曾是大学校友，但后来不知因为什么，在大三那年放弃了学业，不过好在他会计学得相当不错，所以不久后他就被陆温茗推荐进了老萧的事务所，大概也是因为这件事，二人后来成了无话不谈的好兄弟。

不过撇开这些不谈，我倒觉得林弯弯给我最深的印象是：这世上怎么会有长得这么秀气的男生啊！

此刻，穿着棉质白衬衫的秀气男生迎面向我走来，我看着他，没留意目光就飘到了他略略发红的眼眶上，我正要开口，他却先一步将手里的纸袋递了过来，说：

“葛叶，温茗说你要来，所以我特意让女主人给你留了一套换洗的衣服。”

卓扬、陆温茗：“……”

我打开袋子一看，是一件印有奥利弗头像的粉色睡裙，虽说这个颜色并不是我的菜，但总比穿某某人的衬衫或者某某人的T恤要强太多了！想到这，我对他的好感度不由又上升了一个层次，索性一手搭上他的肩，诚恳地说：

“弯弯，我跟你说，你要是哪天直回来，千万要记得第一个告诉我，我一定……”

我的话还没说完，就被一旁的卓扬忽地咳嗽声打断了，同时间，陆温茗也接话道：“阿叶，你怎么能哪壶不开提哪壶呢。”

我：“……”

实话说，当时若不是陆温茗那句哪壶不开提哪壶，我自然不会知晓原来在那个时候林弯弯就已经和他那个浑蛋男友分手了。而现在，在我还没研究出该以什么方式来劝慰他之前，也只好乖乖闭了嘴随着众人一起来到了那对年轻夫妇所住的地方：

锦绣花园11栋4单元502室。

公寓里，今天只有男主人一个人在。这位男主人相貌普通，身材瘦削，不过他身量极高，甚至比卓扬还要高一些。

男主人跟我们自我介绍说他名叫钱广涛，原本是在粤西那边做生意，不过随着生意日渐红火，就将新家搬来了这里。他话说着，一路将我们引进了客厅。

我环视了圈，这间公寓三室两厅，面积约有140平方米，装修风格是明显的中式风，典雅中透出股低调。但单从布置来说，这间公寓和现在的大多数并没有很大区别。

穿过卧室的走廊，钱广涛指了指与其相通的小客厅，说：“当时画就是挂在那面墙上的。”

顺着他的话，我不由多看了几眼这个小客厅，这大概是个单独会客的客厅，所以面积并不大，陈设只有一具白色的软皮沙发，它旁边立着一个浮雕灯罩的落地灯，和一方磨砂玻璃的茶几。除此，就是正对着的那面空墙壁。

我走上前，仔细看了看那墙壁，但并没有发现什么不妥，索性又伸手摸了摸，触手间，我隐约感到了一丝潮湿的意味。于是问：“这面墙有点湿，其他的墙面也会这样吗？”

话刚说完，陆温茗就伸手摸了下他旁边的墙，然后皱起了眉说没有。

“看来这画的确有问题”，一旁卓扬嗯了声，习惯性又推推眼镜，但不知道是不是我多疑，刚才的一瞬间他停在画轴上的目光似乎有些……

“先将画轴摆回原位，我们今晚就守在这里静观其变。”他打断了我的想法，继续道。

“看来现在只能这样了。”林弯弯跟着也点了点头。

从房间出来，我们几人重回到主客厅，便将事情再次捋了遍，我一边听着他们各抒已见，一边心中也产生了一个疑问。

因为如果说这间屋子是在闹鬼的话，那凭着我们几个阴阳师的专业敏感度应该是能感觉到的。而若是妖精，鉴于前阵子我在苏菜馆、海洋馆等的一系列表现，也证明我在这方面应该有所天赋。但现在的情况是，这间屋子太干净了，干净到我们这么多人竟没有一个感觉出这间屋子有问题。

而这，就是最大的问题。

此时，客厅的实木挂钟上，时针已经停在了罗马数字的23点。陆温茗打了个哈欠，提议说：“要么今天我们轮流值夜？”

他话说完，我赶忙朝钱广涛看了一眼，说：“钱哥，那什么，你不介意我用你们家浴室冲个澡吧？”

话音落，四双眼睛齐刷刷看向了我……

“不介意，当然不介意。”钱广涛咳嗽一声，一双眼倒是四个人里率先移开的那个。搞什么，难道胸平就可以成为被误会错性别的理由吗，果然雄性动物们的思维就是这样爱报复社会啊！

等我从浴室洗干净了出来，没想到刚才还在主客厅讨论的热火朝天的几个大老爷们竟然已经躺在沙发上呼呼睡着了。我叹了口气，转过身只得打算去另一头的小客厅里将就一晚。

卧室走廊的灯被调得很暗，我才走了几步，面前忽地就晃出一条人影来，我心中一个咯噔，半天才看清楚这人是卓扬。要说这事也怪不得我没认出来，眼前，这人几缕挂着水珠的发丝就这么垂在额间，眼镜也没戴，更是换了件暗酒红的和式睡袍。只是，如此一看，倒真像是换了个人。

我瞠目看着他，转念又想起刚才在我洗澡的时间，他居然也在隔壁的浴室里做了相同的事，脸不由得就有些烫。我故意不再看他，慢腾腾地说："你穿成这样，是打算上台表演吗？"

话说完，没料他并未回应，而是低呵了声，发出评价："你果然是怕我。"

我立刻说没有，怎晓得话音刚落，人蓦地就被困在了他和墙壁之间。我顿时有点紧张，于是瞪他一眼，威胁说："你要敢动我我就叫人了！"

又是一声笑，他低头，一双深黑的眼睛望过来，说："要么你叫来试试？"

我被他以如此祸水的嗓音说出如此无赖话的举动搞得很没想法，只好说："你究竟想干吗？"

他走近一步，修长的手指将我落在肩头的头发撩到耳后，冷静地说："你看我这个样子能干吗？"

并没给我太多思考的时间，他的手已然触上了我胸前的女娲石，修长的指节再这么轻易一挑，女娲石就被托了起来，说："听说给这吊坠重配项链的机会，你原本是打算留给一个人的，嗯？"

我愣了一下，随即反应过来从前似乎是跟陆温茗说过温尘曾暗示过的那些。想到这，我顿觉心事像被人看穿了般，不由得就紧张起来。同一刻，他俯下的眼睛危险一眯，接着轻飘飘跟上一句："晚了。"

话音落，我身子立刻一轻，几秒后才发现原来是被他横腰抱了起来，我瞪大眼，想叫又不敢真的叫，想踹他两脚又没踹着，索性一发狠掐上他的后腰，将嗓子压低了，愤愤说："你快放我下来！你这人怎么能这样啊！"

他一笑，顺势将下巴枕在我肩膀上，说："见你没穿拖鞋，我好心好意想抱你去小客厅的沙发上，怎么这会儿倒全成我的错了？"

都说流氓不可怕，就怕流氓有文化！

一早领会过这人说话的本事，只是没料到原来一番无赖的话竟然还可以用这样一本正经的口气说出来。我觉得自己已经被他深刻刺激到，当下便使出必杀技，说：

“你再不放我下来，信不信，信不信……我真的就咬你了！”

话毕，倒见他脚步真的一停，一双深黑的眼似笑非笑地望过来，顺便再腾出只手指了指自己嘴唇，淡淡说：“嗯，那你一定要对准了咬。”

我：“……”

气氛僵持了一会儿，他抱着我也一度没有再说话，仅是信守承诺地将我放在了小客厅的软皮沙发上，便靠着坐了下来。我看看他又看看沙发，只好忍耐着比画了下，说：“你看沙发就这么点大，你要睡这，那我睡哪？”

卓扬：“怀里。”

还没等我反应过来，人就已经被带进了一个结实的怀抱里。与此同时，只听他一声极轻的“嘘”，小客厅里原本亮着的吊灯也在倏然间灭了，跟紧，滴答的水声开始在仅隔一条走廊的浴室里响起了……

（2）画中谜

我觉得眼前的气氛有些诡异。从来只听说过守株待兔的，至于现在这个守株待鬼……不见光的房间里，我转头看着卓扬眯起的深黑的眼睛，呼吸也不由跟着起伏了，我小心用胳膊耸了耸他，并用手指了指走廊，示意要不要现在出去。

哪知道他猝不及防地伸出手捂紧我的嘴，低低说了声“别闹”，随即修长指节间的烟火便明灭了起来。

我的嘴被他捂着发不出声，盯着走廊的双眼却是警觉地瞪大了。现在，仅仅离我不到二十米的地方，那个我刚才洗澡时明明已经关紧了水龙头的浴室里，滴答滴答水声已经愈来愈清晰起来。

很快，另一间浴室里，也传来了同样的声音。

滴答，滴答。

当本就静谧的房间里，仅剩了这相继响起的声音，我屏息，一时只觉所有的感知都似被听觉所取代，而这吸引我全部注意力的水声，已经成了唯一还跳动在心尖的音律。

滴答，滴答。

起伏的声音犹如环绕立体声响般冲进耳膜，但很快，我就发现这声音开始起了变化。我心下一紧，仔细又听了几次，终于辨清这咕咚的流水声应该来自家里的水管或者下水道。

难道这就是钱广涛口中所说的怪事吗？我正想着，一声细微的哭泣声忽然传来，但当我想听得更清楚时，哭声又变成了一段渺远的对话。这对话就像是被人用旧收音机在起风的空旷操场上播放出似的，即使我竖起耳朵也没怎么听清楚，只能辨出说话的双方应该是一对男女，从男人口中，我听到他反复地提起一个古怪的名字，金生。

金生、金生？我在心中默念着，忽而脑中灵光一闪，难道说是？

“她快要来了”，头顶上方，卓扬低磁的声音蓦地打断我的思路，顺着他的视线，我看见墙壁上正对着我们悬挂的长卷画轴里，原本应该是那块多孔奇石的位置，现在正被一个模糊的人影所替代……

没多久，人影便在画卷成了形，我看着这一切，尚未来得及倒抽口凉气，耳边便听一个颇嗲的女声道：

“汝，汝竟能看见吾？”

不可否认，这一瞬里，我的确有种被雷击中了的感觉。我怔怔看着画卷上这名堪称绝色的古装女子，当下便涌起了一个想法：如果女鬼都长这样，那该是让多少人类含恨而死啊。

大概是见我许久不搭理她，她涂着豆蔻的玉指索性点向了我身边的卓扬：“那么汝呢？难道汝也能看见吾？”

“嗯。”

手中明灭的烟不知何时已经不见，卓扬应着她的话，下一刻已优雅地站起身来。我看看他又转头看看画上的女人，拜近期最热的某穿越电视剧所赐，我认为目前这女人的情况搞不好是……古穿今？

“不对，不对。”

连着重复了两遍不对，画面上女人黛眉蹙起，冲我们摇了摇头，很快，她像是想起了什么，又问卓扬道：“吾问汝，今夕是何年？”

“汝应说，汝最后有印象的是哪一年。”

并没有多少起伏的语气，接话的声音亦是如此自然而然，我猛地转头看着现在开口的人，心说要不是现在这里没人，我简直都快怀疑刚才那句是不是真是他说的了。

眼前，画中女子回忆般悠叹声，微挑的杏眼也闭了起来：

“开宝八年三月……”

开宝八年三月？我皱眉，心说如果我没记错，开宝应该是宋太祖赵匡胤的年号，而至于太祖登基的前面几年，想也无非是加强中央集权的种种措施，毕竟他当时那句“卧榻之侧，岂容他人鼾睡乎！”的流传度实在太高了，不过我现在能想起的也就这么多，要再往下说，我想我大概也需要借助……嗯……百度。

不过，相比起那个年份，我现在对她的名字更感兴趣，我斟酌了又斟酌，这才将称呼由美女改成了姑娘，我说：“姑娘，难道你就是那个……金生？”

听到金生二字，她原本还微眯着的眼顿时就瞪大了，她手指微抖地指向我，表情却着实看不出究竟是生气呢还是不可置信，“是谁允许汝对吾直呼其名了！”她哼了声，又道：

“还有汝们两个小道士，说，汝们是如何看出吾真身的！”

我：“我们不是小道士，我们是阴阳师。”

金生：“哼，汝个女道士还敢欺瞒吾！吾待在画里这么长时间，也只有呆子一个人看见过吾！汝们若不是小道士，那又有何能耐能看见吾！”

我：“……”

我感觉我已经被她弄得头大了，敢情这就是传说中的，御姐身配傲娇萝莉心吗？气氛沉默了一会儿，身旁的卓扬终于开口道：

“金生姑娘，那些水，其实都是你弄出来的吧？”

卓扬的话很快将我的思路引开，而他现在说的，也正是我刚才想到的，《阴阳师生存手册·基础篇》中提到过，所谓五行相生相克，在相生里：水生木，木生火，火生土，土生金，金生水。既然她的名字叫金生，而金本来又是生水的，这样一推，家中会离奇漏水，八成也跟她脱不了关系。

下一秒，只听她不屑地扫了我们一眼，便嘟囔道：“汝以为弄出这些水是吾愿意的吗！反正现在只要吾一哭，这里就会和在呆子家一样，不停地冒水……”

“那为什么以前不会这样？”说这话的是不知几时冒出来的陆温茗，他揉了揉眼，却不知究竟是在为画上的极品美女而困惑呢，还是为刚才的不会漏水困惑。

我看着他，只好艰难地决定拯救他于迷途，我将手指向对面的墙壁，说：“大概因为这个位置，刚好是家里的坎位。”

五行八卦中坎的意思是水，既然将会生水的金生不小心摆在了坎位上，那么这个时而漏水，时而又不漏，琢磨着就能对应上了。

话语一停，随即也让我的头脑一清，想起了刚才遗漏下的关键词，金生重复提过两遍的呆子。我看着她，半晌，说：“金生姑娘，你说的那个呆子，不会就是他吧？”

我的手指向画卷，记得最开始看这幅画时，就隐隐觉得哪里不对劲，现在想来，这个石亭和男子，明显就应该是后来补画上去的。不仅如此，这名男子遥望的地方，刚好也是原先的那块多孔奇石，就是……金生。

原来，这就是答案。

我心中一紧，没想面前的金生面色却忽然一变，道：“吾为什么要告诉汝！想要吾告诉汝……除非，除非汝帮吾找到他！”

话说完，一旁的陆温茗就是一声轻咳，说：“可是美女，他少说也挂了好几百年了，我们就是去寻找他的转世也……”

“胡说！呆子才不会留下吾一个人呢！”金生蓦地打断他的话，我一愣，心说也不知道她到底搞没搞明白那个挂的意思就敢这么武断还真是好样的。倒是此刻她一双杏眼瞪住陆温茗，小巧的鼻子顺便还跟着抽上几抽时，脑中不由自主就联想到了一只炸毛了的波斯猫。

大概因为她哭得更狠了，现在水管里的水声也越发响了起来。我皱眉，正打算着该以一个什么法子来安慰她时，没想她忽地一揩小巧的鼻翼，像下定了决心般，对我们重重道：

“汝们这帮臭道士，不就是想要吾的灵石吗！吾可以答应给汝们，不过……汝们一定要帮吾把他给吾找出来！”

灵石？什么灵石？难道她是指画卷上那个？我还没怎么跟上她的思维，随即就听卓扬淡淡应了声：

“好。”

说实话，对于卓扬擅自作主帮金生接下这桩寻找画中人的任务，我表示不是很能摸透他的想法。倒是他的想法一向是我难以摸透的，却也是不争的事实。陆温茗说，在AIR事务所正式确认了这项委托后，钱广涛才支支吾吾地告诉他，这幅古画虽然没有名字，但却是来历非常。于是我自然就要问了，怎么个来历非常法？没想他当时停了一停，然后说，因为它曾被送进了某知名博物院，之后又给送回来了……

我听后也停了一停，不由赞道，那它还真是来历非常。

撇去这句来历非常，我现在更关心的是究竟要用什么办法，才能找到金生口中的那个呆子？但可惜，自从那晚金生在说了句开宝八年三月的线索外，她就再没出现过。

但即是此，卓扬还是很有办法地联系到了港岛市文博馆的一名研究员，并打算从这画轴上风格明显迥异的石亭和男子身上找到一些蛛丝马迹。

在这段时间里，我则负责调查开宝八年的相关资料，正如我前面所说，开宝的确是宋太祖赵匡胤的年号。稍微了解历史的朋友应该知道：在古代，国家的纪年通常是以当朝皇帝的年号为初始。但是，对那个乱世来说，相同的一件事，往往可能会伴随着两个截然不同的纪年；抑或者，同一纪年下，实际是发生在两个政权下的事。

事实上，自唐末开始，天下就已经大乱，藩镇割据更是到了一种空前的地步。后来赵匡胤陈桥兵变黄袍加身建立北宋王朝，但尽管如此，当时全国的势力并没有得到真正统一，为了结束这一局面，宋太祖对内除了历史上有名的杯酒释兵权之外，对外更是南征北战。先是灭了南汉政权，之后又将目光盯上了已向北周称臣，并去年号的南唐。

而当时已置于三面夹击之中的南唐后主为自求保，明臣服，暗备战，更在遣使向宋请受册封的同时，将兵力署在长江中下游各要点，以防宋军进攻。北宋开宝七年九月，赵匡胤以李煜拒命来朝为借口，发兵十余万，三路并进，攻进南唐。

开宝八年三月，宋军攻至金陵城下。

大致了解完这段历史背景，再将金生先前的反应联系到一块，我琢磨了半天，终于将那个呆子很有可能是死在了那一年的想法告诉了卓扬和陆温茗。

陆温茗听后表示我大概是台湾言情剧看多了，竟然被这种虐恋情深的戏码所蛊惑。

而卓扬则皱了皱眉，然后吩咐我和陆温茗去了他的办公间，他告诉我们在将画卷的情况扫描给港文博的一名研究员后，研究员认为自己在该方面学术水平欠佳，于是向他引荐了另一个专业人士来替我们鉴定画轴。

但让我没想到的是，来鉴定画轴的那个人居然会是——温尘。

原本说，港岛市今天是个微凉的阴雨天，但就在他说完这句后，我好像觉得周围的空气莫名就开始热了起来。

就这样魂不守舍地挨到了下午三点钟，我在办公间待着无聊，便下楼打算去买瓶喝的，谁想才走到楼梯口，迎门就见穿着件深咖色的英伦衬衫的温尘朝我走了过来。

他呵了声，问："小叶，你这么慌慌张张的，是要去哪里？"

我被他的笑容魔怔住，只好如实答："去买罐咖啡喝，哈哈哈。"

他听后再一笑，随手递给我一个纸袋，我打开一看，正是一杯外卖的加糖的摩卡。

"如果没记错，上次你点的就是这个味道。"他用清清淡淡的嗓音说。

我："……"

那句话怎么说来着，人生得一知己，幸矣，足矣啊。

跟温尘一道回去时，卓扬办公间的大门正紧闭着，我敲了几声，却没想开门的会是陆温茗。如我刚刚见到温尘的反应一样，他先是惊了一惊，再是喜了一喜，最后终于将面部表情稳住了，说："男二老师，你好！"

我："……"

此刻，坐在老板桌后的卓扬笔记本打开，修长的手指正在敲着键盘，看见我们来，他起身一推鼻梁上的推眼镜，继而将目光从温尘的脸转移到了我手里的纸袋上，说：

"没想到骆研究员推荐的人竟是温老师您，还真是巧。"

说实话，他这一番客套，着实让我打了个妥妥儿的寒噤。但好在这份寒意，温尘似乎并没有察觉到，他不过是寻了个舒适的姿势坐下，接着淡淡开口说：

"受人之托，温某自然是要做足准备的。"

话听到这里，连我都不由得要感慨，这一刻，他气场当真很足。

气氛略微僵了下，好在办公间里还有陆温茗这么一只从来脱线的，眼见着局势不对，他立刻清了清嗓子，将刚沏好的碧螺春端到了温尘面前，说：

"以前只听阿叶说您是个弹琴的，没想到您对画画也这么有研究啊。"

我听了听，觉得他这个措辞不对，立刻更正说："温老师不是弹琴的，他那是教钢琴。"

陆温茗恍然："那您后来不弹琴，改教画画了？"

我："……"

温尘："其实，从国中起我就对西洋美术史和中国古代美术史产生了兴趣，所以……"他端起茶慢慢呷下一口，娓娓继续："就艺术成就来说，南唐的水平，不愧为五代之冠。从昨天骆研究员发来的扫描过来的图来看……”

他话说着，一边的卓扬也将画轴拿出平展在了面前的茶几上。顺着他指尖的方向，大家的目光很快集中在了画面中那位明显画风迥异的男子身上。

“初看画的这部分时，我也曾猜测过画作有可能是唐代的画师周昉。但仔细琢磨下去，周昉画作向来以‘秀润匀细’著称，但在这里……”他的手指向男子的衣摆，“此处衣纹多用颤笔；另外，从设色来讲，周昉的作品向来色彩柔丽，以丰厚为体，更有‘秋艳’之称。而这位画作，显然更是追求‘镂金佩玉，以饰为工’。”

“综上两点，我以为画作为南唐画院的另一位名叫周文矩的画师，可能性会更大。”

“周文矩？”我重复了一遍，抬头看向他，他则冲我点点头，继续：

“周文矩，五代南唐画师。建康句容，也就是现在的南京人，生卒年代不详，不过大概是活动在南唐中主李璟、后主李煜时期，也曾在后主时任翰林待诏。擅长画佛道、人物、车马、屋木、山水等，但尤精于画仕女……”话锋到这里，他忽而一顿，总结说：

“也就是说，他更是名出色的肖像画家。”

听到这，一直不曾发表意见的卓扬也难得嗯了声：“这样看来，事情倒是能对上了。”

“但如果事情真是这样，我们现在上哪儿去找这位已经挂了一千多年的人啊？”卓扬话刚说完，陆温茗就忙不迭耸了耸肩，“更何况，这个前提还是那个画画的他没有转世。”

见我们已将话题引到了工作上，温尘凤目流转，即刻看定了我，不动声色说：“小叶，我等等还有事，就先告辞了。”

陆温茗：“老师是自己人，走什么走啊。”

卓扬：“慢走，不送。”

我：“……”

在卓扬没什么表情地下了逐客令后，我觉得目前的情况就犹如陷入了一场僵局。大概看出我和卓扬之间气场不对，陆温茗于是借口要把刚才温尘喝过的茶杯洗干净便逃一样地蹿出了办公间，顺道还狗腿地带上了门。

我坐在沙发上，盯着正着敲键盘的卓扬，好半天，见他没什么反应，我终于没忍住地腾地一下站起来，问："你刚刚究竟什么意思啊。"

他连看都没看我，只是盯着荧光屏推了推眼镜，说："什么什么意思。"

我说："好歹人家这么大老远地跑过来一趟，你怎么连个场面话都没有，也太没礼貌了！"

话到这，他敲着键盘的手终于停下来，一双深黑的眼睛看向我，说："葛叶，你这是在教训我？"

我被他的话弄得一愣，当下就将头摇成了拨浪鼓，强调说："我只是就事论事。"

他听后一扬眉，淡淡说："葛叶，你过来。"

我照做。

办公桌前，某人忽然站起的挺拔身影蓦地盖过我的影子，我看着他，下意识的反应就是向后缩去，怎想到他手臂突然揽住了我的后腰向前一带，顺便再将他深黑的眼睛微微眯起，说：

"这里是我的办公间，要不要试试更不礼貌的事？"

我立刻识时务地摇头。

他听后满意地松开手，继而架起他模特般的长腿坐回了原位，吩咐说："去把陆温茗叫回来，关于那幅画上的男人，下面我们还有一些细节需要讨论。"

在卓扬的强权主义下，短短十分钟过去，办公间的气氛已顺利完成了一次阶段性的稳健过度。此刻，我们讨论的主题，更是诡异地升华到了一个类似寻宝游戏的层面上。

远不同与任阒恺回魂夜的那次，实在这次我们想要将还魂的对象，是已经流连天地间超过千年的魂体。

根据《阴阳师生存手册·百无禁忌篇》的记录，还魂的本质说白了，其实就是骗神，拿另一个生命和这个已去阴间的魂体做交换，以骗过阴司中人。但同时，它也提到过，这对阴阳师本身的修为有着极高的要求，因为一个不小心，就有可能葬送性命。而这，也是它会被收录到这个篇幅里的真正原因。

那么现在，我们假定基于这一切的前提——画师周文矩没有转世这一假设成立，为了暂时地将画师周文矩还魂，则需要：

第一，媒介，即死者生前最惦念的物品（该项现可用画师在画卷上留下的墨宝代替，难度系数：零颗星）。

第二，祭牲，即被交换的对象。因为这里我们并不可能真的用人去换，所以就要去找一个和被换人生辰八字一样的动物替代，而在祭祀的过程中，该动物也会随之死去（难度系数：三颗星）。

第三，符纸，即记录生辰八字用的符纸。由于画师已亡故一千余年，并非一般魂魄，所以书写符纸的普通朱砂已经无法起到效用，另需借助与天地人三书之一的生死簿互为一套的判官笔代为书写（这在前文已经提到过，判官笔现就在路易斯手里。难度系数：两颗星）。

第四，祭文，即将换魂一事烧于阴司知晓的文书。需以画师后裔之血书写，但由于画师已经亡故，故以其家族嫡系中人的血液也可（难度系数：四颗星）。

事情很快讨论完毕，除去不用单独准备的第一条，卓扬将任务平均分给了每个人。我负责找路易斯出借判官笔，陆温茗负责寻找那个替代用的祭牲，至于他自己，则负责找到画师家的后裔。

他话刚说完，陆温茗便抓了抓头，问："那我们三个里，究竟谁跟那个画师的灵魂做交换呢？"

卓扬一推眼镜，反问说："那么你认为这里，谁最合适呢？"

陆温茗听后立刻露出了为难的神色，解释说："主要是这事一旦被阴司中人发现，那后果……"

卓扬表情照旧，淡淡调侃了他一句："你若死了，那某人定不会放过我。"

我听后瞪大眼，随即反应过来这事八成是对被交换者的阳寿有损，我心中一涩，索性连称谓也忘换了，忙说："但是这样的话，卓扬你不就……"

然而，听完话的卓某人却是冲我一翘唇角，说："你会这样问，是舍不得，还是担心我？”

我：“……”

（3）下一站，台州

不得不说，陆温茗这个人平时虽然脱线，但是办起事来效率还是很高的。

第二天一早上班，我就见他拿塑料网袋装了只活蹦乱跳的王八过来，我当时很困惑，半天思不出个所以然，只好虚心求教说，师兄，你买这东西是打算给老萧补身子的？他听后神秘一笑，冲我摇了摇头。

刚巧这时卓扬从外面走进来，他看见我俩表情诡异，目光不由也落到了桌角的王八身上。陆温茗看见他来，赶紧从包里摸出一张皱巴巴的发票，说，老大，这是我今天清早起床从水产市场好不容易找回来的，您老如此英明睿智，想必一定是会给报销的对吧？

感情这还魂术用的是王八的躯体，卓扬的灵魂，真是特别应景。不知道卓扬作何感想？

他没好气地说：这古画的案子又不是我接的，咱们事务所又不赚钱。你找的破事，现在倒叫我来报销？

陆温茗听罢嘿嘿笑两声，随即比了个手势道，老大您要这样想，横竖这祭牲挂了以后，咱还可以炖了吃一餐，所以讲，咱们还是赚啊。

我、卓扬：……

在陆温茗以迅雷不及掩耳之势解决完祭牲的问题之后，我也在当天联系到了洛小满，听洛小满说，自从孔方的事解决之后，他们没过多久就回了港岛。在得知这个消息后，我心中不免起伏了一下，毕竟从当时路易斯的态度看，他似乎对我们这些阴阳师并没有太多的好感，上次肯出手相助已是因为洛小满的关系，那么现在他又肯不肯多帮助我们一回，只怕还是个未知数。

怀着忐忑的心情，下午的时候，卓扬开车送我来到了富润商厦。而至于说，陆温茗为什么没有一起跟来的真实原因……

实际上，在陆温茗以式神的百目之能搜寻到和卓扬生辰八字一样的祭牲，并将东西带回事务所以前，卓扬就已经很有本事地找出了画师周文矩现存于世的后裔。但出乎我们所有人意料的，这名画师后裔，目前刚好就在我曾经待过的地方——台州。

他办事这么有效率，我还真有点佩服。这恐怕就叫能力通天吧？

在得知即将出差的消息后，我自然喜不自胜地就将事情告诉了沈一菲，由于现在正值暑假，沈一菲听后随即试探性地表示出了能否捎上她一起的意思。话到这，原本我还在为难，怎想一旁偷听的陆温茗突然一把抢过我的手机率先替我做出了回答。

于是，就有了现在这一幕……

卓扬："你那个师兄，看起来对沈一菲还挺上心的。"

我："我要是个男人，我也会对这样的姑娘上心。"

卓扬："你这是在暗喻我眼光不好？"故意顿了一顿，他推推眼镜又继续，"当然，人家不管从哪个角度看，确实都比你像个女人。"

我："……"

小巷深处，镜灵阁彩绘玻璃门上的小木牌挂着正在营业。我伸长脖子往店内看了看，试图找出那个熟悉的身影，然而，看见的只是洛小满踩在个梯子上整理货架的情形，面对着他纤弱的背影，我脑中不自觉浮现出另一个问题：

他的那个伙计路易斯，真有只可能是个店员吗？如果真是这样，又怎么会是判官笔的主人？我皱起眉，正踌躇着应该怎么来做这个开场，忽听一个悦耳的男音从屋里传来："既然有心要来，怎么还一直站在外面？"

……是路易斯？听到他的声音，我原本还悬着的心立刻就踏实了，倒是下一秒卓扬冲我推了推眼镜，一副胸有成竹的模样实在让人可恨。

"走吧。"见我没反应，他索性一手揽住了我，然而——

"欢迎光临，有什么可以帮助您的吗？"听见有客人走近店铺的声音，洛小满赶忙从梯子上爬下来，在发现是我后，他一张正太脸上琥珀色的大眼睛溜溜一转，随即就落在了卓扬的俊脸上：

“哇塞，叶子姐的男朋友长得好帅哦。”

“小满——”

一个略带不满的声音从里屋传来，很快，一道颀长的身影也步了出来。来人正是路易斯，阴影下，那个俊美中透出阴柔的男人端着个精巧的骨瓷杯，朝我隔空举了举。

一瞬间，我顿觉自己的记忆像是被重叠了……还是说，原来在不知不觉间，已经流行起先举起个杯子再向人打招呼的？时间不容我思考，面前的路易斯已然优雅一牵嘴角，悠然道：

“葛叶、卓扬，我们又见面了。”

他话说着，顺手冲我们比了个请进的手势。

说起来，镜灵阁的里间我以前也不是没进过，40平方米左右的范围，地上杂乱堆着货品，仅有的一张书桌，也被洛小满放满了各种零食，另外还单独搭了个简易的阁楼，供平时午休用。但今天我刚一进门，就被里面的景象狠狠吃了一惊。

现在的情形应该怎么形容呢？如果说，以前这里不过是洛小满一个储藏室的话，那么现在，这里简直就是个独具风格的小家了。原本杂乱的货品不知清去了哪里，地面上一层青花色瓷砖澄练如洗，墙壁洁白崭新，还有天花板上一顶造型别致的吊灯，更是点睛。

我眨了眨眼，不可置信似的看向路易斯。此刻，他穿着套浅色的休闲装，单腕抬起，正行云流水地替我们冲着咖啡，微顿了顿，我说：“路易斯，我们这次来……”

“蓝山、还是哥伦比亚？”他一扬眉，目光停住了。

我有些没听明白，倒是身旁的卓扬唇角一翘，将话接了下：“自然是哥伦比亚。”

“哥伦比亚咖啡香气浓郁而厚实，带有明朗的优质酸性，高均衡度。不论是外观、品质，它都相当优良，就犹如女人隐约的娇媚，迷人且恰到好处，令人回味。”冲卓扬微一颔首，路易斯当下也回以同样的悦耳。

面对这对一唱一和的男人，我只好默默将注意力转移到了路易斯端着骨瓷杯的手上，明亮的灯光下，他的手指轻握着面前坯质细腻的瓷杯，不时再以银质长勺转动几下。他的指节分明而修长，比女人有力，但又比男人细致。看得久了，我甚至不禁以为，拥有这双手的主人，才是从中世纪油画里走出的真正的贵族。

“葛叶，你看着它已经很久了。”

又一声阴柔的笑，路易斯下一秒便将手从骨瓷杯上移开了，他看着我，眼波闪了闪，说：“既然你们已经清楚它是做什么用的，那就知道这东西不仅仅是钱能解决的。不如将此次出借的理由说出来，好容我评估究竟是否要接这单生意。”

大概是没想到他会这样开门见山，我望着他一时不知该如何反应，没承想身旁的卓扬一推眼镜，已然淡声开口：“女娲石。”

我说：“什么？”

卓扬：“搞到第三颗女娲石。”

第三颗女娲石，难道说？我脑中灵光一闪，顿时想起金生那句“汝们不就是想要吾的灵石？”敢情她口中说的，原来是指这个？我吃惊的看向卓扬，想这一连串的事件都是由我颈上的这颗开始，接着是第二颗，现在又……

看来我当初随口说的女娲石有5颗，还真有可能应验啊！

我试图从他的眼神里搜寻出一些蛛丝马迹，奈何他只是直挺坐着看向面前的路易斯，一副没瞧见我的模样，我哼了声，索性抓住他的手腕，用力掐了掐。

面前，路易斯在一番沉吟过后，终于落音：“成交。”

我愣了下，说：“什么？”

路易斯：“卓扬，我不知你为何要选这条最远也最难的路，不过在这一点上，我欣赏你。”

卓扬：“远的路，才能看见更多的风景。”

我：“……”

我实在搞不懂现在这两人到底在打什么哑谜，再加上拽着卓扬又不见他搭理我，心中一急，脱口就道："什么风景不风景的，卓扬，你是不是有什么事瞒着我啊？"

我的话还没说完，就见在外面听见声响的洛小满风风火火推门闯了进来，"叶子姐，你是不是要被抛弃了啊！我不是早跟你说了，长得好看的男人没一个是靠得住的！"

路易斯："小满！"

卓扬："咳。"

我："……"

在权衡了女娲石的分量后，没多久，路易斯就替我们写好了还魂用的符纸。之后，路易斯又吩咐了几句，我们就出了镜灵阁。而后的一路，我苦于对卓扬和路易斯刚才的那段对话久思而不得，终于没忍住对他试遍了所有可操作的明示暗示，奈何他依旧不为所动，只是一味向前迈开步子。

我停下来，说："你到底告不告诉我？"

停车场里，他一把将车门拉开，终于没忍住回了声："上车。"

我说："你不告诉我，我就不上去。"

他冷笑一声，车钥匙索性重新对准车"滴"一声锁上，再转身，蓦地就将我拽过来圈在了车和他之间。我顿时有点紧张，目光上方，这人一双深黑的眼笃定地看过来，他气息迫近，将声音放低了，说：

"葛叶，真相就这么重要？可你有没有想过，如果这个真相不是你能接受的呢？"

我早就在怀疑他了。确切地说，除了一菲和温老师，我怀疑身边的所有人，他们或多或少地都有对我含糊其词的一面。虽然我也知道以我的能力配不上这家事务所，我也不是不曾想过别的，比如说，因为女娲石……

我很讨厌这种感觉："人生没有如果，只有结果和后果，你不告诉我，又怎么知道我会不会接受呢？"

听到这，他眉头一挑，圈住的手似有松开的迹象，但很快，又紧了。

“再等等吧。”耳边，他像是轻叹了一声。

这一刻，我忽然觉得他或许并不如我想象的强大。也许他也有脆弱的一面，只是并不愿让我看见。

准备的时间犹如书桌上摆着的碳酸饮料，在咕咕地冒泡声中，就这么度过了。两天后，我们就登上了港岛直飞上海的航班，在这一次的行程中，除了本身的铁三角组合，还新添了沈一菲，以及……事务所的林弯弯这两名成员。

在港岛国际机场的候机室里，陆温茗悄悄告诉我说，林弯弯刚和他的男友分手不久，导致情绪一度低落，这次随同我们一道出行台州，有大半的原因也是想让他散个心。我听后点点头表示知道了，下意识间向他的方向望了望，好在他并没发现我的异样，只是低头喝着刚买来的饮料。

这样的男生，怎么也会有人忍心欺负啊？我正想要叹气，这时广播里已然传出了航班即将起飞的提示音。

不知怎么的，在这一瞬，我握着行李的手却是一紧。下一刻，我心中也响起了一个久违的声音：这一次，真的是要回去了。在阔别了整整十一年后，终于有决心和勇气重踏上那片熟悉的土地。

我闭上眼深吸一口气，很快，就随着浩荡的人流一起登上了飞机。

由于我们这次预订的航班是商务舱，我们一行五个人坐下来，刚好就占去了一排八个座位的大半。原本说，沈一菲的位置是最靠里，谁想她刚坐下来，陆温茗就故意清了清嗓子，说：“好一菲，跟你商量个事，你那个位置能不能让给阿叶坐？”

沈一菲听后疑惑地看向我，我自然在发蒙，而陆温茗则理所当然道：“你没注意到她一直在看窗外吗？”

他的话刚落下，沈一菲果然就从椅子上站起来腾开了位置。我目瞪口呆地看着这两人，倒是几秒钟过后，我就被一只修长的手拽过，然后人就这么直直栽进了身后的软座里。

“飞机就要起飞了，你是就打算这么站着？”

磁性的声音源自身旁戴着眼镜，手里正闲闲翻着本时尚杂志的某人，我转过脸，却见他手中一页纸张刚好翻过，然后用照旧没什么起伏的声音继续道：

“记得前天在镜灵阁，有人就这么拽着我的手，直到弄红了都不肯松。”

我说：“你这人怎么这么记仇？”

他一把合上杂志，尾音不轻不重的哦了声，说：“你这是打算跟我讲道理？”

我：“……”

从港岛直飞上海只需要两个半小时，一开始，我和卓扬也是相视无言，然而并没过多久，我就觉得浑身的力气都像是被抽空了一样，整个身子都开始酸软起来。我直觉自己八成是快晕机了，只好轻碰了碰身边卓扬的手臂，企图以说话转移注意力，我说：

“你跟我说会儿话吧？”

他大概有点诧异，抬了眼望过来，说：“你希望我说什么？”

我于是开导：“什么都行，只要别让我睡着了就行。”

他沉默了一会儿，这便将眼镜从鼻梁上摘下来放在了桌上，淡淡说：“从前，我是收过一个徒弟的。”

我自然没想到他竟会选择说这样私隐的问题，一颗八卦心顿时就燃了起来，问道：“是女的？”

他颔首，但显然并没有要继续下去的意思，我揉了揉太阳穴，索性抛砖引玉：“那她是不是很笨？”

他眉峰一挑，没想当下就给出了结论：“不，她就是太聪明了……”

我还在琢磨他这话里的意思，可惜，他很快就将眼镜重新戴上了，并用手拭了拭我的额头，说：“葛叶，你今天是不是没吃早点？”

我啊了声，余光却见他的手指按向了呼叫按钮……

介于原本安心坐飞机靠窗看沿途风景的计划被卓扬强制性地打断，我在吃了晕机药后很快就睡着了。这一觉我也不知道究竟睡了多久，我只知道等我觉醒的时候，人已经在上海通向台州的火车上了。

陆温茗说我们坐的这列是大陆刚开通不久的D字头的动车组，我想了想，问：“难道就是去年新闻频道说的那个特大……”

我的话还没说完，这一路都没怎么出声的林弯弯突然面色凝重地点点头，说："所以现在的动车都普遍减速了。"

我恍然，随即他身边坐着的沈一菲也说："嗯，自然是安全第一。"

我嗯了声表示赞同，半晌，才记起似乎没看见卓扬，我说："老大呢？"

这时过道里传来一个磁性的男音："怎么，你找我？"

我："……"

时间又过了一会儿，我终于记起漏了一个关键性的问题没问，我看看身旁刚坐下来的人，问："我们的时间还有多久？"

停了下，我反应过来我这个说法不妥，立刻更正："是火车的时间还有多久。"

他推了推眼镜没说话，这时只听列车广播里一个甜美的女声响起：

"列车前方到站——台州站，请下车的旅客做好准备……"

实际上，就在昨天我还不止一次地想象过当我重回到这片幼年学习、生活过的土地时，我会有怎样的反应？但直到下站的这一刻，当我呼吸着这里略带着咸味的空气，听见午夜梦回中那些久违的台州音时，我明白，是平静。

就像一颗飘浮已久的心终于落了下来，然后被稳当当地给接住了。

一路有些出神地跟着众人进入了早已预订好的便捷酒店，再在将行李收拾好后，陆温茗很快就建议说，大家今晚不如先去酒吧玩个痛快。他一边说着，一边向我使着眼色，我知道他这次把林弯弯带来其实另有含义，于是便附和道，好啊，正好我也没去过。

话刚说完，卓扬那双深黑的眼睛便从镜片后望了过来，我嗯了声扯了扯他的袖子，小声说，大不了这个项目不报销了还不行啊？

他听后一扬眉，反问我，那你是准备让我自掏腰包？

我听后双眼发亮，他则气息微顿，说："葛叶，我以前怎么没发现，你原来还挺坏的。"

我："……"

傍晚的时候，我们在文化宫一带的餐厅里随便吃了点晚饭之后，就进了陆温茗指名的一处名为“绯闻”的酒吧。对于这个名字我很陌生，毕竟在我生活的年代，印象里的酒吧几乎与红灯区、电子游戏室这几样并驾齐驱，不单属违禁名词，从某种程度上来说，更是青春反叛的表现。

而现在我眼前，这间不单拥有一个别具一格的骚包名字，一副要将花里胡哨进行到底的装修做派，甚至从骨子深处透出糜烂的灯红酒绿的气氛的酒吧，都导致我在推开门的瞬间，直接误会成自己是从空门陷入红尘了……

我正发着愣，手臂就被人挽住了，我转头，发现原来是沈一菲。迷离的光影下，我看着穿着条特意换的水蓝色的收腰连衣裙，柔顺的头发也松松绾成一个髻，脸上略施粉黛，顿觉得：很古典，很雅致。

这时，她一双丹凤眼瞄过来，声音也细细的：“小叶，你说我们这样穿，是不是也太朴素了呀？”

我被她这一声朴素戳中虐点，又被她这个眼神瞬间秒杀，果断将手松开了，说：“女神，你千万别对我使美人计，不然我一定会将计就计的！”

面前陆温茗顿时一声咳嗽：“阿叶，你说什么？”

我：“陆大少，赶紧把你的女人领走吧！”

卓扬、林弯弯：“……”

由于我以前实在没胆一个人去酒吧，所以从概念上来说，我对它的感觉基本都停留在小说的描述或者影视作品的艺术呈现这一层面上。但今天，当看着这个名为绯闻的酒吧时，我明白，那不过是因为我以前想得实在太少了……

（4）周家后人

在第三次拿起面前水晶方桌上的水果酒晃了晃时，我终于深刻意识到，原来我和对面舞池里的那些“舞林”高手最大的区别，真的就在于我们其实是生活在同一个星球上的不同种族。打个更恰当的比喻，那就是两条平行线，即使无限接近，它也永不相交……

但显然，现在有这种想法的，并不止我一个，因为坐在我身边的林弯弯，也在一边独自喝着酒，一边不时看着舞池里正成为众人焦点的陆温茗。

不可否认，今晚的陆温茗的确耀眼非常，甚至他的那种光芒，一度超过了气场强大气质冷峻的卓某人。当然，谁让卓某人在坐下来之后，除了偶尔喝两口酒，就一个人自顾自地用修长的手指在他黑色的IPAD上划来划去。

对于这一点，若用陆温茗的话来表述就是，老大您这岂止端，简直是忒端了。

时间就这样在震耳的音乐和五色的灯光中过了一会儿，坐在旁边的沈一菲大抵也是觉得这比想象中无趣，所以在主动跟我碰了一杯后，便抿起朱唇，说："小叶，你说我们来玩真心话大冒险好不好？"

我有点反应不及，倒是卓扬这时将IPAD放在茶几上，再点起了一根烟，淡淡说："一菲这个提议不错。"

林弯弯看看我们，秀气的眉毛蹙在一起，说："但是我没玩过……"

"没玩过才要玩啊！谁不是从第一次开始的啊！"由远及近的声音是从舞池走下的陆温茗，我有点诧异地看着他，他的听力从几时起开始变得这样好了？当然，若要仔细追究的话，似乎上次在钱家，他也是比林弯弯和钱广涛早一步发现有不对劲的……

至于此时，林弯弯显然还在为沈一菲刚才的问题做着激烈的思想斗争，只可惜，忽地搂住他肩膀的陆温茗并没给他继续纠结下去的机会，下一秒，脸皮厚过城墙的陆某人就向身旁那位一直对着自己眉目传情的金发女服务员吹起了口哨："美女，麻烦拿一副扑克牌来！"

看着脸色霎时暗下去的沈一菲，我不由开始为难："其实我师兄他这个人吧……"

我话还没说完，沈一菲就将跟前的酒瓶端起，重重地灌了一口，面不改色说："我觉得弯弯也挺不错的。"

我："……"

在金发美女将扑克牌拿来后，我没想到她竟然还格外知情识趣地附赠了一张列着长串真心话和大冒险的问题表。迷离的灯光下，我拿过来匆匆瞄了几眼，心中顿时就产生了一个想法：写这问题的人若是不能进中情局，那该是国家多么重大的一项损失啊？

我这边正感慨着，陆温茗那边已然拿出了大小鬼，然后行云流水地将牌洗了好，说："这个真心话大冒险的玩法嘛，就是待会儿所有人都要抽一张牌，然后牌面最小的那个人必须接受牌面最大的一方的提问或者……"他故意将话音一顿，贼贼看向众人道，"嘿嘿，惩罚。"

第一轮中招的是林弯弯，至于大牌则是卓扬拿到的，镜片后，卓扬一双深黑的眼睛望过去，似笑非笑问林弯弯是选真心话还是大冒险？林弯弯想了想说选大冒险，我听罢心中一紧，赶紧就冲卓扬使了个眼色，倒是卓扬像没看见我似的，拿过刚才那个表格淡淡扫了眼，随手指了个，道："请说出京杭大运河经过的五大水系。"

我一听，当下心里便凉了半截，这个问题看似容易，实则刁钻。没想林弯弯听罢先是愣了一愣，然后将食指搭在了鼻尖上，慢慢答："流经海河、黄河、淮河、长江和钱塘江这五大水系。"

我、沈一菲、陆温茗："……"

停了大概五秒钟，陆温茗终于忍受不住地清了清嗓子，重新将桌面上的牌洗了洗，大声说："开局有益，大家再来再来！"

接着在下一场里中招的是卓扬，所谓风水轮流转，因为这次抽到大牌的是陆温茗，而陆温茗势必要替他的义弟林弯弯报一牌之仇，即使在他刚才已经险胜了的情况下。我屏息，看看卓扬又看看陆温茗，顿觉卓扬这次大概不好过了。

和林弯弯一样，卓扬选择的是大冒险。

此时，但见陆温茗阴险一笑，甚至连看也没看那份问题表，就端起鸡尾酒悠悠喝了一口，然后说："那么现在就请老大您……嗯，来露个香肩吧。"

刹那间，我被一口酒给呛住了。

"哎呀，小叶你没事吧？"说这话的是正替我拍着后背的沈一菲，而从她此刻扭曲的表情看，我知道，她现在一定跟我一样，忍得格外内伤……

拿过她给我递来的餐巾纸，我眼盯紧卓扬，心想还真是老天有眼，竟然给了咱这一次千载难逢地修理他的好机会。当然，如果他现在要求改换真心话，我觉得有陆温茗这种胡搅蛮缠帝在，十之八九也是足够卓扬他求生不得求死不能百来回的。

但让我们所有人都没想到的是，下一刻，面前人不过是推了推鼻梁上的眼镜，然后用极淡的目光望了望我们，不轻不重说了句："真要看？"

这一瞬，我承认，我是鼻血了。

已经完全来不及再做心理建设，三秒过后，卓扬修长的手指就这么再自然不过地扶上了灰色衬衫上的纽扣，接着唇角优雅翘起，一粒银色的纽扣就被他解了开。

我心跳加速地看着这一切，可显然，眼前这人并未在意过我们看向他的种种目光，他不过是再坦然不过地解开了第二颗、第三颗……

正在我觉得快要扛不住的时候，忽闻他一声轻笑，就将短袖松松扯开了一半，说："这种程度，够不够？"

顷刻间，我脑中嗡的一声，我知道，我完了。

这种神游一般的状态一直维持到新一轮的开始，也不知是不是因为这个原因，这一轮，我中招了。我欲哭无泪地看着再次抽到大牌的陆温茗，脑中不由得冒出一个念头：师兄啊师兄，既然你有这样的概率，那你今晚干吗不去买六合彩啊？

眼前，陆温茗抱臂看我说，好师妹，你这次是打算真心话呢还是大冒险。

我叹了口气，直觉选大冒险太冒进，但如果选真心话的话，以他陆温茗的刁钻，要说放过我，那简直比天方夜谭还一千零一夜。我踌躇了下，只好艰难地选择了真心话，并同时对他使了个眼色，希望他能给我放放水。

他眉毛挑起，坏笑着拿过水晶桌上的问题表看了看，说："看在你是我同门师妹的面上，我这次就来个容易点的。"

我听后一喜，哪晓得下一刻却听他说："请问，你介不介意你未来的另一半不是处男？"

我："……"

我大概猜测到他会整我，但绝对没猜到他竟会这样整我。要说以如斯问题请教一个单身女性，真该是多么险恶的用心啊！更何况，这种比局更局的问题，根本就答是错，不答就更是错了。我将脸别过，假装镇定地想了几秒钟，终于决定曲线救国。

我说："好师兄，我现在还能不能改选大冒险？"

他一听，故意向沙发上一靠，翘起了二郎腿，说："那就亲你左边数的第一个男生三秒钟吧。"

我于是转头，不想却碰上了卓扬一副好整以暇的目光。

这一瞬对峙，看得我一阵心慌，我只好摆了摆手，说："老大一如花青年，我怎么好意思玷污人家呢？"

陆温茗不耐烦地皱起眉，说："你这人怎么这么啰唆？要不就真心话，要不你就快点去玷污一下老大……"

我听后颇为难，又犹豫了几秒，低声说："要么就不介意吧。"

他说："音乐声太大，你说什么我没听清。"

我涨红脸，拿过桌上的水果酒猛地灌下一口，说："不介意啊！"

众人："……"

实在我平常酒量就欠佳，所以这次再多喝了几口后，我整个人都感觉飘忽了起来。这期间，在陆温茗、林弯弯、卓扬这三人的联合放水下，沈一菲说了三遍我是喵星人；陆温茗当众向沈一菲求了一遍婚，以及对着窗户半撩T恤大喊了一次"我好寂寞啊"；至于卓扬则被我大冒险地"喂"了一次酒。

但，以上都不是重点，因为依照小说发展的普遍规律，事情发展到这里就应该转折，并且进一步推向高潮了。

至于现在，在林弯弯再次抽到小牌后，很不幸的，他遇上了陆温茗这个冤家。我知道，陆温茗这厮一直有个习惯，那就是他认定的朋友不论男女，他都绝不允许外人欺负，但这个肇事者若换成他自己，那情况就大大不一样了。就好比，我们现在所看到的这幕：

陆温茗爪子搭在林弯弯肩膀上，口吻亲近，但内容恶劣地说："林子，你这次是打算选真心话呢，还是大冒险？”

林弯弯怔了片刻，说：“我选大冒险。”

说实话，对于像林弯弯这样一个秀气文质的男主接二连三地选择大冒险，我表示很难理解，毕竟在这样的游戏当中选择大冒险，这该是得有多么过硬的心理素质啊？

下一刻，面前的陆温茗已然摆出一个颇无奈的表情，并模仿电视剧里的剑客的语气说：“既然如此，就不要怪哥哥手下无情，你要怪，就怪你的牌实在太不谨慎了……”顿了下，他终于抛出了蓄谋已久的问题：

“那么，就请站到酒吧门口，对下一个进来的人深情表白1分钟，并且，得要到他的名字。”

我一听，当时就被他这个高段数的问题蒙住了，转念一想，只好将替林弯弯解围的对策转移到他话中的破绽上，我说：“师兄，你这可是两个问题啊。”

陆温茗勾起唇角，顺便一双眼也睨了过来：“我说师妹，想不到你还挺仗义。要么，你去替他表白1分钟？”

卓扬：“咳。”

我：“……”

既然无法做到替林同志表白，那我唯有目送林同志怀抱一副“壮士一去兮不复还”的革命架势缓步走向了绯闻酒吧的大门口。说来，由于我们的位置离大门并不远且恰好能看清他现在的一举一动，所以从某种程度来说，世上的太多事，实在只能感叹一句造化弄人。

此刻，林弯弯双手揣在口袋里，也不知是紧张呢还是气恼。我只看见那两个口袋如同被装进了两只小松鼠似的，再加上他咬着水色的嘴唇，细致的小脸上一层薄红泛起，看得人简直就不知该如何形容……

等了好一会儿，终于见马路对面一个中年男人姗姗来迟。这一吓，惊得我赶忙直起了身，路灯下，那人矮胖身材，但可惜肚皮滚圆，头发也秃成了地中海。此情此景，我只得暗自替林同学捏了把汗，并打算为他即将失去的底线忧伤一把，谁想事情急转直下，男人在看见酒吧后，竟是向另一个方向去了。

……原来是路过打酱油的。

我松了口气，这才端起桌上的水果酒又喝了一口，打算酝酿酝酿情绪再来看戏。可惜，就在我刚刚喝完酒，手臂就被沈一菲拍了一下，她一双丹凤眼看向门口，很是难得地定住了。顺着她的目光，我看见一名身穿白色西服，戴着金丝眼镜的英俊男人，已然被矮他小半个头的林弯弯拉住了袖口。

我目不转睛看着这一切，说："一菲，你说这种型是不是就叫作Mr Right啊？"

沈一菲捣蒜似的点点头："我也觉得，他们看上去真的好登对哦。"

卓扬、陆温茗："……"

怀着兴奋又按捺的心情看了这长达三分钟的哑剧，过了一会儿，我没想到这名男人会和林弯弯一起跟了过来。我看罢一愣，心想：难不成是因为这男人无故被另一个男人告白心怀记恨，所以打算来找茬的？

但让我更意外的是，男人在来到后的下个动作竟是朝卓扬伸出了手，然后说："你好，我就是周唯。"

周唯，他姓周？南唐画师周文矩的那个周？我惊讶地看着这一切，此时，卓扬已经站起身来，并对着他伸出的手握了握，他淡淡一笑，说："我还以为你不会来。"

我觉得现在的事情已经远远超出了我的理解范围，事实上，我一直知道卓扬是个有本事的人，但我不知道的是，他竟然还是个这么有本事的人，简直就是能耐天马行空，已经完全脱离自然发展的普遍规律了。

因为现在，他、我、沈一菲，都已经在周唯周大医生，即画师周文矩名副其实的后人的家里。至于说陆温茗和林弯弯，则负责回我们开始住的便捷酒店退房。

对于这些，我大概只能总结性地评价一句：信卓总，得永生……

周唯现在的房子在台州据说是最具有时尚感的环金鸡湖地段。记得在我还小的时候，这里还只是一个很普通的湖泊，虽然说范围比杭州西湖要大那么一点儿，但归根结底，当时台州工业园的项目也才刚刚启动，实在看不出什么所以然来。倒是现在从周唯家的窗户向外看，规划西式的建筑林立在漫天的繁星下，仿佛一幅后现代的风景。

说实话，我觉得这跟我印象中的金鸡湖差别还挺大，不过，现在并不是感慨的好时候，因为我们这一行的主要矛盾还没解决，那就是寻找出金生的旧情人——画师周文矩。

然而，在面对身为大医生的周唯时，我才突然意识到，这个人的职业和生平履历，注定了我们要动摇他这么多年建立起来的科学世界观，是难上加难。

想到这，我突然就有点头痛。

但让我更头痛的是，这次的话题卓扬居然没有让我参与的意思，而是直接吩咐了沈一菲，领我去二楼的卧房休息。

我自然不肯，于是上前打算偷听。但，就在他们进门的三分钟后，我没料到这人会突然从里面走了出，然后居高临下看过来，说，葛叶，你既然这样喜欢跟着我，那不如？

他的话没说完，只是推了推眼镜，将眼睛危险一眯。不可否认，他的威胁的确很见成效，因为这直接导致了我现在仅仅能在二楼走廊的拐弯处站着。想到这，我不由得握紧拳头，然后一下子没控制住地把气尽数出在了顺手的房门上。

砰。

耳边的声音直撞入耳膜，我顿时愣住：这门，竟然没锁？

“小叶，你没事吧？”沈一菲的声音从尽头的房间传出来，我赶忙应了声说没有，下意识就向刚被我不小心撞开的房间望了过去，然而这一望，我的心却是陡然一凉……

我晃了晃脑袋，一时只觉自己所有的注意力，现在都在这间中式书房的玻璃壁橱里了。

在那里，一只黑漆杯，就这么毫无预兆地，犹如直接从梦境跳跃到了现实里。也就是在这时，我才得以看清了它的模样：它是双耳造型的木坯制黑漆杯，杯内以红漆涂绘，正中书“关雎”二字，杯口及双耳以朱、赭二色绘卷云纹，整体线条圆柔，花纹流畅优美。

我屏息，一步步向前走了过去。

记得有人说过，在人所做的梦里，大概有三分之二的梦境都是黑白色的，所以理所当然地，从前我会以为这个应该就是黑色。但自从那次清晰看见沥血黄金剑后，我知道，只要当画面的冲击感够强，看见彩色的梦境，也不是没可能的。

我深吸了口气，下一刻，手已然鬼使神差地打开了壁柜门，但也就是在这一瞬，我心中出现了一个声音，那个声音像是在说，更像是在问：

为什么从未见过，也会让人觉得如此眼熟？

时间不知过了多久，忽听楼梯处传来一阵上楼的声音，紧接着，又是一句赞许：

“没想到葛小姐这样好眼力，现在这世上能留意到我这‘关雎盏’的人，已经不多了呢。”

关雎盏？关关雎鸠，在河之洲的那个关雎？我皱起眉，随即反应过来自己现在的情境：不但不请自入进了人家的书房，手里还握着人家的瓷杯。想到这，我脸腾地就烧了起来，我赶紧冲站在门口的周唯摆了摆手，解释说：“周医生对不起啊，我刚才是不小心……”

“没关系。”周唯轻笑笑打断我的话，我抬头，不小心越过他的肩，看见卓扬跟在他后面，一脸猜不透的神情。我紧了紧手心，正纠结着现在到底是应该我走出去呢还是等人家进来，倒是周唯先一步迈了进来，再一次打开了玻璃橱柜。

他拿出一块细绒布仔细擦了擦我递过的杯子的撇口，不紧不慢地说：“是不是葛小姐也觉得它跟西汉马王堆一号墓出土的那樽君幸酒漆耳杯很像？其实我也找专家鉴定过，说它的制成年代应该是在秦汉至南北朝期间，不过，我的这樽却货真价实是先祖留下来的。”

“但，为什么它会叫关雎盏呢？”想到它的名字，我不由有些好奇。

“不清楚，”周唯苦笑着地摇了摇头，“只知道是于先祖的一段情有关，因为据说我那名先祖曾经为了一个不可能的女人，几乎要和全家族翻脸。”

“竟然这么痴情啊。”我感叹道。

“呵，那么远的事，谁又知道呢。”他摇了摇头，重新将关雎盏郑重放回了玻璃柜里。但在那时，我没有留意到的是，卓扬在听到这话时曾有一瞬的异样……

（5）遇见你，是我最美的意外

不知道是不是坐了一天车太累的缘故，所以第二天我直睡到中午才起床，沈一菲看着一度横躺在床上装螃蟹的我无可奈何，终于只能下狠招把卓扬从隔壁卧室请了过来。当然，这些都是我醒来后才知道的，而现在，我将头埋进软软的枕头里，正打算换个舒服姿势再睡，但没想后颈猛地被什么东西一冰，紧接着是头顶上方某人轻飘飘传来一句：

“听说，人在刚睡醒的时候，其他人不管跟她说什么，她都是会答应的。”

不可否认，我现在的脑子的确比平时慢了那么几秒钟，但即使慢了那么几秒，我也很快反应到，比起那句你再不起来我就在你面前脱衣服，他现在的这句着实水平更高也更有效。想到这，我不由得就有些恼，当下就抓了抓凌乱的头发，瞪他道：“你胡说！”

“我胡说？”倒立着的奶茶在我视线里晃了晃，卓扬一推眼镜在我床边坐下来：“听说收买你还挺容易的，一杯咖啡或者一杯奶茶就可以？”

听他现在这个语气，敢情是……挑衅？我斜睨他，啪地夺过他手里晃着的黑糖奶茶，将塑料管狠狠戳下：“胡说，我又不是猫！”

他听罢翘起唇角，一双深黑的眼睛看过来：“也对，猫怎么会用吸管？猫，都是舔的。”

我：“……”

拜生着张祸水皮的某人所赐，没过多久，我也只好认命地起了床并洗漱一番下了楼。现在，在楼下客厅的沙发上，正围坐着卓扬、陆温茗、沈一菲、林弯弯，以及周唯。

看着替画师周文矩还魂的队伍日益壮大，我不由得很感慨，目光又一转，便在拐角的饭桌上发现了一份大概是给我单独留下的牛奶和比萨。我微张嘴，这时只听周唯站起身来冲我打招呼道：

“葛小姐，你起来了。”

我点点头，从楼梯走下来，随口又问：“你们说什么这么开心呢，是不是在讲晚上的事？”

我话刚说完，大家却同时噤声了，卓扬推了推眼镜看过来，说：“葛叶，今晚你就不用过去了，好好待在周医生家里，我们后半夜会准时回来。”

我瞪大眼，立刻跑到他跟前，问：“为什么！”

镜片后，卓扬一双眼睛似笑非笑的：“怎么，一个人在家你怕？”

这副表情，这种语气，真当我是三岁小孩子好骗吗？我哼了声，索性转移目标，走到沈一菲面前，并双手按上她的肩，诚恳地问：“好一菲，我知道胳膊肘往外拐这种事，你是绝对做不出来的，说吧，他们为什么不想带我去？”

沈一菲看看我，转头又打算看陆温茗，好在被我及时制止，我扫了眼陆温茗，故意在他俩中间坐下，打探起了虚实：“老大刚说晚上要出去，嗯，不如让我猜猜那个地方……”

“小叶，那个地方，我想你是一定不愿意去的！”沈一菲突然激动地站了起来，“从前你跟我说过，当年你师父就是因为被人骗……”

果然……

我冷笑了声，终于才明白过来他们为何要瞒我了。

想当年，我师父阮誉虽顶了个美人师父的头衔，也有一副机巧善辩的好口才，怎奈何性格实在不易亲近，所以即使在当时已有了不小的名气，但上门来找他的也依旧不多。甚至到后来因为我上学的关系，不得不和那位打从我第一眼见到就不待见的殷连合作，一起为当时一位地产商规划风水，果不其然，那姓殷的竟然中途对师父使了阴招，不但独吞了佣金，更害得师父后来声名毁尽，后来不得已带我离开了台州。至于说当时他们规划风水的那块地皮，就是现在沈一菲他们认为可能会令我触景伤情的地方——碧园山庄。

回忆起了旧事，心情难免就跟着不畅快了，中间停了好一会，我才重新想起要组织语言，我说："如果因为这个，你们就开始同情或者可怜我，那我只能说大可不必。事情都已经过去这么多年，我想开也看开了，这世上原就没有什么无缘无故的施舍或帮助，人家利用你算计你，起码证明你还有被利用或者算计的价值。如果过这么多年我都看不透，那我只能说，我也算是白活了。"

一番话，如同竹筒倒豆子般说了出来，一瞬间，我以为我会轻松，但事实并没有，它甚至没有变得更轻或更重，它不过是由一本纸张厚厚的书，变成了一页分量沉沉的纸。

我吸了吸鼻子，头也不回地就往楼上走去，但才走了一半，又想起桌上给我留的早点没有带走，我没给自己思考的时间，几乎是立刻调转了方向，就下楼将东西端走了。

这一刻，我背对着他们，并无法知道他们是怎么看我的，我也不想知道，我只用自己能听到的声音说："你们看，我就是这么现实。"

然后上楼，在楼梯的拐弯处，我看见卓扬就这么站在下面，他的身形笔挺，仿佛一株直挺的树，他用极深的目光看向我，仿佛要直达我灵魂的深处，他说："葛叶，想不到你竟是这样不相信人。"

是不相信人吗？明明是你们都在逐渐消磨着我的信任。我对自己苦笑，再不停脚步走进了房间。

时间很快就到入夜，晚饭过后，我们一共六人，便坐上了周唯的越野车向碧园山庄出发。记得在我小的时候，碧园山庄还是台州城规划极好的一片小区，倒是现在这里四处一片杂草丛生的衰败景象，让我很是吃惊。

刻意忽略了下午的对话，一路上，周唯告诉我，说这次他之所以会回这来，主要是因为他的旧居就在此处。不过，自从四年前无故起了一场大火后，这一带的生意就开始难做起来，并且这里原先的住户，也会隔三岔五地反应出现问题。再后来，上面终于派了人下来查，但可惜也没查出个所以然。不过事情经这样一闹，那些人中不堪忍受的便选择了搬走，累积几年下来，就是现在所见的模样了。

我看着窗外，不由皱了眉，说，既然如此，难道就没找个风水大师来看看？周唯听后无奈地摇了摇头，说，据说当年规划的时候就存在一点问题，我猜你师父当时一定是看出了什么，所以才会和殷连起争执，不过这事到现在也没个说法，很可能是因为上头有人。

话题到这也跟着沉默了，我抬头看着窗外渐渐暗下的天，透黑的天幕上，一眉弯月从云缝中探出，将清冷的光覆在我们周围迅速后退的树影上。人烟稀少的道路旁，我看见尽头处一幢红砖的楼房，外表依旧维持着被烈火焚烧过的焦黑模样。但不知为何，当我看着这一切，一瞬间只觉自己也像是重回到了当年的那场迷局中……

思路正纷飞着，陡然间，听见周唯一踩刹车，说，我们到了。

下车以后没多久，我们就随着周唯来到了他曾经住过的地方，碧园山庄七单元最顶层的楼房。在转动门钥匙的时候，周唯介绍说，这里他已经很久没有回来过，只是定期请阿姨来打扫。不过，在进门后，我还是觉得这里的气氛有些古怪。

周唯的这间老房，是典型的20世纪90年代末的户型风格，使用面积在80平方米左右，并不算大，但或许因为长久无人居住，显得阴气颇重。

说到这，就不由得想再补充一段《阴阳师生存手册·风生水起篇》提到过的相关小知识，原话我有点不大记得，但大意是，由于绝大多数的空房长久无人居住，所以很多时候都极易被“好兄弟”光顾甚至住了进来。所以，当人们搬入刚建成的新居，最好都要请多一些的亲朋好友一道来吃顿饭坐一坐，如此一来，那些走过路过的“好兄弟”，也就知道此房已经有主便不会再随便进来了。

而现在，为了避免待会我们起阵时会遭那些不明的“好兄弟”干扰，陆温茗便决定把这房屋先清洗干净，至于我，则负责找出这房的坎位，再将带来的古画轴挂上去。

显然，陆温茗早已习惯了我这拈轻怕重，耸耸肩便和林弯弯一起忙活去了。

而卓扬则一路不出声地跟在我和沈一菲身后，抬手点起了根烟默默地抽。至于说周唯，大概也是出于好奇，暂时选择了跟我们在一起。

时间没过多久，我便轻易找出了这房子的坎位——西南角的洗浴间。但是，面对这里狭小的空间，我开始犯了愁。再先将画轴找了个角度摆好后，我想了想，只好说，看来等下我们中有人得站在外面了。我的话刚说完，洗浴间原本都已开始生锈了的水龙头就滴答地流出水来，来不及诧异，下一刻，展开古卷中的奇石就被一个逐渐清晰的人影所取代，金生近乎完美的轮廓也浮现了出来——

“汝这个该死的女道士，是谁允许汝把她带来的！”

女孩尖厉的声音，同涂着豆蔻的玉指一齐指向沈一菲，我一头雾水地看着面前气得直发抖的金生，当机立断将沈一菲拉至身后，我说：“金生姑娘，我家一菲她……”

不等我说完，她已经打断了我的话：“让她给吾出去，出去！快出去啊！”

我：“……”

我实在不知道她现在闹的究竟是哪一出，还是她傲娇女王的脾气又犯了？我只得侧过脸，与沈一菲对视了眼，倒是这时站在最外的卓扬拉住了沈一菲，不徐不急说：“一菲，不如你还是先去温茗那边看看。”

沈一菲似懂非懂地点点头，又看看我，只好出去了。但就在她出去后，没想一直也没怎么出声的周唯却发话了，他先是仔细看了看我，再又仔细看了看卓扬，最后才对着洗脸池上的画轴研究了下，说：“你们，刚才是对着那块石头说话？”

我说：“原来你看不见？”

他茫然地摇摇头，但很快又点了点头，半晌，像是终于找出了个合适的比喻：“感觉就像是在看你们一群人手舞足蹈。”

我：“……”

“怎么了怎么了！”手涂着朱砂的陆温茗忙不迭跑过来，“据说我们家一菲刚刚被金大美女欺负了？”

卓扬：“你确定自己搞清楚报仇对象了？”

我、周唯：“……”

现在，离开坛布阵的时间已经差不多了，在将事情向陆温茗解释清楚后，洗浴室中，最后只留下了我、卓扬、陆温茗三人。我们熄灭了走廊和浴室里所有的灯，然后以铺着画卷的洗脸台为横轴，站成了一个倒立的三角形，并将早已准备好的祭牲和火盆摆在了正中央。

一片密不透风的漆黑中，唯有洗脸镜中诡异映出的一点蓝绿色火光在跃动，我屏息，看着那猛地拔高的火舌贪婪地吞噬着我们扔入的符纸和祭文，并不时发出满意的啧啧声。倏地，火盆中的火舌猝不及防地暴涨开，像是一瞬就要燃烧到画轴。

我瞪大眼看着洗脸镜中顿起的冲天火光，这一刻，我只觉再看不见自己，而我耳边，也依稀环绕起了滴答的水声，宛如从伞缘滑下石阶，或者初雨落入荷塘……

愈见清晰的画面里，只见曲院风荷的之字形回廊中，一名书生打扮的男子远远被前方的人群甩下。他的面容清秀年轻，但从他透着茫然和无措的表情看，他似乎并不知道自己的同僚们为何会疏远他。他长长叹了口气，因为刚刚一阵大风的关系，他一个人已经在这里躲了好一阵，他一直以袖袍掩着半张脸，直到不久前风停，他才发现脚边多了个东西。

“咦，这是哪儿来的画？”他弯下腰，好奇地拾起了地面上的画轴。四下无人，他揉了揉眼，终于小心翼翼地展开了画。

那一刻，潋滟的山水映在他眸中，却不知是画入眸，还是眸入画。

那也是他们的初相遇，就犹如被上天安排好的一样，一眼望了千年，一眼也等了千年，但……

“啊啊啊，快来人！救命！救命啊！”

金炉中氤氲着紫檀香的阁楼中，青衫书生一屁股跌坐在矮榻上，他惊恐地看着墙壁上挂着的画轴，除了大喊救命，手中更是滑稽地抱着一方墨色古砚，像是随时准备着以此为武器，攻击画中那道突然变出的绛红人影。

“汝瞎嚷什么嚷！”略带一丝慵懒的女声从画里透出，很快，人影便变幻成了一名倾国倾城的妙龄女子，女子黛眉扬起，故意端出一副捉弄人的表情，“汝信不信汝再这样嚷下去，吾就把汝给吃了！”

“晚生、晚生不好吃的……”

“嘁，一点儿都不好玩，原来是遇上了一个呆子。”

……

“喂，呆子，汝快告诉吾，汝偷偷躲在那边是在画什么？”

“晚生、晚生是奉皇命在作《南庄图》……”

“皇、命？南庄图？唔……”

……

“哼，汝个死呆子，汝竟然想要把吾送走！吾，呜呜呜……”

“你你！你怎么哭了，我平生最害怕女孩子哭了！啊啊啊！砚台里的墨怎么都出来了！啊啊啊！我的画，我的画啊！”

“呆子周文矩，吾告诉汝，汝要是再敢把吾送走，哼！”

“女鬼大人，你就放过晚生吧，晚生……”

“不行！汝是这千年来头一个看见吾真身的人，吾、吾要汝对吾负责！”

“负、负责？”

……

“……这么说来，画上那块石头就是你？”周文矩盘腿坐在榻上，他皱紧眉，拿过案上的画轴仔细对比看了看，终于他握惯画笔的手还是没忍住地想要触一触正对着他转圈的女孩子。但不知为什么，那距离已近了一半，却又停在了半空。

不过，一直在说话的金生显然没注意到他刚才的举动，她不过是对着他吐了吐舌头，然后学作他的模样也盘腿坐了下来：“呆子，汝开始说的那个南什么图，究竟是给谁画的？”

“这里是南唐画院，我作图，当然是为了当今圣上。”

“哦，那汝只给那个圣什么上的一个人作图吗？如果，如果吾说吾要汝替吾作图呢！”

“这……”

“哼，呆子周文矩，别以为吾不知道，就在汝身后的那个柜子里，早不知道摆了多少女孩子的画像！”

“不是，金生你听我解释，那些都是宫里的贵妇公主……”

“吾不听吾不听，呜呜……”

“哎……啊啊啊！我的画，我的画啊！”

……

“金生，你看见了吗？外面下雪了。”

“什么是雪，是窗外那些白白的吗？咦，呆子，汝拿这些笔墨来，是打算要画吾了吗？”

“嗯……不是。”

“死呆子，臭呆子！汝敢骗吾！吾要吃了汝，吃了汝！”

“金生，我……”

“咦，吾的眼睛怎么看不见了！不对，呆子！呆子汝是要把吾摆去哪里！喂、喂！”

将画轴移开了原本的位置，周文矩望着屋檐下的飞雪长长叹了口气。他从怀里掏出一块事先准备好的丝绸方巾，小心盖在了画中原属于多孔奇石的位置上。

“不是我不画你，而是……”他挽起宽袖，将新制的狼毫在墨水里蘸过，笔锋再一顿，终于开始在画面和奇石对应的另一端一笔笔勾勒起来。

此时，小阁楼半支起的和合窗外，一阵阵的脚步声越发急促，就犹如那漫天的飞雪一样，皑皑的漫过天边，簌簌地落在屋檐，直至——

“不得了了，宋兵就要杀入金陵城了！”

“啊？那还不赶紧收拾收拾逃命要紧啊！”

……

但对外面发生的这一切，他都像没听见似的，他不过是直挺坐着，依旧握住笔杆，然后蘸过墨，将笔锋落下。

被人遗忘的角落里，他的背影有点寂寞，但也有种不容亵渎的虔诚。

“金生，你知道吗？我昨晚做了一个梦。”他一边作着画，一边没什么逻辑地开始自问自答，“我梦见在这画上出现了一个男人，男人告诉我，他说他可以帮助我实现梦想，梦想……可连你都知道，我只是个画画的，能有什么梦想呢？”

说到这，他的笔尖微顿了顿，目光也跟着掠向窗外，“有金陵飞雪这么美的景致，你说，为什么他们仍然不顾一切地要走呢？还是，他们根本不明白，走出那道城门很容易，但要回来，却已经是不可能的了。”

“金生，你会怪我吗？”在将画画好以后，周文矩苦笑了声，终于不舍地将画轴收入袖袍，缓步走出了阁楼。

楼外，深深的覆雪上犹可见杂乱的鞋痕，然而，该何去何从，心其实一早择定好了方向。

“相信我，他定会永远守着你的。”

……

思绪从戛然而止的古风画面中抽离而出，我使劲吸了一口气，这才反应过来自己已经回到现实了。洗浴室中重新清晰过来的镜子里，我瞪大眼对上卓扬和陆温茗，实在很难置信刚才的那一幕，我说：“这就是金生要我们帮周文矩还魂的目的吗？她是想……再看一次当年和他在一起的过往？”

“听过一句话吗？醉枕春秋三十年，与尔从头走一遍。”

镜子里，卓扬低低沉吟了一声，他朝我点点头，并顺手将身旁墙壁上的开关键按下。当屋内的光线再次亮起的瞬间，我陡然发现画轴上那块多孔奇石竟不知什么时候已经消失了！而原先的位置，正在被一团洇开的墨色渐渐取代，我屏息，只见墨色中，一块拇指大小的玉色石头就这么浮现了出来。

“谢谢汝。”耳边，一声嗲气的谢意很快消失不见。

我还在发蒙，倒是陆温茗先一步将画轴上浮出的石头拿在了手里，啧了声说：“真的搞不懂这些自命清高的文化人，跳楼很好玩吗？跳就跳了，干吗还要带上这卷古董？”

“因为对他而言，那就是他的世界。”卓扬淡淡回了句。

“她的世界……”我重复声，跟着也长长叹了口气，“你说，他们这样，值得吗？”

“没有值不值得，只有愿不愿意。”

一顿后，卓扬忽而说，说实话，我的确很难得听他说这样一句文艺，但奇怪的，此刻我并不觉得违和。暗黄的灯光下，我看着镜片后他微垂下的睫毛，只觉这样的弧度，似极了微镜头下的扇影。

我就这样看了一会儿，终于没忍住地将目光移开了，我想了想，说：“其实我觉得吧，总体来说金生还挺好命的，毕竟有个画家呆子成天给她欺负不是？”

他听罢一挑眉，一双深黑的眼望过来，故意停了停，才说：“葛叶，要知道，对传说而言，也许这样的消失，才是最好的结局。”

传说？我眨眨眼，不可否认自己是没跟上他的节奏。气氛静默了一阵，这又见他俯下身动作优雅地将画轴小心卷起。镜子里，我瞧见他的表情既真切又淡漠，犹如隔着千里万里在静静诉说：

“因为这画轴，就是传说中的……山河社稷图。”

第四滴血

（1）孤山诡寺

事实上，对于第三颗女娲石原来就是被封印在山河社稷图里的这一说法，我着实是花了一番功夫才搞明白的。不过好在有沈一菲这么个偏执的古文化研究迷和卓扬解说员在身边，所以我听后总结了总结，归纳中心思想如下：

由于《山河社稷图》本为女娲至宝，有滋养天人、化生万物的功效，使得长久被封印于其中的女娲石得到滋养，所以便渐渐地孕化出了女娲石的灵体——金生。再后来这幅图误入南唐画院被当时的画师周文矩拾到，就又有了前面的那段故事。

只是，当时的我怎么都没想到的是，就在我们终于替老萧的事务所处理完拍卖行的委托，正准备从台州赶回港岛时，没料到事务所突来的一通电话，又让我们马不停蹄地踏上了由北至南的旅程。

但，这件事情中最令人诧异的，并不在于对方会舍近求远找上港岛的灵异事务所。而是，此次发生事件的地点，竟会是在有南佛国之称的石城。

不过，在我们还未将情况彻底了解清楚前，反倒是——

“所以，你们就要走了吗？”大概没想到我们这么快又会接到新的任务，公寓里，周唯看看我们，目光不时瞄向一旁背着我们收拾东西的林弯弯。

“嗯，不过……这次弯弯会不跟我们一起走。”接话的是正从楼上下来的卓扬，他对周唯点点头，接着道：“AIR事务所不能一直缺人，但可惜我们的航班是下午四点，所以……”

“卓先生放心，明天一早，我会亲自送弯弯去的。”周唯一愣，很快了然道。

“嗯，那我们就放心了。”卓扬点点头。

他们的话说完，我明显看见落地窗户前林弯弯的背影蓦地一僵。我抽了口气，不由同一旁默默的陆温茗心照不宣地对视一眼：只可怜我们的林弯弯同学，竟然就在这么短的一个谈话间，就已经被人卖掉了……

解决完林弯弯和周唯的问题，当天中午，我、卓扬、陆温茗、沈一菲便踏上了南下的动车。再后面的沿途辗转这里不多赘述，总之，当我们到达石城时，已是第二天的中午了。

在抵达前，卓扬将这个委托的情况大致跟我们讲了讲。

日前有一帮驴友结伴去石城的少池岭游玩，但因为山雨，众人进入了山顶一间名为兰若的古寺。在寺庙的这一夜，众人除了听见奇怪的声音外，各自还莫名地遗失了一些东西，甚至是比较大的物件。然而，事情到此，也并不算得上最奇怪，但怪就怪在自从他们下山回来后，他们当中有的人犹如撞了大运，有的人却开始倒霉。后来有人为了转运决定再去一次，却找不到这间寺庙了……

记得当时卓扬说完，陆温茗几乎立刻就提出了疑问：这说的是鬼打墙吗？他们要去寺院，找附近的人问问路就知道了嘛。

卓扬听后推了推眼镜，皮笑肉不笑说，可那些旅店的人说了，少池岭上，根本就没什么寺庙。

他说这话的时候，我们刚下长途大巴，自然不会清楚石城今天会气温骤降，不过，当这句话飘入耳际，我们正在听着的几个，皆再整齐不过地打了个妥妥儿的寒噤……

所谓兵马未动粮草先行，为了不薄的委托金，我们决定上少池岭一看究竟。去那荒山野岭，首要一步自然就是准备相当数量的“物资”。为了保证速度，我们商量了下，决定分头行动：陆温茗、沈一菲一组负责购买食物和水；我、卓扬，则负责置办野营用的帐篷和睡袋。

对于此项分配，原本我是相当有意见的，奈何在卓扬和陆温茗的联合打压下，我只好忍辱负重地跟在了卓扬身边。

在国内，石城目前还不过是个四线城市，所以自然的，像帐篷这类的专卖店相对也就少些。今天整一个下午，我和卓扬都在石城市瞎逛着，好不容易我们在市中心的宾利广场的二楼，发现了一家专营户外用品的店面，不过……

“那边是男装，葛叶。”发现了我的分神，某人的手就这么不轻不重搭上了我的肩头，然后说：“你这样看，会让我以为，自己是误会了你的性别。”

我：“……”

我白他一眼，索性指向对面玻璃柜中那件刚一直在看的淡卡其衬衫，说道：“你说这件要是穿在温老师身上，会不会特别有型啊？”

我话说完，本以为可以将他气上一气，怎奈何他眉毛一扬，不咸不淡回了句：“你这么说，是想我试穿来给你比较一下？”

我：“……”

我叹了口气，心说跟这样的人说话，该是得有多么健全的心理素质啊。我在心中斗争了又斗争，只好艰难地决定放弃这屡败屡战的战术，甩开他一人走进了旁边的户外专营店。

然而，很快就让我感到郁闷的是，就在我刚要开口询问那名站在门口的年轻女店员时，她已经主动地站出身来，满面笑容地对卓扬道：“先生，请问有什么可以帮到您？”

我：“……”

卓扬：“我们准备去野营。”

店员点点头，目光吝啬地瞥了我一眼，当下又收回去了：“那么，先生是需要的户外帐篷是单人……”

卓扬立刻打断她：“要两个双人型。”

那店员大概有点疑惑，我于是补充：“我们一共是四个人。”

店员恍然：“原来是四个朋友一起。”

卓扬正经推推眼镜：“嗯，另一对也是男女朋友。”

店员、我：“……”

为了防止目前的情势继续恶化下去，我故意清清嗓子，走到一排摆着不同品牌的帐篷前，说：“美女，麻烦问下，什么牌子的帐篷质量比较好呢？我是第一次买，所以不太了解……”

身后卓扬：“我了解就可以了。”略一顿，他不紧不慢地走上前，修长的手指指向其中一个，“这个款式，有牧高笛或者探路者品牌的吗？”

店员听后连连点头，倒是卓扬支颔又想了想，说：“要一个双层三季帐，不，是四季帐。防水在1200mm以上，以及帐篷的接缝处一定要有压胶处理。”

我在一旁听着，险些没被他这一串专业名词绕晕，我眨眨眼，问他说：“什么是三季帐？四季帐？还有……那个压胶处理又是什么？”

他对着我微微一笑，却是向那店员刚刚拿来的帐篷指了指，说：“葛叶，你觉得是墨绿的比较好，还是银灰的比较好？”

我看后认真想了想，说：“墨绿的大概会比较耐脏。”

他听后满意地嗯了声，随手搭上我的肩，然后从Burberry经典方格的钱夹中拿出一张信用卡，说：“好，那我们这就去付账。”

我被他弄得有些发蒙，但很快反应过来，我拍开他的手，果断说：“可是我们睡袋还没有买。”

正前方，他一双深黑的眼俯看过来，线条流畅的唇角同时翘起：“对，没想到你还挺有用处的。”

我：“……”

隐隐间，我觉得自己好像哪里又被这人给忽悠了，但也许是因为今天太冷，我搓搓手，半天没思出个所以然来。在结账出了户外专营店后，卓扬不知又从哪里找来个手推车将买来的东西尽数放了进去，就打发我去了楼下的奶茶店说让我等他一会。

看在上帝的面上，我觉得他这次应该不会忽悠我，谁知道这一等差不多过去了两个小时，他才一个人悠哉悠哉地从一楼的电梯口走了出来，手里另外还拿着个装满水的小号玻璃瓶。对于他为什么会拿着个透明的玻璃瓶，我思虑良久，只好将缘由归结到行为艺术这个层面上。

我说："卓总，其实您真要是嫌这地儿远呢，小的也是可以换个地方迎驾的不是？"

他听罢皱起眉，正要将另一只手里的纸袋递过来，没承想我身后的一位烫着道明寺式凤梨头的男客人突然对那卖珍珠奶茶的小姑娘振振有词道：

"皇太极之死史书上说是暴死，但野史一般认为是暗杀。"

小姑娘听后未有反应，他等了等，遂循循善诱："你怎么不说话了，我正等你发表意见呢。"

小姑娘："我没有意见！又不是我干的！"

我："……"

卓扬："可惜陆温茗不在，不然他们一定会很有共同话题。"

我咳嗽一声，顺便将他递过来的纸袋打了开，但没想到——

我："原来你刚刚是给我买衣服去了啊，我还以为……不过，你是怎么知道我尺码的？"

卓扬："你皮肤很白。"

我："？"

卓扬："我是想说，在不忌颜色的情况下，你的尺寸按大码童装来，想必就不会错。"

我："……我可以抽你吗？"

卓扬："可以，只要你能够着。"

我："……"

不管怎么说，在穿上卓扬恶趣味购买的小熊维尼的圆领针织开衫后，我总算觉得不那么冷了。倒是卓扬的目光频频向我飘来，惹得我险些把持不住，我忍了忍，终于说：“帅哥，你别看了，你再看我只好勉为其难把这衣服给脱了。”

他听后一扬眉：“你确定我在看你？”略一顿，“我只是在看我买的衣服。”

我：“我还以为以你的品位，怎么样也该是淑女屋。”

卓扬：“什么？”

我：“淑女屋。”

卓扬：“看来，我的确是高估了你对自己的误会。”

我：“……”

一路被某人毒舌着，在吃过晚饭后，我们就拦下了一辆出租车准备去少池岭和陆温茗他们会合。谁知道刚上了车，司机大叔就冲我们摆了摆手，说，那个地方，晚上不去。

于是我们自然要问为什么了？可惜司机大叔半天也说不出个所以然，只道那个地方太邪门，不愿意去。

我们听后有些为难，赶忙便联系了陆温茗，哪知道陆温茗接起电话就苦了张脸对我说，下午他和沈一菲去超市，本想借此和一菲多联络联络感情，怎想到沈一菲买起东西来简直比爷们还爷们……导致他们四点不到就已经到了少池岭。话到这，本来我就打算收线了，但下一刻，他却对我说，他已经替我们在旅店订好了房……

挂了电话，我哀怨地看了卓扬一眼，他很快会意，然后对司机大叔说，两千，去不去？

事实告诉我们，这世上的事当动之以情，晓之以理均不能解决时，那么就意味着，它到了诱之以利的时刻了。

坐上车，又经过长达一个半小时的跋涉，等我们到达少池岭陆温茗订下的“宾至如归”旅店时，已经是将近晚上十点了。

宾至如归旅店，典型名不副实中的典型，我由内至外将它至少打量了三遍，仍旧无法理解它的外貌和名称究竟是怎么对上号的。

宾至如归旅店的服务台旁，陆温茗正在聚精会神地用手机玩着切西瓜的游戏，昏暗的灯光下，他终于在通关后发现了我们，他站起身来将手机放进牛仔裤的后兜里，然后匪夷所思地看了我们一眼，又匪夷所思地走向黑漆的门口望了望，说：

“听说今晚会有大暴雨，我刚已经替你们退好房了。”

话音刚落，就听咯噔一声关节响，我侧目瞧见卓扬好看的眉毛挑起，说：“葛叶，你先来还是我先来？”

陆温茗：“上帝说过，任何一头雄性都不应该欺负雌性的。”

卓扬：“上帝有说过吗？”

陆温茗：“也可能，是撒旦吧。”

我：“……”

在终于放弃了最后一丝试图拯救这人的想法后，我跟着卓扬走进了二楼的房间，而至于说为什么今晚我要跟卓扬住一屋……

我叹了口气，在拉开灯后，我看着四壁斑驳的墙面以及房梁上孤零亮着的白炽灯，不得不将注意力从它们转移到了两张横放的小床上，我想了想，还是说：“卓扬，要么我还是去一菲那屋睡吧，我……”

正弯腰收拾着东西的卓扬，“你去那睡，陆温茗睡哪里？”他说着话，也不看我就是直直走到卫生间将电源开关按下，然后摇了摇头说，“有热水器，不过，灯好像坏了。”

他话说完我立刻就从床上跳起了来，说：“那我怎么洗澡？”

他呵了声，镜片后一双深黑的眼睛故意打量了我一番，说：“怎么，难道你还要看着洗？”

我哼了声，顺手将身后的枕头扔了过去。他一倾身抬手接住，好看的眉毛一并挑起：“不错，现在还知道发脾气了。”

我：“……”

在应付似的洗完澡出来后，我随便收拾了下，就爬上了里侧靠着窗户的床上。不知是否因为刚刚洗过澡的关系，总之我现在并不怎么睡得着。我掏出外套中的手机看了看，屏幕中，显示现在时间已经将近十一点，但从信号格来看，这里的信号似乎不怎么好。

我叹了口气，随手掀开床边亚麻色的窗帘布，此刻，窗外浓黑的夜色几乎吞噬了周围所有的树木和建筑，仅仅能依稀看见一点光秃秃的模糊影子。不时地，远方的山里还传出几声不知名鸟类的怪叫声，更显得压抑和阴气森森。

就这么看着，蓦地，漆黑的天顶一道闪电如斧柄劈下，霎时将整个少池岭都映得透亮，我呼吸一凛，紧接着就听云层中几声闷雷滚下，落入远方的山谷里，如同起了震耳的回音。

轰隆。轰隆。

静谧的夜里，兀自发出的声音听得我浑身发抖，只得拿过脚边的毛巾毯将自己裹紧了。说起来，其实我从小就害怕打雷，虽说长大以后这毛病好了很多，但小时候师父不在时，总会将我一人锁在家中的记忆却尤为深刻，那回忆就像是某个黑暗的片断被映在了脑海里，当电闪雷鸣之时，就又会重现一样：

市郊的破旧房屋，红格子的玻璃窗户，正对着的矮木桌，以及桌上一堆我看不明白的黄色符纸和永远也写不完的作业……

“葛叶，你怎么了？”卓扬的声音很快将我从记忆中扯了回来，经他这么一喊，那片刻的畏惧也登时去了大半，我摇摇头，将窗帘布撩开，强装镇定说：“没什么，就，就听见打雷了。”

他听后尾音上扬的哦了声，看看那窗外，又看看我，立时走了过来。

“别怕，有我在。”他说。

眼见着他就这么再自然不过地爬上了我的床，我眨眨眼，不由向后靠了靠，但很快，又因他此刻还滴着水珠的黑发凑近了。二十瓦不到的光线下，我清晰看见他的眼镜片在微反着光，更将那一双深黑的眼睛映得犹如黑曜石般地亮。

他似发现了我的目光，很快将头偏了过来，说：“你在看什么？”

我撇过脸，手立刻指向窗外：“你看，外面好像下雨了。”

他很轻地呵了声，可显然并没被我的话绕进去。镜片后，他一双眼睛似笑非笑地眯起，修长的双臂也同时撑在了我床上，他说：

“葛叶，你这个小色女。”

话音落，腾地，我整个人都像被烧着了。

我眼看着他，也只是这么看着，半晌，我终于想起那句最好的防守就是进攻。我顿了下，清清嗓子说：“我就觉着吧，嗯，其实你眼睛还挺好看的。”

他听罢唇角翘起，凑近的脸上到底不放过任何先机，他说：“那跟你的温老师比，谁好？”

听到他话的这一瞬，我承认，我的视线是放空了。

我握紧手心，正要为这话的主语纠结，但没想下一瞬，他修长的手指已然托住了我的脸颊，我被他这突兀的动作弄得一愣，眼见着他线条优美的嘴唇就要贴近……

这时，房门外忽然一阵重重的上楼声，伴随着行李和木楼板摩擦的刺刺声响，一个耳熟的男声振振有词道：

“有一天刘备问曹操，曹操，你知道统一最大的敌人是什么吗？”

可惜，回应他的只有沉默的脚步声，时间停了停，又听那男人不气馁地循循善诱道：“你怎么不说话了，我正等你回答呢。”

同伴：“……是康师傅吧。”

我、卓扬：“……”

气氛略顿了下，我与他对视一眼，异口同声道：“凤梨头？”

所谓不在沉默中爆发就在沉默中灭亡。而正当我和卓扬要为凤梨头的到来面面相觑时，忽然又听一句：“今天要不是你，少池岭这个鬼地方，我才不会来第二次的！”压抑着跳了出来。

这个声音？莫非他这位同伴正是今天那奶茶店的小姑娘？

我瞪大眼，对着卓扬的嘴都快张成了0型，我指了指门外，刻意压低了嗓子：“你觉不觉得，这事儿有点太巧了？”

镜片后，他一双眼睛看定我，但里头的内容却究竟让人猜不出是与否。我耐心等了他半天，直等到门口一前一后的脚步声消失，才听他淡淡开口：

“怎么，小姑娘的那句第二次，难道就没让你联想到少池岭当日的那批驴友？”

（2）蜃景八阵图

事实上，在我和卓扬还未来得及印证凤梨头和小姑娘究竟是否就是少池岭当日的那批驴友这个问题之前。第二天一早，陆温茗就敲响了我的房门，然后神秘兮兮地探进半个头告诉我说，据探子来报，敌方昨日已成功将细作混入我方阵营中，现细作就在……

他的话还没说完，就见他身后的走廊里，昨天那个卖奶茶的小姑娘像发现了新大陆似的对我挥了挥手，并不时向我后面的某祸水瞟去，说，怎么是你，哎呀，还真是巧呀。

我心说那敢情是巧，拉开房门后，我想了想，明知故问说，怎么，你也是上少池岭旅行？听到少池岭这三个字，她脸色一僵，但很快，又恢复了神色，她说，我呀，是去还愿。

说到这，气氛不知何也跟着停了下，我皱了皱眉，正愁着不知该如何将话题接下去，忽然斜对着我们的房门就这么恰好地打开了，我一愣，视线当即对上正从里面出来的换了件黄色冲锋衣的凤梨头。

事情发展到这里，下一步不能免俗地就到自报家门的时刻了，凤梨头在得知我们这次同他目的一样后，更是热情地冲我们打了招呼，并让我们称他志明。

小姑娘说：我叫夏夏。

互相介绍完毕后，我们又在宾至如归旅店里一起吃了中饭，几番接触下来，大家便算是熟络了。不过，为了掩去身份，卓扬告诉他们，我们其实是报社的记者，这一次来少池岭，则是为了多挖些新闻。志明对此深信不疑，倒是夏夏听后先是看了看卓扬，后又瞧了瞧陆温茗。

我被她这个动作和神情弄得心中惴惴不安，以为她是要对既然我们是记者那我们为什么没有带摄影机这种常识性的问题提出质疑。谁知道半晌过后，她突然大胆地说，我说这世上的帅哥都去了哪里，原来是报社。

还好她不是说Gaybar，我松了口气，哪想紧接着她又指了指卓扬和陆温茗，眼神发亮地问，不过你们两个，到底谁攻谁受呀？

气氛一僵，且见卓扬推推眼镜，上前步不紧不慢地说，怎么，难道你认为他可以攻我？

他一边发完言，我一边就要替陆温茗捏把汗，忽地被人拉进了一个胸膛里，我反应了下，直觉卓扬这是要弥补刚刚问题遗漏下的关键点。谁想头顶上方他不过是轻呵了声，然后说，要找，我也找譬如这样的小受。

众人：……

在没搞清楚状况的情况下又被这人无故戏弄了一番后，我得承认，我想对这人出上一口恶气的心理，已经达到了有史以来的最大值。

可惜，这口恶气还没等我留到登上少池岭的山顶，就已经尽数夭折在了我们徒步登山的半路。实际上，虽说一开始我也料到了上山这一路不会尽如人意，但我绝没想到，上山这一路会这么地不尽如人意。

我叹了口气，一时间简直不知该有什么想法。

说起来，石城这一带其实是平原地区，平原地区的山体大多不高这是常识，但在来之前我们已经了解过，眼前的少池岭海拔约有1940米，不但比肩过了同样地带的山脉，就连与西面石城的相对高差都在1600米左右，所以评价一句，平地拔起一座高山，绝对不为过。

至于现在，当我们一行六人穿行在苍翠静谧的山间，呼吸着山里特有的清冽的空气时，我却因昨晚和卓扬共处而没休息好，逐渐放慢了脚步。

这一慢，我原本顺数第二的位置，没想就变成了倒数第二，因为倒数第一的位置，属于正揉着眼睛步履蹒跚的沈一菲。

她不断揉着眼睛，脸颊上还有眼泪的痕迹。

“怎么了一菲？”我看了看陆温茗，以为是那禽兽欺负沈一菲了。可他谈笑自若的样子又不像。

沈一菲把手拿了下来，眨眨眼睛，笑了笑：“没事，昨晚没睡好，眼睛很疲劳。”她一边说着，被揉得红红的左眼就渗出一大颗泪珠来。

和我一样，今天她也是顶着两个大黑眼圈出了门，不过前边一路都因为有陆温茗在，所以我也不怎么好问她，倒是现在离得有些距离了，我才故意瞟了一眼她，抱怨说："师兄昨晚订的都是什么鬼地方，居然不让咱俩住一起。"

我话刚说完，就见她原本看着我的丹凤眼忽地一闪，瞧她这个模样，不用猜测也知道八成是有事，我故意清了清嗓子，正色说：

"一菲啊，你不是做了什么对不起我的事吧。"

沈一菲："没有没有，其实就是昨天，昨天温茗说要给你和卓总制造机会……"

我："于是你们为了制造我和卓扬的机会，也顺便制造了下你们自己的机会……"我顿了下，"那还真是最终实现共同富裕啊。"

前方陆温茗："什么共同富裕？"

前方卓扬："我好像听见有人肯承认自己没吃亏了。"

我："……隔了那么远，你们是怎么听到的？"

潘志明："我的手机怎么没信号了，嗯，一定是我SIM卡放的位置不对。"

众人："……"

我："我怎么觉得他穿越了？"

沈一菲："不对不对，我的手机也没信号了。"

夏夏："现在GPS导航仪也是。"

此刻，在我们还没来得及探讨完关于究竟有无信号这个问题前，就见原本还清朗的天空忽然被一层厚厚的乌云遮过，跟着山里的光线也犹如被吸进了那墨云里一般，变得阴沉起来。

我诧异地看着这突如其来的变化，没留意卓扬不知几时已经走到了我身边，他递来一个墨绿色的包裹，然后用不容置否的语调说："把这个穿上。"

我低头仔细一看，原来是一件胸口印有维尼熊的雨衣，我看看这雨衣，又看看我身上的开衫，正要脱口你究竟是不是个萝莉控时，就听到一声震彻山谷的轰隆声，接着倾盆的暴雨就这么毫无征兆地落了下来。

再没有多余的时间思考，因为就当我刚刚将雨衣领口的最后一颗纽扣扣好时，周围的天色就已经如夜晚般暗了下来。仅能听见暴雨声的山林中，我望了望原本盘绕在远方山脊的石径，也仿佛模糊成了这滂沱大雨里垂死的蚯蚓。

因为骤雨，现下的场面便不由得开始混乱，很快，我就无法听清周围几人说话的声音。我搜索了一圈人群，看见夏夏和志明走在最前，沈一菲和陆温茗则站在离他们不远的地方，共撑着一把不大的雨伞。看着这个场面，我正准备感慨一句，哪晓得那话还没说出口，下一秒左手就被人握住了。

我抬头，发现卓扬不知什么时候已经将眼镜摘了下来，且换了件和我款式差不多的墨绿色雨衣。虽说他的这件胸口没有那只冒着傻气的维尼熊，不过乍一看之下……

我脸一热，慌忙中就想将手抽出来，谁知道我这预备信号还没发射出去，他那边原本握着的动作就改成了一个用力的十指紧扣。

这一瞬，我承认自己大概还没怎么反应及时，然而更要命的却在于，就在我的目光先意识半步飘向这人俊脸的刹那，也正好对上了他偏过来的视线。

我心一怔，实在不知这样的眼神该如何形容，就像是里头未盛有波澜，又像是里头盛有千万的波澜。

而他身后，当雷鸣再次响彻在这空山远寂里，我看见一道闪电划破天幕落入远方的山谷，也就是在天地被映亮的同一刻，我恍然听见一个声音如同穿越了冗长的时光之河，在暴雨里，在狂风间，更在我耳边，慢慢说：

我终于找到你了，云珂。

我说："云珂？"

顿时，我感觉到一股久违了的压抑。我想起了文博馆、黑麒麟，以及……

我不由自主地抓紧了胸前的女娲石。

我话音才落，就见握着我的手顿时一紧，他眼帘低垂，走近将我雨衣的帽檐按低了，说："葛叶，你听错了。"

我眨眨眼，正狐疑自己是不是出现了幻听，他怎么就知道我听错了？他却拉着我的手先一步迈开了步子，我一愣，只得跟了上去。

被暴雨打湿的密林里，山路很快就变得泥泞难行，我的手一路被卓扬牵着，开始还有些不好意思，倒是后面几乎全成了我在用力握着他。那一路，我们谁都没有再说话，仿佛就这样走着，就能走到世界的尽头。天地间，似乎所有的声音到最后都归成了雨声，它就这么落下，落在枝叶上，落在人的肩膀上……听得久了，甚至让人有了错觉，仿佛它们其实就是一组音符，以高低不一的音阶，奏了一阕河山之歌。

终于，在不知道究竟走了多久以后，我开始感到身体渐渐麻木了。山里灰暗的光线下，我低头瞧见脚上那双早已变了颜色的帆布鞋，不由叹了口气。我侧过脸，正纠结着要不要跟卓扬商量先暂时休息会儿时，忽然就听走在最前面的夏夏指着远处大叫了一声：大家看，快到了！

顺着她手指的方向，我揉揉眼，望见雨幕后黑漆的山上，一列通天的石阶掩在如盖的树冠下。在它的最底端，三山门依稀被杳杳的水汽笼罩着，它就这样静默地伫立在时光里，在它之前，没有岁月，在它之后，未有人烟，它遗留在时光的这头，像是以一种特立独行的姿态，标杆了一个永恒而遥远的年代。

也就是在这一刻，我才突然清楚意识到，原来自己的步伐真的在一步步地接近那座与传闻有关的深山梵刹，我深吸了口气，目光终于从三山门上收了回来。我四处望了望，恍然察觉山雨到这里似乎小了起来，然而……

我再次揉揉眼，拽着卓扬的手顿时僵了，我觉得我的声音有点抖，但还是问：“卓扬，你刚刚看见我师兄和一菲了没有？”

他听后尾音上扬地嗯了声，随即停下脚步，他看看我，又环视了一圈周围。然而，我发现他的目光似乎始终未曾真正在意过我们现在是由一行六人变成了一行四人，他只是将视线定在了那三山门上，半晌，说：“葛叶，你知道这三山门的含义吗？”他话说着，手依次地指了指，“左无相解脱门，右无作解脱门，中空解脱门。所以佛家才说，人到了这里，一切便得解脱。”

我一路听着，觉得自己都快被他绕糊涂了，我一把甩开他的手，说：“你会这么说，难道是想告诉我，我师兄和沈一菲他们两人已经得道解脱了？可是，他俩要是就这样得到解脱了，那我他日回去，却是要永世不得解脱了。”

他呵了声，再来的话语也不知究竟是苦还是涩，他说：“葛叶，这世上的确是有人永世不得解脱，不过再怎么轮，也轮不到他沈一菲和陆温茗。”

我皱眉，说：“我不明白。”

他一手搭上我的肩，望过来的双眼像是暗过了黑夜的颜色，他说：“葛叶，你不需要明白。”

我：“……”

就这么僵持了一会儿，忽听夏夏在不远又喊了我一声，我一怔，看见夏夏气喘吁吁地跑了过来，说：“葛叶，卓扬！我们好像迷路了！”

我瞪大眼，说：“这怎么可能，山门不就在那边吗？”

她摇摇头，急得都快要哭出来，我实在不知该怎么劝慰她，倒是志明很快也走了过来，难得正经地清了清嗓子，说：“我怎么觉得，我们今天好像再怎么走，都像是朝着海市蜃楼前进呢？”

一听他这个海市蜃楼的比喻，我顿时就打了个激灵，我说：“你的意思，我们其实是在绕圈？但这不可能啊……现在的天虽然暗，但毕竟不是晚上，既然不是晚上，那就不可能是鬼打墙。再说了，我们这一路走的都是直线，怎么可能回到原地呢？”

我话才说完，卓扬就侧目看过来，说：“葛叶，你怎么知道我们一定走的是直线？”他边说着，又一抬腕，“现在我们的手表、指南针、GPS导航仪都无故失灵，难道你就这么自信，自己的直觉一定比它们更准？”

我瞪大眼看着他，不可否认，他现在的一番话的确是噎得我不知该如何张口，我又望了望那不远的三山门，索性说：“既然如此，那想必卓总您是有更好的办法了？”

他听后一挑眉，将肩上的背包拿下，说：“休息。”

我啊了声，奈何他再不搭理我，背过身就自顾自支起了帐篷。我被他这一举动搞得很没想法，再看眼志明和夏夏，也是同样的一脸茫然。时间又过了会儿，忽听志明啊了句，像是恍然般也学起卓扬开始将他包里的帐篷支了起来。

我说：“难道你们这是打算养精蓄锐？”

这时卓扬从刚支好的帐篷里走出来：“原来你也不笨嘛。”

我：“……”

在看着草地上一个墨色的“小山包”扎扎实实呈现在我眼前后，我承认，对于如我这般从未有过野营经验的人来说，的确是心动了。但是，照现在的情况来看，光有心动，显然还远远不够，我故意磨叽了下，又沿着卓扬支好的帐篷慢慢走了一圈，这才说：“卓总，没看出来，敢情您这手上功夫也挺不错嘛。”

他听罢，镜片后一双眼淡淡扫过来，说：“不错，看来今天又学了样呛声的本事。”

我：“……我那还不是有样学样！”

卓扬：“哦？那你倒仔细说说，你都学什么了？”

我：“……”

在承认再次完败给卓某人后，我忍了忍，终于还是灰溜溜地钻进了面前的帐篷里。活动空间不到三平方米的帐篷内，我抬头看见帐篷顶卓扬不知什么时候挂上的营灯在草地上投出一个暗光的绕着圈的光影，居然也觉十分地有趣。我从背包中抽出个防潮垫坐上，又拿出些牛肉干、巧克力之类的准备填填肚子，倒是身后的帐帘忽地掀起，不单透来了风，更送来了卓扬那不咸不淡的声音，他说：“你是打算一会就这样睡觉？”

我：“谁要睡觉了！”

他呵了声，顾自从背包中抽出他的睡袋摆好，又脱下了雨衣，说：“没人告诉过你吗，我们现在对上的这阵是仿三国诸葛八阵图的格局所造，今早我们从生门进，现在正值上对死门，不到特定时间，我们是绝对走不出去的。”

听他这么一说，我立刻就来了精神，我巴巴对上他的眼，一脸讨好地说：“卓总，你不是向来挺能耐的吗，敢情就这么小小一个八阵图，还能难倒你？”

他听后好看的眉毛挑起，却是停上一停，说：“你说得太深奥，我听不懂。”

我：“……”

我感觉真的已经被他气饱了。

在随意吃了点带来的干粮后，我也只得学作他的模样铺开睡袋，开始养精蓄锐起来。老实说，虽然昨夜已经有了和卓扬共处一室的经验，但可惜，这种经验似乎对我并没有帮助太多，我钻进睡袋，仰头就看见帐篷上悬挂的营灯不住地在轻晃。我知道，那是因为帐篷外仍在下雨的关系，说起来这雨下得也蹊跷，虽说进入这一带后有明显减小的趋势，但似乎就是没有要停的意思。

此刻，它淅沥沥地落在帐篷上，再混着外面传来不时的风声，实在很难不让人觉得像是进入了某种只有在银幕上才能看见的悬疑片的情境中。我就这样听看着发了会儿呆，不知觉间，人也跟着睡着了。

然而，不知是否因为是第一次野营的关系，这一夜，我其实睡得并不安宁。迷糊中，我只觉整个人都飘飘然的，没过多久，就像是从睡袋中起来了，然后兀自走入了无垠的黑夜里，眼前，我看见一簇飘浮起的光，莹莹投亮我脚下一小片的青石路。

这里是哪里？我很想问。但是，天地间回应我的只有簌簌的风声。我实在不知道应该怎样形容这时的感觉，就犹如人丢了魂，然后被放逐至荒原大漠里，在这里，你或许能听见风声、滚滚的黄沙声乃至自己独行的脚步声，然而，却自始未有人声；这里就像是一座亘古的空城，它诞生于万物初开的混沌间，你走在这里，每一次的呼吸，每一步的驻足，都无法不深深感知到它绵延充斥着的死寂。

已经忘了究竟走了多久，我只知道，当那浮动的荧光停下来时，我眼前已出现了一排高大的墙垛。我伸出手，犹如一切的意识都被人控制般，将指尖轻轻摩挲了上去，我浑身战栗着，仿佛身体里每一寸的血液都曾经为它燃烧、为它沸腾过。

但就在这一刻，我忽然听见一个尖厉的声音从彼方传来，它划破这沉重的夜，直刺入我的耳膜。我皱紧眉，瞬间只觉一阵光覆上了我的眼，紧跟着，一只温暖的手也贴了上来。我睁开眼，努力转了转眼珠，透过指间那细小的缝隙，我看见卓扬一张倒着的俊脸，就这么映在了眼帘里。

我心惊了惊，正要开口说话，谁料他那声不咸不淡的嗓音已然先一步飘过来，他说："你这是去游泳了吗？"

他这一说，我才反应过来刚才那一梦我竟然如同从水中捞出来般，浑身都已被汗湿透。我稳了稳心神，极力要坐起来，我说："刚才那是什么声音？"

然而，我话音刚落，就听隔壁帐篷里再次传来了夏夏的尖叫声……

（3）离奇古井

我已经很久不曾看到这样真实的场面，眼前，夏夏攥着把满是血迹的水果刀屈膝抱成一团，几乎不敢看她的脚边，她的男友志明，正半曲着一条腿，下半身已被伤口汩汩冒出的鲜血染透。我捂紧嘴，才瞄了一眼就忙别过了脸。

是的，我其实一直都……晕血。

“不舒服？”依旧飘着小雨的帐篷外，卓扬瞧我这副模样，不用猜也看出了个大概。不等我反应，他皱眉，抬手将我带至身后，气息再一顿，这才重新掀开了帐篷，“夏夏，夏夏？”

他试探性地叫了几声，然而漆黑帐篷内的夏夏始终没给他回应。我心一紧，腿脚下意识地就要朝前走，奈何这力道还没发出去，人忽地就被按进了一个胸膛里，我一时发蒙，倒是那只手随即按过我的后脑勺，轻声道：“别看，听话。”

我挣扎了下，直觉他现在这个姿势实在不大对，可惜并不等我纠结完这个问题，下一秒，帐篷里那浓重的鲜血味就再次飘了过来。被卓扬挡着看不见光的衬衫里，我用力吸了吸鼻子，很快，我就发现因为视线被阻的关系，所以嗅觉和听觉都变得格外敏感起来。我屏息，索性闭上眼又仔细听了听，这便发现了开始没留意到的，我伸出食指戳了戳他平坦的小腹，说：“你听，夏夏好像是在哭。”

头顶上方他嗯了声，接着又是一句“站在这别动”，就一委身迈进了夏夏的帐篷。我被他这突如其来的动作弄得一怔，心道我这样干站着也不是个事，于是就跑回了自己的帐篷中，打算从背包里拿点医用绷带、碘酒和消炎药什么的，谁知道捣腾了半天，竟是一无所获。

我托腮想了下，正要以为该不会是自己忘了的时候，忽听帐篷外卓扬一声“葛叶”，我忙又冲了出去。飘着细雨的三人型帐篷外，我捂着鼻子，低头看了看脚尖，说：“你那边怎么样了？”

他说：“进来。”

我啊了声仍旧疑惑，没想这时帐篷忽地掀起，我一怔，等反应过来时人已经被卓扬带进了帐篷里。眼前草地上，原本的一大摊血迹已然被及时处理，但尽管如此，这里鲜血的味道依旧严重，我张了张嘴，正要问他究竟是怎么做到的，忽见他将身旁包里的白纱布拿了出来，顺便说道："你按着志明的腿，我来上绷带。"

原来东西是被他早一步拿来了，我放下心来，又看眼现在半身横在睡袋上，凤梨头早塌了一半的志明，不由低声道："他一个大老爷们，我要是按不住怎么办？"

卓扬反问："那你会上绷带吗？"

我："……我可以学！"

我话刚说完，就见睡袋上的志明挣扎着抖了抖自己的腿："……我不要当试验品！"

我、卓扬："……"

时间再过去小半刻，就在我看着卓扬行云流水地替志明做完消毒、缠绷带、上抗生素这一系列程序以后，卓扬把我拉到一边："这山上有什么问题，你瞧出来了吗？"

"鬼打墙？"虽然觉得卓扬问我的问题一般都不简单，但我还是给予了最简单的回答。卓扬盯了我半天，叹了口气，小声说："那俩小年轻什么都不懂，这会儿还糊涂着呢。你的任务就是把他俩稳住了，别让他俩出问题，尤其是单独行动什么的，明白了吗？"

敢情，我就是一纯后勤啊？有这么看不起别人实力的吗？

"这也是重任好吧。咱们做买卖，一般都不带普通人的，一旦出了问题就是大事。"卓扬瞥了瞥身后。虽然那里一片漆黑，我豁然明白，陆温茗还要保护沈一菲呢。保护普通人，的确也是个艰巨的任务。

我点点头，没想角落里一直没说话的夏夏突然幽幽唤了一声："志明。"

我心一紧，跟卓扬对视了眼，下意识就将视线望了过去。此时，由于帐篷里的营灯已经被卓扬重新打开，所以夏夏现在的表情很难不被我们看在眼内，我留意到，夏夏现在眼角虽然挂着串泪光，但脸却是扬着，而这也就表明，她并不想掩饰什么，果然，她紧了紧手心，便很快说："我不是故意的。"

听到她这么讲，我终于松了口气，我眼瞧向志明，倒是他听后将头向上移了移，半晌，说："夏夏，其实我……不疼。"

他话说完，夏夏的眼泪立刻就流了出来，止不住似的，连我都跟着一阵心酸，只想着要上前安慰她一番。然而，我的动作很快被卓扬挡下，灯影中，他的眼镜在反着光，他问："你也做噩梦了？"

我和夏夏不约而同地都做了噩梦。

夏夏一双本就不小的眼睛霍地就瞪大了，她眼看着我，里面一半迷茫一半吃惊。她点点头，很快又用手背擦了擦眼角，声音瓮瓮的："我走进了一个奇异的梦里，我仿佛又回到了自己十七岁的时候，那里的一切是那么地真实……"

"但后来志明想要叫醒我，结果……"

是不愉快的回忆吗？是因为这座山的邪性，我俩一起做了噩梦？只不过她梦里的主角是自己，梦境的主题是不愉快的回忆。而我梦里的主角是……

我猛然意识到，在梦里，那的确也是我自己啊！

我摇摇头，倒是这时卓扬忽然站起身来打断我们的话，说："葛叶、夏夏，现在是时候进三山门了。"

我一听，赶忙撩开了帐篷，我指了指外面的天色，疑惑地问："可这天还没亮啊。"

他眉一挑，说："那你是准备坐到天亮？"略一顿，又跟了句，"这是永夜之景，你不明白的。"

我心说你又比我多懂多少东西？

不过转念一想，他的确比我多懂不少。每一个案件里，他只要那么一出门，再一回来，本来很困惑的问题马上就迎刃而解，好像全能一样……只是这其中的过程，号称阴阳学霸的我一无所知。原来我竟然一点也不了解他……

我有些黯然，不知是不是因为，卓扬有我不知道的事情，他对我并不坦诚。我摇摇头，觉得自己又在意这些做什么呢？

可惜这次他的话又只说了一半，就抬腿走出帐篷收拾我们那边的东西去了。

一切正如卓扬所说，这次在我们重新出发后，并没有走太久，就直接进入了开始所见的三山门。三山门后是一列漫漫石级，直通向山顶。我抬眼望去，不禁产生种“蜀道难，难于上青天”的怀古之感。

然而，现在并不是个感慨的好时候，因为就在我进入这里后，我发现原本的黑暗至此仿佛被人强行分开了，在我眼前，这列通天的石阶宛如一条白玉束带直铺林间。我转过身，重新打量起山门后那如同雾霭的雨幕，更觉自己像是走上了一条朝圣之路，每一步的前行，都是在接近彼方的净土。

我深吸了口气，看向前方石级上的卓扬，此刻，他背着志明，手里还拿着我们的一个行李包，看到这，我不由有些惭愧。至于说和我并排走在一起的夏夏，大抵也是因为刚才的事，所以一路上都显得尤为沉默。

为了缓和现在的气氛，我不由想起了陆温茗平时常用的招数，我清了清嗓子，顾自说：“我来给大家讲个笑话吧，这个笑话是这样的，嗯，从前有一根香肠被关在冰箱里，感觉很冷，好在它发现自己身边还有另一根，于是安慰说：‘看你都冻成这样了，全身都是冰。’结果你猜另根怎么说？嗯，另根是这样说的，它不屑地扫了一眼它，然后说：‘对不起，我是冰棒。’”

我故事说完，立刻向大家问道：“我故事讲完了，大家有木有觉得很萌！”

话音落，就见背着志明的卓扬身子一僵，接着回身对我道：“嗯，亮瞎了。”

我、夏夏：“……”

一阵沉默中，忽听一声幽幽的咳嗽从前面传来，我定睛一看，原来是志明正在朝我努着嘴，我顿时有点茫然，又见他冲我一摇头，说：“葛叶，你知道为什么大家都不笑吗？嗯，你肯定不知道。”

我于是虚心请教，他歪嘴笑，随即道：“主要是你这个普及度实在太高了。”

我：“要么你来条独家报道的？”

志明：“嗯，有一回，展昭给王朝和马汉讲自己的英勇故事：‘那天我夜探逍遥楼，获得重要情报，却误中机关，身受重伤。我强提一口真气，支撑到开封府，突然间眼前一黑。’请问这是为什么？”

我：“是展昭昏倒了？”

一直默不出声的夏夏："……是包大人出来了。"

我、卓扬："……"

就这样靠讲冷笑话打发着时间，等我们一行人最终到达那座与传闻有关的古寺时，天边最后的一丝云霞也即将敛起了。我站在最末格的长条石级向上望去，只见它掩在一片苍郁的草木里，夕阳的余晖覆上它一色天青的琉璃瓦，折射的光线仿佛将整座的寺庙都笼进了一个巨大而模糊的阴影里，遥遥望着，甚至会错觉连日影都不过是为将它推波助澜地沉下去。

是的，沉下去。

如同静默了岁月底的一草一木、一尘一土，再将那凭空生出的三千悠远一分分地沁了出。

所以，到这里的感觉，只是静。

静得犹如坐观着彼岸前尘如斯近，而今世浮生如斯远。

如同被禅理洗涤的心绪间，我将视线移了移，终于从寺庙门匾上写意古拙的"兰若"二字，定到了两侧门柱的楹联上。

"愿将山色供生佛，修到梅花伴醉翁。"不由自主的，我也跟着念了起来。

我话才说完，就见门庭前一阵急风刮过，与此同时，两道再熟悉不过的身影也一并晃入了眼帘，那正是失踪不见的——陆温茗和沈一菲。

我惊讶地看着他俩，倒是这时卓扬已将一直背着的志明放了下来，并对我回了个"看吧，我早说过"的神色，我撇撇嘴，忙不迭地向面前二人提问道："你们究竟是怎么回事？在看到三山门以后就找不见你俩了，还有，你们是怎么来到这里的。"

陆温茗："除了11路，难道你能想到更好的办法吗？"

他话音落，倒是他身旁的沈一菲一双丹凤眼看向我，反问道："明明是你们先不见的，在和你们走散后，我们本来想回去找你们，但温茗说两个变量相加等于更大的变量，所以我们才决定直接来寺里等的。"

我啊了声，正要对他这个两个变量的说法提出疑问，没想在一旁支着三角铁架的卓扬推推眼镜，已然将话插了进来，"根据野外生存法则，若不慎和队友走散，最好的办法并不是立刻去找地方，而是就在原地等队友找回自己”。

我反应了下，并顺着他的意思推了推，总结说：“所以师兄说的就是，设找的一方为变量，而两方都在找的话，解就变成了两个变量之和。但如果这个前提变成变量加定量，那么从概率论的角度说，双发找到的概率将提高不少了？”

卓扬听后一挑眉，目光却是偏向了沈一菲：“所以，你们其实从一开始就没有进入迷阵？”

我听后再次啊了声，直觉他这次应该是镜头切得太急也太快，以致遗忘了我，我一理思绪正要开口，下一秒沈一菲：“什么迷阵？”

我：“八阵图。”

沈一菲：“你是说诸葛孔明发明的那个？传说生、伤、休、杜、景、死、惊、开八门变化万端，足可当十万精兵的那个？”

我：“对对。”

沈一菲：“嗯，没有。”

我：“……”

一旁卓扬：“无咎之人，自然可过三山门，况且……”他话音一住，眼瞥向沈一菲，我以为他还要继续，没想他说着，却是低头摆弄起那铁支架了。

我说：“什么无酒？还有你刚想说什么？”

卓扬：“葛叶，去帮我从那口井里弄些水来。”

我：“别以为我又会让你岔开话题！”

他尾音上扬的哦了一声，抬手就将手里的佐料包甩进刚刚摆弄好的不锈钢圆钵里，再一起身，说：“要么这个汤你来做？”

我：“那你还是岔话题吧。”

众人：“……”

背负着几道灼灼的目光从人群中好容易挣脱出来，我老大不情愿地拿着卓扬递来的不锈钢钵来到了佛殿门斜对着的一口古井前。

从外观看，这口白砖的古井显然很有些年头，而从石砖缝隙生出的绿色杂草分辨，这口井，也应该很久没被人用过。

我叹了口气，将不锈钢圆钵顺手放在旁边的石台上，又撸起了长袖，这才向这古井望去，然而——

“你们坑爹呢吧，这里面根本没有一滴水！”在反复确认后，我终于忍不住地向身后人猛地挥了挥手。

在听到我的话后，夏夏急忙丢下了手里的活儿就跑了过来，但这一看，她整张脸就变色了：“我和志明在三个月前来过这里，明明这里面就是有水的！”

对于此，我自然感到疑惑，于是我看看她，又将目光投向了随后赶来的沈一菲和卓扬，而沈一菲并没有看向那口古井，只推理道：“可是我们来的一路都在下雨，应该有水才对啊。”

“不会是这里的鬼怪要断水断粮，再断路，把咱们困死在这里吧。”下一秒发话的是卓扬，镜片后，他一双深黑的眼睛看了看那井，很快便移到了身后那幢被巨大阴影覆盖的寺庙上。

深黑的天幕下，幢幢的寺影也仿随着他的话浮起了一丝诡异。忽地，一声阴郁的暮鼓声响起，接着又是第二声，第三声……我屏息，一时只觉整个山顶仿佛都被这种声音围绕，那种感觉，简直犹如被二月的寒风寸寸刮进了骨头缝里。

这阴森森的场景，让夏夏终于再忍受不了提出了要收拾东西，和志明一起马上下山的决定。我心里一惊，知道夏夏和志明这一走，恐怕就回不到山下了，今晚无论如何都得骗着夏夏老老实实待在山上。

“夏夏，你昨天告诉我说你要还愿，现在愿都还没还呢，你要是就这么走了，佛祖一定会不高兴的。”

话说完，我赶忙给卓扬递了个眼色，并将她拉向了佛堂，顿了顿，我指着佛堂门楣上书着古篆体“兰若”的匾牌没话找话说：“你看，这个寺叫兰若，可它为什么叫兰若呢。”

“小叶，在古代唐朝以前，规模大的、正规的才称寺庙，规模小的、简陋的都称兰若的。”沈一菲接话道。

我：“……嗯，原来它还是个业余的。”

我话说完，就看见夏夏的脸颊抽搐了下，接着径自走向佛堂里的功德箱，从钱包里迅速抽出几张事先准备好的红色老人头塞了进去。

给这么多钱啊。我想着，眼看着她动作这样仓促，给完钱就要走，连忙拦住她：“既然佛祖帮你完成了愿望，那你怎么好意思不诚心拜拜佛祖呢？不然佛祖多没面子啊。”

夏夏总算想起了些什么似的点点头，马上向面前香案后供着的那位叫不出名字的菩萨磕头拜了一拜，我跟着她身边，也似模似样双手合十鞠了个躬。

阴暗的佛堂内，我余光看见卓扬站在我身后却始终没有和我们做同样动作的意思，便拉了拉他的衬衫袖，倒是他像没瞧见似的，一勾唇角，便说：“我听说这个山上什么狼啊、豹的什么都有，乱得很。这大晚上的，志明又保护不了你，万一路上……”

他这番话可把夏夏给吓蒙了。我看看夏夏又看看他：要说像他这样的男人，除了这张嘴，我还真是挑不出一点毛病啊。

镜片后，他目光很快转向我，说：“你又在想什么？我晚上问问佛祖，佛祖会全部告诉我的哦。”

我立刻摆手：“……没有没有，你们继续继续。”

卓扬：“反正跟我们在一起也比较安全，不如咱们聊聊天。你说你是来还愿，那你能不能告诉我，这佛祖都帮你实现什么了？”

夏夏迟疑了一会终于开口道出三个月以前那段奇异的往事。

原来，正如我们先前估计的，夏夏正是当初的那批驴友之一，也就是在那个时候，她认识了志明。那一天，他们结伴来少池岭旅游，但没想因为山中暴雨，让他们误进了这座名为兰若的古寺，因为当时天色已晚，所以入寺的众人便决定在寺中过夜。在入睡前，众人因为待在寺里感到无聊，他们中有不少便索性决定借此机会向寺里供奉的佛祖许愿，而当时夏夏许的，就是希望自己能开一家奶茶店。

第二天清晨众人醒来，许愿的人都发现自己离奇地丢失了东西。下山后夏夏如愿开了属于自己的奶茶店，但当时和她一起的志明没有向佛祖许愿，却是做生意赔了本。不过志明对此倒是不以为然，甚至戏称自己江山美人不可兼得。

我和卓扬对视一眼，不约而同都思索了起来，许愿丢了东西，不就是上了贡的意思吗？这里的佛祖，搞不好还挺正规啊。

我目光不由飘向了殿门外，此刻，志明正坐在石凳上休息，在他面前，即将沸腾的热汤也在支好的三脚架上冒出了诱人的香气，阴霾般的夜幕下，酒精炉里的火焰燃烧着，仿佛是照亮这里唯一的光明。

我慢慢走过去，随即和刚巧望过来的沈一菲对了个正着，她看见我，立刻停止了搅拌的动作，问道："夏夏还好吧？"

我点点头，口不对心地凑了上去，说："你们弄得什么，好香啊。"

听我这么说，她立刻就给我盛了碗："是卓扬弄的，我和温茗刚不过是给它看会儿火。"

我哦了声，拿起碗吹了吹很快就喝下口，故意言不由衷地嗯了声，说："原来味道也不怎么样嘛。"

门后卓扬一声升调的哦。

我："啧啧，这面汤真不错！一菲，快给我再盛一碗！"

沈一菲："……"

大概这一路实在消耗了太多体力也太饿，所以没过多久，卓扬的创意晚餐就被我们几个消灭干净了。我擦了擦嘴，又满意地打了个饱嗝，终于提出了一个我原本想问，结果由于味道太好导致我一时抛之脑后的问题。我巴巴看了一眼他，说："卓总，刚那口井里不是没水吗，那你煮这个，又是怎么做到的？"

我话说完，就见他从黑色的登山包里拿出个大容量的户外水壶冲我示意了下，再一扬眉，说："不比你想得远，又怎么能做你老板？"

他这话我听着有点耳熟，我皱眉，只好暂且默认了这个解释。气氛一停，忽见陆温茗托住下巴，将原本频频飘向夏夏那边的目光转向了我，他刻意压低嗓音，说："阿叶，其实还有件事，我一直没来得及跟你们讲……"

（4）惊魂太师椅

原来，早在陆温茗他们开始到达这里时，就已将这座名为兰若的古寺转了个遍。结果，他们意外地发现在这座久无人烟的寺庙中竟然还有一间被打扫得极其整洁干净的精舍，更诡异的是，在那间精舍的正中，还摆放着一张古式的太师椅。

记得当时他话说完，酒精炉里的火苗突地就灭了，伸手不见五指地漆黑中，我只觉面前一阵阴风刮过，整个人都不由打了个哆嗦，好在卓扬的手电及时亮了起来，说："怎么，你怕？"

他话刚说完，我就见他背后一道黑影极快晃过，几乎要让人误会是眼花。我揉眼，偏头又探了探，方才发现那暗处的墙根里仿佛是藏着团什么东西，一时难同夜色分辨清。我喉咙一紧，没多想地就一扯他的衬衫袖，倒是他也像是看出我心思似的，不做停顿地就将手中的电筒扫了过去。

顺着光束的方向，一只体型硕大的黑色野猫出现在我的视野里，它幽绿的眼睛直勾勾地盯着我们，甚至丝毫没有畏惧那电筒光的意思，一番对峙后，忽听它一声尖利地喵叫，猛地又窜进了黑暗里。

我赶忙追过去，怎奈何实在跑不过这种四条腿的动物，一刻钟后，终于败下阵来，我喘了口气，说："要是我家希特勒遇上这种体格的，没准能被吓死。"

身后沈一菲："小叶，你怎么这么没有爱心呀。"

身后陆温茗："对对，所以上天才要给我安排你这个天使。"

我听后哆嗦得更厉害了，索性一把扯过卓扬的衬衫袖口，一脸绝望地说："此地不宜久留，我看我们还是先撤吧。"

原本我这么一说，想着他也就这么一听。哪晓得俯下脸忽而对我一翘嘴角，接着不轻不重地说了声："好。"

他话说完，我手顿时就松了，我装作不经意地打量了一圈周围，提议说："要么我们也去那间精舍看看。"

卓扬："好。"

这样简洁利落的回答，甚至言谈间还不经意流露出一丝笑意？我霎时被自己的想法悚然到，我看看他，半晌，说：“老大你今晚不太对劲啊。”

卓扬：“你对刚刚那只野猫怎么看？”

我被他一时绕糊涂，皱眉想了想，说：“……难道它是发情了？”

卓扬：“葛叶，你简历上可没说以前在联想集团干过。”

我：“……”

大概实在因为古寺的占地面积有限，所以并没有过太久，我们就找到了陆温茗提到的那间异常干净的精舍。该怎么形容呢？从面积看，这里大概是十五平方米左右；从陈设看，除了疑似樟木的几案外，就是突兀摆在正中的那张古旧太师椅了；至于从干净程度说，的确就如陆温茗所说，像是每天有人来这里打扫，甚至是……住着。

想到这，我原本已经退去的鸡皮疙瘩立刻又起了，我瞧了眼那张太师椅，说：“你说，该不会有人对这张椅子产生要坐上去的想法吧？”

我话才说完，就见卓扬径自走上前，再在手电筒确认了遍上面没有灰尘后，便一脸坦然地坐了上去。我目瞪口呆看着这一切，倒是他单手扶着座椅，顺便翘起他那堪比模特的长腿，一副自己就是座椅主人模样地牵了牵唇角，说：“我觉得……”

我上前一步：“你觉得什么？”

卓扬：“从稳定性这一点看，它应该是及格了。”

我：“……那你还感觉出了别的什么没？”

这边卓扬还没回答，外面就传来夏夏的一声尖叫，我俩一个对视，立刻冲了过去。

此时，兰若寺的庭院中正一大一小并排支着两个帐篷，我们赶来时，陆温茗和沈一菲已经一脸焦急地站在了帐篷外，我看后心下一沉，没多想就是冲进了其中那顶灰色的帐篷里。

营灯闪烁的光线下，里面的夏夏像压根没发现我进来似的，只是一副不可置信地摇着头，我扫了一圈没发现什么不同，便问：“夏夏，刚发生什么事了？”

她看看我，表情犹如吞了条蛇。这时只听陆温茗道：“好像是志明不见了。”

他话说完，我正打算向前的腿顿时就抬不动了，我转过头，将手电照过来，说：“你说志明不见了？可志明的腿不是受伤了吗！我们几个都在这，没有人带他走，难不成他还能人间蒸发了？”

卓扬打断我的话：“葛叶，你看着她，我们先去这附近看看。”

陆温茗：“对对，夏夏你别急，你长得这么可爱，我要是志明我也不会忍心把你一个人放山上的。”

沈一菲：“卓总，我们走吧。”

眼看着他们的身影与夜色很快融成一片，我清清嗓子，这才转头看向夏夏，问道：“什么时候发现志明不见了的？”

她听后眉头一皱，袖下的手也跟着握紧了：“就是刚刚，咱们都进去了……”

志明腿上有伤，不会是迷路了。有种说法叫“神隐”，这寺庙肯定是有古怪，说不定志明明明在这里，我们就是看不见志明。从另一角度来讲，此时此刻我们不就存在于“神隐”的空间里吗？

“上一次你们来这里，没有人无故失踪吗？”

“没有啊……”她说着顿了顿，“一共十几个人，我们都是在一个名叫西方天地的BBS上认识的。”

西方天地？好奇怪的名字，大多时候说西方，不都是指代极乐世界吗？我看了看这闹鬼的寺院，寻思难道这鬼都懂得建BBS吸引游客了？

正寻思着，忽听几声脚步靠近，我将电筒转过去，黑暗里，另一道的光束跟着一熄，卓扬便从阴影里走了出来。我抬眼，看见他对我摇了摇头，我心一沉，还没来得及想宽慰夏夏的话，下一秒就听见从后面赶来的陆温茗脱口道：

“不好意思啊夏夏，志明是不是迷路了？哪儿都找不到。”

我：“……”

气氛僵了一会儿。我现在是肯定这寺庙有问题了，只不过不能让夏夏太害怕，打乱计划就唯有先打起了哈哈，说：“别着急，说不定真是解手迷路了。说起来，志明不是来许愿的吗？也许人正在拜佛呢，咱们先把周围找一找，再进去搜一搜。”

陆温茗：“对对，农村包围城市，农村包围城市！”

他话说完，我立刻就白了他一眼，并有意无意打量起了周围。蓦地，我的目光被钉在了那口古井上。

我头皮发紧，不由想起鬼片中，女鬼从黝黑的井口缓缓伸出惨白手指的镜头……

看我盯着那残破的古井吓傻了，卓扬这才走了过来拉住了我的手。

卓扬：“有我在，你担心什么。”

也不知是不是这句话真有别样的魔力，总之，当我手被他扣紧的一刻，我确实有了一种踏实和安心的感觉。透黑的夜里，他的手电将我们面前的青石板照出一道光束，那光束直延伸到井口，又仿佛是直直照在了人的心头。

我屏息，一时只觉这短短十几米，也好似走了一生这么长。

直等到我的鞋尖磕上井缘，我终于意识到，我们到了。在我身旁，卓扬俯下身用手电向井内扫了过去，而我则仔细紧盯着他的脸，不放过任何一个表情，忽地，他好看的眉毛皱起，冲我摇了摇头。

怎么回事？我心想着，视线也小心翼翼飘了过去，但让我怎么也没想到的是……

“这里面……”我看看他，又弯腰朝井里仔细看了看：“这里面怎么又有水了？”

不但有，更是清澈见底。

想到这，我不由得为井里不是女鬼而松了口气。说起我怕女鬼这档子事，还真是作为阴阳师的耻辱啊。

正当大家都为此百思不得其解的时候，一旁的卓扬看看我，不紧不慢道：“葛叶，去弄些水上来。”

“师兄，你说老大要弄这些水，他不是打算来尝尝滋味吧？”

陆温茗：“这个问题……”

身后卓扬：“能错得这么正确，葛叶你也不容易。”

我："……你手里拿的，不就是昨天在宾利广场带回来的那个玻璃瓶？"

暗夜下，他将手里的电筒刻意照向玻璃瓶的瓶身，我凑近仔细一看，这才发现原来里面还游了两条透明的小金鱼。我叹了口气，要说像这种程度的隐身，还真是……QQ都不及它给力啊！

这边我还没感慨完，那边沈一菲也凑了上来，她指了指里面游的正欢的小鱼，问："卓总，你是不是打算用这两条小鱼试毒？"

他不答，打开瓶盖将那两条小鱼放入了盛满水的木桶。

看着他行云流水的动作，我一时只觉既恍然又佩服，恍然的是他的准备竟然这样具备前瞻性；至于说佩服，自然就是他现在这个科学且聪明的办法了。

想到这，我不由又多看了他两眼，没想他才移开的手电忽地又照回了石桌上的木桶，他脸色一沉，说："有反应了。"

顺着他话的意思，我们几个好不容易放松下来的心立刻又揪紧了，我凑近了向里看了看，说："这里面两条鱼，怎么好像……"

陆温茗："怎么，好像长大了一点？"

紧接着，我们眼睁睁地看着桶里透明的小鱼，随着游动慢慢地长大，变长，长出美丽的鱼鳍和五颜六色的鱼尾……

"好神奇啊！"所有人都惊呆了。

"这是什么水？不对，这鱼是什么鱼？是人间的物种吗？"我问。而卓扬则不答，胸有成竹地把玻璃瓶收了起来。

"这个东西不常见，你们好好欣赏欣赏吧。"他说。

陆温茗："鱼在这水里变得这么漂亮，一菲，你说我要喝了这个神奇的水，得变成什么样啊？是不是心想事成啊？"

对于陆温茗的心想事成，我满脑子都是猥琐的东西。我说："这你得问夏夏，喝完什么效果。"

夏夏眨眨眼："我是喝了，然后去拜佛了，的确心想事成了。不过志明也喝了呀，他就倒霉了。"

我说："拜佛的人都走运了，没拜佛的人都倒霉了……怎么感觉像是定量不变，但彼此之间做了个加减法。”我说完，就看见卓扬冲着我笑了。怎么，难不成我说中了？

“阿叶你的意思……”开口的是陆温茗，他眼望向我，一副恍然的模样：“难道就像《阴阳师生存手册·基础篇》第十六讲里提到的，改命这一说？改命的双方被改了八字运程，甚至是，互补了运程？”

卓扬：“十之八九。”

听我们分析完，一旁的沈一菲也托起了下巴，提问说：“能改命的，那得是法力通天的人啊。神级人物？这井里的不会就是传说中的……圣水吧？这里面这个……佛祖，来头不小？”好半天，她才将那措辞给定了位。

我们都不由自主地想起了西游记里面，什么佛祖的坐骑，菩萨的宠物下凡成精的故事。

卓扬笑了：“石城毕竟被称作南佛国，像这样的地方，普通的山精妖魅，又怎能做得了怪？”

我：“怎么，看你胸有成竹的样子，有答案了？”

卓扬：“现在说了就没趣了。想知道答案？今晚，一起在那间最干净的精舍里过夜。”

这男人，仗着自己有点本领，怎么这么烦啊。

一听他这么说，站在最后的夏夏立刻就不干了，她将头摇成了拨浪鼓，大叫道：“上一次来的时候，就有人说那一间最邪乎，尤其是那张太师椅，我不要……不要睡那里！”

说实话，对于卓扬这个提议，我心中也是犯怵的，毕竟虽然身为阴阳师，但前提是我还是个女孩子！我也有怕鬼的权利！

但见沈一菲都没什么反应，我只得悻悻地吞回自己的恐惧。沈一菲不愧是我的好姐妹，马上来了一句神补刀：“你害怕，总不能一个人睡外边吧。”

不得不说，沈一菲这话说得的确到位。夏夏立马听话了，我连忙说：“师兄，还不快去收拾睡袋……嗯，别忘了夏夏那份！”

在将五个睡袋横七竖八地围绕着精舍正中的那张太师椅摆放好之后，我们在山上留宿的一夜，就正式开始了。而事后我对这晚的总结概括起来就是一句话，这实在是个让人难以忘记的晚上。

阴风习习的山顶上一个伸手不见五指的黑夜，一间放着诡异太师椅的精舍，一群心怀鬼胎的年轻人，此情此景，怎么想，都太适合写一部悬疑题材的小说。

然而，现实并不是小说，此刻，就在这间狭小的精舍里，由于我们的手机、GPS等一直接收不到信号，甚至连随身的手表都莫名停了下来，所以在无法辨清现在时间的情况下，我们几个只能估计着猜了猜时间。可惜，我们几人互猜了许久，意见仍无法达成统一。

最后，大家根据卓扬的提议，去了个最早时间，再去了个最晚时间，最后取剩下三个的平均数，这样一折合，便成了晚十点二十。

当得出最终时间后，我正好从睡袋里探出个头来，刻意没有挂营灯的精舍里，我看着头顶阴刻着不知名图案的吊梁，说："像这样估计时间，你们觉得能靠谱吗？"

卓扬："要么你来个更靠谱的？"

陆温茗："对于阿叶来说，靠谱这种事，不是向来都有聊胜无吗？"

我："……"

身旁夏夏："叶叶，你有没有感觉这个地方，总让人觉得浑身都凉飕飕的？"她这话说得我全身鸡皮疙瘩骤起，各种恐怖画面顿时在脑海里闪个不停。

身旁沈一菲："夏夏，这个叫作海拔每上升一千米，气温下降六摄氏度。我记得少池岭与石城的相对高差是一千六左右，那么就是，嗯，十摄氏度不到的样子。"

我对沈一菲这样的好伙伴简直感激不已："……嗯，我的意见参考楼上。"

话说完，立刻就见夏夏原本缩进去的头探出来了一点，她注意到我的目光，随即又将头转了过来，半晌，问："叶叶，你们当真的是记者吗？"

顿时整间精舍都陷入了沉默。

没人替我答话。我正为此刻大家的忘恩负义而心急，但话不能不答，是故思前想后，索性给了个模棱两可，我说："是，也不是。"

她听后皱起眉，当下便表现出了十二分的疑惑，我被她执着的眼神盯得脸上发热，直想着如何发后招，倒是时间在这无言中静静过去，忽地，一声怪异的声音在我们头顶后方响起，我与她对视一眼，猛地回头看去——

此刻，那张被我们圈在正中的太师椅居然如同自己生了脚般，竟战栗着开始移动起来。而那个声音，简直就似千万只脚错落着踩踏在空心的旧木板上，发出毫无规律的声响。

我面色一白，还没来得及做准备，就听身旁夏夏蓦的一声尖叫，直接给吓晕了过去。至于我身侧的沈一菲，虽也没表现得好到哪里去，却在和我一个匆匆对视后，怪异地比了比自己腰际。我一时没看明白，下一秒只觉鼻腔中有什么温热的液体不可遏制地涌动出来，我伸手一擦，竟然是出鼻血了……

与此同时，精舍里一个稚嫩又诡异的声音响起，仿佛回音般一波波直达耳膜，他说：

你，也有梦吗？

（5）镜里众生相

我看见眼前一片空。

在这如同空城的寂静里，渐渐地，四周开始起了薄薄的雾气。

我不知道自己怎么会进入了这里，我只知道，当这雾气慢慢将眼前的一切晕出一团模糊的影时，我看见一道漫漫延伸至云山深处的石级出现在了视线里，很快，又一名身穿绛红色曲裾的古装少女便被描摹了起来。

她跟我相距似乎并不远，不过由于背对着，所以此刻我只能瞧见她一个背影：撑着把鹅黄色的伞，伞下的身量虽不高，但却十足玲珑，她垂顺的发丝披在清瘦的背脊，只末端以一个白玉的环扣简单束起。

她就这样向前又走了几级，忽然间，她停住了。她像是发现了什么似的，将握着伞柄的手突然紧了一紧，然后迅速向我的方向掠了一眼。

我心中一惊，以为是她发现我了，情急下赶忙将脸避过，但让我没想到的是，就在这错过的瞬间，一种难以说清的感觉忽然涌上了我的心头，这种感觉强烈异常，到最后都化成一个声音：

这个身影，我一定在哪里见过！

怀着巨大的震惊，我才停了几步，就赶忙跟上，好在这一次她并没有再回过头，只是顾自地静静朝前走。

可惜，并没有过多久，我就发现我的身体甚至意识都开始管不住我的脚步，而这种情况，就好似我整个人都被梦魔住了，或者说被这道身影本能地吸引了，但这又……怎么可能？

难道说我是又回到了开始的梦境中吗？我假设着，努力摇了摇头想让自己清醒，然而，又一道身影的出现却让我整个心都蓦地悬了起来。此刻，他就这么毫无征兆地停在我的面前，哦不，准确说是停在了那个撑伞少女的面前，他发束高冠，身着玄袍，他妖配长剑，不苟言笑，他就这么出现在那里，却仿佛是另一个时空里的……卓扬？

但，这是在开什么国际玩笑！

我瞪大眼，下意识地就要后退，但我的脚却被死死黏住了，甚至，我的整个身体也像被不得进退地卡住了，卡在了一个断层的时空中，这让我不禁混乱，我看着眼前的人，更看着周围如同雾气的蒙蒙细雨，恍然间察觉它们其实并不能沾湿我的衣袖。

果然，这是个梦。可是，为什么会是这样的梦？

我想起了之前的那个声音，他说，你也有梦吗？难道说，这就是他话的意思？这是属于我的梦？

但这让我无法理解。

于是我只好再次将目光对向了面前的“卓扬”，但让我没想到的是，这刻的他竟然也和我一样露出了惊诧的表情，但并不是对我，而是对着他面前的少女。下一刻，让我费解的一幕发生了，“卓扬”居然一把拽住了少女的手腕，沉声开口：终于找到你了。

这样的目光这样的架势这样的台词说一句强抢民女想必也不为过了吧，只是，他这句就是你了？是，什么意思？

我皱眉，正想着要努力多听一点，然而，开始的雾气却像是能听到我的心声似的，故意向这里聚拢了过来，我暗骂了一句靠，一个眨眼间，视线就被浓得如同米汤般的雾气遮蔽了，更可恶的是，我的耳边也再听不到了任何声音。

焦急地等待上许久，当浓雾散去，我眼前的场景已然变幻作了一个古代的中型宅邸，又从它的屋檐并没有"飞檐"这一点判断，我认为这里应该是汉以前的建筑。不过，现在最吸引我注意力的并不在这点，而是……

此时，再次背向我的少女已经跟卓扬面对面坐在一起了！除此以外，在少女的身前，竟然还盘腾着一条金色的，足有一辆重型卡车那么长的长龙！

说起龙，自我从阴司鬼市一行回来后，曾很特意地去查过一段时间资料，说的是龙这一概念诞生于新石器时代早期，后经商周至战国时期发展，至秦汉基本成型。但在这段时期，一共产生了夔龙和应龙这两个概念，而夔龙虽然在很多古籍里被描述成蛇的样子，不过根据《说文解字》：夔，神魅也，如龙一足的描述，可以看出，它应该是像龙一样，不过只生有一只脚的神兽。

这样一对比，夔龙就和眼前的这条就对不上了，又根据开始对周围建筑的年代估计，想来也只能是烛阴口中的应龙了。

应龙，传说为龙中之贵，其中五百年为角龙，千年以上才能被称为应龙。不过，就我得到的资料来看，我发现应龙最值得人留意的地方并不在以上，而是几千年前它曾帮助过大禹治水。大禹，即后来的夏禹，如果说，轩辕夏禹剑曾经以他的名字命名，所以这两者必然关系紧密的话，那么，这个应龙是不是也跟轩辕夏禹剑有些关系呢？

一个由A→B、B→C，可推出A→C的命题，从数学上看成立，从逻辑上讲合理，但在这里，却隐隐像在昭示着什么不可言说的秘密。

我屏息，重新打量起这条应龙，此时，它正欢快地盘腾在少女的跟前，至于少女显然也对它并不畏惧，甚至说还很亲昵，不时地摸摸它的头，或者拍拍它的身子。

看到这，就连身为阴阳师的我都要开始佩服起这名少女的胆识了。另外值得注意的是，由于现在这周围并没有其他的人，所以我一时无法判断这名少女究竟是如何看见这条龙的，抑或者，这条龙实际上是真实存在的？

可惜时间并不容我思考，因为就在这一瞬的分神里，那浓雾又起，接着几个聚散间，场景就被换到了另一个的地方——一个只从院落一角，就能想象出这里到底有多奢华的宫殿。

现在，在这庭院深处，栽种的几株银桂树上已经缀满了花朵，如此，我猜测这时应该是在九月前后。但让我感到意外的是，这个场景中，卓扬并没有直接出现。至于这点，则是通过此时背对着我在偷听房内人谈话的红装少女的举动猜测的。

一开始，她只是侧耳听着，接着，她的动作加上了双肩微微颤抖。再过了一会，她颤抖的动作增添了一个小后退半步再上前。到最后，她索性用双手捂住脸，又谨慎后退了好几步，这才仓促地跑了开。

此情此景，最直接的推理是少女被严重地刺激到了，至于原因，一般的假设也无非是人或事这两种。再结合我之前看到的场景中只出现过“卓扬”这么一个男人，所以现在，我只能将怀疑对象暂定在了他的身上。

但，这名少女和他究竟有什么关系呢？我心一沉，竟莫名地开始不痛快，我想了又想，终于，我的思路停在了卓扬曾跟我提过的他曾收过一名聪明徒弟的事情上。难道说，这个看起来弱不禁风的女孩儿就是她徒弟？

不过话又说回来，从这少女在被人刺激的情况下，居然还能先稳住自己，再做第二步的决定看，我以为，这份定力确实不是一般女孩儿能有的。

就这么思索着，忽地，画面又是一次不由分说地切换，但这次的速度似乎比前面的还要快上不少，至于内容……

我深吸了口气，视线当下就僵在了这间漆黑房间的床上，此刻，我们的男主角“卓扬”他……他竟然被少女偷袭强吻了！不但被强吻，现在的姿势更是，女上男？哦不，当然不是，我想他只是震惊了，甚至完全没搞清楚目前的情况，因为少女垂下来的发丝已经尽数拂在了他的脸上，而等他回过神来，他居然不解风情地将少女错手推到了对面的墙上。

是的，对面的墙壁上！

这次连观众都震惊了！因为那名缓缓抬起头的少女，竟然是……她？那个我曾在文博馆密室中一瞬见过的影像，那个甚至让我怀疑是世界上另外一个自己的人！

一瞬间，我蒙了。

我不知道该怎么去形容此刻的感觉，或者这根本就像你自以为解气地甩了别人一个耳光，结果你发现，这个响亮的耳光竟然落回到了你自己的脸上。所以你的确不知道应该再说什么好，因为你，已经哑了，彻底地哑了。

然而，画面到此并没结束，长达二十秒的时间过后，仅穿着白色里衣的“卓扬”一步步走向少女，他看定她的眼，震惊的表情像好不容易才压下怒气，他说：

“云珂，你究竟知不知道自己在做什么！”

云珂？这个和我长得一模一样的姑娘名叫云珂？我瞪大眼，耳边顿时重叠起了山谷中那声犹如错觉的，我终于找到你了，云珂。

……这究竟是怎么回事？我摇着头，吃力地蹲下身来，此时此刻，我只觉整个脑袋都快要裂开，在我眼前，天地一时昏暗，影像也一齐倒转，如同断层的时空中，我几乎以为自己就要接近答案，但——

“破——”

灿然无双的银光伴随着一道霸气耀眼的金芒一并将梦境打碎，我抬头，看见浑身爆发出耀眼金光的陆温茗就这么站在了我的眼前。

第二次以这样的架势毫无征兆地闯入人的视线，甚至比鬼楼的那次爆发得更加强烈，究竟是因为什么？我看着他，耳畔蓦地传入一个低沉又耳熟的男音，他说：

转世的应龙，你终于苏醒了。

烛阴，这是烛阴的声音！可他口中的应龙是指谁？梦境中看到的金龙，全身缠绕着金色的光芒，和此刻我在陆温茗身上看见的金光太像了！之前在鬼界，我也看到过一次这种情景，难道烛阴那句话，是在说陆温茗？

只是应龙为天降之物，怎么会转世？就算应龙重生，也不可能以人类的形态……但可惜现在并没发现烛阴的身影得以去证实。同一刻，我也意识到自己终于不再受那梦魇控制了，于是胡乱擦了把脸上的鼻血就从睡袋里钻了出来。而我眼前，在那一片耀目金光的覆盖下，我看见卓扬一张俊脸如同褪尽了血色，他将手撑在剑柄上，一双深黑的眼看向我，却又像在看向另外一个我。

怎么会这样？我心中一酸，不由想到刚才的梦境。但我所不明白的是，如果梦境中的人真是卓扬，那他又怎么能够活那么久，甚至还一直保持这样年轻的？

……或者说，他根本就不是人？

心中论断落下的同时，一声惊愕又从身后传来，那是沈一菲的声音，她说："难道，你就是那个人？"

我一听，猛地回过头。

此刻，原本空空如也的太师椅上，不知什么时候出现了名看上去大概七八岁的小男孩，穿着件雪白衣衫，眉发也是雪白，虽然在黑夜的对比下，他显得分外突兀，但那张肉嘟嘟的精致小脸还是将原本诡异的气氛减去了大半。在发现我们看他后，他不屑地哼了一声，可正襟危坐在太师椅上的腿却还是不住晃动着。看到这我才明白了沈一菲的哑谜：

……原来沈一菲的意思是，这鬼怪是个那么小的小孩。

我默默在心里吐槽了一把，没留意那小正太在看了我一眼后，就将目光盯向了卓扬，他吸了吸鼻子，这刚准备出声，卓扬那边就问道："你怎么会在这里？"

听罢那小正太也愣了下，半晌，他将手指向了我，说："你，抱我过去！"

我："……"

敢情他这是在对我发号施令？我脸抽搐了下，又见着卓扬对我点头，这才走上前，将他抱了起来，乖乖，这小家伙看着挺瘦，没想到抱着居然这么沉……

我在心里默默叹了口气，没料额前的刘海顿时就被小正太肉肉的小手撩了开，他冲我嗯了声，一副小大人模样地说："她还是凑合的。"

她还是凑合的……我……

听到这，我强忍住了要把他扔到卓扬怀里的冲动，说：“小家伙，来给姐姐掐把行不？”

陆温茗：“你这么喜欢，要么也加把劲生一个？”

众人：“……”

小正太：“笨女人！你胆敢对天童不敬！还有你！”他话说着，手指向陆温茗。

我倒没注意这个，只是重复了声：“天童？”

“天童是天神之子，守护佛法的诸天常以童子现形于人界，以服侍人类，称为天童。”三界逸闻经专家沈一菲给出解释。

我：“……哦，原来你也是从事服务行业的，那我们算是同行嘛。”

天童：“小……”可惜他的话再次没说完，小嘴就被卓扬给捂住了，我诧异地看着他俩，倒是卓扬仍旧没有松手的意思，只是淡淡道：“他叫童梓。”

我：“童子？他爹不用这么省吧？”

我话说完，就见他俩眉毛同时挑起，我仔细这么一看，居然还觉得，有点像？我被自己的发现吓到，这时面前的卓扬已然道：“他是木辛梓。”

我：“哦，可你一直捂着他的嘴干吗？”

他听后嗯了声，将手松开，此刻，在被陆温茗身上的光照亮的精舍里，我看见他纹路清晰的掌心上，分明呈现出一个深深的牙印。我看后险些笑出来，但又不能真的笑，只好分外内伤地忍着，大概也是因为这个，面上表情就不那么好看了。

显然，对面的童梓也发现了这一点，他狠狠瞪了我一眼，跟着肉肉的小手也指过来：“你们竟然一起欺负我！破了我的法术，还占据我唯一可以栖身的精舍，大晚上聊天，让我没法安眠！”

卓扬：“小惩大诫。”略一顿，他推推眼镜又问：“看见这间精舍，我就知道是你在这里了。你在这里住便住了，为什么要作怪呢？”

我们来到口井边的时候，寺院外灰暗的天终于透出了一丝光缘。初秋的风中，我看看抱着童梓的卓扬，又看看身上金光终于退去的陆温茗，正打算将这帅呆萌三人组好好感慨一番，可惜趴在卓扬肩头的童梓已然先我一秒发了话。

但让我没想到的是，他的第一句居然是："君父说过，我是不能擅自离开那间精舍的。"

原来，身为天界成员的童梓因为性情顽劣，所以被贬下人界的少池岭"思过"。可他不甘愿成日陪伴青灯古佛，竟唆使手下的妖精去人间弄了个BBS，勾引人类上山游玩，在山上故意设下阵法，让途径的游客误打误撞进入这座兰若寺里。

我们不由得感叹起来，当年唐僧取经的时候，妖怪们捞肉吃还都是用守株待兔的原始土办法。现在的野生妖怪，都会用BBS了。幸好不吃人，吃人还了得？

在众人进入寺庙后，他很快发现，有了人气和生机的寺庙再不似往日那样无趣。所以，他接着又在井里注入了仙界水，凡是喝了井水的人，都会被他使用读心术，看穿内心世界。平日里无聊至极的天童，就是靠读取人类的心思取乐的。

但让他怎么都没想到的是，原来比起自己的天界，比起那些拥有着无限生命的人来说，这里的人似乎要活得更纷繁多彩，他们的喜怒哀乐、怨憎离合，都因生命的短暂无常，被刻意放大了无数倍。

所以，哭是真，笑是真，欲念是真，动容同样是真。而所有这一切，都无非是在传达一个相同的事实，就是生命的可贵，并不取决于它的长度，只取决在这之中，你究竟体会到了什么。

可惜这一点，已是身为天界中人的自己，生而注定的缺失。

沈一菲问我听完天童讲的故事后作何感想，我答道：感慨万千。感慨的最大理由就是——童梓可是我见过的第一个活的天界中人啊！

我吞了吞口水，刚想要趁其不备将他肉嘟嘟的小脸蛋掐上一把，没想一直心不在焉的陆温茗突然发话道："小家伙，既然你有心让人进来，那为什么我师妹他们就不行呢？"

他眼瞄了好几次卓扬，但可惜卓扬都只是沉着张俊脸不给他回应，终于，他咬牙切齿道：“就是不让你们进！”

我：“……”

虽然卓扬的本事我也见识许多次了，但他竟然和天界中人都这么熟，却是我始料未及的。回想到卓扬看见精舍后的反应、从井里打上仙界水时胸有成竹的样子，也许他早就知道兰若寺里住的是什么“妖怪”，加上我对卓扬“非人”的猜想……这让我想到了梦中的情境，如果梦里的男人真是卓扬的话……

“小家伙，跟你商量个事，你的这个仙水，能不能借我点？”陆温茗搓搓手，他一问出来，我立马就知道那是些什么猥琐的想法了。

童梓说：“喝了可以延年益寿。”

陆温茗：“不是说能读心吗？该不会是骗人的吧？”

童梓没好气地说：“仙界水带到人界，不用特殊的器皿装的话，就会变成普通水了！再说了，读心术不是靠这水，是靠这里头放的回梦镜，你一条笨龙懂什么！”

我听后眼一亮，立刻追问：“我师兄他难道真的是应龙转世？”

童梓：“我才不要跟笨女人解释笨龙的事！”

我：“……”

都说唯小人与女子难养也，现在看来，小孩子的确是很难搞定的啊！我暗叹了口气，完全忘记了自己是女子的事实。

卓扬说：“乖乖交出来，什么都不跟你师尊说。”说着就将童梓放在了井边，倒是童梓也似模似样地盘腿坐好，开始对着古井念念有词起来。

时间就这样过去了好一会，忽地，井底一道金色的光束冲天而起，接着越来越亮，就像一把从井底刺出的古剑似的，一时间将整座的兰若寺，都映进了这恢宏如幻境的光线里。

但可惜这个梦甚至没有维持到一分钟，我就发现这光芒的尽头，其实是来自童梓的手心，在那里，一枚镜面清凌的古镜收敛着最后的余晖。他仰头看向我，此刻，初升的日光将云层勾出一道模糊的金边，朦胧的日影下，我这才注意到原来他连睫毛都似羽毛般雪白，便不由有些怔，我说：“这就是回梦镜的力量？”

他点头，双手合十，重新将回梦镜嵌在了掌心。几秒后，这才一副胸有成竹地将掌心重新打开，我低头一看，霎时愣住——

鹅卵石的大小，金光流转的色泽……竟是第四颗女娲石？女娲石封印在回梦镜里……

随即就见卓扬一推眼镜，毫不客气地将东西收了走。本来，我也以为事情到这就算结束了，然而，他不过是再随意不过的朝童梓晃了晃手中的女娲石，继而用一种淡然又得寸进尺的语气说：“你拿了夏夏什么东西，还不快还给人家。”

童梓嘴硬：“我帮人家实现了愿望，收点贡品不应该吗？”

卓扬反驳他：“你擅自用法力更改别人的运数命数，犯法的哦。”说到这，童梓一直板着的小脸蓦地就涨红了，甚至那眼泪也在眼眶里打着转。可惜面对这一切，卓扬只当没看见。时间停了停，终于，再无法忍受的童梓只得信手向旁边一挥，我回身，看见那白光落下的石桌上，立刻出现了一桌的电子产品。

我叹气，很快从里面找出了那台看样子颇新的立得拍。我说：“是不是这个？”

他点头，看向我的目光忽而一狠，口气凶凶地憋出几个字：“不会用！”

众人：“……”

我觉得这实在是个证明我们人类存在优越性的好时候，我清了清嗓子，决定向他示范一次如何正确操作相机。调整好焦距后，我按下快门，很快，一张彩色的照片就从出片处滑了出来，但让我没想到的是，相片中原本属于他的位置，现在竟被一团白色的阴影取代了。

我并不信邪，索性一连试了三次，但诡异的，每次都是一样的效果。或许，正是因为当时我的注意力都在童梓上，所以才忽视了相片中的卓扬，其实是在微微反着光的。

失踪的志明是在兰若寺消失以后才出现的，对此童梓的说法是，当初为了阻止我们在山上过夜，索性弄出各种古怪，并且“变没”了志明打算吓唬我们。

然而他毕竟还是低估了卓扬的本事。至于我和夏夏的噩梦，都是因为回梦镜能量的缘故。我想请童梓为我解梦，他却说天机不可泄露。我心知那是敷衍的话，各人的梦而已，有什么天机啊？不过不久之后，童梓就连同他思过的那座寺庙一起消失了。

卓扬说，兰若寺的一切，其实都不过是童梓利用第四颗女娲石制造出的一个幻境而已。可在我心里“神隐”的去处是真真切切存在着的，因为即使那个场景只是个幻象，但曾经它带给过我的紧张、悸动、害怕甚至最后欣喜的这些感受都是真实的。

而在面对眼前老树根旁多出的那包东西后，我更确认了这点，古寺、梦境、童梓，还有立得拍留下的那张带有白色阴影的照片，都的的确确存在和发生过。

时间并没过多久，不知是谁大喊了声，手机有信号了！我们一行人稍作了番休整，便结伴下了山。

兰若寺的谜团总算是解开了，一切也仿佛恢复如初。但我心中的迷惑未曾减少，反而与日俱增。

或许对于另外的一些事，这不过是个开始……

第五滴血

（1）千灯古镇

从少池岭回来后，梦境中的那个问题就一直困扰着我，那个和我长得一模一样的女孩，她到底是谁？

或者我再换一种问法，可以让这整个的提问更具备现实意义：我，葛叶，究竟是谁？

我叹了口气。虽然我是一名阴阳师，从前也不是没见识过轮回转世这档子事，但毕竟根据《阴阳师生存手册·特别篇》中收录的，著作者为号称阴阳界灭绝师太的TK·兰所撰写的《论转世的成因与条件》这一重量级的学术论文可以得知，它实际的存在概率就相当于买福利彩票，且复杂程度远不是你花五块钱结果中了个篮球那样简单。

又况且能将这转世的双方稳妥还原达到一比一这种程度的，望着蓝天白云心想，这是该自夸一回我业务水平的熟练度吗？想到这觉得不靠谱，我摇摇头，不由将目光移到了梦境中见到的另位当事人卓扬身上。

此刻我们正坐在一辆开往昆市市郊——千灯古镇的大巴上，我身边的卓扬脸色却很不对劲。

算起来，自打少池岭上那座神秘的兰若寺消失后，他似乎就一直是这么个魂不守舍的状态。期间我曾尝试问过他几次他和童梓的关系，可惜他不是装没听见，就是索性不回答，到后来，我干脆选择了放弃。但他的表情也不是没有轻松过，至少在三个小时前，我们刚进机场，沈一菲接到那通电话的时候就不是。

电话是沈一菲的表哥打来的，说再过几天就是沈一菲的生日，所以她姥爷希望她能回去一趟。我知道，沈一菲小时候几乎是她姥爷带大的，和他感情很深。还没开口，在一旁偷听的陆温茗立刻就替她将话头接了：那回去，那必须得回去！

原本我们的计划是在处理完少池岭驴友的委托后就直接返回港岛，但由于这通电话，更由于我们回港岛的辗转地离昆市的距离很近，所以大家几乎没怎么讨论，就一致将行动路线，改成了先昆市，再港岛。

而在这其中最让人意外的，是卓扬居然连想都没想就直接点头答应了。

卓总裁平日里不是最重视业务和钱的吗？我小心碰了碰他的胳膊，见他没反应，我索性又加大了动作幅度，他皱眉，终于将目光移向我，调子淡淡的：“你是什么时候学会对男人动手动脚的？”

我：“……”

他推推眼镜，补充：“在少池岭上志明第一次出事的时候，你就这样。”

我如此聪慧，可不想被他轻易转移话题。我问：“卓扬，你其实，不是阴阳师吧？”

他听后一双眼看过来，却是许久不答话。我被他看得心中发怵，赶紧胡乱解释说：“因为我从没见过哪个阴阳师是用剑的。”

卓扬：“难道见过我用，还不足够更新你低配置大脑中的数据库吗？”

不可否认在他恢复一如既往的毒舌状态时我终于松了口气，也没了脾气：“我在童梓用回梦镜造出的梦境中，看见了你，你穿着……”

我的话还没说完，他就嗯了声，但让我更想不通的，他的表情甚至没有表现出一丝吃惊或意外，于是这更加重了我的狐疑，心道难不成真是我看错了？但是这不可能啊。我皱眉，凑近了将他的脸仔细又看了圈，这才说：

“你还对着个和我长得一样的姑娘，叫她，云珂。”

他转头，一双深黑的眼随即看定我，说：“云珂。”

我一怔，险些直跌进他怀里。

他笑了，抬手抚开我的额发，半晌从容说：“你怎么可能是她。”

这样的表情语气，带着三分宠溺，六分的笃定，以及一分微妙的怅然一齐在我耳边落下的瞬间，我只觉整个的心弦都像被人狠狠撩拨了下。更糟糕的是那余音渐起的瞬间，我再次闻见了那股熟悉又恼人的味道，那是他身上独有的，如同飘自渺远山中的青松木香。

我眼看着他，一时也不知究竟是哪根神经搭错了，我说：“小卓，你跟那个跟我长得一样的云珂在一起，我其实还挺不乐见其成的。”

他听后好看的眉毛挑起，并同时发现被我更改了的称呼，他凑近，但显然并不纠结后者，而是直奔主题地问：“哦，那是为什么？”

但可惜的是，他的提问也刚好是我的疑问，我看着玻璃车窗上映出自己的一张脸，心想，明明从哪个角度看去都是一样的，但为什么组合在一起，总让人感觉差了何止千里万里呢？

我皱眉，顺便将身子靠向后座椅，此刻，窗外的农田、树木、房屋一一后退着，忽然间的一个恍惚，我终于明白问题的症结所在了，我说：“那个云珂，该不会就是你提过的小徒弟吧。”

我说着，这边就要为自己合情合理的推测得意一把，没想镜片后他望过来的眼神却是陡然一寒，甚至连带着所有情绪都不经过渡的，直接就是将一张俊脸冷冷避了过，他说：“从今以后，不许再在我面前提小徒弟这几个字。”

我听着，蓦地就怔住了。

是的，这毕竟是他第一次以如此陌生且疏远的口气对我说话，所以一时间，我的确不知道该如何去应付，我没有再将话接下去。因为此时此刻，我在尴尬之余，更觉得，这一瞬间的卓扬，实际上已经背离了我对他的所有认知。

那是我所不熟悉、不了解，甚至完完全全未曾经历过的另外一个人，另外的一个卓扬。那个卓扬，与和我有着一张脸的云珂，共同拥有着一段不可说的记忆。

这段不可说的记忆，想必，就是所有问题里那个最核心的禁忌。至于我刚才的话语，我想，十之八九就是因为触碰了这道禁忌。

只是，在这其中最让我想不明白的是，为什么我会和那个云珂长得一模一样呢？还是说，我和云珂的关系，真的就是转世？

可是，像我这样的人，为什么会有转世呢？

我叹了口气，感觉已经快被自己绕晕了，倒是前排座位上的陆温茗突然拍了拍我的肩膀，并用下巴轻蔑地挑了挑窗外，说："喏，就牌坊下面站着的那个，穿花衬衫的男的，你仔细看看，是我帅还是他帅？"

我："……"

沈一菲："小叶你别听他的，那是我二表哥，咦，小叶你还愣着做什么，车就快停了，呃……卓总看起来脸色似乎不太好呀。"

卓扬："葛叶，东西给我。"

我："啊？"

卓扬："等等我帮你拿行李，我没有脸色不好。"

众人："……"

当短途大巴停下来后，我们历经二十多个小时的跋涉，终于要暂时告一段落了。说起来，昆市虽然和台州离得并不远，但我一直都没有机会来看一看，至于这次也是托了沈一菲的福。不过话又说回来，我怎么发现似乎沈一菲自打来了这里，脸色也跟着不好看起来了呢？

敢情，脸色这种东西还能传染？我想起沈一菲在上少池岭的时候就走路不稳的样子，不免担心，那会不会是一种病态？一菲身体不舒服，却因为怕别人担心，没有跟我们说？

当抬眼望见古镇最具标志性的建筑时，沈一菲又展露出笑颜来，让我不由得打消了疑虑。建筑下那名身穿花衬衫的男人，现在，他正心无旁骛的在玩着手机游戏。此情此景，不由让我联想到了畅销书《×笔记》中小花的角色，不过我记得小花经常玩的是俄罗斯方块，至于眼前这位……

“你这个角度不对，西瓜要这样切才是最狠最快的……”陆温茗凑上前，忙用一只没握行李的手在触摸屏上比画开，我匪夷所思地看着眼前两人，倒是那位切西瓜的同人终于在陆温茗的指导下成功阵亡以后，缓缓抬起了头。

“小叶，这就是我二表哥葛西。”沈一菲介绍道。

我：“……”

身后卓扬：“哦？居然也姓葛？”

葛西：“什么叫也？”

陆温茗：“这是葛叶。”

我痛苦地望向葛西，说：“他们大概是想透露我们一个不幸的事实，这天下间的有情人其实都是失散多年的亲兄妹。”

葛西听后一把拉过我的手，殷切地说：“嗯，所以我们还是不要乱伦的好。”

我听后打了个哆嗦，继续问了个事后想来都让我觉得无比后悔的问题，我说：“二表哥叫葛西，那么敢问大表哥难道是叫葛……？”

我话还没说完，对面葛西已然抢答道：“那疯子叫葛莫言。”

在我们一行四人在和葛西成功会师后，很快，就正式进入了这座有着比诗词更迷离更浪漫名称的小镇——千灯古镇。

不过，对于像我这样以游客身份观光的外地人来说，对它更大的关注则在于这里如同九曲回廊般迂回的河道，以及想象着当夜幕降临，河道两岸的古色建筑前高挑起一盏盏的灯火，一派的桨声灯影里，如梭的乌篷船仿似划开了整一星河的流火，让这个镇，也如同一座城，一座因水而动，因灯而活的城。

然而，就在我沉浸在这个想法里不可自拔时，葛西突然走过来拍拍我的肩，说：“亲妹子，还有亲妹子的朋友，你们第一次来，不如就由我来跟你讲讲千灯古镇的历史吧。”

我表示对他这句亲妹子还不怎么适应，倒是对历史这俩关键词有了想法，他见我双眼一亮，受用得立刻连嗓音也放大了："千灯以前称千墩，嗯，就是桥墩那个墩。据清朝一个有学问的人写的一本书说……"

沈一菲："是陈元模的《淞南志》。"

葛西："对对，就是那本，他说，在昆山的东边三十多里的地方……"

沈一菲："那是昆山城东南三十六里，三甲川乡有水曰千墩浦，盖淞江自吴门东下至此，江之南北凡有墩及千，改名千墩。"

葛西："对对，然后在被改名之后呢，又过好多年，大家发现土墩上长满了一种红色的草。"

沈一菲叹了口气，终于忍无可忍地打断他："是人们发现这种草的根部可以做红色染料，也可以做药材，而这种草称'茜草'。"所以，在那时把'千墩'又易名为'茜墩'。之后经历半个世纪，茜墩又被改成了千灯。因为这个灯象征光明，也象征辉煌和富裕。"

听着沈一菲说完，葛西也跟着叹了口气，却是说："表妹，虽然你把我的台词都抢完了，但作为男人，我还是不会跟你计较。"

他话音落，这次倒轮得陆温茗双眼一亮了，他凑近了，赶忙问："兄弟这话怎么说？"

葛西抬眼看他："你有没有想过一个问题，为什么宪法规定男人22岁才能结婚，但18岁就能当兵呢？"

陆温茗皱眉，问："说明了什么？"

很难得的，这次居然连卓扬也加入了话题，虽然他其实并没有说话，但他推推眼镜，继而向葛西投去目光，实在无异于为这早已失衡的天平再加上了个重量级的砝码。此时，对上卓扬双眼的葛西风骚一挑眉，得意道："这说明了三个问题：第一，杀人比做丈夫容易；第二，过日子比打仗难；第三，女人比敌人更难对付。"

陆温茗听后连连叹一叹，索性连原本拿着的行李都丢开一边了，说："我现在终于得承认，原来那些老古董里的话，也是有对的了！"

我有点疑惑，赶忙追问："是哪句？"

他回："就是英雄所见略同啊！"

大概由于我这一白眼的动作幅度实在太大，以至余光不慎越过身旁的沈一菲，撞见此时嘴角忽而微翘的卓扬，也就是在这陡然恍惚的一瞬，我看见他的笑意晕染在古镇迟迟来至的暮色里，仿佛一抹最别开生面的亮。

这样的光景，我以为，如果能再配上一首词调清淡的《青花瓷》就再好不过了，可惜，我这个设想还没ED，就被葛西挎包中传来的手机铃声轻易给打破了。我一怔，幸好，放的不是近期火得一塌糊涂的神曲《铜雀传奇》。

我松了口气。

再后来的一路，也许是多加了这位风骚而能言的葛西，所以并没有感觉时间过了太久，我们就来到了沈一菲的姥爷家，一幢有着典型明清建筑风格的老宅。

迎门便见左右石狮，一色乌木立柱，重檐顶下横挂着方墨色大匾，以深翠丹青龙飞凤舞书着"葛宅"二字。我抬头一望，险些要以为是进了自个儿家，好在这片刻的局促并没有人发现，因为此时此刻，大家的目光都集中在了朱首铜门前站着的那位身着素色长衫的老者身上。

我有点诧异，以为是沈一菲的姥爷特意出来接我们了，谁想老者在我们刚踏上石阶时，突然上前一步，恭敬说："少爷，您接到表小姐了。"

一刹那间，我突然产生了种大家其实在拍电视剧的感觉，当然，这还要排除我身旁的卓扬和陆温茗两位，因为我现在严重怀疑，像他们这种走到哪里，哪里就能演一出戏的人，是不是早事先串通好来看我笑话的。

可现实的情况是，大家的觉悟明显要比我高得多，尤其是向来处变不惊的卓扬，几乎不用换装就能直接登场了。此刻，他动作优雅地伸出一只手同老者握了握，并在短短几秒间，已经有条不紊地完成了寒暄、介绍与自我介绍，而当我终于将这步骤一一消化完毕，他的那句您太客气，是我们多有叨扰已经流畅说完了。

在踏入那尺高的红漆门槛后，甫一抬眼，我就被这古宅里那如同跳脱自泛黄旧书页的画面感给迷住了。此时，天色虽已暗了下来，但重檐下的阴影并没有尽数覆上这里的回廊，晚风徐徐，吹荡着琉璃照壁后的池塘也似泛出幽荷的清香。

但我并未发现沈一菲那位传说中和她感情极深的姥爷葛一行。而沈一菲也在接到一个神秘电话之后，走进庭院深处不见了。

碍于我们这毕竟是第一次登门造访，所以只好耐心地等。谁想她这是一去不回，到最后连葛西都不耐烦了，索性一把拽过了沈一菲放在假山旁的拉杆箱，带我们又绕过一扇垂花门，来到了一排古色的厢房门前。

他推开一扇半面镂空的雕花门，对我说："亲妹子，这间是一菲从前的房间，今晚你就住这间吧。"

听他这么说，我便倾身向内探了探，或许是因为现在天色几乎已经全暗下来而里面又没开灯的缘故，所以我这样乍一看，只看见了门后一扇高大的落地屏风和旁边摆着的些暗木质家具的模糊影子。

我看后又将身子缩回来，说："小西哥，一菲的房间看起来很……"停了好一会儿，我才将后面的措辞想好，倒是这边正要开口了，葛西突然接话道："你是觉得很不一样？其实，她小时候也不这样的。"像回想到了什么般，他惋惜似的将头摇了摇，接着走进门，替我把大床边梳妆台上放着的一盏灯罩如同盛开喇叭花的台灯按开。大概也是因为太久没用，暖黄的灯光闪了闪，这才幽幽投亮了房间的一小片角落。这时，我看清原来正对着床的，还有整一壁柜的书，我走近看了看，发现里面甚至还有些现在市面上很难找到的线装书。

我诧异了，因为我虽然知道沈一菲热爱研究历史和古文化，但绝没想到她竟然热衷到这个程度，我想了想，明知故问说："这些书都是她的吗？"

葛西听后朝我无奈一耸肩，又从口袋里拿出了他的触屏手机，翻开一条不久前发来的短信息，神秘兮兮地说："据说今晚镇上会有'破台'，弄不好可以看见真正的鬼。你们要不要去探探险？"

关于"破台"，我从前听沈一菲大概讲过，据说这个戏台子是个最招邪的地方。过去梨园行有这么一个规矩：但凡新戏园落成或是旧戏园易主，在开锣演剧前，都要举行这么一个"破台"仪式，且时间多半要在夜晚十点举行，为的就是避免外人观看的时候撞见邪，只可惜这么个老习俗早就绝迹了。

记得当时我听后还为不能亲眼看见很是唏嘘了一把，没想到今天竟也有机会一还当年旧愿。

我说："有得看，干吗不去？"

他听我这么说，随即就将一条胳膊圈过来搭在了我肩上，嘚瑟又风骚地说："亲妹子，你果然就是我亲妹子。"

陆温茗、卓扬："……"

（2）半截面具

在我们将各自的行李收拾好之后，沈一菲终于露面了。这次却是心事重重的样子，可惜她只字未提，只是沉默着跟我一起出了房间。

此时，葛西、卓扬、陆温茗已经在青砖铺就的庭院里等了好一阵了。

我们的心思都在"破台"上，并没有太注意沈一菲的异样。更何况她本来就是安静的性格……

黝黑的夜里，我抬头望见飞檐下每隔几米就有一盏灯笼被人点亮了，它连接着一段段的明暗，曳动着，仿佛一线串起的流光。

可惜这样的景致我们并没有太多的时间欣赏，因为葛西早在几个小时以前就已经在古镇首屈一指的酒楼的凤凰楼，替我们订下了一桌接风筵。出了葛家老宅后，我们直沿着古街一字排开的路灯行走，期间又经过了几座石桥，终于在河道的尽头望见了那座几乎与夜色融成一体的古式酒楼，月光下，我俯身望见它的影子倒映在阴阴的河水里，也像是刻意为楼前的那晕暖黄而沉淀下的背景。

粼粼的河面上，并不难发现此时除了倒影，还有几盏莲形的红色河灯随水而下，我有点好奇，于是将视线逆着河灯望了过去：

暗淡的夜色里，我发现原来尽头的河道边，还坐着个身穿高领旗袍盘着乌黑长发的女人，她的这个形象，不由让我想起了许久不见的柳姨，倒是她也察觉到了我的目光，所以在随手放完竹篮里最后的一盏河灯后，就直起身，将视线投了过来。

“小叶，那个女人是个疯子，你别去看她！”忽然间，沈一菲打断了我的思考，就像是生怕我在看完后又会走过去似的，情急中又拉住了我的胳膊。我皱眉，正要说这女人不是看着还挺正常的，怎么就成他们口中的疯子了？那边葛西已然参与进话题：

“亲妹子，别怪哥哥我没提醒你，这女人怪得很，从她嘴里说出的话，没一句是好的，咱小镇里的人，个个看她都像是看瘟神，碰着面也绕道走。”

然而，他大概还不清楚的是，人对于好奇，最通常的办法其实是接受它。我想了想，随口问道：“那她来这儿有多久了？”

葛西摇摇头，说：“总有什么十几二十年吧，反正不小于我的年龄就对了。”

我听后哦了声，但视线还是没离开阴影下慢慢走向我们的女人，我说：“我怎么觉得她看人的眼神有点怪？”

也许是我这句眼神有点怪引起了陆温茗的共鸣，他撇撇嘴，大步走到我跟前，说：“阿叶，我对这女人的感觉不太好，总觉得……哎，算了。”

我：“……”

要说我平生最痛恨的三件事里其中有一件就是人说话说一半留一半，我白了他一眼，正准备对他这个问题进行批评指正，没料那女人不知何时已经走到桥底，仰头与我对望了过来。

目光在桥灯下相撞的一瞬，一种古怪的感觉陡然涌上我的心头。

这种感觉要怎么形容呢？举一个不算恰当的例子，就好比你在头一次遇见一个人时，注意的不是她的脸，而是她浑身散发的一种如同谜一样的气质。

可这本身，就已经是一个悖论。

因为气质这种看不见摸不着的东西，从很大程度来说，其实来自于人们对客观事物的主观评价。所以才会有人说，人们所谓的一见钟情，往往钟的不是情，而是脸。

想这段表述若重放回这里，我便只能解释成，在看见她的第一眼，我的确是恍惚了，且这种恍惚远不同于我第一次看见卓扬时的那种肾上腺激素蹿升，而是一种有违客观事实存在的，就仿佛冥冥中，被谁一语道中了天机。

我摇摇头，拼命想甩掉脑中这个突然出现的可笑比喻，然而，看向我的女人却开口了，她的声音并不比她的人好形容，但却有种奇异且明确的指向感，让人不由联想到了远古时期那些对着浩瀚星空口吐诡异的神秘祭司。

她说："被神蒙蔽双眼的人，你身负誓约而来。"

……等等，她在说什么？

我眨眨眼，一脸茫然地向身旁人看了看，倒是下一秒陆温茗忽然开了个不合时宜的冷笑话，他说："你别看我，你就是再看我，我也不可能把她喝掉啊！"

我："……"

并无心理会他这句突兀插入的冷笑话，我转头又看看一直沉默不语的卓扬，而他显然也留意到我的目光，他走来我身边，一副再自然不过的将胳膊圈在了我肩上，淡淡说：

"有我在，你有什么可担心的。"

和兰若寺那次几乎一模一样的台词，所以也算不得意外，我一颗心忽地也安定了下来。我将目光转而望向桥底的女人，但并没说话，事实上，我的确也不知道该说什么，之后的时间又过去了半分钟，或许，没有到半分钟，那女人背过身，重新坐回到了刚才的位置上。我被她这个举动弄得很困惑，于是轻推了推卓扬，倒是他圈着我肩头的手骤然一紧。

在古河道下巧遇神秘女人的这段前奏过去后没多久，我们没再耽搁，就是直接上了葛西在凤凰楼给我们预订的包厢。后面的吃饭过程不多赘述，总之，当我们几个被凤凰楼的菜肴弄得胃口大开，并风卷残云地吃完那一桌后，时间已经差不多21点了。

当时我心满意足地拿过餐巾纸擦擦嘴，说："小西哥，你说要带我们去看'破台'，那台在哪里？"

听我这么说，事先并不了解情况的沈一菲脸色突然就变了，她蓦地站起身来，问："你们要去看'破台'？"

陆温茗挑眉："这又有什么问题？"

也许是他这句又有什么问题，让她反应过来我们几个另一重的阴阳师身份，她顿了顿，神色这才缓了些，低道："看这种事，不太好。"

"好不好只有看了才知道，好一菲，我们几个的能耐，你又不是没见识过。"这么说着，陆温茗笑嘻嘻地将她一只手握住，"在少池岭的时候你还记得不，那小屁孩儿还说哥是应龙转世，哎，应龙有多牛逼你知道不？阿叶，还不赶紧来给一菲解释下。"

我："……喳。"

众人："……"

在好容易才将沈一菲成功拐骗和我们一起去看'破台'后，让我们没想到的是，原来葛西口中的那句看，实际的意思竟然是……偷看。

我说："小西哥，你知不知道，我葛叶长这么大，都还没干过这么没节操的事。"

我话才说完，旁边的陆温茗立刻接话道："没干过那是你不记得，我第一次抱你的时候，你不肯，就直接尿我裤子上了。"

之后的一路，在我们总算将顺时针还是逆时针这个话题跟陆温茗探讨清楚后，如我们先前计划的一样，权作是满足好奇心来到了古镇最偏僻的所在，一处名为古戏台的地方。

说是古戏台，在我看来，其实也就是个废弃了的旧戏园子，但这远不似我们在这一路看到的千灯流连的景象，因为这里非常地暗，暗得就犹如背离了光明，成了这个号称千灯的小镇另一个不为人知的阴暗面。

惶惶的月影下，我远远望见它掩在一片丛生杂草里，在它剥落了红漆的门上，还有一把挂着的旧式铜锁，正隐隐颤动着。

是有人进去了吗？我猜测着，很快，就随着葛西他们一起，猫着身子从那扇门里溜了进去。

在熄灭了所有灯光的戏园内，现在亦是同样的暗，但隐隐地，还是能听见后台传来的细微声音，并不像是人在说话，倒像是戏子们在有条不紊准备着登台的声音。这里如同寻常戏台的格局一样，或者还要更小一点，而除了换装的后台和表演的戏台外，就是最前的露天看台了。

此时，空荡的看台上空无一人，唯有一排排摆放整齐的仿古桌椅，仿佛是这里唯一的听众。我们屏着呼吸，小心翼翼地绕到最后一排蹲下，这才缓了口气，重新将视线放在了戏台上。

也就是在这时，我发现对面戏台梁柱间的雀替（一种古建筑构件，用以增加梁的承重）虽然剥落了漆，但原本色泽还是异常浓艳时，不知怎的，我那令人发指的想象力登时就转到了恐怖电影里被浓妆艳抹了的女尸脸上。

一想到这，我只觉背后一阵冷气嗖地就冒了出来。

我吞了吞口水，故意往卓扬身边靠了靠，一片的漆黑里，他并没说话，而是将手递过来，我眨眨眼，以为他会有下一步动作，怎想他竟就这么昭然地停在半空，像是故意邀请。

我哼了声，心说这男人怎么就能这么坏呢？但奈何，再主观的想法也抵不过客观的现实，于是一咬牙，索性将手拍了上去，倒是那掌心贴合的瞬间，他一声很轻的呵，跟着手指就被扣紧了。

他的态度让我很是牙痒，然而，一阵“咚咚咚”的堂鼓声始料未及地从幽暗里传了过来，那个声音低沉而幽缓，就仿似贴紧着人的心口在鼓动着。我呼吸一滞，很快也发现那戏台上，一团白色的影子已经从后台跳了上来，接着，又是一团。它们移动着，仿佛亡夜出游的新鬼，让这个戏台也如同修罗地狱一般，变得森然起来。

是“破台”就要开始了吗？

一瞬间，我的心也像提到了嗓子眼。同时，那个极富节奏的鼓声也开始在这戏园的每个角落里响起了回音，忽然，那堂鼓擂得更急了，就像是还夹杂着战栗般，又一条矮小的影子猛地从后台蹿了出来，它僵硬着四肢，毫无章法地开始向周围蹦跳着。

刹那间，我只觉心弦猛地一紧，因为这个身影……

我的目光不敢离开，而就在它快要跳到戏台边缘的时候，它的正后方蓦地又出现了一道高大的白影，那白影举着香火和软鞭，一步步地迫近它。也正是因这火光，让我看清这矮小的影子穿着一身洁白，不同于沈一菲曾对我说过的，勾白面描红唇的装扮，而是戴着……半截面具？

那是宋娅楠曾经在化装舞会上佩戴过的面具！

怎么会这样？想到这，我猛地回头看向沈一菲，倒是她的目光也和我一样充满了不解，然而，她的不解却是因为所谓的“破台”，实际上就是捉鬼，以假鬼引来真鬼，至于那根鞭子的作用，也正为了驱鬼。再反观现在的戏台，很明显，那矮小的身影就是假扮的“鬼”，但，一般说来，这个假扮鬼的模样，都是勾白面描红唇，再挂一条长长的舌头，可现在……

宋娅楠，为什么那个影子……是宋娅楠！

我握紧手心，几乎就要冲上戏台，但手随即就被卓扬捉住了，他冲我比了个噤声的姿势，示意我先继续看下去。可我又怎么能真的忍下去？我的心咚咚狂跳，但并未因此失去了理智。我偷偷从外套里拿出手机，将摄像头对准了戏台……

“我们得去后台看一看。”

忘记这话究竟是谁提议的，我只记得在我的手机将那段视频拍摄下来还不到三分钟的时间里，对面的戏台上就漫起了一阵白色的雾气，接下来的不过短短十几秒，我们所在的地方就被它给完全笼罩了。

一片浓重的白雾里，我听见沈一菲似乎在离我不远的地方说了声：“我们是真的见鬼了吗？”

接着就是陆温茗像被点着了似的嚷了起来：“我擦嘞，都是葛西那家伙谎报军情，要说这一帮子人在台上跳来跳去有啥好看的！”

“我靠，我怎么知道！”显然葛西也不是什么省油的灯，在听见他数落自己后，立刻就展开反击，“都是大鹏那个不靠谱的发来的消息，鬼知道是谁背后告诉他的！”

这么说，我和卓扬、沈一菲看见了女鬼，但陆温茗和葛西竟然都没有看见！

“好了好了，你们快别吵了！”我心烦意乱。

来以我那稍显另类的视力怎样也不至于这么狼狈，但这雾太浓，连我也什么都看不见。我索性放开了照着感觉走，哪知才迈开几步，手腕就被人给拉住了。

“是我。”卓扬的声音响起在耳边，我一愣，反倒不好意思抽出手了。从以往面对结界的经验来看，只要当卓扬的烟变成了剑问题基本就能迎刃而解，那么今天……

不对，似乎从少池岭回来后，就再没见到他抽过烟，难道说……是他戒了？

我一怔，下意识地仰头看了看，头顶正一片月光从云缝中透出，它覆在眼前的门环上，将那把老式的铜锁映得如同崭新。

……居然走出来了。

让我怎么都没想到的是，现在，就在这荒芜的夜色里，石桥边站着个令人恍惚的人影——就仿佛穿着一袭紫藤花旗袍的女人，其实是自夜影深处凭空生出的花魅。

葛西忽然惊讶道：“柳大大，真的是你！”

说实话，我的确没想过像葛西这样人，竟然也会是“塔罗教主”柳姨狂热的粉丝。

“你们怎么在这儿呢？”柳姨问我。我只好如实回答，是来看“破台”玩的。

柳姨说：“你们这是撞见邪了。要知道是你们，我就不出手了……”她说着瞟了一眼卓扬，而卓扬心不在焉似的，竟然眼神游离在外。

我纳闷：“柳姨，您怎么也在这儿？”柳姨也回答说是来探亲，探望故人的。对于她的事我既不感兴趣，也不便多问，于是话题就没再进行下去。

在葛西发现面前人就是柳姨，且柳姨又是我的阿姨后，居然顺水推舟地就将人请到了葛家老宅里。我虽然诧异，但基本还是认为这个意料之外，情理之中的结局并不为奇，可是，谁又能想到最让人感到颠覆的逻辑其实并非在这里，而在于陆温茗他们一开始就商量好今晚要打麻将，结果三缺一……

我果断感到自己的存在是多余的。因为对于麻将这项广大人民群众喜闻乐见的“国粹”，我那不纯熟的运用能力……

卓扬一步一循循地将修长的身影覆过凉月如水的天阶与我重叠，说，不会吗？我可以教你。

不得不承认，或许就在他开口的那一刻，我听见心间轰的一声巨响，我知道，那是我长久设下的防线终于被打破了。

是了，面对像这样的男人，我还有什么计谋可施？我早已无计可施。

所以我认输，并决定接受诱惑。

回到宅院里大家一热闹，我很快就把撞见宋娅楠鬼魂的事情抛诸脑后。毕竟这种撞邪的事情，大部分都是根据见鬼者内心所想生成的幻象，只是可悲的是，我因为法力低下，又一次不争气地着道儿了。

我再华丽不过地连输了六盘，就听对面的葛西风骚一挑眉，利落将手里的牌“碰”了。

陆温茗：“阿西别闹，乖乖，自摸，和了！”春风得意的一摊牌，他看向我，幽幽地道：“师妹，你知道吗，我觉得你这种情况和我以前听过的一个段子特别像……”

要说跟这种人打牌，我还真是连杀人的心都有啊！然而，就在卓扬终于代替我上场，并将一手牌行云流水地垒好后，正坐着庄家的柳姨突然不按套路出牌地打出了一张“东风”，说：“考考你们怎么样？一桌麻将打来打去，结束时四个人都没赢钱，是因为什么？”

大家听后面面相觑，沉默间忽听陆温茗啧了一声，说：“虽然我不知道这个，但我知道为什么四个人打麻将，最后四个人都赢了。”

众人：“为什么？”

陆温茗：“因为四个人都不在同一张桌上呗。”

众人：“……”

（3）古宅狐影

柳姨点了点我的脑门：“阿叶，这个问题是考你的，他们都糊涂，你好好想想。”

陆温茗的调侃，肯定不是柳姨想要的答案。而且柳姨是点名要我来回答的，我只有苦思冥想。

“大家各有输赢？”我给出了一个中规中矩的解答。

柳姨忽地一推手上的牌，说：“时间不早了，都散了吧。”

我：“……这就散了？小……卓总他还没开始打呢。”

柳姨：“怎么，你们这都还没怎么样，就顾上了？”又一顿，补充，“不过话又说回来，上次在蓝调我见到的那个好像是叫……温尘？”再停，最后总结：“呵，没想到小叶你还真是……”

敢情，她的潜台词是想说我得陇望蜀？我脸一僵，偷偷瞄向正将自己牌垒好的卓扬，高吊着一盏连枝灯的偏厅里，葛家老宅的长窗正四面紧闭，我心沉了沉，竟一瞬也觉得这样的场景似极了卓扬此刻的表情。他抬腕摸起牌墙上的最后一张牌，同时表情松起，将面前好容易垒好的“长城”哗的一声推倒，淡淡说：

“妙手回春，地和。”

假的吧！第一把上就赢得这么快，大家一齐惊叫。

难道柳姨刚才提到的其实是出老千？我有点摸不透她的想法，倒是她随即起身，一手挽住我，说：“小叶，你今晚跟我住，没有意见吧？”

我依旧没理解她的想法，于是只好看着她，并等她将苏烟从化妆镜大小的烟盒里夹出点上，然后一副再熟悉不过的指向对面的那排厢房，说：“就住一菲旁边的那间，你觉得怎么样？”

我啊了声，正要与沈一菲交换眼色，这时却听葛西一把拉开座椅，一副了然地说：“柳大就是柳大，连那房间一直没人住都猜得出来。”

我皱眉，心说既然作为主人的葛西已将话接下，那我除了恭敬不如从命还有什么更好的办法？我点点头，余光不自觉地又瞄向了卓扬，此刻，他正懒懒靠在座椅上，目光却仍停留在牌面上。我有点疑惑，是以顺着他的视线将八仙桌上他方才随手“地和”的牌面瞧了瞧，可惜，除了看出和的是妙手回春（指自摸牌墙上最后一张牌和牌）外，就再没发现别的了。

停了停，我索性说：“柳姨，既然我们都答不出，那你不如直接告诉我们答案吧？”

她听后一笑，却是摇摇头，拿起了放在座椅边的刺绣手拿包，说：“葛叶，再不走，时间就要迟了。”

我并不理解，但碍于现在的时间的确很晚了，只得起身随她一起出了垂花门。夜色四合的庭院里，檐下的灯盏也像随时能被风吹熄，放眼望去，成片的酽色都被遮蔽在高大的假山和深深的草木后，经过那缺口般的天井时，我看着遗漏的星光黯淡在铺着鹅卵石的小径上，忽然想，若从那一角俯瞰下来，会不会也像是看到了这神秘古镇的一方缩影？

就犹如交织在洪荒图腾里的黑暗，以及光明。

并不等我过多地感叹，很快，我就跟着柳姨来到了那排厢房前，我扫眼身后发现陆温茗和卓扬都没跟来，只有葛西一人拿着圈钥匙，一路上晃着叮当作响，他说：“柳大，这间屋子好久没人住了，你们确定今晚要睡这里？”

我没说话，只是看着一旁点着头的柳姨和沈一菲，说起来，今晚的沈一菲似乎格外地安静，这种感觉我有点形容不上，却隐隐觉得不像是在往好的方向发展。时间并没有再停顿，很快，就听一声吱呀的推门声响在夜里，像是一阵忽而刮过的沙哑的风。

推开的雕花门内，是和沈一菲房间差不多的布局，除了里头数量略少的家具。

弥漫着淡淡樟木香的房间里，当我看见光线一瞬地在头顶亮起，不知怎的突然就松了口气。我掀开木床上垂挂着的云帐的一角，一时只觉一股莫名的熟悉感忽然涌上心头，仔细想来，这种感觉似乎自打我踏上这座小镇起就已经产生了。

我闭上眼，随即额心就被一根微凉的手指点住了，那人问："你有困惑了，是不是？"

这实在并不难发现，我点头，却是说："柳姨刚才的那个提问，还没有回答。"

她一愣，很快将手移开，说："除非……"

除非？我就等着后面这句呢，我眼一亮，倒是她慢悠悠地从化妆镜大小的盒子里又拿出一根苏烟点上，然后冲我耳边吐了烟圈，说："多了一个。"

多了一个？什么意思？我猛然一想，今天确实是我们五人打一桌麻将，大家轮流上。的确很应景。

"一桌麻将打来打去，四个人谁都没赢钱。"原来是钱都被第五个人赢走的意思，即第五人才是赢家。

然而我这边还没脑补完，那边柳姨突然拿过梳妆台上的刺绣手拿包，用低婉的声音说："我要走了，好梦。"

我一愣，脱口道："你不住这？"

她回身冲我笑笑，婀娜的身影似乎隐在了光照不见的黑暗里，她说："若是有事，可以来延祈寺找我。"

延祈寺？好陌生的名字，我顿时疑惑，可惜并不等我消化完毕，她的身影就已经消失在了我的视野里。居然真这么快就走了？柳姨今晚来得也突然，去得也莫名其妙。难道就是为了和我打哑谜？

柳姨点名要我解答的"四人麻将问题"，并不像一个脑筋急转弯，更像一个隐晦的暗示。

"除非，多出一个。"

到底是什么东西多出一个？是指人吗？我穷尽精力搜索着柳姨曾经、刚刚留给我的全部信息，塔罗牌是三张，显然不可能是四个人。不知为什么，我突然想起了一个模糊的影子，一个未知的人，一个……理应存在，但我始终查不到的幕后人！

柳姨的声音仿佛魔咒般再次响起在我耳边，我长叹了口气，索性蹬掉平底鞋，将自己摔入了垂挂着云帐的黄樟木大床里，我闭眼，当身体被柔软的床垫稳稳托住的那瞬，一枚银色的半截面具像是陡然从记忆深处浮现了出来。

我摇摇头，猛然想起还在我外套里的那部手机。身子腾地弹了起来，从大衣兜里掏出了那部手机。

我屏息，故作镇定地调出那段视频，一段黑色的背景画面上，时间显示着1分57秒，看到这，我略松了口气。

幸好，它还在，也幸好，我录了下来。

按下播放键，首先是一段堂鼓的背景音，并不算得很清晰，但尽管如此，我的心还是跳得很厉害。手机模糊的分辨率下，我努力分辨着漆黑戏台上晃动的白影，但诡异的是，直到进度条的最后，我也没找到那个戴着半截面具的人。

是了……幻象的话，是不可能被录下来的。我将视频一遍一遍倒了回去，此时此刻，我实在清楚自己的滑稽，但不知为什么我就是固执地不想放弃。

毕竟我是忘不了，我究竟是因为什么才如此坚定地走上阴阳师这条道路的。再过多少年，记忆底那明媚的笑脸都不应该被任何其他替代掉，它就应该待在那里，三年、五年、十年……哪怕一百年，它都应该是最初的模样。

而不是重叠了一张冰冷的面具，生硬得让人感到绝望。

我躺上床，将脸久久埋入那个装着决明子的药枕里，我不知道我为什么要这样，我只知道，此刻我像是忽然被一种文艺且伤感的情绪包裹，它让我觉得这样的人生尽管漫长，但始终都像找不到一个出口。

而且永远都不会有出口。

我闭上眼，拿过脚边的被子将自己裹了起来，一片的模糊中，宋娅楠，那个有着明媚笑容却已经被设定成了死循环的宋娅楠。她就这样从记忆迈入梦魇，将我前半段的人生一路延伸成了亏欠。

我忘了我究竟睡了多久，我想，或许我压根就没有睡着，弥漫着淡淡樟木香和决明子药苦的旧式厢房里，我抬头望见月光从雕着水草的镂空长窗外透进来，将一地的青砖也似晕成了一汪流动的水泽。

光影交错的格局中，我好似在朦胧中听见了几声清越的瓷铃响，接着就是一阵扑面而来的舒缓的风，被吹开的云帐外，我突然看见窗棂后出现了一只银光耀眼的狐，它就这么从容出现在那里，却又如同动用了世间最传奇的笔，让人看见了那浮于臆想中的遥远的山海幻象。

一时间，我蒙了，以为自己是在做梦。

我揉揉眼，索性从床上下来，赤脚踩在了青色的石砖上，地面有些凉，但我似乎感觉不到。被一片雾气笼罩的白光里，我的双眼像死死胶在了面前那一双深黑的瞳仁上，我不知该怎样形容它，我只知道它比夜的颜色更深，又比天幕的星辰更教人着迷。

是的，这是一双属于对面白狐的眼睛，可是，这世上有狐狸的眼睛是如此漆黑色的吗？我很诧异，更忘了质疑为什么在这样的地方会出现一头如此漂亮的狐狸。然而，人有时的行动的确就是快过了思考，正如我此刻鬼使神差地靠近——

或许我早已动下了将之据为己有的念头。

于是，我生怕惊动它似的将窗小心推开，并冲它招手，而它只是看着我，平静无波的眼神仿佛早预料到我会如此。

我并不气馁，索性从那不高的窗户爬了出去，是的，此刻我全部的注意力都在这只狐狸身上，竟忘了明明门就在旁边，但我并不在乎，我甚至觉得，现在的自己就好似欧洲中世纪电影题材里那些敢为公主决斗的骑士。

一步步的，我终于来到了它的眼前，而它则一直看着我，只是看着。

我伸出手，想摸一摸它的脑袋，可就在我快要碰上的那一瞬，它突然将头扭开，朝走廊的深处跑了去，我一怔，下意识地就要去追。

真是只高傲又别扭的狐狸！我在心里评价道，但同时，我的脚步也没落下。黑暗中，我似乎穿过了扇垂花门，又绕过了假山和回廊，这才跟着它在一扇不起眼的雕花门前停下。

这是哪里？我看看它，就要开口询问，忽然一声清越的风铃响从沉重的门后传来，它响在无边的静谧里，有些诡异，又有些像是情人在空旷的田野间低语，不由让人心神为之一停，更为之一紧。

这让我突然记起了意识蒙眬中听到的那个声音，那个指引我看见狐狸的风铃声。

原来，风铃的声音竟是真的？

我屏息，好奇已然掩盖了我的理智，诡谲的深夜里，我忽觉面前的这道门，也其实是为了阻拦真相而故意横生的荆棘。

我必须得迈过去。

我深吸了口气，眼见着四下无人，便壮着胆子将这木门试着推了推。但让我没想到的是，居然很轻易地就被我推开了一个角度。

是间空屋，我似乎听见脑海里的另一个声音说了一句。但我并不敢开灯，夜风微凉，我站在门口借着月光往里面望了望。

是间书房，我似乎听见脑海里的另一个声音又说了一句。的确，这里除了斜对着我的那扇长窗以及窗前的座椅和几案外，就是四壁的老式书橱，我犹豫了下，又看了眼跟在我身后的狐狸，终于还是举步上前。

叮铃。

忽然响起的风铃声随即止住了我的脚步，月光下，我看见镂花的长窗下一串影子不时晃动，定睛再一看，才发现那原来是串青瓷的风铃，不过样式颇为和风，在最下面还挂着一张暗黄的长条，长条上似乎有字，只是随风摆动着，实在瞧不清楚。

“你在那里做什么！”

忽然间，一声冷冷的女音从身后传来，我心下一个激灵，再转身时，哪里还能看见什么狐狸！深深的庭院下，穿着条镶有珍珠的白色礼服裙的沈一菲正目无表情地站在那里，来不及再反应，因为我猛然想起了这条裙子，那是……

是了，宋娅楠！但这又怎么可能！

我尖叫了一声，下意识地就要冲过去，然而——

窗外，一滴冰凉的雨水飘上我脸庞，被夜风吹开的云帐后，一扇镂空的长窗半敞开着。

我坐起身，看着窗外不知几时落起的细雨，我不断地安慰自己，原来这是个梦。但这梦境太真实了，根本不像是幻觉。

白天，我看见了宋娅楠的鬼魂。夜晚我又梦见了她——她对我冷冰冰的，毫无感情，仿佛我们素不相识。虽然我劝慰自己，这算是日有所思夜有所梦，但我学习过的那么多书本知识以及自称学霸的职业素养还是不断地敲打着我，事情并没有那么简单。

对宋娅楠的事情我也算是念念不忘了。可这里是距离宋娅楠身亡的G大附中千里之外的千灯古镇，为什么我在别处没有看见过、梦见过，偏偏在这里撞见两次这种事呢？如果不是这地方有什么古怪，就是有人故意作怪。

或者，宋娅楠，她想对我说什么？我不由得想起自己看过的各种鬼魂申冤之类的故事集来，又开始胡思乱想了。

我突然想起那个一直在我脑海中存在，却勾勒不出形貌的“透明人”。

不管柳姨说的“第五人”是不是这个人，在我心里，这个人已经成为我必须追查到底的对象。此刻我的头脑变得分外清晰起来，若要查清这一切的根源，我必须给这人大概画个像。

我骨碌一下坐了起来，开始思索柳姨的哑谜。五个人一起打麻将，轮流上桌，就说明五个人都知道彼此的身份，是能在同一个“局”里一起玩的。而这个“局”是什么？我思索了半天，到底有什么事情能成为一个大家都围着转的“局”，最后吐出三个字：“女娲石。”

没错，自从我进事务所以来，所有的案件，最后都落在女娲石上面。而第一颗女娲石，是由我带来的……我绞在一起的双手不由得紧了紧，看来我可以假设这个牌局，我就是“庄家”。

那么牌桌上的四人究竟是谁呢？最初和女娲石有关系的是我、陆温茗、师父以及老萧。他们从一开始就知道，我身上的石头是什么东西。

如果牌局的四人就是我们四个，那么和女娲石又有关系，又不在局内的就是……卓扬？

我猛然摇摇头，心说不会的，不会的。虽说迄今为止的确是卓扬在收集女娲石，他和女娲石一定有着莫大的关系，而且剩下的三颗灵石也的的确确都在我和卓扬的手里。但卓扬这个人疑点太多了，就是不知为什么，我偏偏觉得他可以信任，笃定地认为他不是“第五人”。

因为我心里的防线，终于被他攻陷了？我不知道，也不想弄明白这个问题。我只是觉得卓扬，他一定是来保护我的。

况且与女娲石相关的案件中，师父都没有参加，老萧也是，并不完全知情，因此我对初始的四人牌局的设定，可能是完全不成立的。那么，沈一菲呢？她又扮演了一个什么样的角色？

我不由得想起刚来古镇的时候，沈一菲神色躲闪，心事重重的样子。况且我又在镇上遇到了这么多奇怪的事，该不会是她……

拼命地摇摇头，我发现思路拐入了一条死胡同。之前在台州那种寂寞无助的感觉又一股脑涌了上来。所有人都有秘密瞒着我，就好像所有人都不够信任我。以前是陆温茗，后来我发现卓扬也是，现在连一菲也……

我走下床，来到那扇长窗前，夜风微凉，不时送来一阵阵若有若无的草木香，我抬起头，望着被雨模糊的广袤夜空，这一刻，天地都显得那样安宁和辽远，然而就在这安宁的背后，是不是也藏着一股看不见的波澜？

第二天我是被陆温茗的敲门声弄醒的，他敲门声的特点是两短三长。我躺在床上挣扎着听了三分钟，终于因不堪忍受，还是顶着头乱发起床开了门。

门外的陆温茗今天难得穿了件浅黄色的衬衫，他就这么逆光站着，几乎是在比较自己和阳光谁更显眼。我看着他，一时愣住，因为在他的手边，此刻还用铁链牢牢拴了只浑身雪白的狐狸，和梦里遇见的一模一样的狐狸！

一瞬间我惊呆了。那么说昨晚的梦……那个梦……

我蹲下来，双眼死死盯着那只狐狸，是的，这的确是那只有着深黑色瞳仁的狐狸，我想伸手摸摸它，却被它及时避过，我冲它眨眼，它居然还不屑地将头扭到一边！

这样的别扭又骄傲，我又怎么可能会认错！

我正想着该做别的什么动作吸引它的注意力，却听陆温茗道：“阿叶，你能不能暂时不要管这条狗了，我有话跟你说。”

我：“……你说它是什么？”

陆温茗：“不是萨摩吗？”

我：“……”

大概看出我神色不对，他想了想，继而纠正：“哦，是白萨摩。”

我颇同情地看了狐狸一眼，它倒是无语地瞪着陆温茗。

我皱眉，说：“你就不能识相点？你看它被你这么欺负，狐狸毛都要掉光了。”说着我便伸手摸了把它的毛，并努力朝它做出一个灿烂的表情，“来，快让姐姐瞧瞧，你是公的还是母的？”

狐狸：“……”

我：“你这么别扭做什么，是没看过美女啊？”

这时不知从哪里冒出的葛西：“结果你们侃了半天，还是没回到问题的点子上啊。今天约你们逛街，结果发现你们老大好像一大早就出门去了？”

卓扬走了？我愣了愣。他平时也经常脱队单独行动的，这种神神秘秘独来独往的办事风格我已经习惯了。不过陆温茗说，他什么都没带出门去。

手机、平板电脑、拖杆箱，都老老实实地放在床头。

整个葛宅都找不见他，葛西觉得他也不像能在老宅里迷路的那种人，说不定是出门买早点去了？至于那只突然闯进宅子里的狐狸，为了验证昨晚的梦，我决定由我来接收它。

等到中午还不见卓扬回来，我们只好查他的手机。由于开机后我们发现屏幕都已加密，所以最后仍旧是以失败告终。

对陆温茗来说卓扬出走一定是很恐怖的事，因为陆温茗想去镇上买东西，无时无刻不等着卓总给报销呢。可我觉得卓扬那么神秘的家伙，就算三天不见人影也并不稀奇。

等到午后，陆温茗当然是有些着急了，所以和葛西说明要去镇上找找顺便逛逛。而我暂时没有担心卓扬的事，拉着狐狸，决定晚饭过后按照昨晚的梦境路线走一走，看看是不是能找到那个有风铃的房间。

如果梦境的路线是真的，就说明昨晚我的经历并不是梦，而是书上说过的一种现象——“魂游”！我的魂魄暂时离开了睡梦中的躯体，走到了那扇门前……

依照记忆，我昨晚应该是跟着白狐狸经过了垂花门、假山和回廊。又据我观察，这间老宅共有垂花门三扇、假山四座、回廊三条，依照排列组合，它的解集应该有36种。再除去我当时必然是首先经过自己厢房前的那扇垂花门，那么组合更改为1×4×3，解集为12，我选对的概率为1/12。

我思前想后，觉得目前最保险的办法除了一一试验以外，还有一条看似更简便的捷径，就是把那狐狸带上，对此，我早已做好了准备。

我将它拽过来，说："小白乖乖，快带姐姐去那个窗前挂着风铃的房间。"

它不理我。

我琢磨了下，觉得它大概是不喜欢小白这个称呼，想来也是，毕竟在我认识的人里面，君柏那样不靠谱的人就是这个绰号。我说："既然你不喜欢小白，要么就叫小黑吧，我觉得你眼睛还挺合适这个名字的。"

听我这么说，它这回倒是真冲我眨了眨眼，可惜，纵我再怎么看，都觉得它回应我的眼神不大友好。不过现下我没时间思考太多，在用力一拽绳索后，又被它狠狠瞪了一眼。但好在这之后，它居然乖乖领着我向前走了过去。

敢情，这就是传说中的非暴力不合作？

果然，现代社会人畜都是一个德行，我在心里默默吐槽了一句。

（4）明瓷风铃

今晚的月色很暗，和昨天梦中的情形很相似。

根据《阴阳师生存手册·总纲》一命二运三风水四积阴德五读书这条我们可以知道，古人对于后天改运的方法主要是集中在风水、积德和读书上，在这其中，读书之所以可以起到作用，有很大一个原因是字是正的，而邪不胜正。所以说，一般像图书馆或者书房这样的地方，其实都是正气极强的所在。

这就又成了一个悖论。宋娅楠的魂魄出现在书房门口的情况和书本不太切合啊。

或许这是理论和实践的差距吧。不过我更希望，那只是个梦。

怀着质疑的心思，我和小黑（给它暂时取的名字）绕过了老宅的一座假山，又经过了一处回廊，终于借着月色停在了拐角处一扇看起来毫不起眼的雕花门前。

夜色幽晦，当我听见门背后传来的几声划破夜空的叮铃响的瞬间，我只觉怦怦直跳的心几乎在瞬间停住了。

风铃……是真的？

我屏息，又看了小黑一眼，然而它只是仰头看着门口，并不理我。我揉了把它的狐狸毛，正要推门，忽地，我发现在那风铃响声中其实还夹杂着几声“咚咚”的声响，那个声音有些像木棍杵向地面发出的声音，但又不全然像，听到这里，我的疑虑不由更深了。

我深吸了口气，伸手推向雕花门。

正如我昨晚见到的一样，很快，就听一声吱呀的响，木门便被我推开了一个角度。

此刻，这间房里并没有开灯，但我还没走几步……

一道细长的黑影突然从我眼前晃过，我心一惊，下意识就要避过，然而……

“小黑你没事吧！”我瞪大眼，实在没想到这只捡来的狐狸居然这样有爱心，眨眼之间就替我将面前的偷袭挡了下来。尚来不及夸它一句英雄救美，我从口袋里拿出早准备好的手电筒猛然打开。

黑暗中，手电向前打出一道光束，只见一根木质厚重的龙头拐杖突然出现在我的脚边，我心一沉，视线再顺着拐棍向上，但没想到这一看，几乎要让我手里的电筒当场落地。因为在那最上面，我突然望见了一张如同蜡像般的脸，那张脸看起来毫无表情也没有温度，我心中一咯噔，不自觉地又看了一眼，谁想他那一动不动的灰白色眼珠突然间一转，我手一颤，一句结巴的“你是谁”已然脱口而出。

然而，回应我的只有风铃声。

厢房长窗下响得越发急促的风铃声。

“你到底是谁！为什么鬼鬼祟祟的在这里！”像是憋足了劲的，我又吼了一句。

“嗬——”他的嘴里终于发出声音，可又不成字句，如同破旧拉风箱的声音，我看着他，突然意识到也许他是不能说话，我退后，他却摇头，我脚步已退到门口，连带着将拽着狐狸的链子也猛地一扯紧，但让我没想到的是，它居然会不肯走。我扯了几下没扯动，眼看着那人就要靠近，我正要松手，忽听一个熟悉的女声：

“小叶，你怎么在这里？”

声音来自我的身后。书房的门口，庭院里……霎时，我后退的脚猛地收住了。

“宋……”我的心几乎跳出了喉咙。但我马上反应过来，那是沈一菲的声音。

我深吸了口气，然后回头——

……还好，她身上并没有那条白色的珍珠礼服裙，她无非是站在那里，再简单不过地站着。

我略松了口气并调整表情，故作镇定地以一句“一菲，怎么是你”作了此次的开场白，但让我没想到的是，她的回应居然在下一秒就推翻了我前面的自作多情。

她说：“姥爷，你怎么出来了。”

姥爷？这个人看起来甚至不像是正常人的人居然是沈一菲的姥爷？我实在不知该用什么形容我此刻的心情，于是只好刻意避开那老人直直看向我的目光，然后蹲下来将守在门口的白狐狸一把抱了起来。

我觉得它需要减减肥，这是我将它抱起时脑中闪过的第一个念头。

但它长长的狐狸毛摸起来还是挺暖的，这是我不肯放手的第二个借口。这么有灵性的狐狸，说不定养一养还能成为狐仙，到那个时候我就厉害了……

沈一菲仍然是凝重的神色，并没有在意我手里的那只狐狸，她只是走上前向里探了探，接着“啪”一声按向了墙壁上的电灯开关。

当吊顶的灯光亮起的时刻，我一直悬着的心终于沉了下来。

是的，我终于看清了这间厢房的全部，正如我梦里看见的一样，这里的确是一间书房，有着四壁的藏书，以及正中的红木三足几，唯一不同的，是迎门处立着的那座高大的六扇屏风，式样和沈一菲房间门口的那扇差不多，也正是因为它，造成了长窗后的光线无法透过，所以这里看起来会分外黑暗了。

我的心又是一沉，书房的构造，真的和昨晚我见到的……一模一样。我几乎可以断定，自己“魂游”了。

作为一名阴阳师，魂魄居然不受控制地出窍。且不说这是业界的耻辱了，能让我一个职业术士灵魂短暂出窍的这个能力，想必也是非常强的。这个人是谁？是……“第五人”吗？

并不算亮堂的灯光下，我重新打量起这位看起来似乎正常了些的姥爷，我想了想，本想说一句“对不起姥爷，是我不小心走错门了”，但在他看向我的古怪眼神下又生生给吞了回去。

“小叶，不好意思，我姥爷不大爱见生人。”沈一菲说着看向我，又冲我比了个手势，意思是她姥爷不能说话，我看后赶紧点头表示一万个理解，心里却想着赶紧撤。

毕竟这样的气氛太诡异了，又或者说，这个小镇太诡异了。仔细想来，似乎自从我来了这个小镇，古怪的事情就一件连着一件，先是河边的神秘女人，再是破台时看见戴着半截面具疑似死去的宋娅楠的人，接着在古戏台门口“巧遇”柳姨，然后又看到古怪梦里的场景，以及现在……这名如同蜡像人的哑巴姥爷。

我摇了摇脑袋，只觉经这样一对比分析，这整个小镇似乎都有问题起来，这种感觉压得让人透不过气，更让人觉得像是有一只无形的手在暗地里推动着事情的发展，而你，只能像个木偶一样，被动地观戏，被动地入局。

可是，没有人会希望自己永远被动下去。

我，也不例外。

此时，这栋安静得过分的古宅里，高大假山的阴影轻易覆过她一双丹凤眼里的光，我站在她面前，听见夜风穿梭在我们周围，将枝叶带出哗哗的声响，如同想要极力掩藏住的真相。

我见四下无人，直奔主题："一菲，那个风铃是个什么东西？我昨晚做梦也听见它的声音，不会有古怪吧？"

她抬头看我，一瞬的表情里有吃惊更有迟疑，但她只是摇头，让人不知用意。我想我是不是不小心说多了，只得换汤不换药："我乱说的。昨晚做梦听见风铃声跟这个挺像的，凭着职业敏感，我想它可能成了精。"

"那是明瓷风铃。"她终于开口，"唐宋元明清的那个明。"似乎是怕我不明白，她后面又跟了句补充说明。

见她话匣子好不容易打开了，我乘胜追击："不过那风铃下挂着的纸条上似乎还有字？不对……是……符？"

听我这么说，她一双丹凤眼立刻就瞪大了，她摇头，欲言又止："是……"

"是什么？"我问。

沈一菲："咒，"她深吸了口气，语气也同时重了许多，"那是咒。"

是咒？什么意思？"是谁下的？"我忙问。

她攥紧手心，"我不知道，姥爷一直不肯告诉我，但我隐隐觉得……觉得这事跟那孟疯子脱不了关系！"

我难以理解，下一秒却听她突然压低了嗓音，以极少见的狠厉语气道："因为自从她10年前来过我家后，姥爷他就突然不能说话了！"

"你是说，姓孟的来了之后，你姥爷就失声了？可是，姓孟的有这么大本事吗？我看她顶多……"

被神蒙蔽双眼的人，你身负誓约而来。如同神秘祭祀对着浩瀚星空占卜的话语一时间响起在我耳边，我顿时迟疑了，只好将提问生生改成："那姓孟的她全名叫什么，我觉得这么称呼她有点儿……嗯，有点儿怪。"

她看看我，大概没完全理解清楚我的思路，只好说："她叫孟婉清。"

见她又不说话了，我只得随便问下去："她的来路你清楚吗？"

话到这，她的表情似乎缓了些，我想，也许是因为这个话题离她太远，远在她出生以前，那个所有故事都尚未发生的时间。

果然，她顿了一下，便说："听老人说，那是20年前一个风雨交加的夜晚……"

实在不难想象，20年前的雨夜，一个大肚子的女人带着为数不多的行囊来到这个小镇上，在这里，她无亲无故，甚至找不到一处避雨的场所，只好躲进了郊外的延祈寺里……

等等，延祈寺？我脑中蓦地闪现出柳姨昨夜留下的那个地址，倒是沈一菲看我表情以为我没明白，于是解释说："那寺好像荒废很久了。"

"你怎么知道那纸条上的字符其实是咒的？"趁她一个不及防，我发问道。话到这，我猛然发觉什么像是在瞬间对应上了，我想起她那整一壁橱的古装书，以及她平时爱好广泛阅读，尤其是古典文学书的习惯，难道说，她其实是为了……

解咒。

是了，一定是这样。

说不定沈一菲这次回来心事重重的样子，就是因为这个咒。咒有时限吗？按理说是可以有的。如果沈一菲带我们来，是希望我们能在关键时刻帮上她，这也不是不可能的。但毕竟是家里的事，她希望自己来解决，不到关键时刻不麻烦朋友，也符合她坚强的个性。

我想，尽管她不愿意说，但作为朋友，更作为一名有节操的专业术士，说不定我还可以帮帮她。

我揉了揉额心，继续曲线救国地探求线索："在镇上我只见到了孟婉清，她的孩子呢？没生活在一起？"

她摇头，瞬间的表情让人费解，她说："听说是双生子，但后来那女孩不见了，只留了男孩……"她深吸了口气，从假山的阴影里走出来，月光下，我看着她原本美好的唇线不知几时也扯成了一段弧，就像是明晃的刀锋中藏着隐忍的江湖。

"那是我们家族的耻辱。"她突然发声用力，语调压低地说。

主语用的是我们？这又是什么意思？难道说……跟葛家有关？我看着她，

仿佛要从她脸上读出答案，然而她只是一顿，就将手挽上了我的胳膊，说："小叶，时间不早了，我们去休息了好不好？"

我应了声，等反应过来时，人已经被她带出老远了。

路过天井时，我仰头望见漫天的星辰如棋盘错落，不知怎么地就想起第一次看见沈一菲的情形，那其实并不是在分宿舍的当天，而是在前一夜我路过大学路旁的一间茶餐厅时。

记得那天我也是如今天这般抬起头，但没想会撞见另一道目光，准确说，她当时并不是在看我，而是在看我面前的路灯。正是在那时，我便记下了楼上那一双格外明亮的眼睛，它亮在绚丽的夜里，像是能映出楼座下的车水马龙。

我想，能拥有这双眼睛的人，也定是如这灯一般，能照亮人，只要在它所及的范围内，但也有阴影，而阴影就是它本身。

所以，作为朋友的你能知道她希望你知道的一切，但，也止于此。

现在，我觉得自己就像是遇到了当初的瓶颈，虽然歪打正着地获知了前半段，可对下半段，却被临时通知中场休息。

因为这件事里多出了宋娅楠，不见得就和我要调查的事情毫无关系，我决定将这两件事情干脆并案侦查，一探到底。我的专业精神又涌上来了。

风铃、咒、孟婉清、延祈寺。我把这几个词深深印在脑海里。并且准备用我的智慧和行动把它串起来。不过……

沈一菲的话语中，竟然有一条和我之前得到的其他线索是吻合的。

……是了，延祈寺。

要去延祈寺找柳姨的决定我以短信的形式仅仅通知了我的师兄陆温茗，毕竟在这个无处不透出诡异的小镇里，除了他，我实在不知还能够真正相信谁，当然，这个前提是如果卓扬还在的话。我闭上眼，极力让自己回避这个问题。

是的，到目前为止他还是没有出现，连我也开始担心他是不是就此消失了。

但比起穷操心，我还有更重要的事需要做。这么久以来我都没有单独行动调查过什么，感觉自己像个跟在卓扬身后的小尾巴。

虽然我承认，并不讨厌这种感觉，但这有悖我成为大阴阳师的初衷。我必须要行动起来，不管自己知道多少，一切总要开始，才能有结果。

虽然我已隐隐有一种预感，或许我们再怎么顺藤摸瓜，到最后也只能摸到一个断线的切面。我深吸了口清晨的空气，在把我新收的“准式神”，那只白狐狸牢牢拴在我房间的床柱上后，就和陆温茗按照事先商量好的，从葛家老宅的后门悄悄溜了出去。

现在的时间是我们来到古镇第三天的清晨五点半，此刻，这座小镇静得就像是一座空城，而这，无形中也加大了我们寻找延祈寺的难度。但好在陆温茗的手机一直都装有电子地图，所以并没有过太久，我们就在放大了比例尺的地图上找到了延祈寺的具体位置。

按照地图的距离提示，延祈寺离葛家老宅大概有13公里的路程，可是，如果这13公里我们都靠11路过去的话……我想罢看看他，不由觉得，难度颇大啊。

“嗨！”

对面猝不及防的一声招呼，猛地将我的心思打断了，淡雾笼罩的小镇上，我看见迎面一辆绿皮出租车，直直地在我们面前做了个漂亮的漂移。我诧异地看着车，又看看陆温茗，倒是他慢腾腾举起一只手，说：“别这样看我，亲，还真不是我干的。”

我：“……”

我上前一步，对着那下降的车窗问道：“大叔，哦不，大哥，去不去延祈寺？”

这时车窗后的车主将蓝色的棒球帽摘了下来，我一看，立刻傻了眼，居然是……葛西？

我愣了足两秒，这时只听陆温茗道：“你迟到了兄弟。”

葛西：“你不是让我以马甲身份出现吗？那你看我现在这样，够不够马甲？”

我、陆温茗：“……”

顿了顿，我很快想起了另件事，我指了指那车，对陆温茗说：“你刚还说不是你干的。”

陆温茗：“哦，我说他那‘漂移’。”

我：“……”

有了葛西的加入，本就不算长的一路似乎就变得更短了起来，仿佛不过一个上车下车的时间，再睁眼，车子已然停在了一个偏僻的小巷里。

我揉揉眼，以为是自己看错了，我说：“小西哥，你没带我们来错地方吧？”

话到这，葛西倒也真停了停看向外面，然后说：“没来错啊，你们不是要去延祈寺国际佛具用品中心吗？”

我咬牙：“……嗯，是。”

原来，那个传说中的延祈寺在15年前就已经废弃，至于说这个名字更是成为这里的一个公交站名，早和当初的意义相去甚远。而唯一还和当初有关联的，就只剩下了眼前这间孟婉清私人开设的一般民居大小的——延祈寺国际佛具用品中心。

对此我很感慨，简直就是……太感慨了！

怀着感慨的心情，我走进了这间掩藏在民居外表下的国际化店面。然而，就在我跨入门槛的一瞬，我突然记起了一件事，这店是属于孟婉清的？柳姨留的地址？

怎么回事？

与此同时，只听店铺里有人说了声：“阿叶，你来了。”我看见头顶一盏白炽灯嗤嗤闪了两下，光线难以照进的角落里，孟婉清穿着和那晚一样的旗袍，没什么表情地从摆放着各式佛珠手串，大悲、楞严咒牌以及轿车挂件之类的玻璃柜后，缓缓站了起来。

我一愣，虽然柳姨就静静地坐在一边，但看到这个女人，我突然间却不知道自己该要说什么了，我不知道自己为什么会这样，我只知道这感觉来得毫无预兆，就像等待了许久的话即将说出，却在涌出喉头的一瞬，生生被什么给压制住了。

“柳姨，我们来找你了。”随即替我将话说出的是陆温茗，我眨眨眼，这才从刚才被气氛压制的状态中反应过来。

因为此刻孟婉清在这儿，我已经准备好的问题就不好说出口了。柳姨给出的脑筋急转弯我虽然没想清楚，但还是打算把自己目前的推理先告诉她，但我本来决定先以沈一菲风铃下面“咒”的问题开始这段对话的计划，被生生打破了。

让我没想到的是，一直看着我的孟婉清忽然一低头，从柜台最里格拿出了一方巴掌大的檀木盒，我没看明白，只好随着她打开盒盖的动作将视线移了过去：

郑重的哑金色缎面上，此刻正静静躺着颗小指肚大小，外表并不光洁，甚至明显会让人觉得手感粗粝的乌色石珠。但就在我看见它的一瞬间我就石化了，因为那是——

乾坤珠！被黑麒麟吞食的乾坤珠……

可惜并不等我消化完毕，随即她的神情就敛了起，她以我第一次见她时的那种带着奇异指向感的语气道：“‘咒约’即将失效，你还在期待天启吗？”

孟婉清这种阴森森的幽幽态度，让我很害怕。我问：“柳姨，您说您来探望的故人，就是……”

“是呀，就是这位孟老板呀。”柳姨倚着柜台笑了。她的神情倒是很轻松，不过我倒觉得她俩是故人并不稀奇，穿着打扮确实很像一对闺蜜。但孟婉清不是疯了吗？从我见到她开始，她的确也没说一句正常人该说的话，柳姨跟她究竟还有什么好说的呢？难道，只是来看看故人过得好不好？

“你是不是没想清楚那麻将的哑谜？”柳姨问我。

我点点头，把我的初步推理全盘托出：“五人麻将，首先就是有个牌局。牌，我想您说的就是这个东西。”我指了指自己的项坠。而柳姨，先是点点头，又摇了摇头。

正误掺半。我没被迷惑，继续往下说：“四个人是和这东西有关的人。”

柳姨点头。我松了一口气，继续：“第五人是四个人都认识的人，一直在算计着牌局。”

柳姨这次先是摇摇头，再点点头。

我被弄迷糊了，不知道自己的推论哪个对了，哪个错了？从柳姨的表情来看，她尚满意，沉默片刻总算开口了："第一次我点头，是肯定你的推理方向，但牌局的内容你并没说对；第二论的局中人，的确都是和你那东西有关的人，虽然不在点上，但歪打正着了；第三论也是关键的一论，你的推理结果是：意图把你们引入死局，综揽全局的赢家就在你们当中，这并不算完全正确，也不能算完全错误。"

我细细一想，柳姨这段话除了提出新的暗示外，根本就是否定了我之前的推测。牌局错了，四人也没有结果，第五人干脆没有着落……我不想把思维引入死胡同，马上又换了一个角度想：柳姨说我推理对了的地方都是哪几个呢？把这些信息串起来，会不会更进一步？

我的推理方向对了，也就是说牌局的真相和女娲石有莫大的关联。女娲石……到底都能用来做什么？我豁然开窍，这一点，完全是我可以探求，但一直疏忽的盲区！

和女娲石相关的"局中人"，我是歪打正着。也就是说，不管目的在不在女娲石上面，综揽全局，能处在"牌局"里的人都算是这件事的关系人，不一定是四人，还有可能是五人、六人，甚至更多人！

而最后的赢家，也就是那"第五人"……他才是真正的庄家，他的目的，就是掌控全局，让我们都为了他成为"赢家"而疲于奔命。而第五人既不是我们都认识的人，又不是陌生人，究竟是什么意思？

"开窍了？"柳姨看着我的表情，想是已经知道我推测到了何等程度，"现在你已经走到了真相的门口，我知道你还差一把关键的钥匙。"柳姨推了推桌上的檀木盒："钥匙，我给你了。你会怎么做呢？小叶……"

钥匙……乾坤珠？难道是暗指……宋娅楠？！

"阿叶，我们回去。"陆温茗应该是见我脸色煞白，突然拽住了我的手。我恍恍惚惚就被他拖到了门边，倒是身后的柳姨在我们即将迈出门槛时飞快说出一句："小叶，你还记得那天塔罗牌的指示吗？"

（5）占卜与先知

塔罗牌的指示？我皱眉，回想起那天和温尘一起在蓝调咖啡厅里看见的牌面：隐者正位，倒吊者逆位，审判正位。

这个牌面，我深深地刻在了心里。不知道柳姨为什么要在这时候提到塔罗牌的占卜，难道说塔罗牌的牌面和宋娅楠的暗示有所关联？

我觉得此刻，我一向引以为傲的智慧不够用了。

我甩了甩头，试图以此打消脑中冒出的离奇想法，然而一直拉着我胳膊不放的陆温茗却忽地压低了嗓音，没头没脑地问了我一句："阿叶，你还记得自己的出生地吗？"

他这么问是什么意思？我皱眉，抬头望见一片铅灰色的云从他身后的天空飘来，像是一只巨大的鸟停在了我们站立的夹巷上方，它扑腾着翅膀，仿佛要将檐下一盏盏的灯都熄灭在这深重的静寂里。

竟然连辰光都这样地应景，难道是非逼着我说一句伤情话吗？虽然，我实在也清楚，或许我缺的并不是爱，而是在心里某个本应满的地方摸着空了一块。我吸了吸鼻子，语气尽量平静了，我说："师父从前说过，他是在台州的火车站发现我的，当时觉得我惨兮兮的模样很可怜，就把我抱了回来。"

也许是语无伦次了，也许是词不达意了，但这都不重要，因为此时此刻我只想告诉陆温茗，或者说我自己，一个久久压在心底最深处的事实。

……我只是一个弃婴而已。

我甚至认为，若果人生能够快进，那我宁可将这段剪切，直接过渡到我可以直面的年纪。

然而，并不能。

所以，我只能接受，哪怕为着这世上再不堪的理由。

"不对。"陆温茗打断了我的话，他摇摇头，双手用力搭在了我的肩上："将你抱回来的是柳姨，这一点我很肯定。"

柳姨？我不由瞪大了眼，而他也看我，一瞬的对视里，我猛然想到了另一种可能性。我不知道自己为此停了多久，我只知道自己再开口时说的是：我不由瞪大了眼，而他也看我，一瞬的对视里，我猛然想到了另一种可能性……我的身世也许并不如我想象的那样无人知晓，扑朔迷离……

停了停，我很快感到双肩上的力道加重了，我知道那是粗糙如师兄陆温茗表达情感的方式，更清楚像他这样的人很难想出什么细致的语句，但此时他就这么一边摇着头一边按紧我的肩，却也让我觉得，这一刻的情感，其实胜过了这世间最真挚的语句。

“铃……”

插在牛仔裤后袋里的手机铃声不合时宜地响起，但同时，也让我们各自松了口气。时间略停了下，陆温茗很快便收了线，他看向我，一边眉毛不自然地挑了挑，说：“阿叶，那个莫言今天要来。”

我一愣，半天才反应过来他指的是谁：“那个疯表哥？”他的话题怎么转变这么快？

陆温茗耸耸肩：“今天一菲生日，是葛老爷子把他叫回来的。”

“你知道吗？”陆温茗拉着我的手往巷子深处带了带，直到视线和那边等着我们的葛西对不上了，才压低声音道：“他可是个私生子。”

“私生子？”这回倒轮到我诧异了，他点点头，“这也是我套一菲话才知道的，据说她那位大舅吧，年轻的时候就风流成性，就为这，葛老爷子差点把他赶出家门。”

重新坐回了葛西一直等在路口的那辆不知从哪里借来的绿皮出租车，陆温茗就不说话了。我则一直纳闷玩味着他刚才神秘兮兮说的这些话，和之前我们的话题到底有什么关系？

从孟婉清的佛具商店——虽然葛西坚持认为那是延祈寺国际佛具用品中心出来后，时间已经将近早上8点了，在这个时间，小镇上的店面都基本打开门做起了生意。四处弥漫着早点香的古街上，我们的绿皮出租车犹如一尾灵活的锦鲤，穿过熙攘的人群，穿过折曲的青石巷，终于停在了一间看上去并不大的米粉店前。

葛西拉开车门，冲我挑了挑眉，说：“亲妹子吃过罗宋米粉吗？没吃过的话哥哥今天请你吃。”

听他这么说，我又认真朝里看了眼，果然，里头已经挤满了人，但并不等我答应，陆温茗那头已然接话道：“那吃过的又怎么算呢？”

葛西顿了下，面不改色道：“哦，这里还有罗宋汤包。”

我：“……”

要说以这两人的性格，若不是天造地设，那我都得替天造地设捉急啊。我抽了抽嘴角，心情刚要被他俩的冷式对白调整得好些，下一秒，我的目光就被米粉店旁边的网吧门前摆着的海报展架胶住了——

那画的是网游《战国 on line》，忽然想起了一个被我遗忘了很久的人，白狐公子。

这也就刚好能解释为什么我在老宅的夜晚看见那只披一身银光的狐狸时并不觉得畏惧，甚至有种别样的亲切和熟悉感的原因。

白狐公子，是你吗？我正在想会不会是这只白狐一直在和我一起玩游戏，不由得被自己的荒诞不经逗笑了。如果真是那样，那么我和白狐还真是有缘啊。

正发呆，肩膀却被人冷不丁地一拍，紧接着是一声低沉如大提琴的男音“葛叶”恍了我这瞬间里的心神。

这个声音，我一定在哪里听过。想到这，我赶忙转过身，然而……

甚至说不出一句“你是”？只因在此间短短一个照面里，已似望尽了对方眼里的前世今生。

这其中一定是有哪里出错了，我对自己说。眼前的人，一张略显病态的苍白脸上只能看见细碎刘海下的沉默眼睛，他穿着套修身的黑色西装，偏又系条极为惹眼的正红色暗纹领带，好像刚从哪家的葬礼上来的一样。

就这么胡思乱想着，蒙眬中好像又听见葛西喊了我一声，再来一声：“莫疯子，你怎么来了！”让我陡然清醒了过来。

眼前这人就是莫言？他的那位私生子堂兄？

我立刻意识到自己的失态，但好在，陆温茗这时刚好端着两笼蒸包从米粉店里走出分散了众人的注意力。可惜的是，他显然没搞清楚现在的状况，而是凑了过来朝我半真半假道：“阿叶，老大可是嘱咐过我，不许你在外面拈花惹草。”

……拈花惹草，他这是什么破比喻？我抽了抽嘴角，僵硬地在他旁边找了个椅子坐下，接着拿过一只汤包，说：“他还嘱咐你什么了，不如都一次说个清楚吧。”

他听后双唇一抿，严肃地说：“阿叶，你这样是在收买我吗？”

我只好点头。

他一手搭上我的肩：“那你可一定想清楚了，我很贵的。”

我：“……”

这时葛莫言已经搬来了一张椅子坐在我对面，却什么话也不说。为了打破僵局，我只得主动搭话：“大表哥你这个名字还挺有意思的。”

然而回应我的却是对此不以为然的葛西，他耸耸肩，说：“真这么有意思吗？莫言、莫言，不就是不说话的意思吗，亲妹子，难道你没发现，他一直都不理我？”

不过他似乎除了不理葛西，就连陆温茗刚才的那句冷笑话好像也没听见。笑点存在落差的人在一起就是这样，当真是不感慨一下都不行。

我心中嘀咕着，余光不自觉又瞄了眼正喝着汤的莫言，而他也像是与我心灵相通似的，立刻就抬起眼与我对了个正着：“葛叶，一会要不要跟我一起去逛逛？”

第一次见面就……约我逛街？虽然我得承认，我心里着实并不抗拒和这位大表哥去逛逛，但我的魅力，大概还没大到这种程度吧！

我自然难以猜测他刚才那番话的潜台词是：葛叶，要不要跟我一起去给表妹买生日礼物。但好在我们当中还有葛西这样的专业翻译。所以当葛西将他的话翻译过来以后，我莫名地还有点小小的失望，原来不是被我的美貌智慧吸引想要约会的啊。

在来千灯古镇之前，我就已经了解过，昆市有三宝，一是昆石，二是琼花，三是并蒂莲。诚然，如果去观光点买本地特产送给沈一菲作为生日礼物大概太过敷衍，不过作为一个外来客，我厚颜地以为比起购物，我对旅游观光的想法更多一些。

因此我和陆温茗临时达成的统一战线终于成功破灭了。因为我这位向来脱线的师兄难得思维不飘逸地认为，沈一菲作为他未过门的媳妇（这条葛西至今完全不承认），怎么能由着我这样一个不靠谱的师妹（我就这样成了一个不靠谱的人）来挑选他们的定情信物呢（我觉得的确他是想多了）。

于是我们的四人组，这就变成了二人的小分队，其中葛西和陆温茗一组，我和莫言一组。对于此项不合理的分配，我哀怨了半天，依然觉得虽然小莫言长得还算有看头，但谁愿意和一个闷油瓶子一起逛大街啊。

想到这，我认命地又望了眼沉默的葛莫言，倒是他一脸没表情的样子，不知怎的就让我又想起了突然消失的卓扬，虽然不管从什么角度看，他们都的的确确是完全不同的两个人。

我叹了口气，飞快向他扫了一眼，可他虽然瞧见，但显然离知情识趣还远了太多，他简单地对我比了个手势，示意我走在他的右手边，就再没说话了。

接下来的一路，是印象里少有的漫长的一路。其间我默默忍了几回，终于决定先打破这冷场，我说："大表哥，我觉得咱们在哪儿见过。"

他听后倒真停了一下。他侧过脸，将挡在细碎刘海下的深茶色眼睛看过来，说："是不是天底下的帅哥你看着都觉得挺眼熟的？"

敢情像他这种万年扑克脸居然还会讲冷笑话？我还没来得及将面部表情收拾过来，就又听他继续："我听一菲说过你，她说你现在时常会接触到一些……嗯，神秘事件？"他眉头微皱，像是在斟酌措辞，"那么，你就没有想过要了解自己？"

自己？我自己？我一愣，却不知该如何接话了。他这么问是什么意思？总不会和陆温茗的那句一样，是在向我暗指什么吧？毕竟在同一天里听到两个人的相似提问，实在是很难不让人多想。

我发现思索之中已经不知不觉来到了一座古色古香的六角石亭下。

我走上那阴刻着莲纹的石阶，发现在这石亭后还有一方不大的池塘，此时的池水在晴空下像是水镜般倒映着絮状的浮云，远远望去，仿佛是一块横卧着的天然青玉。不过，画面中唯一让人觉得遗憾的，却是那凋敝了一池的荷花，总不由让人想到了那些落墨乖张的风雅卷。

我问："这个地方是？"

但，我一直都没等到他的回答。我侧过脸，看见他用指尖在那张落了灰的石桌面上勾画着什么，然而与其说是画，不如说是写，写在了他的眼中和心底，成了一幅幅遥远的思念。

一阵偌长的沉默过后，他终于停下来，向我开了口，说："这里种的，是并蒂莲。"

并蒂莲？我说："并蒂莲好像是五月开的？但我们现在来观赏，似乎有点……"

"不，你完全没理解我的意思。"他眉头一皱，将我的话打断了，"并蒂莲，是一枝双生的。"

双生？双生子？我想起了沈一菲向我提起的那个"丑闻"。

"你是谁？"他问我。

"我是葛叶……"我想也不想就回答出这个问题，不断被人追问的这个问题深深震撼了我自己。看着这双跟我几乎一模一样的眼睛，我彻底迷失在了巨大的恐慌当中。双生子，被抱走的女孩，延祈寺。

陆温茗对我说过，我是柳姨抱回来的。

心中疑问与回答同时落下的瞬间，我丝毫没意识到自己已随着他的逼问向后倒退了好几步，好在他眼疾手快拽住我，才没让我栽进池塘。

我脑海里又浮现出那个"疯女人"孟婉清的脸，那面容如此陌生。还有沈一菲对我说的，若干年前葛氏家族的"丑闻"。

他的话里有太多我不能接受的东西，我想消化片刻："我听不明白你在说什么。"

他嘴角扬起，但手却没有松开的意思："你一定已经明白了我的意思。"

我看着他，也只能看着，看着他分明距我这样的近，又分明离我那样的远。

我想起不知是哪位名人说过的一句话，他说原来这世上真有事是如此，不敢想，不能问，所以只好停下来，举步维艰。

时间似空档般滞上许久，他逼向我的目光终于移开，轻叹了叹："我们先去转转吧。"

我的头脑很乱，定定地站在那里，全身僵硬。他却突然问我："要不要喝奶茶？"

我："黑糖奶茶？"

葛莫言："黑糖奶茶？"

异口同声的话语落下的瞬间，我整个人和发热的头脑也消停了下来。

因为这双深茶色的眼睛，与我的简直一模一样。

他又变回了沉默，沉默地陪我穿行在一道又一道的青石巷陌间，也像是穿行在被斜风细雨剥落了百年的古镇光阴里。

而这一切，就仿佛是一长串早已剪辑好了老镜头，以慢了十二倍的速率放映在这个寒意乍起的初秋中，是那样的无甚新意，又那样的铭久绵长。

后来的时间也不知过了多久，我只记得买来捂手的奶茶暖了又凉时，我终于随着他停在了小巷口的一间昆石藏品店前。

我一直不停地思索，心不在焉，看到这家店的时候，飘浮的脚步才稳住了片刻。当我推开这间名为"藏·舍"的玻璃店门时，兴致也在陡然间上升到了一个前所未有的峰值。

这话要怎么说呢？打一个词穷的比喻，就仿佛是一恍神间，误闯了龙王的水晶洞。这狭小的店铺里亮晶晶的，似乎折射了世间所有瑰丽璀璨的光，将这原本幽秘的洞府，变成了一方亦幻亦真的琉璃之境。

眼前，一尊尊姿态各异的昆石或被别具匠心的放置在人工镂空的水晶簇里，或被托以精致的木根雕陈设在旋转的玻璃展架上，或被单独配上磨砂灯罩，将那一片的玉骨冰姿都勾勒在了光与影的边缘里。

然而在这如梦一般的幻境里，我却并未见到这家店的老板，尚不及思索缘故为何，就听见了一阵忽近忽远的堂鼓声。我猛然转身，竟发现玻璃门外的天色不知何时也暗了下来，而门边，一枚再眼熟不过的半截面具被夹巷里的风送到这里，正与玻璃门发出坚硬的碰撞声……

（6）又一张明信片

“是你的朋友要来找你了吗？”身后的葛莫言在替我捡起面具时，突然问。

我吓了一跳，下意识却也向远处看了看。可惜，此刻除了他手里的那个熟悉的半截面具外，什么人也没有。

我让自己冷静了好一会，但许久还是没冷静下来，我转过头，问：“你都看见了什么？”

“我知道的事，远比你想知道的还要多。”他回答着，我的心跟着一颤。因为我对异界生物，就有着很好的视力……

“那好，不如你告诉我我是谁？”

他看了我一眼，表情同时微妙了，“除了这个，你问别的吧”。像是生怕我反悔似的，他后面的那句补充得有些急。

然而，说不上是失望还是什么，也许是因为我的潜意识里，对刚才的提问多多少少掺杂了一点醉翁之意。我有些不甘心，但也不想因此放弃，于是提议道：“要不然这样，我问问题，你只用回答是与不是，这样如何？”

见他点头，我想了想，决定旁敲侧击，我说：“你开始所说的并蒂双生的意思，是不是指……双生子？”

他点头。

我深吸了口气，继续：“你和孟婉清关系非比寻常，是不是？”

他仍然点头。

我停了停，突然问：“另外一个是男孩子，是不是？”

好吧，我承认这其实是我故意设下的一个陷阱，我以前学过一些谈判的技巧，说的是在谈判桌上，有时候需要攻其不备，出奇制胜。想这问题，我若直接提问成“那对双生子是不是一男一女？”可他刚好又不打算回答，那么他接下来的反应必定是任意说一个。

但我现在这个直接跳过选择的问法，则会让他在瞬间的思考中暴露出真相的一些蛛丝马迹，所以，这道题问得其实并不是问题本身，而是在问对方在听到问题的一刹那里最无法掩饰的反应。

现在，我不动声色地盯着他的脸，倒是他虽然不避，但微垂下细碎的刘海挡住深茶色的眼睛的细节还是在不经意间使我的计划变得被动。

许久，他抬起头，正视起我的眼睛，说：“再等等吧。”

似曾相识的话语在耳边响起的同时，我身体里的某个零件也好似在突然松动了。我不知道为什么会这样，但我清楚的是，自从和他相见以后，这种好似很熟悉的见鬼情绪就一直在影响甚至左右着我，它让我变得敏感，甚至……迟钝。

然而更要命的是，这迟钝并不是因为我的反应慢了，而是他那早已洞悉一切的言谈，让我一次又一次的出招都仿佛陷入了一团又一团的棉花里，所以我再花哨的招数都对他无效，因为他的存在就好像是……另一个的我。

我避过他的眼睛，努力不再让自己胡思乱想下去，倒是他也没打算给我提议的机会，只沉默着将手里那个仅能露出下颌的半截银色面具交给我，就抬眼看向了玻璃窗外，他的嗓音磁而低，如同最深沉的大提琴，他说：

“相信我，总有一天，你会明白一切的。”

之后我们从昆石店出来，我就收到了陆温茗发来的短信息，他告诉我自己已和葛西回到了葛家老宅，除此之外，他的信息里还友情附加了以下内容：

“我的亲亲小师妹，据说你的狗狗不见了，哦不，是你的狐狸不见了，现在正动员姥爷全家给你寻找狐狸ING，不要客气，哦呵呵呵——你的亲亲师兄致上。”

什么？我的“准式神”居然不见了？我这才觉得自己真蠢，那是灵狐，用铁链子拴在床头怎么会管用呢！

我叹了口气，在听闻这个不幸的消息后，心情就更加糟糕了。

所以说，对于古人总结的那句“得不到的就是最好的”，其实在我分析来看，往往最好的东西有时并不在于得不到，而在于你捞着了一回，但偏没了下次。

我的这份感慨还没抒发完，一滴不知从哪里飘来的冰凉液体就猝不及防地滑入了我的颈脖间。

来不及反应，很快，一场小雨就这么淅淅沥沥地落了起来。此刻，它就像是突然绵荡开的薄雾似的，轻易匿去了巷陌间的迂回折曲，让天地的线都仿佛在同一时间交会成了一个点。

一个原点，一个找不到最初，但也看不到最后的原点。

下一瞬，我的头顶就移来了一把伞，它遮住了一片的天光和水气，像是要把我和这个世界分隔开，然后遗漏下来。

接着那个低沉如大提琴的声音说：“葛叶，能不能跟我说说你想象中的未来？”

未来？好遥远的一个词。我轻叹了口气，却是不知该如何接话下去了。毕竟这个词是如此，即使带着憧憬和希望，但对绝大部分人来说，它都依然不是一时能够讲清楚说明白的话题，它就像一枚硬币，正与反的结局都同样会给人们带来深深的在意。

所以与其如此，不如一开始就不要去权衡得失，实在人心的本质是，有时纵你有再多的理智，都比不得眼前一刹那的动心。

我看着他，半晌，说：“我不知道，我想它也许更好，我想它也许更坏。但那又怎么样呢？毕竟我们现在再怎么假设，它都不过是个伪命题而已。”

“不，我只是希望你设想一下。”他打断我的话，用一双和我极像的眼睛看过来，说：“假如你能有一股力量，这股力量异常庞大，庞大到足以凌驾于任何的道德和法律，甚至万物的一切法则之上，那么你会如何应用它？”

我被他这突然间压低的语气弄得惊呆了，而此时他大概没留心自己一双深茶色的瞳仁里那诱人沦陷的光。我打起哈哈，说：“那你是打算让三界管理协会情何以堪？”

他面不改色地答："我说的这种人，世上真的存在。"

我不知道他开启这个话题的用意，葛西说他是疯子，那恐怕是因为智商，因为葛莫言的话在我听来，句句都是暗语。我说："首先我不信这世上有能破坏这股平衡的力量，即使有，它所要付出的代价，也不是我们所能想象的。其次身为阴阳师最重要的责任就是要维护三界的平衡，而不是让人破坏它，一旦有了打破这种平衡的存在，应该毫无理由地消灭之！"

"可你真的认为这是破坏吗？"他凑近我，眼里的火焰像是能将我烧着，"我接触过一些你们的书，你知道吗？当我阅读到那些文字……"他闭上眼，努力将自己的呼吸平复下来，"开始的时候，我觉得我的世界观像是被完全颠覆了，但后来当我慢慢地有了解，另一扇天地的门就向我打开了。"

"外行真不应该知道这些。"我实话实说。

毕竟在我看来，当一个人多了其他人所没有的能力的同时，也就意味着，他的肩上多了一分其他人所没有的责任。虽然这种责任本身并没有对错，但个人的选择，却是反映了他的担当。

"我不算是外行人。"他又说了一句让我莫名惊诧的话，"葛叶，有时候人生的改变，仅仅需要一个很小的契机。天地也是这个道理……"

他的话让我怀疑他是不是发病了。我说："人生的改变主要看个人愿不愿意，但天地是永恒的，又怎么会轻易改变？"

他呵呵一笑，鼓励似的将一只手搭上了我的肩，接下来的提问也开始玄而又玄："三界的说法诞生于创世之后，但你有没有想过，在这之前，在那个三界不分的时代，这个世间是什么样子的？"

我得承认，的确作为学霸的我也没有思考过这个问题。从书本上的知识来看，人们脱离了混沌懵懂之时就有了三界，有文字记载之日就有了三界。比那更久远更古老的轶事，三界考古学家们也研究过，但20年无忧无虑的生活，禁锢于书本的我并未探究过。

想到这，我苦笑了笑，说："或许就像神话里形容的，在盘古开天辟地之前，哪里都是一片混沌吧。"

“所以依照你的想法，三界的存在就是世界的起始，三界的秩序就是固有的秩序。三界为什么会存在于世，根本不需要去研究、去探求。”

我点头，补充：“既然天地间有了三界，那势必有它的原因和道理……”

我话刚说完，他的眼神跟着就暗了，就像是一团火突然间熄灭似的。他看向我，连带着嘴角的笑意也似掺了嘲讽，他移开在我肩头的手，说：“你这么聪明，我还以为你能够明白。”

我承认我是学识浅薄了点，但他的思维也过于跳跃了。我在这种满脑子充满疑问，内心充满焦虑的当口，更加没有时间考虑这些。而之后他就不再说话，而是将雨伞递给我，兀自走进了渐渐大起来的雨里。

我跟在他后面又走了几步，终于还是没忍住，我说：“大表哥，我这人挺不会说话的，我刚是不是说错什么惹你不高兴了？”

“不。”他看着我，回答得很简洁，但是他的脚步依旧没停，仿佛只要照着这条笔直的线继续，哪怕再远的目标就都能抵达。

“你是一个特别的人，很特别。”他停下脚步，说得很肯定。

等我们买好礼物一齐回到葛家老宅时，我自然难以知道，就在我未归的这短短两个小时中，居然还发生了另外一件意想不到的事。而这件事若用我进门后听到的第一句话形容就是：

要说今天究竟是什么日子啊？阿叶，要不咱赶紧回去查查黄历？

毫无疑问，说这话的自然是我们的脱线师兄陆温茗，不过，现在让我诧异的却是站在他身边的沈一菲。此时，在这栋无不透出幽秘的古宅里，檐下昏黄的灯盏将她苍白的手指衬得像是油皮纸上洇开的一痕水迹，水迹之上，越发浮现明显的却是——

我全身一凛，心脏也像在顷刻间被人拨停了。

沈一菲手里，握着一张和我手上一模一样的明信片。

那张空白的明信片落进了我们每个人的眼睛里，我深深吸了口气，这才将她手里的明信片接过。

虽然和我的明信片一模一样，却并不是先前那张。除了背面印有的示意着由本地寄来的邮戳外，就连邮票都是明信片原本带有的。

一张寄件人和收件人都空白的明信片。既然它没有写收件人，那么它又是怎么发到葛家老宅，并交到沈一菲手上的？

想到这，我忙看向沈一菲，倒是葛莫言忽然不痛不痒地说了一句："表妹，答案你已经找到了吗？"成功转移了我的注意力。

答案？什么答案？我再次看向沈一菲，但无意中发现她的下唇上一排清晰可见的牙印。

"是阳花空焰。"她清雅如莲的声音绽放在黑夜里，转瞬又被吞没。

"不错，的确是阳花空焰。"葛莫言说着，顺手又将那条正红的西装领带紧了紧，"你果然很聪明，即便你并未继承任何血统。"

他刚刚提到过什么，血统？我了个去，听起来很像吸血鬼的小说或者某个女性游戏。虽说现实当中我们术士的法力也和血统有关，但这说法是泛泛而谈的，只能说明你的祖上可能是什么人，却并不是很有规律地一代一代遗传下去。

阳花空焰的意思，比喻是美好的事物只存在一瞬。信息太少，我推理不出任何内容，只得瞟着陆温茗，可他也是一脸茫然。

"大少爷，二少爷，表小姐，还有表小姐的朋友们，老爷请你们移步书房，今晚的生日宴就要开始了。"老管家的突然出现好似打破了迷局。

……等等，他说的地点是，书房？

（7）所有的相遇都是重逢

我想也许葛老爷子习惯于久久足不出户，才不在客厅或者宴厅而在书房里给外孙女庆祝生日。但这间书房对于我来说，仍然显得阴森森地引人害怕。

当我们这一群人围坐在一张椭圆的黄花梨木桌前等待葛老爷子出现的时候，房间内一片寂静。我终于有时间静下心来，撇开所有的思绪在脑海中整理自己收集到的过于纷杂的信息。

葛莫言所说并蒂莲的事，被我半途噎了回去。我知道那可能与我的身世有关，我口中甚至有呼之欲出的答案，但是我现在还不想接受这个答案。

我宁可刻意回避它，回避去思考它、面对它，暂时装作不动声色，将它排除在我的思考范围之外。这样我才有办法冷静地去思索更为重要的事。

我不知道葛莫言有什么目的，他似乎也像其他人一样藏着很多的秘密。我曾经很困惑，甚至心里抱怨，为什么大家都不信任我，对我有所隐瞒。而现在我的心态转变了，既然他们不告诉我，就一定有其理由，那么我就不再想知道。我想知道的事情，需要自己探寻，而并非依赖他人。我要从自己已经掌握在手的信息开始，一点点抽丝剥茧。从这个角度上来讲，我的确如卓扬所说，是个笨人。

饭桌上沈一菲的表情非常凝重。她这两天几乎没有和我说话，我也曾经为此困扰难受过：为什么一菲变得有些陌生？但发生了这么多事，我的心反而冷静下来了，冷静得十分彻底。

我知道自己不能身陷其中，被情绪和自身相关的纷扰所左右。想做那个“局”的赢家，我必须把自己隔离出来，用一种局外人的心态打量一切事物，包括沈一菲。

也许沈一菲一开始，就是我不认识的人。

我想起卓扬在第一次看见沈一菲时说的话；想起陆温茗在得知沈一菲居然能看见明信片“燃烧”时的诧异表情；想起金生在撞见沈一菲时表现出的慌张害怕；以及为什么在少池岭时，我、卓扬、夏夏、志明四个人都被童梓设下的阵困住，但偏偏她和陆温茗就不受影响……

这些事情我从来丝毫都没有在意过。但就在我对沈一菲有所怀疑的这一瞬间，都变成了解不开的谜题。

沈一菲身上有问题，恐怕，她也是“局中人”！

我、卓扬、陆温茗、沈一菲。四个人已经形成了初步的牌局，只是每个人手中的底牌我并不清楚。如果我是女娲石的话，陆温茗就是应龙，那沈一菲和卓扬又是……

卓扬，我最后一次见到他是在牌桌上。当时他盯着桌上的余牌半晌，沉默不语。我早就记住了他那副和牌，妙手回春。而卓扬打出妙手回春之前，明明是柳姨准备起身离去，说“没意思，不玩了”的时候。一副妙手回春，让柳姨闭上了嘴。那天的不适感，一下子在此时此刻豁然开朗起来。

柳姨当天发问时，神色也是有些异样的。她在问出问题的同时，打出的一张乱牌是“东风”。

紧接着，卓扬就自摸和牌。可是，按照当时的顺序，他并未掷色子，按照规则，没有办法摸牌。

妙手回春在牌局里的含义是指自摸牌墙上的最后一张牌和牌。如果卓扬的和牌意思是“等到最后一刻”，那么柳姨打出的牌，就很有可能是“只欠东风”！

可恶，原来他们两个竟然是当着大家的面在对暗号！

这个牌局的胜负“只欠东风”，而翻盘的时刻，必须是最后一刻。

“东风”是什么？最后一刻是要等到几时？

卓扬让我等到最后一刻。参透了这个暗语之后，我一下就安心了，心中积存已久的那些问题，突然又不想现在就拷问出来了。我自不去拷问，但它们注定会逐一解开。我只需心如明镜，在恰当的时机，看透内在的根本……

我逐渐了解到，可能有些事情并非他们在瞒着我，而是一旦说出来，会摧毁我，让我难以承受。

诚然，现在让我把那些荒唐幼稚的想法抛在一边，的确是不大可能的。就连我成为阴阳师的初衷都是固执且一厢情愿的事，也难怪这么久以来，他们似乎一直在保护我，过度地保护我。

此刻，在吊顶橘色的灯光下，对面的沈一菲微挑的丹凤眼低垂着，但尽管如此，也依然无法掩饰她那两只对比得越发明显的瞳仁，就像是精美的瓷娃娃被色盲的匠人装错了眼珠似的，一只是深褐，另只却是……茶晶才有的烟墨色。

她的眼睛……怎么了？我猛然想起去兰若寺的路上，沈一菲蹒跚的步履和一只眼睛落泪的样子。她病了？

长窗下的明瓷风铃也响了起来，那个突兀的声音与越发急促的风声交织在一起，几乎要将空气生生扯裂。与此同时，沈一菲的姥爷也杵着那根乌木的龙头拐杖，在沉重雕花门洞开一面的惶惶夜色里，终于到来。

我没料到另一个完全在我设想之外的人也会随之进来……居然是，孟婉清？

来不及惊异，因为此刻比我更诧异的人早已付诸了行动，像是怎么都控制不住似的，沈一菲霍地一声就站了起来，她背过身，仿佛要将身体隐在沉沉的光影里，但她色泽各异的眼睛确实亮，亮得如同最妖异的荧惑星，她说：

“孟婉清，你来这里做什么，这里不欢迎你！”

“表妹，大家都是来给你庆生的。你就是这么招待我母亲的？”随即开口的是葛莫言，诚然，他不过是静静坐在那里，但随着他并不重的话语，整间屋子都好像在霎时间静了下来。

这句话当着葛家上下被讲出来，就像我从未想过那层窗户纸会被捅破一样。所以这一瞬间我下意识地看了看雕花门间穿一袭高领旗袍出现的孟婉清。

这世上总有些人是注定要欠另一些人一个答案的。我看着她，心情极度复杂。

然而，没有答案，什么都没有。

她不过是在短短瞥了我一眼后，就将目光移开了。如此果决而迅速，没有回答，没有说话，甚至连动作也只是自顾自搬了张座椅坐下，就端起了面前早已冷却的莲片茶。

就仿佛这一切只是出再连贯不过的戏，让所有的旁观者，包括我，也包括她的亲儿子葛莫言，都一概连见缝插针的机会都没有。

长得足以斩断时光的沉默里，我久久注视着她盘在头顶的发丝，光影下，那里正晕出一小片的光圈。看得久了，似连视野也跟着一起迷失了，就犹如从星空一路追随到了海底，然后沉没进了这片不可触碰的禁区。

大家沉默得气氛有些凝滞的时候，孟婉清突然开腔了，她直起了身，神情如第一次看见我时那样望向沈一菲的姥爷葛一行，她说：

“葛老爷子，10年之期将至，你是打算自己来，还是我帮你？”

10年之期，什么10年之期？我皱眉，目光随着众人一道看向了葛一行。

或许因为今天是沈一菲生日的关系，他那张蜡像似的脸也总算比初见时有了些真人的感觉，不过他依旧无法说话，但即使这样，他看向孟婉清的表情里，也并不难猜出他内心的想法。

但就在下一秒，他忽然对着沈一菲摇了摇头。

与此同时，长窗下的风铃声也骤然停止了——

在座的人应该都被风铃声吸引了。对这个风铃，最有发言权的肯定是沈一菲。我强行敛下心神向她看去，但意外的是她也正看向我。我从没见过这样的目光，竟是如此妖冶的亮，与苍白脸色对比鲜明。

此刻，她的声音有些沙哑："小叶，你还记得你告诉过我的吗，女娲石之间是可以互相吸引的。"

女娲石……看着她的眼神，我已经感应到了那种神秘的气息。

毕竟我已经接触过四块女娲石，此时此刻，我的项坠正在我的胸前微微发光……

是的，我承认我的确想过，而且不止一次想过自己会怎样得到第五颗女娲石，但我绝对没料想过女娲石会以人体的形式出现。

一时间，我觉得自己好像再说不出话来。宋娅楠的影像又一次占据我的脑海。如果说宋娅楠的死是有人预谋好的，那么沈一菲呢？这一切事情的背后都好似有一只隐形的手在推动着，我的一切，我身边的一切都像是一个死局，早已被在生死簿上画好了连接线。

我讨厌这个死局。

"那又怎么样？相比起吸引，我更愿意把它看成一种缘分。"

沈一菲愣住了。是的，女娲石是死的，但被女娲石左右的我们，两个普通的少女，因此而互相吸引在了一起，何其幸运！

正因为如此幸运，所以我才要更加珍视它。不论是不是因为女娲石，我必须要保护沈一菲。

而此时的沈一菲忽然惊叫一声，抬手捂紧了眼睛。那只妖异的左眼，猝然发出烟色的光芒。

同一刻，长窗下的风铃也响了起来，气氛紧张得就像一根绷住的弦似的，骤然将所有的事件都凑到了一块。与此同时，孟婉清也走到了那扇镂空的长窗前，她将明瓷风铃里的长条一把扯了出，然后用她那特有的带着奇异指向感的声音说：

“咒约的时间到了。”

不单是咒术，恐怕更加是指缚约，因为对于任何违背自然平衡的术法而言，其本身都一定是要付出相当代价的。

得到的同时意味着失去，公正得就如同物理学上说的质量守恒定律一样。

“葛老爷子，10年前我就告诉过你，‘空焰铃’的咒约只有10年，但愿你没有忘记。”这是孟婉清随之而来的第二句话，同时间那扯下的符咒也被她利落地折叠了起来。

空焰铃？那风铃的名字是叫……空焰？阳花空焰？一个恍然，我猛地就将目光移向了长窗下那串晃动着但已发不出声音的风铃。

比喻美好事物只存于一瞬。

心底的解释在脑海浮现的同时，孟婉清的声音再度响起，而我在一旁看着，竟觉那个表情是我平生所无法描述，就连一句冷眼甚嚣尘上，都好似成了最肤浅的形容。

她说：“用您10年的声音换另一个人的10年光明，值不值得，只有您心里有数了。”

……原来10年前，沈一菲竟然是盲人吗？我不可置信地抿紧唇，当逻辑被完整拼凑出的一瞬，我忽然听到眼眶已被泪水打湿的葛一行开口了，他的声音纵然哑，但内容却是清，更让人听得分明，他说：

“对不起，菲菲，姥爷尽力了。”

一字一句的沉重，直犹如敲击在人灵魂上的铜锤。一瞬间，我只觉喉头也像被什么给堵住了，它让我说不出话来，更让我觉得心里堵。是的，眼前的葛一行的确是个其貌不扬，甚至还有点怪异的老人，你看见他，想必很难产生要亲近的心思，他走在大街上，你也压根不愿回头多看他一眼。

可就是这样一个平凡而普通的人，也会有想要毕生守护的人啊！

大爱无声。

一阵的唏嘘过后，这短暂的沉默就被葛莫言打破了，他看孟婉清，满眼满眼都像在瞧个陌生人，他说："母亲，你会不会在一边嘲讽别人的同时心里也在一边嘲讽着自己？"

然而，孟婉清却始终没有将他的话接下，她甚至没有看他，就如她自始没有看我一样。她只是再平静不过地绕过梨花木的圆桌，将手里折好的符咒贴向了沈一菲的左眼，向我伸出了手："乾坤珠。"

我愣了愣，赶忙掏出那颗珠子交给她。

既然她现在要用，为什么当初还要给我？乾坤珠从我手上再回到她手里，有什么意义？……对了，净化。

乾坤珠是致死过宋娅楠，从黑麒麟腹中取出的，上面有戾气。而我手里有女娲石……

与港岛市的绝大多数中学一样，G大附中有每年一次化装舞会的惯例。也就是在那一晚，我记下了那个穿着黑色燕尾服，弹琴如同梦幻协奏曲的温尘。事实上，那时温尘在G大附中已经很出名，不单拥有自己独立的粉丝团，甚至团名都是十足轻佻且花哨的"王子殿の后宫"。

只不过这一切他本人并不知道，当然也可能是知道装不知道，毕竟像他这样生来就为让所有女人都开始做梦的男人，多一个或者少一个人喜欢，实在没有什么分别。

然而，就像所有言情小说里描写的一样，在这一群人当中，总会有那么一两个与众不同的，宋娅楠就是这其中的一个，或者讲，独占鳌头。

校花、年级优等生、温老师的关门弟子、王子的秘密情人，这每一个的称呼都足以让她风光整个当时的G大附中，但也因此，腹背受敌。

至于她当时之所以会选我做她的朋友，想必，也多半是因为我的普通，记得那时的我成日就像一株小草一样在她这个公主身边，而任何的公主都不可避免地需要一个陪衬，我就是那个陪衬。

我想，单单基于以上可能还不够，更重要的是我神经够粗，粗到在她之前我连温尘是谁都不知道。所以对她而言，我恐怕还是个安全的对象，正如，她与我的意义一样。

师父曾说过，在这个世界上，真正的朋友其实是把你看透了还愿意跟在你身边的那个。想当时他话说完我便提问道，那么殷连呢？他会出卖师父，也是师父早已经看透的吗？然而，他却是长久地不回答，记得那时我们还住在台州郊区的旧平房里，在市郊，夜总似来得比市区更早些，它像潮水一般沉下来，我仰头看见烛光亮在他深色的瞳仁里，仿佛是广袤海面上唯一的灯塔。

终于，他将手按向我的头顶，说，叶，你知道吗？人和人之间维系情感的方式有很多种，亲情、友情、爱情，但有些时候，它们在另一些人眼中恐怕还不及权势名利的1/10。因为在一开始，在每个人出生的时候，天平就已经失衡了。

我打断他，说我不明白。而他显然也并没有要解释的意思，他不过是将按在我头顶的手移开，表情慵懒地笑了笑，说，当然，现在有师父在，你可以不用明白。

他这样说，我自然确信不疑地相信了，因为那时总想着以后，总觉得以后就好了，以后就能明白。

结果……没有以后。

故事被断在了一个戛然而止的地方，而在这以前，在同根时间轴的另一个坐标上，在我们的化装舞会上，在经重重的时光洗涤之后，那如同命运伏笔的一幕终于得以还原了本来的颜色。

“娅楠，你确定要穿波希米亚风的长裙配这个……嗯……它其实是土耳其的紫薯吧？”16岁的我斟酌了下措辞，终于决定对正照着镜子的宋娅楠说出实话：“原谅我，上帝。它看起来真的很难伪装成一颗大溪地的黑珍珠。”

“亲爱的，土耳其大概不出口紫薯，”镜子里，宋娅楠踮起脚尖，做出歌剧天鹅湖里被施咒的公主奥杰塔的模样转了个圈，顺便也将我手里那颗圆溜溜的乌色石珠拿了走。“虽然那儿的确是个烟草大国。”她在镜子里挑了挑刚刚描好的眉，补充说。

说起来，这种类似翻译体的对话在当时的校园中其实并不少见，因为那时港岛市正在举办全国英文话剧选拔赛，各大高校也都为此忙得焦头烂额。在比赛范围被确定后，富有浪漫和贵族气质的中世纪宫廷剧便从中脱颖而出，甚至在练习最白热化的阶段，校园的各个角落里都好像能看见一对对的朱丽叶与罗密欧。

“我说，达令，你看这样好不好？我用一个贝母托在它下面把它做成指环，送给我们凯萨尔城堡最美丽高贵的公主？”

说动手就动手，我欢快地将小马靴踩在17层公寓的拼木地板上，我依旧记得那个咚咚作响的声音，就像记得那时的时间过起来总是飞快，仿佛一阵风，飞起来，能把全世界都抛在脑后，可是为什么，一转眼就什么都没有了呢？

……什么也都，抓不住了。

“师妹！师妹！阿叶！白痴阿叶！猪头阿叶！我擦……你终于晓得理我了。”陆温茗长长舒了口气，将手里的明信片递给了我，我一时没反应过来自己的东西怎么又在他手里了，倒是下一秒葛西突然推了我一把，说：“你快看快看，什么是长庚酒？”

长庚酒？好像在哪里听过……

我皱眉，赶忙将那明信片对着光举了起来，果然，又一行燃烧的小篆跃上纸面：

长庚酒已寻。

长庚酒、长庚酒、长庚酒……不对不对，我一定在哪里听过这个词，我按着额头，很努力地想要回忆起来。同一时间，正以乾坤珠与沈一菲左眼里的女娲石做着交替的孟婉清那边也即将接近尾声，我们屏息看着，只在又一道晃眼的亮光过后，她才终于停了下来。

“乾坤珠的灵能是复制，”她一顿，“刚才我将她右眼的视力复制进了左眼。”

像是又等了等，她这才将符咒从沈一菲的左眼上移开，她拭去额间的汗珠，一双明亮的眼眸到底透了些疲惫，她说：

“葛老爷子，你又欠了我一个人情。”

“对了，这个给你。”仿佛是丝毫不放在心上的，她随手将那颗仍流耀着烟色光华的圆石向我抛了过来，我拿着明信片没法腾出手，好在有陆温茗眼疾手快替我接下。

“她好像觉得这玩意儿压根不值钱啊，你说我们是不是一直搞错了？”陆温茗随口啧了声，但即使如此，也依旧无法在他脸上找到丝毫的困扰，很快，他就长手长脚地腻歪到沈一菲身边关心了起来。

至于说我，我其实还没将这一连串的事件消化完毕，不过现在……

眼前的雕花门后，一片敞亮的月光照进庭院，在一株挺拔的银杏树旁，那个突然出现就如同突然消失的人此刻就这样毫不真实地站在那里：

他穿着制服款的薄呢大衣和高帮军靴，他剪短的黑发露出耳廓上耀目的钻石耳钉，我就这样看着，几乎要以为这扎眼的一幕其实是某部电影大片切错了镜头。

镜片后，他一双深黑的眼睛向我看来，嗓音依旧十二分的磁性和笃定，他说：

“是我，等着急了吗？”

似曾相识的月光下，我也在同时记起了曾听说过长庚酒的地方，那里是……阴司鬼市。

一切终会过去，一切总会开始。

大结局篇

（1）腹黑房东衰房客

我觉得最近的运势有点衰，而理解这话，我以为有必要先从千灯古镇发生的后半段事情说起。

当时卓扬以猝不及防且风骚至极的架势出现，最直接的后果就是导致我忘记了要上去掐住他的脖子然后质问他这一切到底是因为什么。但显然，对于一些存在像是开了金手指，比如卓扬这一号的人物来说，他不过是再自然不过地走上前，然后越过我的视线，对上了雕花门后的孟婉清，说：

“故意让葛叶事先看到乾坤珠，你这样做，是为什么？”

要说这话原本他不提还好，一提我跟着就反应了过来。的确，既然孟婉清事先已经知道乾坤珠可以代替女娲石帮助沈一菲的话，那么她这样多此一举又是为了什么？然而，孟婉清却一副并无心接话下去的模样，只抬手拢了拢她高盘起的光可鉴人的乌发，便从屋里走了出去。

照此情形，我自然以为卓扬要拿她没辙了，但没想到，就在他们擦肩而过的时候，孟婉清忽然说了句让所有人都意外的话，她说：

“是不是一开始动机错误，就会满盘皆输？”

我：“……”

为什么她每次都要说些我无法理解的话啊？我痛苦地摇了摇头，但随即，我就想起了另一个一直要问却一直忘了问的问题，我斟酌了下称谓，说：“孟阿姨，你能不能告诉我一菲的那颗女娲石是谁给你的？”

是的，如果说空焰铃本身是个咒约，可以达成一段时间内彼此间交替的话，那么作为最关键的替代物女娲石呢？

“孟氏一族是这世上最古老的先知血脉。”葛莫言突然说。

“一个可以救她的人。”并不理会葛莫言插进的话，高大的假山阴影下的孟婉清停下脚步，视线似一直望向阴影深处，“不过……你离知道，也不远了。”她说。

有像她这样跟人解释的吗？我怎么觉得越听越糊涂了。我皱眉，只好决定退而求其次，问道：“那他跟我们是一路的吗？你不是先知么，先知应该是不会骗人的对吧。”

“我是先知，不是仙人。”她背着身，很轻地笑了笑，却不知究竟是在笑我，还是笑我提的问题，略停了一会，她才继续：“也或者，我们可以称他是……不应存在于这个世界的人。”

不应存在于这个世界的人？我表示实在没理解她这句话的定语。不应存在，她说的这个不应存在，到底是指哪个层面上的不应存在？然而，并不等我思考下去，她已然走过了假山，消失在了一扇半敞开的垂花门后。

这个女人，还真是要将神棍的架势进行到底啊！我撇撇嘴，目光这才移了回来，倒是这时手里攥着的明信片上又多出了一只手，手的主人道：“亲妹子，你到底想出来了没有啊？”

我一愣，心说陆温茗和他的最大区别恐怕还真就在于，一个是随时随地的可以脱线，另一个则是在随时随地地脱线后还可以脱回来。这么一想，我不由又看向了陆温茗，但可惜，目光在半道就被卓扬的给截住了，我努力了下，觉得若现在避过会显得我太心虚，那不如索性就直对上了，我说："小西哥，那个地方你怕是去不了的，因为告诉我长庚酒这个名字的人，他是《山海经》里的人物，叫作烛阴。"

"烛阴？你说烛阴？烛阴我知道啊！"像是霎时找到了自己的存在感，葛西大步靠近，连带着两眼都放起光来："它不就是《战国on line》最新出的副本里的那个吗。哎，你不知道，我们开始都预测它是BOSS，哪晓得那货不过是野外大精英怪，物抗不行，法抗和异常倒是出奇地高，所以哥一见它就开了盾然后改暴力法师了。"

我："……"

等等，他刚说的是……《战国on line》？我看向他，目光一时移不开了，我极力平复了下，问："那副本叫什么名字？是支线任务还是主线任务？还有，多少级可以进？"

"你也玩？"听我这么说，他立刻就像找到了组织般激动地握起了我的手，解释道："那其实是隐藏副本，主线任务找轩辕夏禹剑的时候会被随机触发，但触发的概率很小，只有8%左右，所以一旦打到主剧情要用的材料，就可以在黑市上卖到天价。"

"找材料，找什么材料？"我赶忙问。

"当然是做关雎盏用的。"他说着双眼像是更亮了，"7枚迦蓝玉可以做一个关雎盏，哦对，你刚问我是副本名字？是鬼市副本。"

"关雎盏？鬼市？"我心跳得异常厉害。

"嗯，鬼市的地图上有一处浮动的鬼楼，等PK掉BOSS，再等到阴门洞开的时刻，鬼楼的执令就会出现，点执令传送到鬼楼，就可以在鬼楼的柜台里找到迦蓝玉了。"

"那么，BOSS是谁？"像是就等着这最后的真相了，我死死盯着他的眼。

"BOSS？ BOSS还没出呢，官网说有一个技术参数需要调整，估计出也得等到下周吧。"他不明白我为何这样激动，只好照实道。

“嗯，那就再等等。”像下定决心似的，我扫了眼正推着眼镜的卓扬后，重重道。

“佛祖保佑，好一菲你总算没事了！”陆温茗随即传来的声音打断了我的思路，我转过头，看着他一副十足忠犬模样的将沈一菲揽进臂弯里，接着有些激动又有些茫然地反应说：“不过这究竟是怎么一回事，我好像，还没怎么明白过来呢……”

果然，这就是一条笨龙啊，我不由想起了童梓的话。时间并未作太长停顿，葛一行便开腔了，他苍哑的嗓音断续在这间于夜色中伫立的古式厢房里，一时间，也如一首传闻风中的隐秘曲调。

他说：“那是在菲菲10岁的时候……”

原来，幼年时的沈一菲曾经因为不小心在他父亲的化学实验室里接触了强碱性的液体而导致左眼几乎失明。只是那时她毕竟还太小，再加上后来持续一段时间的高热，导致连她自己都对那段“可能是失明了的记忆”产生了错觉。实际上，这也很难怪她，因为当时她的亲人们遵医嘱，都不敢将真相告诉她，而等她后来眼睛好了，因为咒约的关系，葛一行就更不能告诉她了。

前者不敢，后者不能，这一切都致使她后来只能凭借自己的直觉，将事情串起来做了联想，这也就是为什么她会一直误会孟婉清的真正原因。至于说，她后来是怎么知道自己眼里的那颗是女娲石的，则是因为……我的关系。

之前我就已经提过，我和她认识并不是在初进大学分宿舍时，而是在前一夜我路过大学路旁的一间茶餐厅时。但我不知道的是，她那时其实是在故意等我，因为就在我们当天入学报到的时候，她就已经发现了我胸口的女娲石，或者说，是猜测到了。

是的，当时她的左眼有了反应，但又不似开始变色那样明显，也不似身体里某种具象的痛楚，而是吸引，本质的吸引，能让你的视线与意识一道情不自禁地看向另外一个人。

这不由让她想起在《异物图鉴》上读过的，女娲石之间是能够相互吸引的语句。

只是，她在补充这句时让我无论如何也想不通的是，既然她可以感到对我的吸引，那我为什么会对她没有反应？想到这，我脑中不由想起在阴司鬼市中烛阴曾闪烁其辞的那句，这颗女娲石不是我的。可是，如果女娲石不是我的，那么，又是谁给我的？

现在，一共五颗女娲石都已经集齐，可即使如此，所有的谜题也依旧没能完全解开，我不知道那个答案是什么，但我清楚的是，我的的确确想要知道。

可惜，更现实的情况是，这世上总有些人的的确确不想让我知道，譬如前文里出现的卓扬、孟婉清甚至葛莫言，然而，在未知的后文里……

事实上，当我于两天后返回到港岛，并发现自己的钱包不翼而飞之后的第一个反应也许并不是苦逼，而是，一种毫不踏实的感觉如同排山倒海般向我压了过来，至于这一切都归根于，我遇到了久候在浅水湾公寓门口的房东。

……是的，我是个月光族。

实在这世上最痛苦的事情莫过于，没有房子住啊没有房子住！可是，以现在的房价势头，哪个户型哪个朝向有哪个不是尾数四个零，前面还不是一呢？我再叹一口气，几乎已经断定我是被衰神附体了，哦不，也许我压根就是衰神本尊。

我将行李放下，痛苦地看向面前穿着一身劣质皮草却喷着小清新专属品牌安娜苏香水的矮胖妇人，脑中飞快搜索起了能够应付现下窘况的借口，然而……

“小叶哟，这回你可千万别怪你珍姐，本来嘛，你这房子当时签的就是半年约，眼看着现在合同就要到期续约……不过嘛大前天你不在，刚巧又有我一个亲戚来问房子的事，所以……”

所以怎样？所以我就活该要当炮灰？我极力忍住了这句反问，倒是她像生怕我不松口似的赶紧上前一步握住我的手，顺便再挤出几滴怎么也挤不出来的眼泪，说：“你哟，要怪就怪你冯哥那个衰人，他哟，上星期又趁我不在偷偷去马桥赌钱，结果……结果这不就……”

我懂了，她这是打算卸磨杀驴呢，难怪都讲艺术来源于生活，就她这种角色，放哪个电视剧里还能活过两集啊？我在心中冷笑了笑，面上却只能说：

“可是珍姐，你看我这都出门了好一阵子，东西什么的都还没有整理，你总得给我时间……”

“哎哟，小叶，你怎么这么拿自己当外人哟，”珍姐不等我说完就打断了我，且眼疾手快捉住我就要拿钥匙开门的手，急急说：“昨天，哦不，前天，我就让人把你东西拿走啦，今天过来，就是跟你说这个事哟。”

……敢情，这到底是谁拿自己不当外人哟。

我一脸无语地看着她，可惜她脸上实在看不出半分的不好意思，并继续说：“你的东西我都已经替你放在-1层的仓库了，喏，这是仓库钥匙，你看，珍姐对你还是很够意思的吧。”

……那你还真是对我够意思哟，我已经对她佩服得五体投地。

是的，我就是这样，在爱情公寓的故事还没有开拍前，就中途被人换了角，而且还是在我完全不知情的情况下。

……我已经准备无语问苍天了。

我掏出手机，打算给陆温茗打电话，让他先收留我几天，然而……

“葛叶，你在哪里？”

我一愣，反应过来手机里传来的是卓扬的声音。

“我在浅水湾，呃不是，我快要不在浅水湾了。”刚被房东的事弄得心烦意乱，我的回答也难免语无伦次。

“你怎么了？出什么事了？”他的声音还是一如既往的镇定。

“没房子住了。”我想都没想的就脱口而出。

“哦？”电话里，他招牌似的尾音一上扬，接着就是一阵短暂的停顿，“在楼下等我，我马上就来。”

“啊？”我终于反应过来。

“嘟——”

该死，他怎么又是这样！15分钟后，浅水湾的公寓楼前——

“你说马上，这也太马上了点吧。”拖着我的拉杆行李箱，我看见一辆黑色的宝马里一道修长的人影走了出来。

“我都说了是马上，我什么时候骗过你。”接过行李箱，那人居高临下看了我一眼，嘴角不易察觉地还飘了缕笑：“怎么弄成这样了，你这副表情，不知道的，还当是我把你怎么样了。”

我：“……”

都这个时候了，他还有心思讲冷笑话？他这人果然就是可恶，哦不，简直就是太可恶了！我努力冷静下来，说：“卓扬，要不你送我去我师兄那吧，反正他家房子大，我去住几天，应该没关系的。”

“可我怎么听说，他好像去G大帮沈一菲搬行李了？”他回得不咸不淡。

“什么！你是说……”我吃惊地瞪大了眼睛，“他们，他们……”

“我可什么都没说，”他牵起嘴角，顺手将行李拿过，再绕过我将后车厢盖打开，“你就这么点东西？其他的呢？”

“在-1层仓库里。”我叹了口气，心道诚然我是很难招架他，但总归我还得招架我那所剩无几的东西，我大概计算了下钱包里的零钞以及信用卡尚可透支的权限，说：“要不然，要不然你就送我到奥海中心吧，那儿……那儿有我一熟人。”

“去我那住吧。”可惜，他并不给我继续遮掩下去的机会，而是推了推眼镜，用一双深黑的眼睛看过来，说：“不过你每天要负责卫生和买菜，自然，你若是住过来，就可以不用再去挤巴士和地铁，你若是想去哪里，我也可以免费载你。”

敢情，他这样是不是就叫作步步为营？我还没准备开口，他那边已然又道：“对了，买菜时记得一定要买肉，种类无所谓，我不挑的。”

我：“……”

我明白了，他这绝对是挖好了坑等着我跳呢，我看着他不打算接话，然而下一秒他又一挑眉，补充道：“嗯，不用你付租金。”

我投降了。

我就是这样在港岛市最贵的公寓帝庭豪邸跟卓扬开始了一段“同居”生活，但让我怎么都没想到的是，就在我即将迎接自己新生活的当天，又一幕刺激眼球的事情发生了。

那时，我和卓扬正从16层的电梯门口出来，卓扬替我拿着行李，我手里则拿着他家保险门的钥匙准备开门，可就当我将门钥匙捅进去转开他家房门的那一刹——

“啊！你你你！”我尖叫一声，赶忙转过了身，“你们……你们……”

原谅我实在不知道该怎么表达，我看看卓扬，余光又扫了眼门口那位好整以暇看着我们，修长身体上却只单单裹了条白色浴巾遮住重点部位的白皙男人，一时间脸烫得几乎能蒸熟馒头。

“怎么，小卓你还真把你那位小朋友带回家来了呢。”男人显然没有要离开的意思，甚至还换了个笑吟吟的表情。

这个声音？听着有点耳熟？我用手捂着脸，透过指缝小心翼翼看了眼他。果然，如我猜测的一样，面前这人正是君柏，西点店的老板，绰号白围裙的那个家伙。可是，白围裙怎么会在卓扬家，而且还是以这么个丝毫不含蓄的形象出场，难道说？

我不敢往下想，倒是卓扬面色一敛，冷静道：“你这回又是什么问题？”

“我家的热水器坏了嘛！”君柏一脸无辜地冲他眨眨眼，“而且小卓你不是也说还有两天才回嘛，啧，原来搞半天是因为……”

“因为葛叶的房东把房子提前收回了。”卓扬眉毛一抽，打断他的话。

“原来是天时。”白围裙补充。

“她钱包被偷了。”卓扬面无表情地推门进屋。

“再加上地利。”白围裙在后面笑嘻嘻地再跟上一句。

“是，我就是要带她回来。”卓扬背对着我径自走向客厅，终于在深色的软皮沙发前停下，他单手扶着我行李箱的拉杆，低磁的嗓音一字一字道：“因为我不希望有除我以外的第二个人可以欺负她。”

不能否认，在听到这句无异于告白的话的一瞬，我脸刷地就红了，但好在我的脸刚才已经被赤条条的白围裙弄红了一次，所以此时此刻，我只好假装是因为卓扬屋里的暖气开得太足，我别过脸，故意转移话题说：“卓扬，在你家，我睡哪间房？”

“自然是他卧室。”

“紧挨着我卧室的那间。”

两个叠起的声音响起的同时，气氛也变得微妙起来，我低着头慢吞吞地向他们所说的卧室走去，然而——

“刚才在车里忘记告诉你，在约法三章的最后一条，也是最重要的一条，这屋子里的最末一间卧室你不能进。”卓扬突然转过身，重重补充道。

我一愣，目光顺着实木楼梯向上扫了眼，说句真心话，刚才我的注意力不在这间房子，所以自然就忽视了，敢情这里的装修还真的是应了那句对奢侈的诠释，什么是奢侈，就是不求最好，但求最贵！

CBD区，16层朝外海景房，复式楼结构，目测面积在300平方米以上，当下最奢华的欧式装修风格，看罢我暗叹了好几回，心说难怪现在的姑娘们都争着抢着要嫁高富帅，只房子这固定资产一项，别说她们喜欢，就连我看着都喜欢。

可见，我不但是个俗人，还是个俗得特别彻底的人。

实在这世上没谁会跟银子过不去，既然如此，那我不如索性将计就计，毕竟，要知道这个人更多的秘密，我想，除了这里，目前我也再找不到更好的下手目标了。

……就譬如，那间不能进入的卧室。

我自然难以预见“调查从卧室开始”会是个以成功开始，并以失败告终的论题。可见，古人的那句经典总结：失败是成功之母，在条件恰当的情况下，有时也是可逆的。而我自己事后想想，大概只能说一句，实在是不怕神一样的对手，就怕猪一样的队友啊。

实际上，当时事情的经过是这样的……

在白围裙离开后，卓扬接着便进了浴室，于是我趁他不注意，偷偷溜到了二楼打算伺机行动，可是，就在我正要推开那扇门时，卓扬的一句：“葛叶，你难道没听说过好奇心会害死猫么。”便从我头顶上方不轻不重地飘了过来。

我一吓，顿时就再移不动脚了，倒是他穿着身酒红色的浴袍转而走到我面前，淡淡一抽嘴角，接着又抬手递来了我的手机，说："你电话响了，好像是陆温茗打来的。"

我："……"

拿过我的手机，我把头低得不能再低，这才喂了起来。

"阿叶，你在搞什么，干嘛一直不接我电话，我听说你被你那房东给轰出来了？"电话那头的陆温茗气急败坏道。

我叹了口气，心说怎么这话从他嘴里说出来，我就怎么听都觉得不对味儿呢？时间略一停，他清了清嗓子又道："不过现在不是说这个的时候，我跟你说阿叶，师兄我现在要跟你说件关乎你终身的大事，你可千万听好了。"

吓？还关乎我终身大事，他是打算干吗？我匆匆瞄了卓扬一眼，赶忙将手机移向另一只耳朵，然后向墙角走了去。

"你预备好了没，师兄我就要开始了！"他在那边催促道。

"好了好了，你说吧，什么事？"我道。

"下月全国阴阳师等级考试，你准备得怎么样了？"

"我……"

"算了，反正我也没指望你会好好看书，"他一副我肚子里蛔虫的语气，"当初你考初级，你总还记得吧？那个……"他突然神秘兮兮地压低了嗓音："线人。"

我一听，立刻心领神会，说："难不成，师兄你是又想……"

"不是想，是肯定会，没办法，谁让每一个成功的师兄背后都有一个差劲的师妹呢。"隔着电话，我都仿佛能看见他在冲我一摊手，同时恨铁不成钢地叹了口气，"这次的题型跟往年有所不同，据说是……对，是二＋X。"他难得正经道。

"你确定不是三＋X？"我实在忍不住不插话，"那X它是文综呢，还是理综？"

"是实战！笨蛋，都是随机抽的题。"

"那一共多少题？"

“五题左右，不过我搞到了两题。”他肯定地嗯了声，“但可惜，这两题我估计你都成问题。”

“……都是什么？”

“雪女和地缚灵。”

“……”

（2）雪女的诱惑

关于这两样，我以为有必要先重点讲一讲雪女，提到“雪女”二字，想必不少人都听过岛国的那句古话“雪女出，早归家”。但实际上，不单在岛国，在世界各地都存在着各种各样的“雪女”，譬如著名的雪山女神，被称为“喜马拉雅山女儿”的帕尔瓦蒂，以及中国古文化里《清嘉录》中记载的俗称雪山女的女仙，广德祠山神张大帝的女儿，但归根到底，这都无非只是叫法不同而已。而对我们阴阳师来说，雪女更大的意义则在于……要说究竟有多少人考二级实战挂科，原因都是栽在了这婆娘手里啊！

所以说，简直就是一见雪女误终身啊误终身！更要命的，雪女最大的能耐本不在于她长得有多么的迷阳城惑下蔡，而是，她能够准确无误地找到你内心深处潜藏的那丝弱点，并以此弱点，制造出一个幻境，甚至是……一个人。

而这，简直就已经是BUG技能了。

且不用我说，只需各位看官们扪心自问，在这个世界上，究竟有多少人敢说，能说是真正战胜得了自己呢？

所以才会有那么多的武侠小说都总结说，往往绝世高手混到了绝世这个份上，都脱不了会走上一条独孤求败的不归路。

实在并不是无敌，而是万人敌，万人皆是自己。

不求成功，但求一败。

可叹人就是这么一个矛盾的对立统一体。

而我作为一个矛盾的对立统一体，不能免俗的，我陷入了对雪女，或者说对未知自己的深深恐慌中。在挂了电话后，我抬眼对上正若有所思看着我的卓扬，说："你都听到了？"

他点头，我补充："实战大约占总分的40%，你说我这是放弃呢还是放弃呢？"

他听后认真思索了下，说："那不如让我考虑，以后我们出去，我都假装不认识你。"

我："……"

时间停上一停，他上前半步，将一双深黑的眼睛俯看下来，并微翘起嘴角："可你当真愿意我不认识你吗？"

……他这是红果果的色诱吧？我屏息，脑中当下便又浮起一句，要说他这一张祸水脸笑起来，怎么就这么容易招人犯错误呢？

我很努力地别过脸，又很努力地想了想，说："可惜我是个女人，我要是个男人……这里还能有你什么事儿？"

他听后好看的眉毛果然皱起，然后说："葛叶，你过来。"

我没敢不照做。

他一敛嘴角，高大的身影瞬间覆了过来，我没能及时躲避，下巴就被他修长的手指擒住了，他视线淡淡扫了圈，接着评价道："其实受磕碜点也没什么，只要攻长得好就行。"

我："……"

此生此世，我似乎已经预见到自己在嘴皮上是不可能赢过他的结局。我皱眉，赶忙将他的手拍开，说："你不是金手指吗？不如你告诉我，我要怎么做？"

"金手指？"他听后一顿，"这是你对我的另一个备注名吗？"顾自给出了个解释后，他抬手又将直挺鼻梁上的眼镜摘下了来，像是故意要让我将他深黑眼底的笑意瞧个清楚分明，他说："既然你都说了我是金手指，那么付出点代价换取攻略本，应该很合理吧？"

我以前怎么没发现这人其实也挺不讲理的？我忙不迭后退半步，奈何他的动作却是更快，转眼之间，我的后腰就被他一把揽紧了，我一吓，语气也不由变得结巴，我说："那什么，你你你……"

"别动。"他打断我的话，并一抬手将我垂落胸前的头发轻撩去耳后，问道："你为什么不用蝴蝶结，那种粉红色的。"

我："……"

他在想什么？蝴蝶结？还粉红色的？他想干吗？Cosplay吗？我抽了抽嘴角，又结合起在少池岭那次他给我买的小熊维尼的针织开衫，顿时便推理起来："卓扬……你该不是……不是幼女控吧？"

"不。"他这次回绝得倒是很肯定，同时表情也是再正经和淡然不过的："我只喜欢萝莉。"

我："……"

大哥，那又有什么区别啊？我在心里默默吐槽了一句，并真心开始对他的品位产生怀疑，然而，下一秒，我的嘴唇就被他猝不及防地给贴上了。实在这事情转折得太急太快，以至于我压根还没怎么反应完毕，人就被他带到了对面那扇紧闭的房门上。

而更让我无法解释的，是我在被他这么一副"理所当然"的强吻以后，紧接着的想法居然是，这家伙的睫毛怎么可以这么长？

我觉得我真心是没药可救了。

"乖，把脚尖踮起来一点。"也许是终于意识到了我和他之间的身高差，也许是干脆就认为这样可以让他吻起来更加顺便，总之，他很快就向我提出了要求配合的建议。可怜我本就不大的嘴被他吸吮得连自己的牙齿是哪颗都数不着了，自然接下来的种种也仅仅能跟着他走，原本单这样也就算了，哪知道我又一个无意识，居然不小心拉开了他浴袍的上衣带，一刹那间，我和他都僵住了，我看着他，更看着他犹如被瞬间点着的深黑眼眸，顿时像是哑了。

许久，他忽然发狠地咬上我的耳垂，一字一字说："葛叶，你在勾引我。"

究竟谁先勾引的谁啊？还未来得及将这句说出口，我只觉身体一轻，下一秒竟被他抱了起来，我看着他，更看着他那半敞开的酒红色浴袍里露出的蜜色胸膛，脑中当下就乱成了一团糨糊，我摇了摇头，又点了点头，语气结巴得简直让自己都嫌弃："卓扬，我后悔了，要不然，你放我回去好不好？"

"回去？回哪里？"不知道我又是哪里得罪他了，总之他此刻的表情，的确是很不对劲，就像是海面上压抑着一场风暴潮的前夕，明明还没有一滴雨，但又好像有排山倒海的雨。

半晌，他终于打破沉默："你这样算是招惹我未遂，结果又想溜了？"

我只好摇头。

他将我放下来，并重新将眼镜戴上："不知错，那就更加要罚。"

我："……"

我抿了抿唇，心说这世上怎么会有这样的浑蛋啊，一边要罚得名正言顺，一边还要做得心安理得。想到这，我赶紧向门板下方小心挪了挪，怎奈才刚动作就被他发现，他随即俯下身，一双深黑的眼危险地眯起来，说："怎么，你这是突然想通了，想通自己的二级不要过了？还有，那些答案也不想知道了？"

一字一语的威胁都直击我的死穴，可恶！这个家伙实在太可恶！我瞪着他，更咬着唇不说话，倒是他凑得越发近了，却在最后剩下一厘米的地方停下来，勾着唇故意道：

"虽然我不喜欢主动的女人，可是你也太笨了。"

话说着，作势又要亲下来，我躲不过，只好伸手推开，然而这一伸手我又后悔了，因为我的手指居然直直触到了他修长锁骨上的肌肤，我脸一红，赶紧大叫："我不是故意的！你你你……"

"晚了。"他索性将我的手腕一并高举过头顶按紧在了门头，再次深吻了起来。这样被动的姿势和这样明显的身高优势，实在让我毫无转圜之力，我半仰着头，甚至不得不真的踮起脚尖来，而他也仿佛因此受到鼓励，甚至连吮吻都开始演变为一寸一寸霸道地噬咬，如此还不够，就仿佛要将我拆骨入腹才能满足，到最后，我连肺叶里最后的一丝空气也都榨干，只差最后的灵魂还苟延残喘地停留在躯壳里，我冲他发出含糊的声音，他这才肯稍微地放开我。

神思回归灵台的一瞬，不知怎的，我忽然意识到，我从前认识的这人，其实一直都是冷静而内敛的，纵然有力，但也都被包裹在他本身强大的气场之下。但此刻，他却像是一把锋芒毕露的剑，每望一眼，都好似会被洞穿一分。

一时间，我好像再分不清楚哪个才是真正的他。

许久，他才肯放开我，然而说放开，也并非是真的放开，只是松了手，将下巴枕在我的肩膀上。我不知道他为什么喜欢保持这个姿势长久不动，于是便拍了拍他的后背，轻声说："那什么……你真挺重的。"

他听后尾音上扬地"哦"了一声，又将头换到了我肩膀的另一边，耽搁上许久，才终于说："葛叶，我会为你安排好的。"

呃？我承认我的确一时没转过弯来，实在这种事搁谁身上都恐怕很难转过弯。我侧过脸，又问："你刚说什么？"

"没什么。"他抬起头，然后在我额头上亲了一下，说："记得相信我。"

然而，人有的时候相信是一码事，但要真正明白，又是另外一码事了。虽然，当时的我并无法理解这些。

我自然想不到卓扬会很有本事地在短短三天内办好了我们前去岛国的护照，因为在亚热带的港岛，我们是无论如何也找不来"雪女"作为考前训练的。

所以，在当他将那个粉红色的正面印有hello kitty的护照夹递给我的时候，我着实是惊讶了好一阵子的。倒是他一副理所应当的模样，着实让我觉得，也许在他眼里，女生用hello kitty就和他用Burberry是一样天经地义的，哦不，也许是天造地设的。

这一点上，我对他很没有想法，但更没想法的还在后头，因为陆温茗在得知我们即将前往岛国后，居然也无比厚颜地跟了上来，并放下话说，绝不能让我在我美人师父阮誉归来以前，犯下不可挽回的错误。我觉得他实在是想多了，倘若他早些有这觉悟，那他可怜的师妹我，又何必借宿在这个不好应付的腹黑BOSS家中呢？

一切准备就绪的三天后，我们乘坐的飞机从港岛华侨机场起飞，直越过莫斯海峡和深脊数千海里的东海大陆架，最终顺利进入了岛国的领空范围。

帝都时间晚19点20分，航班HJ512安全降落在了岛国京都的成田机场内。

远不同于港岛的亚热带气候，狭长的岛国大部分位于北温带，属于温带海洋性气候。学过中学地理的同学应该知道，温带海洋性气候的特点之一就是全年温和湿润，也正是这句温和湿润，直接导致刚从亚热带赶来的我们尚未来得及换上应季的衣服，就已匆匆步入了雨幕与霓虹灯影互为交织的京都大道上。

洋溢着现代化气息的繁华街道中，摩天大楼上LED液晶宽屏依旧闪烁个不停，在这里，好似除了陌生的人流，就是四面的雨，以及四面的光，斑斓的光透过积了一层水的柏油路面反射在接踵的路人脸上，更显出一种异样的流动和匆匆。

忽然间，我想起了那本曾看过的名叫《迷失》的书，它说一个人若在茫茫人海里丢失了自己，那最后找回来的，又是不是当初的自己？

的确，当身处这样一个完全陌生的国度，再面对一张张完全陌生的面孔，听着完全陌生的语言时，那些与过往有关的一切都仿似被剪断了，在这里，你就像面对一个陌生，甚至完全崭新的自己。

我深吸了口气，握紧拉杆箱，然后跟上了卓扬。实际上，早在来岛国之前，他就已经给我做了好些功课，并告诉我，来岛国最大的便利就在于，可以凭借汉字和手势比画就能没什么阻碍地畅游其中，十分适合像我这样的……小白。

记得当时他把小白这两个字咬得很重，但显然的，又不似他喊君柏小白时的那份正经和沉静，而是戏谑，戏谑到还能听出几分……刻意的宠溺。

我实在难以了解当时头脑中忽而冒出词语究竟是如何得来，倒是现在他一副态度端然地走来我身边，接着在我头顶撑起一把灰格子的雨伞，说："开始跟你说的，你都记住了？"

我想了想，嗯了声，说："一泊二食是一宿两餐，风吕是浴室，交叉点是十字路口，町相当于社区，还有交番的意思是……是……"

他摇头，终于发出叹息："就是错了，便把你关起来的地方。"

自从下了飞机就一直和沈一菲用微信报告行程的陆温茗："啊？"他诧异完还没忘记四顾了下，小声说："派出所是要抓谁？老大，我记得咱们应该是办了入境手续的对吧？"

我：“……”

“温茗，你一会先打车把我们的行李送去预约的旅馆，我和葛叶要出去一下。”卓扬吩咐着，又从风衣口袋里拿出一个小册子递过来，我一看，只见卡其色的封皮上面印着《岛国境内旅游全知道》。

哈？早知道有这玩意儿他还让我背名词互译做什么啊？我撇撇嘴，正要对此质疑，倒是他忽而又一牵嘴角，道：“我们只在京都逗留一晚，明天就去北海道，你有什么想吃的想买的，可以现在跟我说。”

跟你说，跟你说有用吗？好吧，虽然我至今还不愿承认那高昂的飞机票其实是这家伙替我付的钱，可谁知道他明天一个心情不美丽了又会不会用诸如“要从你薪水里扣”来威胁我？我想了想，决定套用电视剧里很流行的一个借口，不怎么娴熟地说：“可是我现在有些困了，我还得……嗯……倒时差。”

“倒时差？”他听后高挑眉，却是不紧不慢地又跟了一句：“葛叶，港岛和岛国之间只隔了一个时区，你确定自己没有活回去？”

我：“……”

我想，并深刻觉得，也许应付他这样的人，已非我葛叶力所能及的事了。他不但不按常理出牌，而且还喜欢做出些出人意表的事。比如，他接下来要去的，一个让我怎么也想不到的地方——

卓扬居然把我领到了一家免税的药妆店里。

一瞬间，我只觉自己被一种巨大的羞愧感吞没了。是的，身为一个姑娘家，我居然要被一个男人，还是这样一个男人领到这种地方来，我还能说什么？我已无话可说。

眼看着摆满的货架上一排排让人眼花的瓶瓶罐罐，我认真地梳理了一下自己的心情，这才扯了扯身边人的衬衫袖，说：“卓扬，你带我来这里做什么？”

可惜，他并未回应我的话，而是用修长的手指拿起货架高处的一只蓝管疑似洁面乳的东西递过来，淡淡说：“洗颜の专科，这款网上风评好像还不错。”

我接过来看都没看，仅仅是对他话里的关键词有了兴趣，我问：“你看的那是什么网站？”

卓扬眼也不抬地说："天涯818。"

我："……"

My God！眼前这人什么情况，他不应该是腹黑、内敛、低调……诸如此类的代名词吗？怎么居然，他还逛天涯？一定是我哪里误会了……嗯，一定是这样。

然而，纵我再怎么自我催眠，也掩饰不了周围向我射来的无数道或羡慕或嫉妒的目光。甚至，当下我还联想到了一个更形象的比喻，以卓扬为圆心画一个圆，很快，你就可以看见无数个同心圆，至于你，早已被湮没在其中无数道足以射死人的视线里。

思及此，更是不由让人忧郁，我想了想，决定先转移注意力，我说："卓扬，我饿了，我们去吃东西好不好？"

"生鱼片？我不喜欢吃鱼的。"他一边依旧帮我在货架上挑选着瓶瓶罐罐，一边随意接话道："你开始是不是还有话要问我？"

我一怔，这才从外套兜里拿出了那个卡其色的小册子，说："这上面不是都有吗？那你还让我背？"

他听后倒真停下来，然后将一张轮廓分明的侧脸转过来，调子淡淡的："别人有，总不如你自己会。葛叶，你就是太容易相信人。"

他这话的前半句很好理解，但这后半句……我却是莫名了，我皱眉，忽觉肩膀下一秒被人轻拍了一下，我还当是自己幻觉了，哪知又一声询问从身后传来，竟是久违的柔媚，她说：

"是你吧？葛叶？"

我自然预想不到会在这样的情境下和宋娅楠的母亲见面。原来，早在四年前宋娅楠意外身亡后没多久，他们就举家搬到了岛国。好强的宋妈妈实在不愿意每天都以回忆度日，所以等在京都的生活安定下来以后，她就在这里开了一家药妆店以打发时间。只是，这家店虽然是她的，但毕竟还聘请了店长，并不需要她每天都来，所以她今天遇上我，实在也是意料之外。

在卓扬坚持替我付钱买下了几瓶瓶瓶罐罐后，宋妈妈就驾轻就熟地带我们来到了十里町一间清酒馆里叙旧。

这是一间环境很幽雅的清酒馆，嗅着酒香，我很快在山水屏风后找到了各种纯度和特色的清酒，对此，我觉得很头大。但好在，我兜里还有一本卓扬给我的《岛国境内旅游全知道》，从这上面，我了解到岛国清酒的老字号品牌是月桂冠，所以没多想，我便作出了决定。

但显然，我身边的卓扬他们并没有决定好，因为现在他们正用一口流畅的岛国语和那名穿着和服的年轻小姐不知道在说些什么。

我在旁偷听了小半天，仍旧没听懂，又想了想，遂安慰自己：也许这个场景就似那表现力高端的大片，到最后普通观众都没看懂，只有导演自己懂了。

相通了这点，我索性上座等待他们这一通的呱唧完，时间又过了会儿，我们点的清酒和几个卖相精致的小碟便被端了上来。

借着微醺的酒香和雅舍内迷蒙的灯黄，我们很快便回归到了正题上，然而说是正题，也并非准确，因为那其实是一段，我了解，但又不全然了解的……过往。

（3）来自北国

和所有的故事一样，我们这一段过往也需要一对男女主角。

那一年，我们的女主角宋娅楠15岁，刚刚通过了钢琴业余等级8级，原本说，以她的年龄和练琴时间能取得这个成绩已经相当不容易，但偏偏她是一个对自我要求甚高的人，所以自然地，在这之后，她就增加了自己的练琴时间，人也变得更加勤奋。

然而，总是事与愿违。因为在这之后，她发现，自己好像再怎么苦练，都难以有所进步了。

是的，想必那时的她和我们中的大多数一样，遭遇了瓶颈。

对此，向来骄傲的她自然难以忍受，但即使这样，也依旧无法改变现状。

宋妈妈心疼女儿，于是千方百计地为她找来更好的钢琴老师，也就是这个时候，我们的男主角温尘出场了。

命运总是如此地巧合而刻意，就在温尘来了以后，宋娅楠的琴技果然有了飞速的进步，毫无疑问，这一切都是温尘的功劳，但同时，宋妈妈也发现了女儿一些不经意间的变化。如所有八点档节目上演的一样，宋妈妈开始怀疑女儿早恋了，至于早恋的对象，自然只能是我们的男主角温尘。

但她主观的怀疑实在无法说明问题，直到她发现了另外一件事，这件事和我们前文讲过的G大附中化装舞会有关，事实上，这应该是一处小细节。

因为她在替宋娅楠收拾演出服装时，在宋娅楠的化妆包里看见了那颗手感粗粝的乌色石子，和所有好奇的看客们一样，她几乎是第一时间向宋娅楠提出了质疑，但奇怪的是，宋娅楠当时却并没有回答她，只含糊地说，是一个朋友送的。

但即使如此，心细的宋妈妈还是发现了一处漏洞。就在刚才宋娅楠说这句话时，眼角曾无意地瞄向过桌面上的一只黑色的公爵钢笔，宋妈妈认得，那只钢笔就是温尘大前天讲课时遗留在自己家的。

可叹每个母亲在下定决心要观察子女时恐怕都会化身名侦探柯南，所以没多想的，她几乎当场就认定了送娅楠东西的人是温尘，只是，温尘为什么要送这样一个东西给宋娅楠，却是她想破脑袋，也想不明白的。

现在我们已经知道，当时的那颗石子就是后来的乾坤珠，所以，究竟是否真是温尘将乾坤珠送给宋娅楠的？这个问题就变得至关重要。

但显然，仅凭宋娅楠当时的一个眼神，实在还没有什么说服力。

不过，现在她提到这点时，我心中也立刻有了反对的声音，我想了想，插话说：那么您还记得，当时那只钢笔在宋娅楠的左手边还是右手边？她听后有点奇怪，但还是回忆了下，说，应该是在右手边。

话到这，我立刻结合我看美剧得来的经验发话道，阿姨，您知道吗？一个正常人，也就是通常意义上的右撇子，如果说话看向右边，就说明他的右脑半球在运作，表示他在说谎，因为这个区域，是负责设计和创作的，反之则是事实。但是，宋宋她是个左撇子，您说她当时看向右边，也就意味着她当时并没有骗您，东西的确是一个朋友送的。

我一边说着，一边便见身旁的卓扬渐渐翘起唇，心中正窃喜着，没想就在我说完，他忽而看定我，说：“葛叶，也许当时钢笔就是在右手边，而且刚才你说的这点，现在已经被英国赫特福德大学的心理学家理查·怀斯曼证实是毫无依据的了。”

我：“……”

一阵的哑然过后，倒是宋妈妈微皱了皱眉，接着说起了她发现的第二处不同。

事实上，一颗石子模样再奇怪，但真正被人记住的可能性也不会很大，可是，石子又因为被我做成了特大号的戒指，所以再度吸引了宋妈妈的注意。宋妈妈说，她现在还无法忘记自己在宋娅楠出事的一个小时前，还曾特地去学校看望过她，那时候宋娅楠的手上还戴有戒指，但，等到宋娅楠意外死亡后，在最后的死者物品清单上却并没有发现这一项。

现在我们已经知道，乾坤珠消失是因为被黑麒麟精吞噬了。

但结合前文，我记得曾经说过，当时宋宋重伤，我为消灭黑麒麟精体力近乎透支，之后师兄陆温茗赶到，并最终解决掉黑麒麟。在这以后，他告诉我的是，由于黑麒麟精误吞了乾坤珠致使发狂，所以袭击了宋娅楠，并最终导致她死亡。

但倘若真是这样的话，逻辑上就不对了。

因为一直以来，我忽略了一个最重要的问题，就是在正常的情况下，普通人是无法看到三界里除人界外的其他人的，原因是他们缺乏通常所说的“鬼眼”，或者道具柳叶符。那么反过来说，在当时，宋娅楠也应该是无法看见黑麒麟精的，可她不但看见了，甚至给我打了求救电话。

既然如此，想必当时就只有一种可能，即，黑麒麟在吞了乾坤珠后幻化出了人形（这也就是为什么洛小满可以开设镜灵阁吸引顾客的根本原因）。

事情到此，就又成了一个悖论。

因为虽然我们不知道乾坤珠是否能让黑麒麟精立即起作用，但有一点可以确认的是，由“物形”幻化成“人形”，决计不是短短几分钟的时间就可以办到的（该条由卓扬特别补充）。那么既然如此，宋娅楠在那个黑麒麟精转化的时间段里，为什么不跑？

最细致的推敲下，一层层的疑点被尽数剥落而出，先是温尘，后是陆温茗，最后是宋娅楠。我暗叹了口气，心中却实在无法想象，这些和我有着最亲关系的人，究竟向我隐瞒了什么？虽然，若跳出这一切来看，我以为现在最大的疑点其实是……

是了，宋娅楠的母亲，沈梦芸。

毕竟事情是这样，遇得太巧，巧得太过，都不像真的。

在这以后，沈梦芸又和我们说了些以前的琐碎事，便在十里町的路口前和我们分手了，接着的一路，我和卓扬便打车回到了预订的旅馆。然而，由于我们回来时陆温茗已经睡下，所以对于四年前宋娅楠被黑麒麟精袭击的详细事情我只能等到明天再来问他。

这一夜，我睡得时眠时醒，而等到我终于入睡，一阵敲门声却再一次将我惊了醒。

时已至天明。

次日一早，我们就动身前往岛国最北的岛屿，北海道。

这一次，我们依旧是搭乘的飞机，其间又经几个小时的辗转，终于在中午将近1时抵达了北海道的第一大城市札幌。和我从《岛国境内旅游全知道》了解的一样，札幌与它旁边的城市小樽都是异国风情浓郁的城市，有着诸如大通公园、钟楼、羊之丘展望台、札幌啤酒博物馆等的别致景点。

可惜，由于札幌并不是我们的最终目的地，所以在到达札幌后，卓扬很快又带我们在札幌车站购买了前去二条井的列车票。

说起来，二条井本线其实是一条很特别的线路，因为它不但连接了北海道道南和道央的线路，而且穿越了远离城市喧嚣的羊蹄山，甚至可以一路从海鸥群飞的海景看到枫红遍染的山景，所以又被铁路迷们亲昵地称为“山线”。

当然，山线不得不乘坐的理由还有一点，就是列车红叶号（SL二条井号）本身。红叶号是岛国昭和二十年代制的旧型车种，在这里，除了内部设有同样怀旧感十足的咖啡厅车厢外，车窗边也特意挂有仿古的油灯，甚至就连车上的工作人员都是清一色的修身复古制服，而且在车厢里还备有车长专用的帽子和黑色外套，可以供游客们拍照使用。

不过，光看介绍显然还不足以满足我的兴致，但好在，等待的时间并没有多久，我终于如愿上了列车。

正如前面给出的大段描述一样，唯一不同的，是当一切从视觉转换为感觉时，我脑中浮现出的作家川端康成在作品《雪国》全文的第一句话：

穿过县境上长长的隧道，便是雪国。

臻至洗练的文字，往往最能勾起人对那片清寂辽远地带的遐想。而当我搭乘着这列有着最老式蒸汽火车头的列车，耳边听着悠长的汽笛响和月台上循环播放的老歌时，心中也不禁会以为，或许它并非是驶向彼端的山麓深处，而是沿着时光的隧道，开往久违的记忆底。

怀着吟游诗人般的浪漫情愫最终抵达二条井时，碎芒般的星子已经升上了北海道最高远深邃的夜空。

如同所有传闻里形容的一样，这里就像被一幅巨大的相框装裱起来的水粉画，而圈绕着整座岛屿的那点点幽亮，则是千岛海面上浮动着的层层星光。

竟是如此的美，美得如同进入了倒映在水镜中的梦幻城。

不过，在这座幻城中，我却并未看见一片月光，一切就如岛国最神秘历法书记录的，整个的岛国10月，都又被称作神无月。

——一个所有神明皆离开的月。

所以，在这样的月里，才会出现谜一般的雪女。

在岛国的《百物语》中，雪女会在每年的第一场雪时降临人间，然而，卓扬告诉我的却是，雪女其实最喜欢在荒僻的温泉水边现身戏弄相貌美好的男子。他话说完，我便打量了他一番，又打量了他旁边站着的陆温茗一番，恍然道：

“弄了半天，原来你们是打算色诱啊。”我说着上前拍了下他的手臂，继续打趣，“所以……你们才是那狐狸精吧，公狐狸精，啧啧，这样看来，那雪女还真是艳福不浅啊。”

陆温茗：“……”

卓扬：“那只是一般情况。”他说着上前一步，顺便让我看清他此刻微微一抽紧的眉头：“既然雪女能够看透人的内心，那么她的性别，自然就可以是……”

我自然难以预料他的后半句会是随君所愿，又至于为什么会是这个说法，我以为，这简直就能排上我葛叶字典里的年度未解之谜前三名。

想通了这点，我便索性不再拘泥于性别之说，假设道：“那么如果对方是个男人，而他内心的想法也刚好是男人，这种情况下雪女又该怎么办呢。”

“阿叶你！”不等我说完，陆温茗就打断了我的话，“你简直太不纯洁了！”

“的确不纯洁。”卓扬向上推了推直挺鼻梁上的眼镜，补充，“上次还打算轻薄我。”

轻薄……轻薄……

我被他的措辞惊叹到完全没有想法，心说果然汉字文化博大精深，最大能耐本不在于将黑说成白，而是将白说成黑。我抽了抽唇角，说：“卓总，您这玩笑开的，嗯，还真是挺好笑的。”

说完连我自己都忍不住哆嗦了下，倒是他像是没听见似的，只是微翘起他弧度美好的唇角，说：“葛叶，一路睡醒过后，你是不是也该想起什么重要的事情了？”

要说他这话不提还好，一提我立刻就看向了他旁边站着又准备拿手机出来跟沈一菲微信的陆温茗，我一把夺过他手里新换的白色iphone6，说：

“师兄，老实说，你是不是有什么事一直瞒着没告诉我？”

他听后一愣，下一秒脸居然红了起来，我被他弄得莫名其妙，于是上前一步，谁知他紧接着竟然后退了一步，我再上前，他又再退后，如此几次，他终于受不了冲我喊了声停，然后耷拉着头说：“好吧，我都告诉你。”

我一听立刻就来了精神，谁知他紧接着又道：“那什么，你听了一定不要生气啊。”

我点头表示同意，他清了清嗓子：“其实吧，嗯，你美人师父他，嗯……”

他这样支支吾吾的是想干吗？我狠狠瞪了他一眼，他避过，再次深吸了口气：“他曾经说过要把你嫁给我的。”

我：“……”

卓扬：“你可以试试。”

“不是，老大，你这……”眼见着卓扬霎时间阴下来的脸，陆温茗机警地后退，又趁我一个不注意就从我手里夺过手机，“我比较喜欢女生的身材是……”二条井车站明亮的路灯下，他用手比出一个S形，“所以……”

“陆温茗，你可以滚了！”我冲他大吼一声，顺便给了他标着花花公子Logo的行李箱一脚，“谁稀罕你谁稀罕去！”

“其实，你这位师兄长得还是很不错的。”一句低磁的声音从身侧飘来，我下意识回头，突然发现卓扬不知何时已围上了一条Burberry的经典羊毛围巾，他穿着薄呢的风衣站在路灯下，单手扶着深咖色的拉杆箱，朝我淡淡看过来，说：“葛叶，你看，下雪了。”

是啊，下雪了。

还是北海道的第一场初雪。

已经来不及感叹造物主的神奇，此刻，这条名为町南的街道上，漫天的雪花就如同赶赴着一场盛大晚宴的精灵似的，在北海道的夜空中留下一道道莹白色的轨迹。

而我站在他面前，恰好能望见一片灯光投入他的眼帘，仿佛映出了一幕盛世的人间。

一时间，不知怎的，我忽然就想起了那句放在我心底许久的话：总有一个人的出现，会让你原谅生活带给你的所有辛酸和苦难。

想到这，我连呼吸也不由得深了，我不由自主地向他走近，倒是他随后从风衣口袋里拿出了一把色彩缤纷的折叠伞，我一时没弄明白，便问道：“这是……”

“彩虹伞。”他说着，一把将伞撑开盖了过来，“昨天临分别时沈梦芸送的，她说女孩子都会喜欢。”

的确，又有哪个女孩子会不喜欢呢？这样的人，这样温存，这样的夜晚，这样浪漫。

我牵起唇，踮起脚拍了拍落在他肩头的雪花低道：“送伞不好，散嘛。”

“你说什么？”像是故意无视了这句，他凑近我，温热的唇角在我面颊一拂而过，“以后再说这么小声，我可是会装听不见的。”

竟是如此地昭然若揭，果然是个……可恶的家伙。

“喂喂，在大马路上秀恩爱是会遭天谴的啊！”明明已经走远的陆温茗不知几时又冒了出来，“那啥，老大你个禽兽，快把爪子放开，换我先来！”

“啊啊啊，老大我知错了……”

“陆温茗，一菲怎么会看上你这样的笨蛋！”

“谁笨蛋，你才笨蛋咧！”

“……”

轻快的拌嘴声一时回荡在神无月的北海道长街上，而我身处于这座和风幽韵的海滨小城中，自然也不会想到，原来命中注定的誓约，早在我浑然不觉中，悄然接近了……

（4）姑获鸟之谜

我意识到自己进入了一个更深的迷局中。

这一切都源于我所做的一个梦，在这个梦里，每个人都有一张相同又不同的脸，相同的是他们的容颜，不同的则是他们整个人散发出来的气质。虽然我无法看清他们是谁，但我清楚的是，我们都曾经那么那么地亲密过，就像是友人和手足，共同生活在一个乌托邦。但后来不知为什么，梦境裂开了，就像被一道异常灼目的剑光生生划开，而我站在那个巨大的裂口间，俯身像是望见了倒悬着的亿万光年。

这个梦境就如同一个最无法解释的谶言，更不可思议的，是在我醒来后甚至看见了枕边的一丝水迹。这个发现不由让我陷入了一种对未知的恐慌中，无边的深夜里，我睡在和式小旅馆的榻榻米上，不知怎么地就联想到了一个成语：大智若愚。

我现在觉得这个词很合适陆温茗，这话要怎么说呢？

实际上，我以为以他的能耐和他对我的了解，若当真要回避我什么，并不算得一件很难的事。所以，十之八九，我昨天又是被他转移了话题。

除此之外，我以为他身上的疑点相对卓扬，也是一丝不少。这一点，暂且不用说最开始的时候他会意外出现在金手指般存在的卓扬的事务所，就说后来他在千灯古镇时表现出的对我身世的了解，就不能不让我怀疑，他其实是知道些什么的。

只是，这世上的隐瞒毕竟也分为很多种，所以于他，我一直以为是善意的保护，毕竟在我身上除了女娲石，就没有其他特别的了。至于说卓扬，既然他曾经信誓旦旦地承诺，他会安排好一切的，那么眼下，我除了照着他说的去做，似乎也没有更好的办法。不过……

我脑中一个激灵，顿时便从榻榻米上直坐了起来。

……是了，其实应该还有一件事，就是那个差不多相当于剧透的网游《战国on line》！

我深吸了口气，赶忙将笔记本从行李箱中拿了出来。记得在来时卓扬曾告诉过我，他说岛国为了发展旅游业，专门增开了供游客使用的宽带adsl，并基本达到了全岛国范围内的无线网络覆盖，而无线的密码一般就在房卡的背面。

想到这，我便不再耽搁，果然，在找到密码填入后，我很顺利地就连接上了网络。又加上《战国on line》的终端服务器一直设在岛国，所以这下子我连“翻墙”都省了，一路更新完服务器，就直接进入了许久不曾登录的游戏。

界面里，我的人物“叶飞白”仍旧停留在上一次下线的地点淹城，淹城又被叫作夏墟，在历史上有着千古第一城的说法，显然，《战国on line》的研发团队也参考了古淹城的旧址，基本做到了还原淹城三河三城相套的结构。

不过，我现在关心的并不是以上，而是在我身边待着的，那个穿着一身紫装背负长剑，骑在一匹高大骏马上的“白狐公子”。

“嗨！”他炫耀似的围着我绕了一圈，顺便发出个亲亲的表情。

我看后一吓，确定了这个表情是向我发来的后，心中不由暗道这才几周不见，他怎么就变得这么热情了？一阵的疑心中，我随手回道：“你是在等我？”

“宝贝，我不等你等谁哟。”

我被他这句回复吓得不轻，想了想，好半天，终于敲下：“同学，你该不是盗号的吧？”

“嗯哼！”他听后似乎有些发火，在狠狠做了个勒马的动作后，头顶上方跟着又出现了一行字，“小娘子嘴巴好厉害，哥哥我要拖你回家好好管教。”这句说完还不够解气，很快，又一个“流口水”的表情也发了过来。

我被他雷到完全没有表情，刚想将一行代表“无语”的省略号打出去，游戏界面就被一个突然弹出的对话框挡住了。我仔细一看，险些被那对话框里一枚金光闪闪的戒指晃瞎了眼。

看到这，我几乎已经断定此白狐公子非彼白狐公子了。因为开始的那人虽然喜欢卖萌，但绝对的，肯定的，没有眼前的这个这么的……浪啊。

我抽了抽嘴角，点下取消键，更为了让他绝了这个念头，我又回道：“承蒙错爱，我其实是个男人。”

白狐公子：“？？？”

半晌，也许是为了维护他的男性权益，他干瘪地继续：“哦，男人也不错的。”

我：“……”

他这样回，我便彻底不知应该说什么好了，倒是界面很快又变回了开始的，只不过，原本金光闪闪的戒指被重新命了名，改成了“叶叶桑的一克拉”。

看到这，我：“……”

这货到底想干什么，既然他不是之前的白狐公子，那么他这样耍我又是为什么？纯粹的好玩？还是？一想到这，我顿觉哪里又不对劲起来，盯着看了页面好一阵，我这才敲下：“……你们难道是共号的？”

共号的意思在游戏里就是一个号由两个或两个以上的人共同享有，目的就是为了更快地升级，说来这也不是什么新鲜的事了。只是，按照我先前对“白狐公子”的了解，我似乎并未察觉他的号曾经被其他什么人用过，既然如此，现在这个人又是从哪里冒出来的呢？

在看我点下确认后，画面上很快就欢快地出现：“你猜你猜你猜猜猜。”说完还不忘在后面继续跟一个亲亲的表情。

面对此，我几乎只差一句“猜你妹”扔出去，忽而就被鼠标不小心点击的戒指制造材料给晃了神，居然是……迦蓝玉？

就是葛西开始跟我说过的，那个可以在黑市卖到天价的，制作关雎盏用的任务材料？一时间，我心中那根本就未曾松过的弦猛地绷紧了。

如果说一开始我还只是怀疑的话，那么事情到此，就容不得我不相信了。实在这事太巧也太顺，所以怎么想，都很难觉得正常。

我极力镇定了下，遂反推道：“那么，你和他是兄弟？”

“嘿。”没想到他居然向我打了个哈哈，“我是看着他长大的。”

我：“他叔？”

“……我有那么老吗！”下一瞬他俨然化身为咆哮哥，“叶叶桑，你这张嘴实在太不可爱了，我一定要堵住啊堵住。”

“你妹！”这下我彻底忍不住了，然而话发出去我又后悔了，毕竟我还没从他口里套出什么有用的信息，所以再怎么样我现在都应该忍住，好在他并不介意，还反而觉得我很有些意思，又一个亲亲的表情发来后，他做了个邀请我上马的动作：“乖，哥哥带你去做任务。”

“任务？”

“鬼市任务，不去？”

“去，”我敲得显然有些急，而为了掩盖我的心虚，我赶忙补充，“但我们就两个人，下副本，至少得DPS、T和奶（打手、道士、奶妈）这样组合吧。”

“哦，没事。这些人都有，你只管开了盾跟在后面就行。”他顿了下又补充，

“哦，我忘记了，你这个级数好像还没有盾吧。”

……不带这么损人的。

之后下副本的一路也是出乎意料地顺利，又由于我是成功扮演了一个拖油瓶的角色，所以毫无意外地，在最后分配战利品的时候，我只有看的份。但，这一趟的副本我并不是无所收获：

首先，我发现游戏设定的鬼市副本和我曾经到过的阴司鬼市存在很大程度的相似，都是最外围有一个巨大的广场，广场上散布着些散兵游勇。在顺利解决掉他们之后，我们的队伍这才得以靠近那座浮着两点鬼灯的鬼楼。

这时候，第一处的不同出现了，曾在鬼楼中的烛阴变成了鬼楼门口的守卫，又由于它的武力值并不低，所以我们不得不费了好些工夫去解决。

可惜，这仅仅是第二步，因为在烛阴之后，鬼楼的整个结构就发生了变化，变成了一个名为“四时之景”的幻境，而我们想要通关，就必须得找出这里的守境人“天帝少女”，这是再一处不同。

话到此，就不得不多说一句，“天帝少女”是官方一个比较文雅的叫法，但按照东方的神话，它其实就是姑获鸟（九头鸟），官方更为了增加游戏的难度，甚至没有给予多余的提示，仅仅在我们找到一个藏宝箱后，卷轴上方才多了一条新线索：两滴血。

一开始的时候，我也天真地以为两滴血指的是关于姑获鸟的传说，因为据说它披上羽衣是人，脱下羽衣是鸟，由死去产妇的执念所幻化，所以经常会盗取人界的婴儿来抚养，又倘若她看中了哪家的婴儿，就会在哪家晾在屋外的婴儿衣上留下两滴血作为记号。

所以，我自然想不到两滴血在这里指代的会是女娲石。对此，白狐公子的解释是，女娲石不就是女娲的心血吗？我听后一转念，表示接受了这个说法。不过，在《战国on line》里，女娲石并不是制造武器用的普通宝石，而是主线剧情里用以开启夏禹轩辕剑真正力量的终极任务石，其作用等同于淬炼。

至于说要如何得到女娲石，就更让我跌破眼镜了，因为在这里但凡角色人物达到50级，系统都会自动给予1颗女娲石，只不过，由于女娲石的属性又分为金木水火土5种，只唯有当这5种属性全部集齐，才能最终启动夏禹轩辕剑。

但，我现在要说的不是这些，而是在得知原来女娲石有5种属性后，我突然就联想到了一些事。实际上，我们这一路得到的5颗女娲石，说起来也不正是5种颜色的吗？我的红，孔方的绿，金生的水蓝，童梓的金，以及沈一菲的烟色，难道说，这其实也是在暗指5种属性？

一路思考下去，不由越发加重了我对这位传闻中BOSS的怀疑，可惜，直等到我们最终找出“天帝少女”并解开“四时之境”，我才明白过来，原来那位我一直苦等许久的鬼市副本的最终BOSS，竟然就是守境人“天帝少女”。

难道，这也是在向我暗示什么？我并不得而知，但我想，如果真是秘密，那就一定会有被揭谜的一天的。

因为通宵玩游戏的关系，所以我第二天直睡到卓扬找来服务员把我的房间门强行打开才知道时间已经不早，倒是他看我一副明显睡意惺忪的模样，居然仍旧面不改色地提醒我，我们即将要去二条井郊外的迷津山温泉。我听后一惊，当场就清醒了，毕竟卓扬要去色诱这个场景想想都太有冲击力，所以我很难把持住地看了他一眼，又看了一眼，然后说：“你今天是不是还穿那件酒红色的？”

卓扬：“……”停了停，他这又垂眼推了推眼镜，“葛叶，穿好你的衣服。”

我：“啊？”

卓扬：“扣子。”

我：“我睡衣没有扣子。”

卓扬：“嗯，是里面的那件。”

我：“……”

门外游魂般飘来的陆温茗：“那啥我什么都没看见，我只是路过打酱油的，你们继续继续。”

我、卓扬：“……”

此一刻，我真心觉得陆温茗的嘴和卓扬的脸一样，大概都只能用两个字形容——欠揍。怀着这种亚健康的心理，我们在稍作了一番收拾后，再次动身出发，这一次，我们选用的是北海道JR（岛国干线铁路网的一个分支），然而，由于岛国的各个地名实在难以辨认，所以直接导致我对着手册看上半天，仍旧一头雾水。但好在，我身边有诸如卓扬这样的金手指，他先是以一副不动声色的模样看过来，然后推了推眼镜，说："嗯，其实你只要将每条地铁线路的颜色记住就可以了。"

我得承认，在听到这话的一刹那，我是极力忍住了一拳头揍上去的想法的，实在是，这样的脸，这样的笑，都能将我所有尚未实践的做法通通秒杀。

但，更让我流鼻血的事还在后面。

两个小时后，当我们终于辗转到达了那个传说中的迷津山时，我这才恍然，原来卓扬口中的温泉并不是我在电视上看见的那种简单的室内制式，而是一汤接一汤的温泉环绕着整座迷津山，远远望去，几乎要让人误以为自己是走入了一片氤氲着淡淡硫磺气息的山林秘境。

这个地方，岛国人习惯把它称作汤，或者风吕。

怀着强烈的新鲜感，我跃跃欲试地跟在卓扬后面，倒是他突然在一个原木的小屋前停下，然后从口袋里掏出了那款Burberry的经典方格钱夹，我看后一愣，下意识道："你这是打算？"

卓扬："怎么，难道你还当这里是免费的？"

我："……"

我绝对不会告诉你我就是这么想的。

陆温茗："她肯定是这么想的。"

我："……"

卓扬："不用担心，我说过的，你这一路我都会负责的。"

陆温茗："真的啊？"

卓扬："嗯，对你师妹。"

我、陆温茗："……"

事实上，以上这一段仅仅是这趟温泉之行的开席菜，因为真正的亮点其实在以下，当我们正式进入了这里的温泉后，我看见卓扬慢条斯理地将自带的手提箱打开，然后从里面拿出三套开口正常的白色浴袍、两条泳裤以及一套粉色波点的女式游泳衣时，我才搞明白：

敢情，原来我也是要下水的？而且还是……跟他们这两个姿色超凡的大男人一起？

一时间，我自认智商是不够用了。而这若按照陆温茗的说法，就是千万种滋味一齐涌上心头，整个人都凉飕飕的。

我说："这里难道是男女……嗯……"

卓扬："男女？哦，你是说换衣服的地方吗？你去大厅后看看，门帘上写着殿的地方是男，姬是女，换好了出来。"

我："嗯，这样啊……"

卓扬："还有问题？没有的话我就和你师兄一起先去换了，温茗，我们走。"

……这个浑蛋！我其实是想问难不成真是要男女共浴的好不好？

"哦，我忘记跟你说，北海道的温泉我开始找过几处，后来发现只有这处最合适男女共浴，所以，你放心，有我们在，没人敢为难你的。"某人突然又淡定地补充了一句。

我："……"

之后的过程如无意外的是同卓扬他们会合，然而，情况又和我预想中的有些不大一样，因为在我的假设中，他们至少应该是乖乖待在温泉中等我出现的。

但，现实的情况是，陆温茗虽然已经泡在了氤氲着淡淡硫磺气息的温泉水里，却是在一边摆出各种POSE自拍，一边跟沈一菲发微信。至于说卓扬，则压根就没下水，仅仅是穿着件敞口的白色浴袍翘着他模特般的长腿闲适地坐在泉眼边的藤椅上，他分明的指节间夹着一根烟，视线却不知落到了什么地方。

这样的场景，这样的表情，还真是不得不让人多想。

我一边看着，一边心中也有了个恶搞的想法，遂招呼道："嗨！美人们，快来给爷邪魅一笑。"

陆温茗："……"

卓扬："好。"略一顿，他掐灭了烟站起身，"那么，葛小爷，您是想我给您这样笑？还是……这样笑？”

他说着，一边变幻着不同的示范朝我步步逼近，我被他晃得一阵眼花，只心道，果然歌词里说得好，是谁开始先出招，没什么大不了，见招拆招才重要。

可是，面对这样的祸水，我还怎么能做到理智地见招拆招呢？想到这，我忙清了清嗓子，冲他比了个打住的手势，我说：“今天的重点不是雪女吗？那雪女她人呢？”

“嘘，不用这么大声。”卓扬微皱起眉，并伸出一根手指抵住我的嘴唇，低道：“她现在自然是混在人群里，不过，你不用刻意去找，她自己就会过来。”

“那是因为有你们这两个绝色在的原因吗？”我点头表示一万个理解，我话说着，突然间一阵疾风刮过，吹得我整个人都直打哆嗦，倒是他一副并不以为然的模样，看罢我在旁边都经不住要替他捏一把冷汗。

我扯了扯他的袖子，试探道：“小卓，你不冷吗？”

“你这次又是冷笑话吗？”他反问着，顺便俯身望过来，这一刹，我才注意到，他居然没有戴眼镜，只是，如此一来，更显得他一双瞳仁颜色深了。我看罢赶忙将视线避过，然后脱了浴袍随手挂在树丫上，踩水似的走进了陆温茗所待的那个泉眼里。

“哎哟，我的iPhone6，师妹，你这么热情是不是搞错对象了？”陆温茗心疼似的甩了甩手机屏幕上被我溅到的水珠，冲卓扬抱怨道：“老大，她都这样了，你也不管管？”

“疯丫头只要疯够了还记得回来就好。”

卓扬说着，回以一个不算是笑的笑，倒是那隐隐翘起的唇角，怎么看都让人觉得是在招摇。本来他单这样也就算了，哪想下一秒他居然将我刚随手挂在树丫上的浴袍拾起，然后径自脱掉自己的浴袍，一起挂在了泉眼背后的衣架上。面对他这样昭然的架势，以及那挺拔修长到让人不忍直视的身材，我一双眼溜了几圈后就没再敢多看，忙将周围的景色瞧了瞧。

说起来，迷津山的温泉排布是一泉接连着一泉，期间以纵横的阡陌以及错落的灌木而显出彼此的独立。至于我们现在所待的这口温泉，则是建造在迷津山的半山腰上，不过在它上面还有个原木打造的棚子，所以从造型上看它其实更似个凉亭。

就这样岔着神，没想肩膀瞬间就被一条坚实的手臂圈住了，我一怔，这才反应过来卓扬已经下来了，但就在这一瞬间里，我突然意识到有哪里不对……

（5）无效的IP

我转过头，看向他，说：“小卓？”

他点头，我继续：“你说我们就这么等着，要是等到天黑雪女还不来，那该怎么办呢？”

“不会的。”他笃定地摇了摇头，一双深黑的眼看过来，说：“葛叶，这里的水温有40度，你觉得如何？”

“如何？”我被他突来的提问弄得有些发蒙，缩下肩膀又往那冒着热气的乳白色泉水里试了试，实话实说道：“我觉得还挺暖和的。”

“这里的温泉水其实都有药疗的功效。”他苦笑着摇了摇头，“你知道吗？在岛国的安士桃山时代，温泉就已经被很广泛地用于治疗负伤的士兵，甚至很多战国武将们也都有自己的‘秘汤’”。

“这么厉害啊。”我不由啧了啧，接着捧起了一口水，然而——

“喂，你不是要喝吧！”陆温茗的话音还没落，我就被他眼疾手快的动作溅了一脸水，我叹了口气，正准备说你用不用这么助我一臂之力时，他看向我的眼神跟着就不对了，很快，他又长手长脚地蹭到我身边，啧叹道：“那什么，好师妹，你这件泳衣哪儿买的，下回我给我家一菲也买件去。”

我：“……”

说起来，从千灯古镇归来后，我其实就一直刻意回避着沈一菲这个话题，事实上，自从孟婉清以咒术调转了第五颗女娲石和乾坤珠之后，沈一菲的左眼就已经没有大碍了。然而，虽说对这个结局本身我无并可挑剔，但是，只要一想到宋娅楠是因为乾坤珠而送命时，我心中的天平就会不可遏制地晃动起来。自然，我不是一个完人，也不可能祈祷这一切从未发生，但的确，我不知道应该怎么接受这个结果，它让我觉得为难，更让我觉得这所有的相遇都不过是一场早已计划好的阴谋。

没有人会喜欢待在一场阴谋中，哪怕是表面再光鲜美好的阴谋，我也不例外。

“在想什么呢？这么出神？”肩膀被再一次圈进了一个臂弯中，我皱眉，意料中地对上了那双深不见底的黑色瞳仁，一定是哪里出错了，我心中一个声音响起，我看着他，口中同时叫出他的名字：“小卓？”

他点头，我凑近，心中的疑虑却越发清晰了起来。想到这，我索性一咬牙，伸手在他平坦裸露的小腹上轻戳了戳，但不巧被一旁的陆温茗瞧见，于是下一秒——

“不得了了，要死人了啦，阿叶你也开窍学人家调情了，师兄我老泪纵横啊啊啊！”

我：“……”

略一顿，我没管身旁仍旧发着疯的陆温茗，而是抬头看向面前的人，一字一字镇定道：“你不是卓扬，你就是雪女，对不对？”

“不，我的确是你的小卓。”他低笑，熟稔地将我鬓边的发丝挽去耳后，“还记得我第一次对你做这个动作的时候你就脸红，现在，也一样。”

“不是的。”我急忙推开他，“你不是他，我只叫过他一次小卓，那一次他生气了，所以我以后都再有没说过。可是你，我叫你时你都并没有……”

“那是因为你提到了云珂，小徒弟云珂。”他微笑着打断我的话，这一瞬，我陡然发现他的双眼竟然无比地魅惑，就像电影画皮里周迅扮演的那只狐妖，颦笑间的妖娆能让天底下所有的男人都着魔都上道。

“你不是一直很想知道为什么吗？”他循循善诱着，“来，不如像这样环住我的脖子，我就都告诉你。”

不行，再这样下去我肯定会着了他的道，我求助似的看了眼旁边的陆温茗，可惜他只好像这一切都压根没看见似的，更让我惊讶的，是整个画面都好像停在了刚才他挤对我的那一瞬。我心中一紧，陡然想起妖精的术法中凝滞时空的那项——

并不是改变了广义的时间，仅仅是篡改了狭义的时间，让我和他相处的时间，以无限趋于0的速度慢下来，就像是，掉进了时间的黑洞里。这原本是一项悖论，但，这项悖论里唯一合理的地方，就是不论控制者的本身的能力如何，这项对狭义时间的控制都有上限。但现在的问题是，面对这张和卓扬一模一样的脸，我实在不知道能不能支撑到那个上限的到来。

我摇了摇头，只好拖一步算一步，道："那好，不过你得先告诉我，那个云珂……她最后怎么样了？"

"怎么样了？"像是听到什么好笑的事，他蓦地便停了下来，他以一双和卓扬一样的眼看定我，惋惜般叹道："自然是消失了。"

"消失了？"我不可置信地瞪大眼，"她怎么消失的？你快说你快说。"

"呵。"他笑了笑，但显然并没有要解答的意思，而是随即揽住我的腰，我眼看着他一双深黑的眼眸落下来，就要……

"弗姬，你犯规了。"

一个不带温度的磁性声音在身后响起，我一个激灵，只差没从他身上滑了下来，好在后腰随即被人稳稳托住了这才没掉进水里。

"不是说好她若认出你你就收手的吗。"下一秒，卓扬的声音从头顶飘来，我皱眉，只见眼前那个和他一模一样的男人在顷刻间就幻化成了一个如雪般晶莹美貌的女人，我吃惊地看着她，又看看自己，说："你你你，你是女的啊？"

"果然，叫葛叶的女孩子，都很特别呢。"那个被称作弗姬的女子冲我莞尔一笑，一副并不在意卓扬那句提醒的模样，甚至还大胆地在我脸颊上亲了一下。

我看着她，一时没反应过来，面前的她便已幻化作了一场纷扬飘下的雪。

"她……她就这么没了啊？"我脱口道。

"不然呢？等着被一个假男人欺负？"身后卓扬随即将话接下，我转过身，这才发现原来他早换了那件惯穿的深酒红浴袍，配着簌簌落雪中他微微翘起的唇角，看得人简直一阵眼花，略一顿，他又问："说吧，你刚才是怎么发现的？"

"是温度。"我回过神，肯定地点点头，"你的手一直有种温热感，但弗姬的却比你凉。"

"那也许是因为气温呢，今天的气温并不高。"他的笑意似更深了些，可话语却似并不认可我这个回答。我觉得他是故意了，但仍不愿就此认输，于是继续道：

"还有，当然还有的……就比如，我最开始讲的那个冷笑话。"

"美人快来邪魅一笑那个？"

可恶，他果然是听到了，可即便这样，我也无法真的动气起来，实在是，再轻佻的表情到了他这里都无非是换一个风流雅致的形容而已，想到这，我索性也将脸避开了，说："嗯，主要是我觉得，是你肯定不会这么说。"

"哦？"他像是来了兴致，眉毛也跟着挑高了点，"那我应该怎么说？"

我撇嘴，学作他平常的语气，"你只会说，葛叶，你过来。"

"原来，你有时候也不笨的嘛。"他说着，手臂同时就圈了过来，我反应不及，下一秒嘴唇就被他温热地含住了，然而仅仅是含住，就仿佛仅仅这样，我就能感受那话语里的欣喜，"至少，能分出哪个是我了。"他说。

"喂喂，你们两个还真亲上了啊，刚才那个呢？"像一场大梦终于做醒了似的，陆温茗突然大煞风景道。

"你都知道？难道……"我气急败坏地忙推开面前的人。

"但是我进不去，不过我的意识却可以。总之，就跟看那3D电影似的。"他急急解释。

"既然如此，那你还能这么恰好地漏了一段高潮？"

"因为手机它……好巧不巧地震了下。"

"……"

原来，要破解雪女的方法，就是认出雪女本身，只是，大多数人在还没有认出雪女时，就已经被雪女攻城略地了。至于说，为什么我的雪女会是卓扬，这个问题，嗯……要说那还真是一个值得探讨的问题。

不过，我现在要提问的并不在这里，而在于另外的两点，一是关于弗姬口中的那句“叫葛叶的女孩子都很特别”。想到这，我立刻将问题原封不动地抛回给卓扬。

然而，接话的却是陆温茗，他看了我一眼，又看了一眼，然后说：“搞半天，原来你一直不知道啊？”

我心说我为什么要知道，况且，你不说我又怎么知道？于是便摇了摇头，陆温茗见况，只好清清嗓子解释：“葛叶在岛国语里是ずのは，据岛国传说本《百鬼夜行》记载，她就是大阴阳师安倍晴明的生母，是一头有着千年修行的白狐。”

怎么又是白狐？我皱眉，不由哦了一声，又问：“但这跟我有什么关系？”

他撇嘴：“嗯，的确没什么关系，只是巧合而已。”

我：“……”

停了停，我于提出第二个问题，究竟是从什么时候起，卓扬和弗姬就调换了身份呢？

但我还没想到的是，卓扬在听后只是一顿，然后推了推眼镜，说：“自然是从我给你买了票之后。”

听到这，我自然就要反问了，那为什么不可以是买票之前？不想他却是一挑眉，继而淡定反问道，你见过什么样的真爱，是当真不需要计较一点成本的呢？

实话说，他说完这话我是反应了好一阵子的，但好在我身边还有陆温茗这么个不省油的，他在发完一条微信后，立刻用眼光向卓扬表示了赞同，并道：“就是嘛，就像我对一菲，嘿嘿，但凡她看上了，不用她说，我一定马上……”

然而他的话还没说完，就被卓扬打断了，我知道，卓扬在很少情况下会打断别人说话，所以他现在打断陆温茗，一定是有他自己的用意。

果然，卓扬下一秒就看向了我，但他如此深情的目光却是我从未见过的，就像是这一眼，便要望尽千年万年，他说：

“不，是只要她要，只要我有。”

此一生，我没有听过比这更动人的情话。

随后发生的事，发生在我们从岛国回到港岛的三天以后。说起来，由于事务所最近转入淡季，所以才有了我们先前为期四天的岛国之行，但就在这之后，我们重新回到事务所的第一天，同时发生了两件让我意外的事。

首先，是葛莫言加入了我们的事务所。对此，卓扬的解释是，由于上周技术部小李的离职，导致职位空缺，所以人事部对外发出招聘信息，刚巧葛莫言又有这方面的技术专长，所以就被招聘了进来。

其次，是经过为期三个多月的调查，轩辕夏禹剑的案件终于有了新的线索。原来，港文博馆曾经遭到异常IP攻击致使部分资料外泄，而关于轩辕夏禹剑的部分也恰好就在里面。在得到消息后，事务所的技术部（也就是妖目他们）便从IP入手，然而，又由于对方的警觉性很高，再加上防火墙实在难以找出漏洞，所以到最后除了查出这是个无效IP外，并无其他收获。

但，事情到这并没有结束，时间又过了一个多月，这个IP再次活跃了起来，这一次，它频繁出现在一个名叫西方天地的论坛（也就是少池岭中，夏夏、志明等驴友结识的地方），与此同时，事务所跟进得也更加谨慎，经过又一轮细致的技术比对，技术部最终将这个IP的实际地址确定下来，而这个地址，正是温尘现在居住的地方，港岛市的公寓区，南城故事。

而这，也是我最不能理解和无法接受的地方。

我甚至不知道，在我不在的这段时间我到底错过了什么，但我知道的是，那么多的错过，终究还是成了过错……

所以我决定找温尘谈一谈，但就在这时，事务所接到了一项新的委托。这次的委托是关于港中医院地下室闹鬼事件，因为其中很可能涉及我阴阳师二级考试的实战题地缚灵，所以卓扬便接下了。

话到这，就得先解释下什么是地缚灵。

所谓地缚灵，也就是死去的人，对某一个特定场所有深厚的感情或者意念，其灵魂便会在那里逗留不走，完成死者未完成的愿望，也就是通常所说的闹鬼。

一般来说，我们阴阳师要除的都是这种灵。

然而，即使这样，卓扬的官方说法也仍然是，有什么人会跟钞票过不去呢？

我觉得他说得很有道理，这世上又有几个人会跟钞票过不去呢？毕竟，比起虚无缥缈的感情，看得见摸得着的钞票有时候实在要情真意切得多。

所以，从某种意义上说，卓扬也要比温尘更情真意切得多。虽然，时至今日，我仍旧无法百分百地说服自己的内心。

但有一点可以肯定的，就是如我一直确信的那句话：假如你同时爱上了两个人，那么选第二个，因为如果你真的喜欢第一个，是不可能再爱上第二个的。

而这一句话若用在我身上，则可以化用为，有些人或许会陪你数星星看月亮，但有些人则会一步步教你成长。于温尘，我以为是前者，于卓扬，自然已不需多说。

接下港中医院的委托后，我们依照原定计划在今天的傍晚时分进行，吃过晚饭后，我、卓扬、陆温茗就驱车来到了离G大附中不远的港中医院。但就在路过港中医院外的报刊亭时，我在这里意外见到了一个久未见面的熟人林弯弯，此时林弯弯手里拎个杰克琼斯的衣装袋，神情看来则像是在等什么人。

“温茗，把车停一下。”开口的是坐在副驾驶座上自事务所出发始便一路闭目养神的卓扬，我一愣，转身就见卓扬下了车向林弯弯迎面走了过去。又由于当时他是背对着我，所以他们说话的内容我并不能完全听清，但可以肯定的是，林弯弯手中的那个衣装袋的确是交给卓扬的。至于说林弯弯为什么要将一个杰克琼斯的衣装袋交给卓扬（卓扬并不穿这个牌子），而卓扬又没有将它拿上车就直接塞进了后备厢，这真是一个不得不让人思考的问题。

但，现在的时间并不足够我思考这个，因为三分钟后，我们就进入了港中医院。

在这栋寂静的门诊大楼里，一位负责接待的陈医生告诉我们，事情发生在三天前，当时两名值班的小护士将用弃的液态氨瓶罐送往编号703的地下室，但后来不知怎么的，地下室的门突然就关上了。面对此情形，小护士当时也急了，因为那时已是子夜，再加上地下室和住院部以及门诊大楼都相隔有一段距离，所以任她们怎么大叫都没有人搭理，很快，诡异的事情发生了，她们看见地下室的木桌上摆放的一个看起来有些年头的瓷碟突然转了起来，就仿佛是有人在邀请她们玩碟仙一样，看到这，她们不由感到害怕，但后来也不知为什么，她们居然真的就玩起了碟仙。事实上，关于笔仙、碟仙之类一直有个说法，就是玩这种游戏一定得在子夜之前，也就是零点以前，因为在零点之后，来的都不知道是什么东西了。而从之后这俩小护士无端陷入昏迷的情况看，很显然，当时来的一定不可能是什么真正的碟仙。

但，如果真的只是这两名小护士的事，并不足以让医院方找来我们进行调查，又从陈医生闪烁的言辞间，我们已经猜测到，这件事必定另有隐情。果然，在我们的再三追问下，陈医生终于将事情和盘托出，原来，早在他四年前刚入职港中医院时，就曾听闻过703地下室闹鬼，闹鬼的起因跟这俩小护士昏迷的原因大致相同，都是因为曾经有人在里面玩起过碟仙，不过那一次事情要严重许多，因为当时有七名学生惨死在了这间地下室里，而这，后来也因事情太大而被院方强制封锁了消息。

四年前这个字眼很难不让我产生了联想，所以在他说完后，我接着便提问道，事情是四年前的什么时候，是不是在夏天？他听后一愣，接着便点了好几下头。话到这，我心中的怀疑也不由更深了，实际上，在前文中我就已经说过，四年前于我而言并不是一个单纯的时间概念，它更像是一个人生的分水岭，因为这一年发生了我人生中最重要的三件事，撇去高考那件不谈，只说师父阮誉的失踪和宋娅楠的意外死亡，怎么看，都是太巧，又算上开始罗列的那些疑点，这些加起来，很难不让我重新审视这一年。只是，那些我没意识到或者被我忽视了的究竟是什么呢？我皱眉，只觉得自己像是被困在了一张巨大的网里，在这里，每张脸望着都那么熟悉，但每张脸看着又那么不同，就好像是……那晚的那个梦。

“葛叶、葛叶。”卓扬的声音打断我的思绪，我抬眼看他，倒是他也正对向我，调子淡淡的：“当着我的面都能走神，你也挺不容易的。”

我：“……”

“阿叶，走啦，你个呆瓜，别对着好看的男生都流口水好不好？”陆温茗说着一把来扯我的胳膊。

我：“啊？”

陆温茗：“你敢说你刚刚不是看上了那个姓陈的俊俏医生？”

我：“……”

我敢说，跟像你这么有想象力的人说话真的会很有挫败感啊。

（6）罔象之眼

编号703的地下室位于港中医院最偏僻的一条深巷里，从地理环境上说，这的确是一处集杀人放火抢劫灭口的理想场所，所以，要说会在这样的地方发生命案，我是一点也不奇怪的。然而，事情奇就奇在，这里既然早在四年前就发生过命案，那么院方为什么不索性就把这里封起来呢？对此，医院的官方解释是，703地下室原本是院方的宿舍区，不过后来随着医院逐渐多起来的医疗设备这才给改成了液态氨的储藏室。听到这，陆温茗当下便总结道，呜呼哀哉，当真港岛房价猛于虎也。

他的这句总结很让人感慨，但感慨的并不是这句总结本身，而是他总结的内容，实在近朱者赤近墨者黑，果然他跟在沈一菲身边待得久了，连运用古文的水平都大大提高了。

不过，现在并不是感慨的好时候，领路的小护士带我们来到地下室后，便赶忙找了个借口溜走了，说来也是，像这种地方，有哪个心智正常的人是原意多待的呢？

点亮地下室的灯，我环视一圈，发现这里和我先前听到的描述差不大多，两进的制式，加起来的面积在100平方米左右，不过房高比一般的要低矮，再加上朝向问题，所以进门我就感到了一股阴暗潮湿的气息。在这间地下室里，深色的液态氨瓶罐占据了绝大部分的空间，也正是如此，迎门处那张诡异地放着个白色旧瓷碟的三合板方桌就显得尤其突兀。

看到这，陆温茗接下来的提议就是，既然这里出事的缘由是由碟仙开始，那么我们不如来玩一局。受经典恐怖电影《山村×尸》的影响，我表示自己和片中的男主一样都具有阴阳眼，实在不合适参加这种有剧透嫌疑的游戏，于是道，阴阳不测谓之神，我才不要玩。

他听后一顿，说，你不跟我玩，那你跟他玩总行了吧？他说着指了指卓扬，我一看，仍旧摇头，他无奈，只好说，要不然这样，我跟他玩，你负责看总行了吧？

他这样说，我不由得更惊悚了，我想了想，正准备将拒绝进行到底，没想到卓扬一推眼镜看向他，不咸不淡道："谁要跟你玩。"

我、陆温茗："……"

此情此景，我以为着实不合适讲冷笑话，但奈何又想不出更好的办法，所以磨叽了又磨叽，终于决定向陆温茗妥协，对此，陆温茗表示很满意。

陆温茗很满意的直接结果就是很有诚意地拉掉了地下室仅有的家用电器——日光灯。一片漆黑中，我果然再直观不过地感觉到了他的诚意。

据我看港岛恐怖片得出的经验，要想使碟仙的能力达到最强，那么最佳的组合其实是两女一男，但碍于我实在无法客观将陆温茗的性别变成女，所以我们只能退而求其次地接受两男一女的玩法。

依照惯例，请碟仙的道具需要准备一张挂历大小的白纸（最好是旧报纸），一个白瓷碟和一支笔（用以在纸上写提问的符号或数字），白瓷碟和旧报纸地下室都已经有，而至于说笔，我巴巴地看向卓扬，倒是漆黑中他抽了抽眉角，然后没表情地从风衣的内口袋里掏出一支毕加索的签字笔递了过来。

我看后顺手掂了掂，顺口说："这么重，你说碟仙会不会被压得出不来啊？"

卓扬："哪里有压迫哪里就有反抗，何况，你当他和你一样都是小受吗？"

他这话简直太毒了，我听后一愣，只好说："那我只希望他一定得是强受啊。"

陆温茗："……"

在一切都准备就绪后，陆温茗又不知从哪里摸出半截白蜡烛点上，当一片幽幽的烛光将地下室森然的气氛烘托至最佳时，碟仙的“开坛”便正式开始。

时间正值夜里11时，我们将食指点在倒扣在旧报纸上的白瓷碟上，口中默念着“碟仙、碟仙请出坛”，然而，就在我以虔诚的口吻念着的时候，我却不小心瞄见卓扬的唇角上飘着的一丝无奈，那个表情就像是明明不信，但碍于某人的坚持又不得不陪着一样。

看到这，倒是他也察觉到我的目光，我呼吸一急，赶忙将脸别过。到底是哪里不对劲呢？我在心中暗暗问着自己，可惜，也许是这一次我们几个着实都不够诚心，所以时间过去了将近20分钟，食指点着的瓷碟依旧不为所动。

我气馁了。

陆温茗说，也许是他传说中应龙的体质煞气太重，所以导致碟仙不敢现形，我想了想，觉得搞不好也是。于是忙问：“那怎么办？再这样拖下去，时间就真要到子夜了。”

我话音落，没想卓扬接着就一挑眉，道：“葛叶、温茗，难道你们没发现自己从一开始就进入了一个误区吗？只是因为看到了桌上有瓷碟所以下意识地就认为应当跟她们一样来玩一场碟仙。可是……”他话音顿住，“你们当真相信这世上有碟仙吗？即使有，你们又认为他真有可以预知未来的能力？”

不得不说，他现在的这句反问着实很有见地。的确，就拿我们这些阴阳师来说，一直以来做的都是在维持三界的平衡，所以，从某种意义上讲，也不过是以人界的立场解读着三界的众生。倘若这个解读正确，那是不是反过来也可以说，在我们解读着这些超自然存在的同时，其实也正在被解读呢？

那么既然如此，所谓“碟仙”这样的通灵游戏所建立起来的连接，其意义也同样应该是在解读。只是，若以时间为单位计，“碟仙”不过是较人界存在得更久而已，如此，他们的确可以算作是不大不小的情报网，但就算这样，所谓的预知未来又是从何谈起呢？事实上，任何的异力量都有代价，那么它又何必为了向你透露一点所谓的“天机”而折煞自己呢？

想通了这点，我很快向卓扬点头示意，但，这其中我还有一项并没弄明白，于是忙问道："就算你说的都对，但现在我们要怎么办呢？我从来这里就无法感觉到这里的煞气。"

"那一定是被什么给压制住了。"陆温茗沿着墙壁走了一圈，突然道。

"不是吧，师兄，"我扫了一圈这里满满堆着的液态氨瓶罐，无奈地叹了口气，"你有没有听说过能对四年前开放的搜灵术啊？"

陆温茗："……"

时间又过了会，介于我们查了一圈都无所收获，于是只好停下步子，倒是卓扬的视线一直顿在那个三合板的方桌没动，不由让我觉得好奇，我走上前，故意说："卓总，你该不是把它想成那个云什么什么了吧？"

他听后一挑眉，随即将镜片后的冷静眼眸对过来，说："我只是在想，为什么这个瓷碟是倒扣着的。"

"请碟仙的瓷碟都得倒扣，这是规矩，有什么好奇怪的。"陆温茗一边检查着墙角的液态氨瓶罐，一边接话道。

"不对，你的意思是？"我皱眉，一时间倒恍然了，我下意识地用指尖碰了碰那个白瓷碟，正准备要翻过来，然而——

"葛叶，你是忘记乐悦事务所的教训了吗？"卓扬轻斥声，同时截住我的手，"还是仗着自己有女娲石，就有恃无恐了？"

他这话说得很有歧义，事实上，女娲石这一路其实并未给过我什么看得见的好处。但是，就孔方险些以女娲石替妻子续命；金生因女娲石获得灵体；童梓一度用女娲石窥探人心；沈一菲则被女娲石恢复过视力的情况看，我的这颗又怎么会没发挥作用呢？

还是其实发挥了作用，但我却……不知道？

正想着，那边听到我们对话的陆温茗也走了过来，他见我手还在白瓷碟上但却没有翻的意思以为我是不敢，于是当下便嗤了声，一把就将东西翻了过来。

我、卓扬："……"

"这不是啥事儿没有吗，瞧你那胆小的劲儿。"他说着拍拍手，正要准备嘚瑟，但就在紧接着的下一瞬，他突然脸色一白重新看向了我，然后指尖颤抖地指了指那三合板的桌面，说："阿叶，你看这上面是什么？"

一片的烛光中，只见原先被白瓷碟扣着的地方，七枚生锈的钢钉呈倒立的等腰三角形排列着，而这个图形，就好似一轮圆月里出现了一只没有瞳仁的眼睛，不过等等，这个图案我似乎是在哪里见过……

"我记起来了，这就是传说中的罔象之眼！阿叶你……你千万不要碰它……"

陆温茗的声音随即响在身后，可惜我听着，只觉那个声音在瞬间涌入的黑暗中越发缥缈了，擦耳而过的呼啸风声中，我也像是到了一个从未到过的地方。

我听到此起彼伏的滴水声。

无尽的黑暗里，我有种置身幽深地下溶洞的感觉，但奇怪的是，即使如此，我也依旧能听到一阵阵的风声，只是，那些风似乎并无法聚集到这里，仅仅能来回地拍打在岩壁上发出呼呼的声响。

也不知道时间究竟过去多久，我的视野里终于出现了一片水光，那片幽绿的光盛着这顶端深不见底的黑漆壁影，简直犹如一面封印着无数亡魂的邪镜。

一时间，我误以为自己是来到了忘川河，那个传说中分界了黄泉路和幽冥府，沿途哪怕饮下一口它的河水，都能让你忘记今世前尘的地方。

然而，来到这种地方，最忌讳的就是想象力过剩，所以很快我就强迫自己用理性思维战胜了感性思维，而我的理性思维则告诉我，这其实是一条地下河。

但我所不明白的是，自己怎么会来到这条地下河的。也许，来到这里的仅仅是我的意识，我想。

是的，因为在这里，我完全感觉不到自己身体的重量。

我决定沿着这条地下河一直向前走，我猜测，也许走到它的尽头，就能得到罔象之眼要告诉我的答案，尽管，在传说中还没有人能走出罔象之眼，因为所有走出它的人都已经死了，而那些曾有幸见过罔象之眼的人则声称，他们见到的罔象之眼，就是世界的终极。

什么才是世界的终极？

我并不得而知，但我能推测出的是，它一定是个哲学层面的命题。只是，但凡哪个头脑正常的人，恐怕都不愿跟这方面的命题扯上关系。

自然，我是个头脑正常的人，但不巧的是，我恰好掉进了这个哲学的命题里，我叹了口气，觉得也许这个时候我应该认命。事实上，我一直以为一个人如果说他认命，其实并不是说他真的认命了，而是说他安于现状，妥协于现实了，我以为我本不愿妥协现实，但奈何现实的力量太过强大，就像孙猴子之于如来佛的五指山，不得不让人感到伤感。

这个伤感持续了很长的一段时间，在这期间，我发现了这沿路半飘浮着的点点明火，接着它们越来越多，多到几乎要让人错觉是望见了天幕倾泻一角的星河。

基于这个发现，我也只能打消了自己先前关于忘川河的假设，因为在所有和它有关的传说中，忘川河边都是盛放着大片红色的曼珠沙华，显然，明火之于曼珠沙华，差别绝不是后者笔画比较多这么简单。

怀着试试看的心理，我决定和所有恐怖电影里的主角一样，以身试法这些明火，毕竟除此之外，我暂时也提不出什么更有建设性的意见了，但，就在我的手指即将触到那簇新腾起的明火的刹那——

“别碰它们，小叶！”

好熟悉的声音，是……宋娅楠？

我被自己的想法狠狠吓了一跳，更忙不迭四处看了看，此刻，在这座被幽诡明火点亮的深邃洞穴中，一团暗红色的火苗飘浮在我身侧，它极力闪烁着，像极了人的一双眼睛。

“小叶，你能听见我说话吗小叶？”像感应到我了一般，那火苗很快绕着我转了一圈。

“宋宋，是你吗宋宋？”我下意识就要触她，但随即被她避开。

“是我，小叶。”那火苗做出点头的模样，“但是你不应该来这里，在这里，每一簇明火都代表一个人的灵魂。”她接着又说。

“这里是哪里？是罔象之眼吗？”我问。

“不，罔象之眼只是个‘门’而已，”见我的手放下，她这才安心地再次飘回我的跟前，“这里是归墟，也是烛阴的身体。”

“归墟，烛阴的身体？”我啊了一声，声调也不由得拔高了。

归墟，传说中海底的无底之谷，也是世上所有水源的汇聚之处，但神奇的是，归墟里的水永远不会有盈满的一天，因为它们都通向了世界的心脏。等等，世界的心脏，世界的……终极？

想到这，我的下个问题随即脱口而出：“难道这里真是世界的终极？不，我的意思，什么才是世界的终极？”

“还记得衔尾蛇吗？”她说着，飞快在空中画下个圆，“在古义里，烛阴的本体就是蛇。”

“我不明白。你说这里是烛阴的身体，可我是见过烛阴的，它没有这么大啊。”我急急地说。

“不，小叶你理解错了，”她暗红的光芒闪烁得更厉害了，“在传说里，烛阴是创世神之一，不单这样，它的身体还连接着世上的阴阳。”

“身体连接着阴阳，你的意思，难道它……”然而，我后面的那句“守门人”还没说出，洞穴里的一簇簇明火突然就像受到某种感应似的一齐向我涌了过来，我躲闪不及，耳边只听宋娅楠尖利叫道：

“小叶快走，要被发现了。”

“可是我……”

“你顺着河跑，别再回头看了。”

“那我要怎么才能再找到你？”

如同被亿万簇明火点亮的洞穴里，我讶异于自己居然真的可以健步如飞，我很快越过了那条河，而我耳边也连同宋娅楠最后说的“面具”两个字一起，再无法听见她的声音了。

我醒来的时候发现自己躺在卓扬在帝庭豪邸的公寓里，依照言情小说的一般规律，我觉得这个时候作为男主角的某人应该在我身边等待我醒来，然而，等待我醒来的却是他的朋友君柏。

此时，坐在我床对面的君柏正戴着副和卓扬一样的黑色细框眼镜在沙发上对着台笔记本出神，在盯着他标致的侧脸研究了好一会儿后，我断定他现在应该是在玩某一款时下流行的网络游戏，时间又过了会儿，我终于忍不住地问：“小白你在干什么呢，这么入迷？”

可惜，我话刚说完，茶几上的笔记本啪地就合上了，他直起身向我走来，表情也在瞬间恢复了往日的笑吟吟，他摸了摸我的额头，并感慨：“没良心的小朋友，这个时候你难道不是应该先关心一下你家小卓去哪里了？”

我：“嗯，他去哪里了？”

君柏：“你这问得太没有诚意了，我看电视剧里的女主角都不像小朋友你这样。”

我：“要么，咱们again一次？”

君柏：“……”

顿了下，他终于认命般将手从我额头上撤下，说：“事务所还有事等他处理，不过，他出门前给你煮了爱心粥。啧啧，我长这么大还没见过小卓对谁这么忠犬过，嗯，他果然就是传说中的忠犬攻呀。”

他明明就是腹黑攻的好不好？我忍住了没将话说出来，倒是对他刚才话里的关键词有了想法，于是追问说：“他出门了？什么时候？”

然而，这话刚说完我就意识到了不对，确切说，从开始的港中医院的地下室到现在卓扬的公寓，时间无论如何也应该过去了好一阵，果然，君柏很快就回话道：“小朋友，你从今天凌晨一直睡到现在，嗯，果然这就像那句话说的，是白天不懂夜的黑呀。”

我：“……”

在君柏令人发指的歌声中结束这场无营养的谈话后，我起床简单梳洗了下，便打算去一趟铜山公墓拜祭宋娅楠。毕竟归墟那个幻境对我的影响相当不小，所以现下前去证实一番，我认为还是有必要的。

我将这个想法告诉君柏，他听后当即就表示，既然卓扬已经把我托付给他，那么他自然就有义务陪同我一起前去，我听后将这其中的逻辑理了又理，觉得他大概是混淆了生活和小说演义，因为显然地，托孤和拖油瓶最大的区别就在于，同样是tuo，一个tuo成了故事，但另一个却tuo成了事故。

至于我和君柏之后的这出，自然只能算得是后者。

一个小时后，我和君柏驱车来到了肃穆的铜山公墓内，初秋的公墓里松柏青青，微风习习，四目望去，似是能将人间的离合悲欢尽收眼底。

但，我要详述的并不在此，而是我们在沿着石子小道走了大概10分钟后，没想居然会碰见一个我久未相见的人。夕阳下，那人的身形被光勾勒得颀长，他自冰冷坚硬的墓碑前转过身，嗓音像是倏忽飘过的一阵凉风，他说：

"小叶，我不去找你，你就不知道要来找我了吗？"

（7）复制的房间

此时此地回答这样的问题，说实话，我的确有些尴尬。我看了眼身旁站着的君柏，倒是他一副疑虑又戒备的模样，让我都不由跟着紧张。

我努力稳住心绪，这才说："温老师今天怎么……"

"小叶，你还没有回答我的问题。"他微笑着走上前，即便如此，也并未打算给我岔开话题的机会，他只是看着我，让我所有的表情都在他的目光下无所遁形。

一时间，我承认我是动了恻隐之心。

是的，因为就连我自己都无法否认曾经是那么那么地喜欢过他，就像追逐着一个永远不会老去的童话。可惜，童话再美好，人也终究会长大，不论是以何种的方式长大。

所以我只有回看着他，希望他就能读懂我眼里的话，然而，现实的情况是，就在这沉默刚刚维持了不到三秒，君柏就率先一步开了口，"哟，听温老师您这口气，原来我们家这位小朋友还挺受欢迎的"？

"不然你觉得呢？"温尘看了他一眼，反问道。

"但是可惜啊，可惜……"君柏啧了声，顺便揉了揉我的头发，"现在小朋友已经是我们家小卓的人了。”

“是吗？”温尘呵了一声，但显然，单单一个问句，并不足以道明他内心的想法。但不可否认地，在这一瞬，我是隐隐期待过什么的。为了掩饰我的尴尬，我于是忙道：“不知道温老师今天怎么会来这里？”

或许是这一瞬的话道出了潜意识里的想法，总之，在面对我的提问时，温尘的脸色有瞬间的异样，他将视线转向宋娅楠墓碑前的那束新放的百合花，淡淡道：

“小叶，难道你认为我来看看自己已故的学生也需要找一个恰如其分的理由吗？”

又是一个反问，然而也是这个反问，让我一时不知该作何回答。倒是君柏的声音随即插了进来，却是挑衅道：“温老师，没想到您的嘴上功夫比起我们小卓，也是一丝不差呢。”

但温尘只是一摇头，笃定道：“你知道我和卓扬最大的区别是什么？”

“是什么？”

“是我们在看见小叶的第一眼时，心里头的想法。”

不得不说，他这番话的含义很稠密，就像是看王家卫的电影难以用普通人的逻辑解读一样。我皱眉思考了下，语气尽量到位了，“温老师，这回好像是你先偏题了”。

“小叶，你是不是到现在还无法释怀宋宋的死？”他看了我一眼，修长手指已然抚向墓碑上刻着的宋娅楠名字，“但或许那并不是死，而是往生呢？”

“传说中有个地方叫往生井，难不成这位温老师是认为你的学生去了那里？”君柏不屑地耸了耸肩，而我在旁边听着，却是不明白他这话究竟是断章取义，还是确有其事了。

“你们说的我听不懂。”我想了想，还是决定将心中的想法说出，“是往生也好，是往生井也好，宋宋不在了这毕竟已是事实，她还那么年轻，有那么多的人生没有经历，如果可以，我希望……”

“人生最大的意义就在于它不能被假设。”温尘打断我的话，“小叶，你知道你最大的缺点是什么？”

“是你太多情，你总想把一碗水都端平，但那是不可能的。因为这世上从来没有真正的公平，就如同你所追求的公义、真理，都往往是在一定自由之下一样，可当你真正拥有了自由，你会明白，那不过是另一种安排的开始罢了。”

“老师，你说这话让我想起了一个人。”事实上，他的这番说辞的确让我想到了那个惯用神棍语气说话的葛莫言，“我以为他最大的能耐，就是把人都听得懂的话说得连鬼都听不懂。”

“所以你是在暗指老师我的说话水平有待提高？但是小叶，你忘了，我已经不是你的老师了。”他勾唇，将狭长的凤眼微眯起，“但我依然确信，总有一天，你会明白的。”

实话说，我并不赞同他这个说法，这就像我从来没有赞同过葛莫言当时留给我的那个说法一样。但可惜的是，现实总不以人的意志为转移，我想我既无法接受，那我只有忍受。

但让我没想到的是，忍受的直接结果就是之后大家一路相视无言地在铜山公墓的门口分手。我叹了口气，最后唯有默默地跟随君柏重回到卓扬的公寓，在这之后又过了将近一个小时，卓扬终于从事务所回来了。

他回来时正值饭点，此刻，我手里拿着个烧鸡腿窝在沙发上看TVB的经典老片《法证先锋》，至于君柏，则对着饭桌上那只油光发亮的黑椒烤鸡啃得津津有味，此情此景看罢，卓扬好看的眉毛终于抽了一抽，然后将满放着食材的塑料袋放下，说：

“小白，你今天又是什么问题？”

“哎呀，小卓你回来啦？快快，让我看看有什么好吃的。”君柏笑逐颜开，果断抛弃了瓷盘里的鸡腿，去翻卓扬放在玄关的塑料袋，“看来今晚会有宫保鸡丁、鱼香肉丝、糖醋排骨、黄豆猪脚汤……哎呀，都好有爱！”

卓扬：“嗯，你来做。”

君柏：“……”

在最终以抓阄的方式公平解决了今晚到底谁做饭的问题后，君柏一脸悻悻地拎着食材袋一人走进了厨房。

又一道关门声后，一直按兵不动的卓扬终于表情一松，然后靠着我在沙发上径自坐了下来，我没形象地仍旧拿着那个鸡腿不说话，倒是他在盯着我的脸两秒后，抬手就将茶几上的遥控器拿过关掉了电视。

乍来的安静中，他推了推眼镜，说："葛叶，你现在的这个情形我是不是可以理解为，你在向我使性子？"

使你妹的性子啊！我嚼了嚼口中的鸡肉，心道哪里有像你这样的，一边说着在意，一边又消失得堂而皇之。

"今天的确有事。"他靠得更近些，磁性的嗓音也是难得地放低，"港中医院地下室的事总要给对方一个交代，再说了，也不是人人都有你这样的本事，一觉睡过去，就当什么事都没有。"

敢情他是在拐着弯挤对我呢。我嘁了声，决定专攻他话里的另一个关键词，"那你今天跟他们都怎么说的？"

"随便找了个理由。"他一牵嘴角，话语很快落下。

"就这样？"我有点诧异。

"就这样。"他点头，一副不这样又应该怎样的表情，又一顿，将镜片后一双深黑的眼睛看定了我，重重地说："葛叶，你要记住，你是不同的。"

不同，哪里不同，难道是？想到这，我索性将他未尽的话接下，"这都是因为我的命魂有缺吗？"我垂眼，避开他的视线，"其实在阴司鬼市里，烛阴他……他早就已经告诉我了。"

"那只是一个方面。"似乎早已预料到我会这么答，所以这刻他的表情并不显出吃惊，而是很轻地叹了声，继续道："总之，你会进入罔象之眼并不是巧合，但巧合的是，地点为什么会在那里。"

"什么意思？"我问。

"对了，听说你今天下午出去了？"他一推眼镜，突然将话题岔开，我一时没跟上他的思路，只得茫然地嗯了声，道："和小白一起去了趟铜山公墓。"

"因为宋娅楠？"他问。

“嗯，因为我总觉得……觉得……”

“觉得她还在吗？”他鼻音微扬地嗯了声，没想竟是替我把心里的话说了。“但是葛叶，你有没有想过，如果宋娅楠真的还在，那么四年前死的，又是什么？”

他这是一个反问，却也是个一针见血地反问。我迟疑了半秒，才道：“我不知道，但我知道，一个人真正的死亡，是世界上再没有人记得你。”

“所以，人死了，就是住到了别人的心里去吗？”他轻笑一声，宽慰的表情中又夹杂着一丝说不清，“葛叶，听过一句话吗？过去的事，交给岁月处理，未来的事，留给时间证明。”

过去的事，交给岁月处理，未来的事，留给时间证明。

我在心里默念着，同时也对上他的眼，“也许你说的都对，但如果真有那么一种力量可以……我以为，如果一个人对另一个人真的足够重要的话，那么一定是敢伸手去接魔鬼递来的橄榄枝的。”

“呵，你倒是敢。”他勾唇再笑，却是无端让人听出了里面危险的味道，也就是在这一瞬，我突然意识到，面前这人的霸道和危险其实是隐藏在他一副沉静外表的伪装之下，而内心里的果决，其实是一分不少的。

果然，他不容置否的声音下一秒便跟了来，他说：“但我一定不会允许你那样做。”

“因为任何平衡的打破都要付出代价，不论是对你，还是别的什么人。”

在那之后的一整晚我都在想这句话，尽管身为一名阴阳师我早已了解这句话，但有时候，了解是一码事，但亲身面对又是另外一码事了。

因为，今天在睡觉前，我做了一件只能以情不自禁来形容的事。

是的，我终于按捺不住地拿起了那面一直藏在我行李箱里的宋娅楠曾在化装舞会上戴过的半截面具，想我少年时读王尔德的书时记下的一句话，他说面对诱惑，最好的办法就是接受它，是故我思虑良久，仍旧找不出拒绝的理由。

床边磨砂灯罩的台灯下，银质的半截面具在真丝枕套上流出一道生硬且冰冷的光。我深吸了口气，终于下定决心将它拿起来戴在了脸上，当金属和脸庞贴合的一刹那间，一股难以言喻的阴冷猛地蹿入了我跳动的脉搏里。

我想，如果感觉可以用指数来形容的话，那么在这一瞬里，我的指数一定是负数。打个更形象的比喻，就像是你整个的灵魂从身体中被迫抽离出，让你从高至云端的地方俯视自己的躯体，就犹如在俯视一个分明熟悉又分明陌生的人。

“小叶，是你来了吗小叶？”我听见宋娅楠的声音仿佛从最幽远的天边飘来。

可惜，我的喉咙却无法发出声音，我皱眉，情急中只能胡乱地点了点头。

“小叶，你听着，你现在说不了话也不能乱动，我的面具只能维持很短的一段时间。”她说，“我知道，你一定有很多的问题要问我。但是对不起，我只能告诉你我知道的一部分。我现在所在的地方是归墟，在这里，我能看到你在那边发生的一切，但我要告诉你的是，不要相信卓扬。”

不要相信卓扬？我一惊，面具差点从脸上滑下来，而那边的宋娅楠也似感应到了似的，原本就飘忽的声音顿时更缥缈了，简直就似手机信号在时断时续一般，等了好一阵，她的声音才再次稳定：

“小叶，你听着，这都是一个局。你仔细想想看，为什么在一开始你就那么轻易地进了他的事务所甚至还被他表白，你真的以为那是因为你特别吗？那不过是因为你身上恰好有他需要的东西。”说到这，她停住了，“我猜，这个时候你是不是想问我那个东西是不是女娲石，可我要告诉你的是，那是比女娲石更重要的东西。”

“小叶，你还在听我说话吗小叶？”也许是见我没有反应，她声音开始焦急，“如果你愿意相信我的话，可以亲自去他那间不能进的房间看看，但你要记着，你只能一个人去。”

那间有问题的房间，还有，卓扬……

我得承认，这一瞬间里我的确无法将她话里的内容消化干净，但下一秒，他的声音就再次飘忽了起来，“小叶，我的时间不多了，你千万记着，这枚面具千万不能被他发现。”她叮嘱道。

不能被发现？不过，这件事我记得的确是没向他提及过，但，我真的就应该因此怀疑他吗？

“小叶，我花费许久才能跟你建立联系，但现在，是我离开的时间了……”

“宋宋、宋……”

当面具从我脸上滑落的一瞬，一滴微凉的泪水也随即掉落，只不知道那眼泪究竟是属于我的，还是她的。

可惜的是，在那以后我一直没找到进入那间房间的机会。对此，我实在不知是该表扬一句卓扬的保密工作做得好呢还是批评一声我自己的情报水平不给力，总之，这的确是一件令人捉急（着急）的事。

这个情况一直持续到我考二级的前夕。但，说是前夕其实也并不准确，因为准确讲，那个机会其实是出现在距离我考实战的三个小时前。

这话要怎么说呢？

事实上，正如许多平常就习惯了丢三落四的同学一样，那一天，我在出门后才发现自己漏掉了准考证。

什么？准考证？你也许会问。

是的，你并没有听错，因为作为一个全国性的阴阳师等级考试来说，没有准考证的考试怎么能称上规范呢？准考证上不但要清楚印有本人的年龄、性别、准考证号，还要像高考一样贴上本人的免冠一寸头像照。

所以，在我将单肩包里里外外翻了个底朝天依旧未果后，我只好厚颜面对上车里卓扬一张阴晴不定的脸，然后跟他一路飙车回了公寓帝廷豪邸。

一个小时后，在公寓的地下停车场里，我对卓扬说，卓扬你在楼下等我，我找到了东西马上就下来。他鼻音略重地嗯了声，接着便点起根烟抽了起来。

我最后瞄了眼他行云流水抽烟的模样，一边心说这家伙怎么随时随地地都能在勾引人，一边没忘赶紧往电梯门口跑去。

当电梯终于在16层停下，我一路没敢多喘口气，赤着脚就往自己的卧室跑了过去，再经过一番的翻箱倒柜，总算是在我行李箱的夹层里找到了准考证。天知道我怎么会将东西塞在这里，我定了定心神打算离开，但没想目光忽然就被一段摇曳着的银弧给拽住了。

就是现在。

我仿佛听见身体里有个声音在说。

是了，现在正是那个天赐的好机会。我感到自己的心怦怦跳得厉害，但同时也矛盾得厉害，可如果真错过了现在……

想到这，我猛地将准考证攥紧了。

不行！

我深吸了口气，一咬牙索性将那串钥匙从门眼里一把扯了出来。我将那串钥匙攥紧在手里，极力让自己的心情平复了好一会，这才关上房门，蹑手蹑脚地向那走廊尽头走去。

事实上，卓扬这套公寓的房间我在搬进来的第一天就几乎全看过，除了了解他那低调奢华的品位外，更被他爱好整洁的秉性深深折服。还记得某次在被他发现我不爱收拾的一面后，曾被他以不咸不淡的语气毒舌说：

"葛叶，就你这种不像样的个性，你自己说说，有什么样的男人会看上你。"

甚至连疑问句都生生给改成了陈述句，足可见他表达得是多么昭然的意思。记得当时我想了一想，然后回了句："一个萝卜一个坑，我相信总会有瞎眼的萝卜掉进我的坑里。"

他听后将眼镜推了一推，说："你这话是真的还是假的？"

我说："是真的怎样，是假的怎样？"

他一笑，抬手就将眼镜摘了下来，说："好巧瞎眼的萝卜刚告诉我，他说你这话是真的他当真，是假的他也当真了。"

后一瞬我没接话，因为我以为任何的话，都比不上他眼眸里那一刹的繁华。

而现在，当我终于忐忑不安地转开这扇白色的欧式烤漆门后，我忽然一个机灵，想我也许是进错了房间。

但，这又怎么可能呢？

可如果不是，那间和卓扬主卧室一模一样的装修和陈设又该怎么解释？

我揉了揉眼，在退出又仔细确认了一遍没有搞错后，这才抬脚重新迈进了这间无不透出古怪的房间。

两间一模一样的卧室？他究竟想干什么？

我皱眉，飞快地又扫了眼这里的格局，的确和卓扬自己的那间无所区别，都是卧室连带着一个独立的小型客厅，但如果硬要说有哪里不同的话……

我心弦一震，目光随即就被那名贵的海南黄花梨壁橱里放着的一个杰克琼斯的衣装袋给钉住了。这不就是上次在港中医院门口林弯弯拿来的那个吗？

是什么样的衣服需要放在玻璃壁橱里？还是，这里面装的，根本就不是什么衣服？怀着强烈的好奇心，我做贼一般偷偷打开了那扇玻璃壁橱的门。

果然，如我预料的一样，这里面装的压根就不是什么衣服，而是，一个精致的红漆的方盒？

我沉了沉心思，正要打开它的盒盖，但就在这时——

“葛叶，这就是你的目的？”一个熟悉的声音从身后传来。

（8）洋松街169号

我得承认，在听到他冰冷话语的一瞬间，我的想法是，我们完了。

就如同戴了许久的假面终有被揭下的一天，我的心狠狠抽动了一下，这才慢慢转过身，我没敢看他那双漂亮得如同黑曜石一般的眼睛，而是低头盯着他显然未换过的皮鞋的光亮鞋面，一字字道：

“告诉我，为什么这间卧室会和你的那间……”

“你骗我。”他冷着脸走上前，高大的身影随即覆过我的，我后退半步，却被他及时擒住下颚，“又一次地骗我。”他说。

“什么？唔……”

几乎没有停顿的，我的嘴唇就被他给凶狠地堵了上，不但如此，甚至连身体也被禁锢在了他的怀里，我呼吸艰难，只好用力抓了抓他的手臂，“你……你放开我。”在终于得以呼吸一口气时，我涨红了脸说。

“我为什么要放开你？”像听到什么好笑的事，镜片后他一双没有温度的眼逼视过来，像是故意让人看清他那张本就绝非善类的脸。

“你本来就是属于我的。你、云珂，都是我的。”

终于还是再次提到这个名字了吗？我瞪大眼看他，但双唇却被他以拇指按住说不出话，“葛叶，是不是我的态度让你误会自己可以肆无忌惮了”？他说着忽然一把扯开自己的领带，我眼皮一跳，下意识对他这个动作感到恐慌，我摇着头，用力掐着他的手臂，但这一切都通通被他无视。

“或者，我是应该早一点让你有所自觉？”忽地，他又一声冷笑，猝不及防地就将我带入了身旁的软皮沙发里，并重重压了过来。脑海被腾空的瞬间，一种前所未有的害怕立刻包围了我，我用尽全身的力气推开他的手，试图让他清醒过来：“卓扬，你快放开我！我一会儿还要去考试！”

“考试？”话说完，他倒是真停住了，隔出一厘米的距离，他眼看着我，一时竟也如看远了一整轮光阴，他说：“既然知道要骗我，那怎么就不知道要考试了？”

“我、我没有骗你，我是真找不到准考证了……”我急急解释，“真的……啊！你干吗！痛……痛啊！”

我尖叫声，简直无法置信一向以沉稳冷静著称的他居然……咬了我？我忙不迭捂紧被他咬伤的耳垂，同一瞬，我更意识到，他的牙齿……怎么可以这么尖？

甚至不用猜，也知道肯定是被弄出血了。

“葛叶。”许久，他终于像是清醒过来，但却依然伏在我的肩头不曾移动，“葛叶。”

他又叫了一遍我的名字，我闭上眼，终于无法否认那个磁性的声音已透过我的灵魂直达心里那个最最柔软的地方，也就是在这一刻，我才了解到，原来我是这样地舍不得，舍不得否认他，舍不得离开他，更舍不得……不信他。

“我知道你这个人什么事都是习惯嘴上说说，实在没什么诚心……”他表情松了松，但话语却分明已脱了力，“但有些事，我确是宁愿你恨我，也不希望你明白的。”

“我不明白，但我明白，终有一天我会明白。”我认真想了想，说。

而在这以后不久，我终于明白，那不过是因为生活和时间会给出一切的答案。

但，不管中间的过程怎样，卓扬最终还是将我安全送到了南哇岛才离开。至于说我为什么要去南哇岛……我叹了口气，实在只能评价一句，当真是人衰不能怪社会。

实在因我这次的二级实战题抽到的居然不是陆温茗事先给我弄到的那些，而是去应付南哇岛的一栋凶宅。又由于实战考试必须独立完成任务，所以在没有陆温茗和卓扬这两个帮手的情况下，我表示单刷副本压力很大。

但压力到底有多大？

在没进入凶宅之前我自然不得而知，不过，在来到这里后发生另外一件事却是果断引起了我的注意，那就是我的接线人居然会是路易斯。

想阴阳师等级考试在具体操作上最有别于全国高考的一项就是存在接线人，这一点，就好比是游戏里的NPC（非玩家控制角色）。不过，这里并不是我要强调的，而是，在前文我就已经提到过，拥有判官笔的路易斯的真实身份决计不可能只是个小店伙计这样简单，又根据现在的他居然跟三界管理协会扯上关系这点来看，他的真实身份岂止不简单，简直就是……太不简单了！

此刻，一身休闲西服的路易斯手握着个黑色公文夹站在榕树湾的一株百年古树下，在他的旁边，比他矮半个头的洛小满拎着个装有奶茶的透明塑料袋，正在左右张望着。

“叶子姐！”洛小满一双琥珀色的大眼睛很快发现了我，“这里这里！”

“小满……你怎么也来了？”我接过他递来的黑糖奶茶，问道。

“喂，他真就这么走了啊！”洛小满指着不远处的卓扬，一脸的看不过去的模样，“当然是给你第一次的实战助威啦！”在又瞪了一眼卓扬的背影后，洛小满咂了咂嘴。

“小满弟弟，我也只想考一次实战的。”我垂头用吸管戳破奶茶的塑料薄膜，“对了，我等等的题目在哪里？”

“洋松街169号。”路易斯阴柔的声音从耳边传来。

洋松街这个地方我大概知道，它的名字听着实在像茶楼，但却是一条颇洋化的欧式旧街。我皱眉，继续问：“那是栋别墅？”

“那里曾经属于一名传教士。”路易斯并未正面回答我的问题，而是将手里的公文夹递过来，“现在天色还早，你可以先看看里面的基本资料。”

他这样，算是提前给我看攻略本了吗？我一时哑然，但看他一本正经的模样，只好先接过资料，“其实吧，相比起漏题，我更看好……嗯，场外提示。”

路易斯：“……”

略一顿，倒是洛小满将话头接了过，“叶子姐，你也不想想，管理协会哪里是这么好糊弄的，我们提前给你看资料主要是因为……嗯……”

“因为什么？”我喃喃了声翻开资料。

第一页显示是别墅的建筑设计图，从图上看，这里是个带小花园的三层建筑结构。再翻第二页，则是每层的室内平面设计图，从这里起我就不是特别明白了，但大体还是可以瞧出这里的住户应该挺讲究，毕竟在20世纪，在那个抽水马桶尚未普及的年代，卧室自带卫生间的做法实在不是一般的人会选择尝试的。另外，这里的房间数量看起来并不少，而这同时也就意味着，这接近500平方米的别墅里每间卧室的相对面积就会减小。

我曾在卓扬的连哄带骗下看过一些关于侧写的书，侧写，即换位思考。从犯罪心理学的角度来分析罪犯的潜在心理，从而逐步地缩小信息，以交叉和类比的方式来锁定目标。而若将侧写的知识运用到这里……究竟是什么样的人才会一面将房屋装修得讲究，另一面又完全不考虑它的实用性呢？

我皱眉，匆匆将资料翻到了第三页。

2010年3月，洋松街169号别墅失火，死亡人数13人。

2011年，洋松街169号别墅易主，同年9月，别墅主人（原青虎帮帮主）遭仇家血洗，死亡人数13人。

2012年，洋松街169号别墅再度失火，死亡人数13人。

……至今。

满眼的死亡数字看得我不由倒抽了口凉气，更同时，我心中的疑虑也越发大了，那就是为什么所有的事情都是发生在四年前？还有，为什么所有的死亡人数都是一样，都是……13？

我知道，根据西方的观点，13是个极其不吉利的数字，因为基督教中耶稣和其十二门徒在进行最后的晚餐时就有13个人，而这第13个进去的人，就是出卖耶稣的犹大。至于说东方道教的看法，则是12是一个轮回，但13却意味着——超越了轮回。

“叶子姐，叶子姐！”小满的声音再次将我的思路带回现实，他冲我嘟了嘟嘴，“其实吧，我也觉得你这回挺点背的，毕竟是这种难度C++的考题，连我都想知道你究竟是怎么做到的，哎。”

“不过葛叶，抽到这种题的好处就在于……”他身旁的路易斯冲我优雅一牵嘴角，接着将我的手臂抬起，在我左手掌上画下一记古怪的符号，“你可以随时叫停。”

“只要你双手合十告诉我一声就可以。”

“但那样的话，我不也就……”

“你再仔细看看资料的最后一页。”他微笑着补充。

我听他的话赶忙翻开最后一页，但见A4的白纸上最后一行，4号黑字宋体写着——

【本考题测试难度：C++。测试内容：安全通过。】

敢情这是闯关游戏呢！我一脸实在不知怎么表达地看向路易斯，倒是他依旧一脸阴柔的笑，让我不由联想到了曾经看过的一个冷段子：一只熊，它从20米的高空做自由落体运动，两秒后落地，请问，这只熊是什么颜色的？

想到这，我：“……”

我的实战考试在榕树湾的入夜时分正式开始。

走过一条斑驳着无数阴森树影的长长街道，我终于止步在尽头处独栋的别墅前，一片森白的路灯下，它铁艺大门上残破贴着白纸黑字的封条也变得格外刺目。

我深吸了口气，从口袋里拿出路易斯交给我的门钥匙。

是的，我之所以胆敢如此昭然地打开大门，实在是因为这里太无人问津，也太僻静了。静得不但能听见鞋底踩在路面发出的空旷回响，更能听见路灯不时发出的如同鬼魅窃窃低语的嗞嗞声。

并没花太长的时间考虑，很快，我就将钥匙对准了那道门锁。但，也就在钥匙旋开门锁的一瞬，我突然产生了一种奇怪的感觉，就仿佛在我面前这轰然开启的并不是那多少人妄图得知的秘密，而是……

是的，是一段记忆，一段关于我自己的记忆。

13年前，台州。

“叶，去替为师把桌上这摞书放院子里晒一晒，为师我要小睡一会。”一瀑青碧的藤萝下，阮誉将一册边角卷起的符咒书慵懒遮住脸颊，从我的角度看过去，恰好能望见一束光遗落在他额心艳红的朱砂痣上，嚣艳得仿佛腊月里怒放的海棠。

这个场景至今我仍清晰记得，而当时，我不过是嘟着嘴不情不愿地说：“阮誉，为什么你自己不去，我还要抄作业，我才不去。”

“叶，是谁教你对长辈直呼其名的？”他将咒书从脸上撤下，露出一双狭长的凤眼，他微皱起眉，继续：“还有，抄作业？昨天为师不是已经替你抄过了吗？”

我：“……”

我想，这一生，我都再没见过比他更慵懒，也更嚣艳的男人。而这两种本不可并存的气质糅合在一起，不但会让人着迷，更会让人对其他的男人免疫。但可惜，当时的我年纪太小，并无法解读这其中一二，仅仅能觉得那眼神既清且冽，就像是万千道剑光收归剑鞘的一刹。

所以，我当时的反应也只是再自然不过地被他晃了晃，然后大言不惭道：“当然是你教的，你大大前天还跟我说，唯女子和小人难搞也，既然你早已清楚了这个事实，那你现在还有什么可抱怨的？”

“叶，我以前怎么没看出来，你原来还有当律师的天分？”他说。

“我才不要当律师，我要跟你一样当阴阳师，我去要除妖抓鬼！”我继续道。

然而，他听后却是无奈一笑，将咒术书放在了身旁，他指了指他身后枝条丰盛的青藤，说：“叶，你看这藤萝长得多好，就像你们女孩子，在为师看来，你们只要站在那里负责漂亮就已经很好了，其他的，都应该交给像师父这样的男人。”

“阮誉你这是重男轻女！”我不服气道。

“不，”像是看出我的心思般，他一手按住了我的肩，“师父只是想告诉你一个道理，‘木因不材得以终其天年’，所以师父的意思，只是希望你能平安快乐地长大。”

“但这跟我当阴阳师有什么关系。”我总算有点明白了。

“因为阴阳师太危险。”他说。

“才不是呢！我看那些小妖小鬼太危险才是真的吧！”我打断他。

“那是因为为师有本事。”对此，他倒也毫不谦虚，“但，这并不代表你也同样会有本事。”他的补充并没给我反应的机会，“况且，你的体质也不适合。”

“怎么就不适合了！”我一手拍开他在我肩上的手，决定祭出我的撒手锏，彼年我才七岁，实在已将撒泼卖萌的技术锻炼纯熟，是以我忙挤出两滴眼泪，然后将它们一齐蹭到他的袖子上，一边冲他眨眼，一边哭腔重重：“我不管，反正阮誉你是我师父，就要负责把我教会为止！”

“好吧。”好半晌，他叹了口气，终于投降，“不过，我们要约法三章。”

“什么约法三章？”

“就是你可以选择不开始，不过一旦开始，你就不能再放弃。”

……

也许因为第一个场景已经耗费我不少心力，所以当画面迅速切换到下一个时，我很明显地感到了一种恍然，那种感觉就好比你在欢乐谷乘坐海盗船，每一次的凌云摇摆，都是一场真与幻的博弈。

这一次，地点仍旧是开始的小院，但不同的是，花架上盘绕着的青藤已经衰败，一片泛黄的叶被风卷起带至旧石桌上的紫砂杯里，连澄透的茶水面都好似映出了深秋的萧索之气。

“师父，这回明显是那姓殷的坑你！你真就这么甘心走了啊！”头上一对犄角辫已然换成一个马尾的我抱着个放满杂物的纸盒对着里屋的人大声嘟囔，“还是师父，你压根就怕了他？”

早已忘了我是几时改口称他作师父，也许是他正式教我阴阳术的那天，也许根本就是这次，总之，那天我选择了对他使用激将法。尽管，我早已清楚，像他这样的人，心里决定好了的事，怕就是连理由都不必，一条道走到黑。

果然，很快就见他迎面走了出来，对我道：“叶，你这是在质疑为师我？”

我摇头。

他又将我手里的纸盒接了过去，说：“带你去看看外面的世界难道不好？总有一天你会明白，你的世界并不止有一个台州城这么大。”

“也许你会把它看作一个挫折，但为师却更愿意把它解释成一个契机，因为命运对所有人都用心良苦。”

“你又开始说我听不懂的话了，”我撇了撇嘴，气恼地将他怀里的纸盒夺了过来，“反正就都是因为那个姓殷的，不是他我们就不用搬家，不是他我们也不用走！”

“叶，你信不信，等你到了为师这个年纪，你就会知道，当命运让你离开的时候，就算出现的不是殷连，也一定会是其他的什么人。”

“好吧。”我已经不知道该怎么反驳了，只得叹了口气，退而求其次地问道：“那你总可以告诉我，你是怎么知道的这些吧？”

“因为为师听见了。”

“什么？”

“那是命运的钟声。”

“……”

回忆里阮誉落下的话语仿佛当真如同天地间轰然响起的钟声回荡在我脑海中，我捂着头，几乎在瞬间回想起在那之后几年老萧告诉过我的，他说，当时阮誉并不是在向你打禅机，他是真的听得见，听得见那些游离在三界的寂寂之音。我知晓后一怔，随即又问，那他为什么不直接告诉我？即使当时不愿意告诉我，但在那之后还有许多的机会。

“有些人天赋异禀，不过是为肩负起常人无法理解和完成的使命罢了。”

许久，老萧终于借用师父曾说过的话回答了我，而之所以这话不是由阮誉本人回答，实在是彼时他已失踪，一如他在我生命里的突然出现。

我想，或许人的青春有时候就像被用另一个人的名字串连起来，这个人或者是你的亲友兄弟，或者索性是让你一见倾心的人。但对于我来说，是阮誉，那个即使有无数问题令人诟病，也依然无法掩盖他曾和我相依为命过16年这一事实的男人。

我想，如果这世上有一种比爱更深的情，那也莫过于此了。

“叶，你好好看看这港岛。”并不给我太长的时间回忆，画面一转，已然换到了第三个场景，我记得那是我和阮誉最后的对话，那是个傍晚，我们并肩站在港岛市最高的双子星大厦里，透过扇面的玻璃窗，俯身能望清整座的港岛市。

这样的地点视野很难说不好，但不巧的，那天刚好在下雨。淅沥的雨打在玻璃上，留下一道道的水痕，像随时能潮湿人的眼睛。

玻璃窗外，风雨声和渡轮的鸣笛声都仿佛被隔绝了，唯有鳞次栉比的摩天大楼上的霓虹灯不停闪烁着，将流离的光斑交织在川流行人的雨伞上。

我盯看了许久，终于说：“我觉得它就像是一座浮在水光上的城市。”

“那比起台州呢？叶，你还会常常想那里吗？”在说出一句后，他又问。

“我不知道，”我深吸了口气，实话实说，“我已经快忘了那里是什么样子了，但是一到了梦里，我就又会记得。不过，这里毕竟有太多那里没有的，这里这么的繁华……”

“那都是欲望，各式各样的欲望。”他说着一停，转而看定我，“虽然即使如此，太多人也依旧不明白，人生最终的价值在于觉醒和思考的能力，而不只在于生存。”

“师父你这话说得简直就不像你的风格。”我说。

“哦，这话是亚里士多德说的。”他挑了挑眉毛，补充：“但我觉得他说得很对。”

“但是，人来到这个世界上，又怎么会没有欲望呢。”我想了想还是说，“就像我们阴阳师，倘若这世界上已经没有山妖鬼魅了，那我们的存在也就失去意义了。”

“的确，人生最终的意义就在于找到一件足以让他穷尽毕生力量也要完成的事。”他牵起嘴角，一双清澈的眼里像立时有了光，只不知那究竟是来自灯光还是水光，抑或两者都有。然而，那一刻在我看来，竟觉得再找不出比这更炫目的颜色了。

“知道我为什么要成为一名阴阳师吗？”他将手臂轻伏在纯钢的护栏上，不留意间已换了称谓。

“为什么？”我问。

“因为好奇，好奇另一个世界究竟是怎么样的。”他说着向远处被云雨压低的夜空抬了抬眼，继续，“还想知道那些科学没法解释的事，譬如前世今生，譬如……轮回。”

“这就是我当阴阳师的原因。那么你呢？叶。”

“我……”顿了一下，我冲他点点头，“我只是觉得应该做，所以就做了。”

在那以后不久，我终于知道，这一切或许是命运使然，或许就如我当时说的，只是觉得应该做，所以就做了，它们之间并没有什么必然的因果，但又自然而然地如同瓜熟蒂落。

到那时我已经明白，这其实就是我亘古以来的宿命，绝对、终极、永恒。

（9）回归

至于说现在，当我一再地陷入自己的回忆里时，我终于意识到，这其实就是这栋凶宅最诡秘的所在。

它其实并不是杀人于意外，而是将人困在了自己循环往复的记忆里，又至于说我为什么只看见这三段记忆就被中止，则是因为我突然在这记忆的某个角落里发现了一只体型硕大的黑猫。又根据我和阮誉相处的这16年的经历，我其实并未见过或者接触过这样的猫。

我想，这或许就是区别于幻境和现实的突破口。

但，这只猫究竟想要干什么呢？实际上，在少池岭时我就已经见过它。除了它硕大的体型外，更有那双鬼气森森的幽绿色猫眼叫人难以忘记。

果然，它在发现了我的注视后，当即就一声喵叫，扭头向房间的另个方向蹿了过去。

难道早在不知觉间我就已经进入了这栋别墅吗？来不及多做思考，很快，那些原本阻挠我的记忆残像就跟着一并消失了，取而代之的，是眼前瘴疠似的团团黑雾。

喵……

又一声尖利的猫叫，早已蹿入走廊深处的黑猫突然回过头看了我一眼，在这瞬间的对视里，我忽然意识到它那双幽碧的猫眼在这黑黢黢的别墅中竟也如同跃动的鬼火似的，让人看一眼，背后就嗖嗖地发凉。

见鬼！

难道这猫是故意引着我要去哪里吗？我心下一紧，没多犹豫就快步跟上了它。是的，毕竟是在这种已经区别了现实和记忆但仍旧无法找到别墅后门的情况下，我除了赌一把，实在没有其他更好的办法。

此刻，在这栋常年不见光的废弃别墅里，正回响着我的塑胶鞋面踩踏在积灰的木地板上发出的声音，一声又一声的，空荡得仿佛是故意要和着人的心跳。

狭长的走廊里，我不时瞄见剥落的墙壁上那些不知悬挂了多久的西洋人物像，它们在死一般的静寂中犹如一条条被钉死的灵魂，正透过一扇窗，窥视着我的一举一动。

我屏息，脑中却不可遏制地想起了那个名叫德古拉斯的吸血鬼，而这里，就是那座属于他的爬满了藤蔓植物的幽森古堡。

吱吱。

走廊深处突然传来的老鼠声让我本就悬着的心脏又是一抽紧，我转过脸，猛地发现自己已然停在了一间黄铜门牌上标着013号的门前。

13，怎么又是13？我皱紧眉，可惜并不等我想下去，我就听见了一声很浅的叹息声，那个声音仿佛贴着我的耳际，又仿佛响自四面八方，我屏息想要确认，但随即却被一阵猝不及防的剧烈晃动夺去了平衡。

紧接着，我的脑袋就被直直撞向了面前的房门。同时，一股不祥的感觉也罩了上来，原来，刚才的晃动并不来源于地面，而是我身后那条深长走廊里，霎时响起的如同踩踏在心头的沉重脚步声……

这里到底是什么地方？一阵寒意贴着我的脊背蹿起，变得越发黏稠的空气里，我甚至不禁错觉，这黝黑的洞门其实就是传说中地狱的入口，想这，大概也就能对应上走廊里那些如同赶赴着一场盛大宴会的亡魂了。

不行！绝不能让他们进来！我听见身体里有个声音大声说，不做停顿，我赶紧反手将门重重扣了上。但让我没想到的是，随着那一声沉重的木门声响过去，一切我原以为的结束，才不过是个开始。

“烧起来了，要烧起来了……”

布局陈旧的房间里，忽然响起的声音冷不丁就让人打了个寒噤。

“谁！是谁在那里！”我下意识大叫了声，然而，浑噩的视野里，我却始终都没看见哪怕是一条人影，我深吸了口气，扬手画出一记符，故作镇定道：

“临、兵、斗、者，皆阵列前行！式神青鸟，出——”

妹的，不是吧？这个时候它居然跟我玩失灵？我脸色一僵，只好再念一次口诀，下一瞬，那只硕大的黑猫再次出现了，此刻，它正蹲在距离我大概五米的地方，在它的身后，还有一方剥落了红漆的矮柜隐藏在浓重的黑雾里。

等等，它的尾巴为什么一直冲那矮柜扫来扫去？难道说……不管了，先把这抽屉打开再看。我心想着，小心绕过这房间地面上散落的废纸，接着拉开了抽屉。

居然，是一张反放着的西洋画？

什么东西这么见不得人需要反着放？强烈好奇心的推动下，我很快将抽屉完全拉开，我努力镇定了下，这才将画像正过来，并同时给自己壮胆似的大声道：

“临、兵、斗、者，皆阵列前行！式神，光！”

青鸟召唤不出，来个基本的咒术当电筒使总可以吧？我徒手再画下一道符，但……

这，这怎么可能？一时间，我只觉整个人都像是被一盆凉水迎头浇下，因为，这张用相框裱着的肖像画居然是……我自己，或者说是……

是云珂。

巨大的震惊下，我虽然坚持着没让相框掉落发生如那狗血电视剧里上演的画面，但，就在我的指尖碰到玻璃相框面的刹那，一道诡异的裂纹却随着我移动的手指越发清晰起来。这整个过程就好似被刻意放慢的镜头，至于那穿着汉服梳着发髻的云珂的脸，则像是要……破框而出！

我猛地松开手，却见房间陡然升起的冲天大火里一道巨大的黑影向我扑来，与此同时——

“临、兵、斗、者，皆阵列前行！”

熟悉的声音就像是某首韵脚奇异的歌，眨眼间，就将那道黑影利落击中。又由于他的身形太急太快，导致我一时无法看清，只能辨得那人额间的朱砂痣在炽热的火光中时隐时现，犹如流连花海的一星剑光。

“叶，你看得这么出神，难道也是被为师的美色所吸引吗？”

我：“……”

我这是做梦吧？嗯，我这一定是在做梦。我揉了揉眼，正打算要掐醒自己，耳垂就被擒住了。

“连小动作都做得跟小时候一样，叶，看来果真是为师没把你教好。”

“我……”

他说，有师父在，你可以不用明白。

他说，所以师父的意思，是希望你能平安快乐地长大。

他说……

原来，那么那么多的许诺都及不上他这一刻的姗姗来迟更让我动容，我吸了吸鼻子，转瞬人就被包裹在了一圈深邃如十万海底的蓝光里。而阮誉挡在我身前，腁指如剑，他低念着繁复的咒语，霎时便有高大的式神从他细长的指尖幻化出。

此情此景，不由让我想起第一次被他领着做任务，那天似乎也是这样，他拉风地将式神祭出，然后拉风地将我的少年时代沉浸入一段幻想，幻想自己总有一天可以不再被他护在身后，而是站在他看得见的地方，并肩战斗。

虽然，那时的我并不明白，或许人这一生孜孜以求的，也不过是那个最重要的人的一句肯定而已。即便，当你真正被他护在身后时，你很可能在不经意间，早已习惯了这种宠溺。

而这，就是他最具魅力之处。

“玄武破阵！”随着他一声令下，一道光，犹如一柄逆流而溯的剑，顿时将这里的迷障划开。我仍旧有些发愣，倒是听他已然变得慵懒又迷人的嗓音道：“怎么还发愣呢，叶。难道你是不认得为师了吗？”

于是我只好抬眼，但下一瞬，几乎被又一道强光刺伤了眼。

“我……”我脱力般蹲在地上，仅仅敢透过指缝看向周围，怎么回事，这光怎么这么亮？还有，难道说这里是？

“你猜得没错，叶。其实你从一开始就没有真正进去，正如同你始终都没有真正出来。”并未给我反应的时间，他已然将我心里的想法说了出来，不过我仍旧不可置信，但好在接下来有人跟着解释道：

“这就跟梦中梦的情况差不多啦。”我皱眉，辨出是洛小满的声音，“叶子姐，你现在还好吧？”他关切地问。

我嗯了声，又捂着眼适应了好一会儿光线，这才站起身来。实际上，对于阮誉的突然出现，我确实是还没做好准备，甚至，我对他都说不上一两个完整的长句。我想，或者这就像书里形容的，不是不想说，而是想说的太多，以致不知道应该怎么说。但对此刻的我而言，我或者只是需要用这长久的沉默来确认，确认这到底是不是真的。

但好在，他只是依旧耐心地等着我开口，等着我将自己的心情收拾沉淀。许久，我说："师父，你是不是觉得我挺没用的？"

"为什么会这么说？"路灯下，他转过脸认真看向我，像一双眼里只看得到一个我。他的面容依旧年轻，就像是我们尚未别离的多少年前。

一分钟，或许更久，他上前拍了拍我的肩，他的声调是郑重的，比以往的任何一次都要郑重："叶，为师明白，也许你心里一直有个疑惑，总觉得是所有人都在保护你，但那其实不过是因为……"

"因为什么？"我追问。

"因为你重要，比其他任何人都重要。"他随后说，但不知是不是因为这句有临时改口之嫌，所以显得不甚流畅。但此时此刻，我也不愿多想，或许就像我明知道这不是我要的答案，但我仍固执地认为，一些话并不需要挑明。因为时间还长，未来还长，我可以等得起一个答案。

"叶子姐，现在这个时间码头已经没有渡轮了……"并不给我太多用来矫情的时间，瞬间一阵秋风吹过，终于让对面站着的洛小满找到了可以赶紧离开的理由，他向我努了努嘴，说："不过小路已经替我们订好了房间，喏，这是房卡。"

话说着，他便从套头衫的口袋中拿出两张房卡，我看后一愣，说："两间房，住我们四个人？"

"小路已经回去了。"他耸耸肩解释，"所以今晚我和你师父住，你一个人一间就好啦。"

"但今天不是他监考吗，他居然回去了？"我很诧异。

"嗯，是管理协会临时下的通知。再说了，这边不是还有我嘛。"他冲我拍了拍胸脯。

“原来是这样。”我哦了声，但话到这，又不由让我想到了另一个问题，我看向他，半晌，问：“不过我一直很好奇，那个管理协会到底是在什么地方？还有，他们平时究竟是靠什么来传递消息的？”

是的，虽然我是一名阴阳师，但可笑的是，我的确不知道这个传说中的管理协会究竟在哪里。但好在，现在我身边刚好跟着洛小满这样一位隶属于地界的妖精，在听到我的提问后，他琥珀色的眼珠溜溜转了几转，一副欲言又止的样子，好半天，才说：“告诉你是违反禁令的。”

“难道你连我都信不过？”我走到他跟前，索性打了张亲情牌。

“这……”他支吾了下，总算是让了一小步，“不过叶子姐，我也只能透露给你一点，管理协会其实并不是一个常态存在的组织。”话到这，他噤声似的停住，话锋又一转，道：“至于说如何互通消息，则是通过‘鸣文’，一种天、地再加上极少数人界中的人才能掌握的语言。”

“鸣文？”我重复道。

也就是在此时，我蓦地想起了萧正曾说过的一句话：当时阮誉并不是在向你打禅机，他是真的听得见，听得见那些游离在三界的寂寂之音。

难道说？想到这，我下意识地就要向阮誉看去，倒是洛小满这边继续道：“叶子姐你难道忘了？我们妖精最基本的能力就是可以在短时间内让空间扭曲或让时间停止。”

“但你们改变的只是相对的时间，更何况这跟传递消息有什么关系呢？”我问。

“当然有关系，因为我们在改变速度的同时，也就等同于改变了极限。”他解释得很慢，“换句话说，我们虽然没有办法穿越‘三界之门’，但我们却可以通过更改速率让‘鸣文’传递消息。”

“三界之门？”我捕捉到了他话里的关键词。

“就是三界间存在的微小缝隙啊。”他再自然不过地说。

原来，对那个缝隙他们是这么形容的吗？我皱眉，看着洛小满一张正太脸上忽然少有地出现了某种虔诚的神色，却不知该如何接话了。

事实上，他也不过是再普通不过地做了个抬头望向天空的动作而已。但不知怎么的，当我看见他琥珀色的眼眸里投进一片黯淡的星光时，我会情不自禁地认为，他其实是隔着数万亿光年，遥望向他永远也无法抵达的地方。

在这后来的一路，阮誉告诉了我这几年他发生的一些事。尽管，我以为他还对我保留了一些，但不论如何，在这些事里，有一件却揭开了这个故事里长久以来埋下的一个伏笔。

就是那张隐者的塔罗牌。

原来，一直给我邮寄明信片的人正是他，这，也就对应了柳姨当时所说的，隐者正位，则极有可能代表寄明信片的人，就是暗地里要帮助你们的人。

那么，提到塔罗牌，自然就要说一说它引出他的物件明信片。然而，这世上的事总是这样凑巧，因为就在我刚刚要继续这个话题时，眼尖的洛小满忽然就指着面前的旅店说，看，这里就是小路预订的地方。

为此，这个刚要继续的话题也被迫暂停，当然，这点在以后我还是会说到。至于现在，当我们看着这间私人开设的，总共有五层楼高自带花园的旅馆时，我并不会知道原来这里距离任阗恺海边的红砖房还不到500米，以及，这个不知名的小旅馆里将要发生的事。

这件事应该怎么说呢？我想，如果一定要我形容的话，我只能说它完全在我的预料之外，或者说，这件事从一开始，就不在我的理解范围。

实际上，那个时候我正在睡觉，这就如同卓扬在台州时告诉过我的，人在被强迫叫醒的时候，别人说什么，基本都是会答应的。这倘若从科学的角度加以论证，那就是在此时间段里，人的反抗意识最为薄弱。

这一点上，我很难否认他的高明。除此以外，当我在睡意蒙胧中看见枕边的手机上那串来自未知号码的短信后，更是被一个字眼抽走了全部的注意力。

殷连。

我一个激灵，当时就醒了过来，荧光闪烁的手机屏幕上，此刻正显示着：

想要知道一切的话，就在半小时内赶到宾馆外的海滩（不要惊动任何人）。

发件人：殷连。

我得承认，我已被这句话深深诱惑，哦不，准确说这简直就是我活的这20年来听过的最有诱惑力的话了。在面对如此具有毁灭性的诱惑时，我以为通常人最本能的反应就是丢掉理智，作为一个俗人，我自然难以例外。

所以接下来，我匆匆换了件外套，就从客房里溜了出去。此时此刻，我突然有点感激路易斯的临时离开，正是由于他的不在，致使阮誉不得不和洛小满住进了同一个套间，可想而知，有了这一层的牵制，将为我的行动提供了多大的便利。

即使，我和阮誉还有很多的话想说，不过，我以为现在的事更能吸引我的注意。

孤零闪烁着一盏昏黄壁灯的走廊里，微咸的风从海边吹来，深蓝色的窗帘在夜色下翻卷着，犹如最深寂海面上层叠拥着的浪。

我轻手轻脚地绕过前厅，这个时间，就连那位负责接待的女侍应都趴在服务台上打瞌睡。在这里，一切的一切都显得那么静，静得如同分明压抑下所有的不安，让那随后到来的暴风雨成了一段恍惚弹响的前奏。

（10）我是谁

依照殷连短信上的指示，我来到了离宾馆大概四百米处的海滩，严格讲，这只能算是一片海滨浴场。浓重的夜色下，黝黑的海面如同撕裂了白天温柔假象的凶兽，一遍遍贪婪地吞噬着海边的礁石和沙砾，海风也同样刺骨，像是能一寸寸刮进人的灵魂里去。

我深吸了口气，抬眼四望了望，在通常情况下，我的视力都很不错，而这种不错体现在这里，就是我望遍了这周围，都没看见殷连的半点影子。我觉得，我也许是被他耍了。我并不甘心，索性拿出手机拨出那个未知号码，但可惜的是，我仅仅能听到手机里传来的那句“您好，您所拨打的号码为空号，请查询后再拨”的冰冷回复。

我想，如果那个发信人真的是殷连，那他应该不至于会这么无聊，深更半夜将我引出门，就为了放鸽子耍我一次。

但现实的情况是，我才被深夜的海风吹了一会，就开始浑身发冷，我哈了口气搓搓手，又将手放进外套的口袋里如此重复上好几次，只作是有聊胜无。此刻，时间距我到这里已经过去了20分钟，但在这20分钟里，殷连仍旧没有出现。

长久的等待中，我开始一遍遍地回忆印象中殷连的那张脸，但奇怪的是，似乎任我再如何努力，我都回忆不出，只觉得那张脸似乎尤其普通，普通到就如人群里的任何一张，但又分明的不普通，不普通到即使我看遍了万千的人群，也明白，那万千的人群中没有一个是他。

沿着海边的滩涂地又走了不知道多久，我终于停了下来。我想，或许因为夜的海面让我潜意识觉得它藏了太多的秘密，或者压根就因为我今天实在太累，总之，我有了打道回府的想法，我叹了口气，将手按在膝盖上，半蹲下来揉了揉。

我想起今早在来的时候卓扬提醒过的，他说今夜岛上很可能会起台风，所以我留宿的可能性很大。果然，这些都被他说中了。只是，一想到这，我不由得就开始眼睛发酸，海风吹在我脸上生疼，不自觉地让人想要揉眼。

“我不是因为悲伤才哭泣的，是因为风吹的，眼睛酸。”

一时间，我脑中冒出了那句韩剧里的台词，多矫情的一句话，但在此时此刻，我居然无法否认自己已经被它动容。还记得宋娅楠曾经对我说过的，她说，有时候，人看到某句歌词会觉得感动，但那其实并不是真的为歌词感动，而是因为他们在看到歌词时，会觉得那句歌词其实是在说自己。

在当时，我以为她说的不全对，但现在看来，也或许只有当一个人被孤单地放到一个空旷如世界尽头，眺望着仅有一片无垠的海面时才能明白，那不过是因为你与生俱来的孤独和无法排遣的寂寞都被无限地放大了。

也就是在这种情况下，我看到了隐藏在远处礁石堆后的那间铁皮的小屋，并无法弄清它究竟是因为距离海水太近导致表面侵蚀过于严重而难以辨认，或者压根就因为现在的天色太黑的缘故，总之，如果不仔细看，的确是很难发现这样一个存在。

这里或许是某个渔人废弃的渔所，我在心里假设道。

在好奇心的驱使下，我沿着沙滩又走了一段，也不知过了多久，终于让我看清了它铁门上的一小扇透气窗，这不由让我感到惊愕，因为我曾梦到过这扇窗，或者说，是这道门。

梦境里，我记得有一条翻涌着黑水的深长河道直通向它，所以在那时我更愿意把它定义为水牢。后来，我费了很大的工夫才爬上了它狭窄的透气窗，但可惜，就在我刚要向下看去时，视野就成了一片漆黑……

“我得去里面看一看。”我握紧了手心，对自己说。

根据目测，那里离我有300米左右，但现实的情况是，在我走了大概五百米后，仍旧觉得它离我有300米。但即使这样，我也仍旧没打算放弃，因为直觉告诉我，这不可能是鬼打墙。我想了想，决定将手机的GPS打开。还记得英国作家J.R.托尔金曾说过，真实的世界，并不只存在于书本和地理图册上。

我以为，我遇到的情况或许就是这样。

大约半个小时后，我总算停在了那扇安有狭窄透气窗的铁门前，也就是在这时，我发现手机上GPS的定位指针消失了。对于此，我不知道应该如何科学地解释，但或许有一种，就是现实世界的那个“我”从地图上消失了。

这不禁让我头皮发麻，除此，另一种异样的感觉也跟着袭上心头，就像是面对着一个无法拒绝的梦，而我能做的，也仅仅是按照当时的步骤，踮起脚尖向里头望了过去……

我想，终我这一生将无法忘记这里的场景。

事实上，若单从画面的角度看，那并不能算是什么要不得的景象，但我要强调的是，这一抬眼，它带给我的巨大震惊。这就好比一个人被迫长久地待在一个迷宫里，他转不回来也绕不出去，于是只好像个瞎子般一遍遍重复着原来的路，直到某一天，他突然发现自己面前打开了一扇门，而那扇门，刚好就是他最开始进入的。所以，他除了走进去已经没有更好的选择，或者说，他根本就没有选择。

而这句话若回到我身上，就是当我放眼这间海滨小屋时直面的景象。眼前，一案朱红的神台静置在凝固的漆黑中，这种感觉教人很难形容，就像是这里的一切都被一层层厚重的时光胶住了，但这么说也并不准确，因为画面里其实还有一丝流动，就是那神台的镂空长匣里，一抹寒凛的金色剑光，竟是——

轩辕夏禹剑！

我瞪大眼，着魔似的大喊了出来。我不知道这是为什么，因为我确信我没有见过它，但这种感觉，又分明是……似曾相识！

怎么回事？

下一瞬，一股腥甜止不住似的从鼻腔中流出，与此同时，我心口也开始鼓动的厉害，不过这种感觉分明又不像是我的身体出了问题，而像是一个人，或者一段记忆强行要从我身体里脱离……

我想，这个故事里的女主角，应该就是卓扬三缄其口的那个云珂。又至于说为什么在这里我会将那句一模一样闭口不谈，实在是……

曾经我以为她是我，结果，我是她。

故事要从哪里讲起呢？

这还真得让我好好想一想，我想，倘若我没有算错的话，那应该是公元前580年的夏天。这一年，华夏的土地上烽烟四起，八方诸侯蠢蠢欲动，为的，都是争夺一个天下。如同所有发生在乱世里的故事一样，这个故事，也许从一开始就注定了某种缺失。

事实上，这个故事最早源于晋侯周子登基当晚所做的一个梦，和绝大多数的传奇话本在开头写下的一样，这是一个具有预言性质的梦。

但可惜，它的对象是周子，作为一个向来自信的人，他的想法是，他并不需要靠一个虚无的梦境来佐证自己的命运。

只是，那个梦境实在太过有指向性，甚至直从他的江山具象到了一个女人，哦不，准确说是一个女孩，一个眼尾带有一颗桃花痣的女孩……

三个月前，人烟稀少的晋国边境。

“喂！冰块脸，怎么又是你！真巧真巧！”一个16岁模样，身材玲珑皮肤白皙的小姑娘眼尖地发现了男子就是上次佩剑的那位后，当机立断地拦住了他。

可惜，男人并未正眼看她，而是淡淡道：“我办事。”

“喂！你这么冷淡做什么？上回你不是还挺热情嘛，一直拽着我的袖子不放说什么就是我了，喂喂……你害羞什么嘛！别走啊你！”小姑娘摆明了不依不饶。

“你别再跟着我了！”在忍耐着走了几步后，男人终于爆发了。

“为什么，上回你不是还要我跟你走嘛，你看，当时我虽然没答应你，不过我现在想通了……”

“想通了？”男人一怔，一双深黑的眼睛转而看定她。

“有缘千里来相会嘛……”小姑娘继续大言不惭，“喂！你走什么嘛，唔，真是害羞又难搞的男人哎。”

又是一阵沉默。

“我都叫你别跟着我了。”男子道。

“不行。”小姑娘拒绝得很果断。

听她这么说，男子的嘴角微微抽搐，索性停下来警告：“再这样跟着我，你会死。”

“那就死呗，牡丹花下死，做鬼也……”

“云珂——”男子绷紧的脸上一层薄红浮现，他顿了顿，许久，深黑的眼底涌现出一种仿佛决绝的东西：“既然路是你自己选的，那么从今以后，你就是属于我的东西。直到……你对我没有用处为止。”

是的，这就是那个和卓扬有着相同一张脸的韩珏对云珂最初许诺下的话，这让我很难理解，想必那时的云珂也很难理解。不过，以韩珏当时整个人的状态看，他的的确确都不像是我认识的卓扬。因为韩珏虽然也喜怒不形于色，却并不像是故作的隐忍，而是一种与生俱来的不近人情。但显然，那时我们的天然呆萌妹子云珂小姐并没有发现这点，她只是微皱了皱眉头，便欢喜地跟在了他的后面。

那一刻，阳光正好，角度正好，金色的光线照射在云珂眼尾的桃花痣上，仿佛一粒闪闪发光的红宝石。

关于桃花痣的说法，民间一直流传着许多版本，但普及度最高的一种，无疑是相书上说的招桃花了。对于此，晋侯周子不太能苟同，因为一般说来，一个人能不能招桃花，或者桃花数招得多不多只跟长得好不好看有关，至于说这桃花痣，则不过是江湖神棍用以佐证自己观点正确的一种手段罢了。

可见，周子其实是个很不信命的人。

所以，当他第一次看见韩珏将小徒弟云珂领到他的晋国王宫时，心中的确不知该作何感想。其实这个事他压根不用感想，他只用感慨就可以了。云珂虽然不是一个美到迷阳城惑下蔡的女子，但她的确是个很特别的人，甚至她的这种特别，已经超过了人们对她美貌的关注度，且她本人完全意识不到这一点。

由此可见，她的确是个很特别的人，又进一步可以得出，她是个不按常理出牌的人。

这种女人往往会让男人很没有办法，而往往当一个女人让一个男人很没有办法时，其实就是最好的办法。就好比你读一本书，当你还不知道答案时，你才会想着要翻到下一页知晓答案。

所以，对周子而言，就此魔障，实在也是件很没有办法的事。同时让他苦恼的是在他的预言梦里，那名扫地僧告诉过他的，这个女子将会和你宿命纠葛的暗示。想起这，他就更加苦恼。因为所有的武侠故事都向我们阐述过一个相同的道理：扫地僧若不是旷世高手，那就是大有来头。所谓大隐隐于市，小隐隐于野，这真是一个纵使他身为君王，也很难推翻的逻辑。

但，最让他苦恼的，却是韩珏这位没什么本事的小徒弟除了喜欢偶尔叫他几声男神，还喜欢有事没事地在他面前晃一晃。要知道，这世上决计没几个男人能忍受一个姑娘一面称呼着自己男神，一面心里头装着另外一个男人的，至少这事要搁我就断断不行。再者就是，这世上的缘分多是如此，你本来没什么想法也没那么在意，但他/她如果每天在你眼前晃，那可能结果就大大不一样了。

更何况，对这个女人从一开始他心里头就是有想法的，虽然可惜，对方显然对他毫无想法，对方只对她的师父有想法。

这，无疑又加大了他的想法。得不到的就是最好的，这真是万古不变的定律。

事情到此，原本我也和看戏的各位一样，以为这将会是一出无疾而终的暗恋故事，但依照前文的剧透，我们知道，事情必定要进行转折了。实际上，这个转折的确显得很转折，因为它是如此地刻意，以致我除了用转折二字形容外，竟然再找不出别的措辞了。

那同样是一个阳光正好的午后，晋皇宫内，银桂盛放，满庭萦香。但就在这样的时间这样的地点，正上演着一场空前激烈的争吵。这场争吵和此时的背景是如此不搭调，甚至不禁会让人错觉，这不过是为了做一个反衬。

这场争吵持续了接近一个小时，更让人匪夷所思的是，这场争吵的双方会是两名成年男子。事实上，我一直认为，但凡不娘娘腔的男人都很少会执着于小事，所以，这两个看起来绝对攻属性的男人所执着的只能是大事。对男人而言，除却军国无大事。

但我却猜错了，因为他们讨论的内容，除了家国，还涉及一个小女子，为了这个小女子，他们君臣二人的意见很难得地无法达成和谐统一。

压抑得仿佛风暴潮来临前夕的静室中，周子微眯的凤眼已然迸出了逼人的光，他说：“韩珏，你是疯了吗！为了那把剑，你连自己徒弟的命都不要了！”

“主上，您这话错了，臣不是为了那把剑，”微一顿，韩珏面无表情地继续，“臣是为了天下万民。是，没错，云珂的确是臣收来的徒弟，可臣要说的是，臣打一开始收下她，就是为了今时今日。”

“就为了你的‘道’，你所谓的天下‘道’？”像听到什么好笑的事，周子突然从座椅上站了起来，此刻，我的视角随着被云珂戳破的纸孔，赫然看见他额上的青筋直跳，像随时都会爆裂开，“韩卿，有时候孤真想看看，从前教你的夫子都是些什么人，才能教出你这样冷血的怪物！”他继续说。

“主上，为了一个云珂，您已经开始口不择言了。”韩珏深黑的眼眸看向他，口吻冷漠得仿佛在说与自己无关的事，“云珂身为轩辕夏禹剑的剑灵，殉道只是她必然的命运，臣并不认为这有什么不妥。就好比臣，若不是为了匡扶您的霸业，也不必要走这一遭了。”

“孤知道卿身负旷世才学，可卿想过没有，小珂她才16岁，你真就这么忍心让一个16岁的小姑娘去送死？还是韩卿，在你眼里，其实根本就没有过一丝丝的悲悯？”以贤德温雅著称的晋侯周子终于再忍不住，他向韩珏逼近，眼里的怒焰几乎要将人炙穿。

只可惜，即使他这样说，他面前的人依旧不为所动。

“主上，臣并不这么看。”一脸冰冷的韩珏并不作他想，仅仅自顾自表达着意见，“悲悯之心固然好，却应放在太平盛世，现而今风云乱世，想成就一番霸业，自然得舍非常之舍，才能得非常之得。”

“所以你的意思，小珂在你眼里，根本就不值一提吗？”情急下已然乱了称谓，但周子却浑然不觉，他只是直直盯着他，仿佛在盯着一个怪物。

“这之间根本没有可比性。”韩珏摇了摇头，淡声道。

“即使小珂她喜欢你，你也认为不值一提吗？”一阵僵持过后，周子气息忽地敛起，他避开韩珏的视线，像如此就能回避情场不得志的自己。“她喜欢你。”他一字字重重道。

好在，当他说完这句，一直僵硬着脸的韩珏脸上终于出现了一丝松动，而这，同样也让周子的眼神出现了一丝急迫，甚至期待。可惜，等待他的，却是又一轮的幻灭。

“主上说的这些，臣不懂。”韩珏深黑的眼里一层雾气飘过，究竟还是说。

那一刻，我想，我或许是能理解在门外偷听的云珂的，因为一开始就是在骗自己，骗自己那句直到你对我没有用处为止只是虚假的事，毕竟人有时候是要学着骗自己才能继续活下去的，可现在，已经到了骗都骗不下去的地步。

原来这第一个被装进心里头的人一直以来想要的都是自己的命。该哭吗？是该哭的；该笑吗？却是更该笑的，但并不是笑他的无情，而是笑自己的故意，只是太不甘心而已，只是想要试一试而已，但没想到，竟是要花尽自己毕生的安宁和福运。

可难道，就要因此放手了吗？即使是在知道这荒诞的真相以后。

不，当然不。她突然极力地否定。谁让是他先抓住了自己的手，谁让是他先信誓旦旦地招惹了自己这天下无双的轩辕夏禹剑的剑灵！

于是，在那个黑得几乎让人忘记夜的轮廓的晚上，她索性潜入那人的房里强吻了他，是的，大不了就是他不喜欢她，但是，他却不能不要她！只要他还是个男人！但，他却拒绝了她，还拒绝得那么义正词严那么让她颜面扫地，他失手将她推到墙上，一张俊脸分明涨红了，语调却仍是故作的冷静，他说，“云珂，你究竟知不知道你在干什么？！”

不知道，怎么会不知道呢，正是因为太知道了，所以才决定要替你开一开窍。便是你不懂男女之事如何，便是你不喜欢我如何，我也定要做第一个让你无法忘记的女人。

我不是你徒弟，我只是居心不良拼命想要你记住的女人。

霸道吗？如果霸道是我表达喜欢你的方式，那么再霸道一点又如何呢？谁让我是剑灵呢？谁让我是你在茫茫人海里独独找寻的剑灵呢！

你教我国之道，兵之道，却独独不教我情之道，可是因为这一点连你自己也不明白吗？

无情最是英雄痴。如果一开始就已斩情断义，那么到最后是不是就可以抽身得早一点，忘记得快一点？

难怪。

竟是一早就给自己留好了退路。

可你又知不知道，对另外一些人而言，却是没有退路的。因为过去很远，未来很远，而明天，未必还有明天。

所以到最后我大概也只能选择这样的方式。

不，是云珂的方式，我深吸了一口气，猛然从这强烈无比的代入感里抽身出来。随即，又是一幕如同翻页的过渡。

弥漫着淡淡香烛味的喜房里，一身吉服的云珂正端坐在撒着花椒子的檀木床边，窗外，一串铜质的风铃在檐牙下叮当作响，像是和着月色的乐章。

但就是这样的气氛，却隐隐让人感到哪里不对，事实上，自那和她同样一身吉服的人进门开始，她的目光就一直没离开过面前那张朱色三足几上的黑色茶盏。终于，那人忍不住了，上前轻揽住她，说：

“小珂，你现在这样，是在暗示孤，喝交杯酒的时间到了吗？”

如此温存的声音，自然只能来自周子，而这，也是故事至此最狗血的地方，因为云珂纵然要成亲，对象却不是韩珏，不是那个她心心念念的人。

这真是让人难以接受。

但可以肯定的是，云珂既然决定要这样做，那自然就一定有她的理由，这个理由可以有很多，不过最合情合理的推测，就是要激上一激韩珏。

我不知道韩珏除了长得帅以外还有何能耐能让一个女子为他至此，但既然古人都已经总结出了那句红颜祸水，那么以韩珏一张显然比红颜更有看头的脸，自然只能比祸水更加祸水。

可即使如此，云珂接下来的做法，还是出乎所有人的意料。

是的，她突然起身端起了那三足几上的黑色茶盏。根据前文的剧透我们已经知道，现在她手里握的就是关雎盏，但奇异的是，关雎盏原来并不止一樽，而是……

“小珂，这酒的颜色，和别处的似乎有些不同。”周子一笑，抬手拿起就近的一樽，“不过既然是你我的交杯酒……”

“不，不是。”然而，还不等他说完，就被云珂打断了，她的呼吸显得有些急促，盯着酒杯的视线更是一下越上了周子的眼。烛光下，她白皙的皮肤像是上好的羊脂玉，更衬着眼角下的桃花痣似一颗会发光的宝石，这不由让他恍惚，更让他想起了那个梦，梦里的她似乎也是这样，这样毫无顾忌地冲他眨了眨眼，然后一把握住了他的手，说：“要不然，要不然这杯，男神你喂我吧？”

“呵，小珂你还真是……”他听后笑了笑，一双凤眼弯起来，像倒映了天河碎影。他单手托住她的下颌，另一只手却是在送入茶盏的时候停住，他问：“不过小珂，我还是很想知道，后来你为什么又答应我了？”

“喝完这杯酒，我就告诉你。”她说。

可惜，有些问题，却是注定不会有答案的。

只是，对云珂而言，最后投射在她眼里的，却是那一晚和韩珏独处的景象，那是晋公设陈侯宴的当晚……

忘了是什么时候发现韩珏不会喝酒的，总之，当她发现这个秘密时，这已经成了她一个人的秘密。因为韩珏虽然醉酒，酒品却是极好，既不撒酒疯也不会说胡话，只是静静地坐在那，好似压根没有醉这回事一样。但如果你跟他说话，你就会发现，酒后的韩珏，褪去了往日的冷漠，就像一位知无不言的教书先生。

比如此刻。

“韩珏？韩珏？”

“嗯？你是？”摇曳的灯影下，迷糊的韩珏已认不清戴了面具的自己，只是下意识地想要伸手去摘掉，可惜手一滑，她飞快又离远了。

“我是大罗神仙呀，怎么你不信？”

摇头，摆明了不信。

“那你又信不信晋侯梦里见到的那个扫地僧的预言？”

点头，一边鼻音浓重地嗯了声，一边又想要去摘她的面具。

果然酒后的韩珏有够好骗，云珂低笑了声迅速闪开了。“那剑灵和剑真的能结合成为‘钥匙’？”她想了想，继续套话。

没点头也没摇头，而是亮出了宽袖下瘦削的手腕。

他这样是什么意思？咦，怎么会有一串手链？他一个大男人居然也戴这种五颜六色的晶石手链？

“用它就可以了。”韩珏冲她晃了晃手腕，“这是女娲石。”

沉默，半晌过去，她又问：“还有呢？”

“还有？”韩珏深黑色的眼眸里一层浮光闪过，嘴角突然浮起一个笑，“自然还有关雎盏，呵，我早就给她准备好了。”

竟是这样的昭然若揭么，她脸色一白，打开了的话匣终于收不住：“你就这么讨厌她吗？讨厌你自己收来的徒弟？”

“嗯……”

一声嗯，顿时让云珂整个人都如置冷窖，但瞬间，那人又摇了摇头，低喃说：“不知道……”

原来是不知道吗？云珂抿了抿唇，心里总算好受了些。此刻，韩珏正茫然地看向窗外，辽远的天幕上，正一夜星河逶迤，星光漏在他深黑的眼睛里，仿佛沉没进了幽深的古井底。

“那是不是只要你拿回‘钥匙’，就真的可以结束这个乱世？……是不是你，也会很高兴？”即使再不忍，也终究是将话问了出来。透过面具的眼孔，云珂看着他，似这样长久地看着，就能长久地拥有。

可那都是……骗人的啊。

“那是……我的道啊。”韩珏手臂一轻，终是垂落在了桌前。

也是我的道吗？心底另一个声音跟着响起。

“小珂！小珂你怎么了！来人，快给孤来人啊！”画面转归现实，新贴着红双喜的宫室里，周子的表情显得那样不可置信，他看着那个掉落在地砖上的茶盏，像怎么也不明白竟会是自己亲手杀死了那个梦寐以求的女人。

难道，真的就像那个梦里预言的一样吗？是要赌上自己的一切，才能换得一个万世承平，可这，从来从来就不是自己想要的啊！不愿做君王，结果偏偏做君王，不愿拥万里江山，结果偏偏拥万里江山，不愿享无边寂寞，结果偏偏享无边寂寞。

真是，讽刺啊。

“五晶石手串果然是被云珂拿走了。”忽地，门被人用力推开，提着一把黄金剑的韩珏眉头紧皱地闯了进来。

自然，听到这话的周子只能是更加怒不可遏：“这个时候你还有心思说这个？你不是无所不能的吗？快！孤命令你快救活小珂！”

“来不及了。”韩珏摇摇头，将那黄金剑递上前，高大喜烛的照射下，剑身上的暗纹隐隐流耀，像是有无数道光在上面聚焦，他说：“主公，剑灵已经和夏禹剑结合了。”

“你什么意思？”

“您可以想到的那层意思。”韩珏说着双眼忽然一亮，忙弯下腰用指尖试了试地砖上洒落的液体，紧跟着摇了摇头，“不对。”

“怎么了？”

“关雎盏不对。”

那是他们最后的对话，也是这个故事里我最无法理解的一段话，因为所有的画面都被紧随其后的大火湮灭了，冲天的火光中，我似看见一道身影负剑而出，他每走一步，周围的景致便会黯淡一分。

他说：从此以后，我再不会信神，亦不会信魔，因为，我就是魔。

（11）谜题

我在一堆杂乱的礁石后被他们找到的时候，我没想到卓扬也会在这一群人之中。显然，对于我会贸然离开，他们并不是全然无准备。我想，其实这样也挺不错，就像一桌赌局，如果双方都已知对方的最后一张牌，那么打起来应该会节省一些力气，但可惜的是，设想总归是设想，就像梦想被称之为梦想，往往都是因为很多时候它无法实现一样。我叹了口气，从口袋里掏出手机，现在是后半夜3点，也就是说，从我出来到现在时间不过过去了3个小时，但不知为什么，我却觉得如同一晃过去了30年。

对一个人来说，30年光阴改变最大的是什么？

是容颜，我听见自己说。可是，即使如此，当我不得不面对上这张两千年来不曾更改的脸时，我还是迟疑了，或者说，是质疑，半晌过去，我终于开口：“韩珏。”

他蹲下来，眼神闪烁，他用手背试了试我的额头，用少有的温柔嗓音说：“葛叶，你太累了。”显然，他这又是在转移话题了，事实上，他总是有办法将我耍得团团转，却从来不会为我的转移话题而分散注意力，尽管，在绝大多数时候，我都没有意识到这点。

“你说，我真的是剑灵吗？”我想了想，终究还是忍不住。

是啊，这件事换谁能忍住呢？我看着他，仅仅是看着，无星月升起的夜空下，他藏在碎发里的耳钉依旧闪耀，像是要以此区分自己和那个一脸不谙世事的韩珏。

“葛叶，你看清楚，我是卓扬。”他说着将我扶起，顺便以此结束话题。说来也是，这样的两个人，除了脸以外，又有哪里相像呢？即使，这并不排除我是被对他的第一印象影响了判断。

人总是被第一印象影响以后的判断。

其实，一直以来我也不是没问自己，像我这样的阴阳师，到底有什么用呢？我做过最多的事，也不过是站在那里等他们来救而已。

原来，他们要救的并不是我，而是剑灵，轩辕夏禹剑的剑灵，而这，不过是为了用以结合那把传说中的轩辕夏禹剑。

是了，轩辕夏禹剑。

整件事从港岛文博馆失窃案开始，兜了这么大一个圈子又回到原点，居然只是为了这个。一时间，我忽然很想笑，但偏偏又笑不出，我觉得心里堵。我揉了揉发胀的眼睛，想等他继续。然而，接下来开口的却是师叔萧正，夜的海滩边，他藏青色的中山装被海风掀开了一个角，一如现实被命运被迫翻开了一章。

他试图沉稳气息，但眼神里的不安还是流露出来，他说：“我今天去老任的旧房看望陈淑云，她说阿彩不见了。”

“什么，阿彩不见了？”我很难不被岔开思路。

“看起来对方的动作比我们想的还要快。”卓扬习惯性地推了推眼镜，话音也沉了下来。

听他们的口吻，很明显对全盘就是早有布局的，这也就难怪最开始的时候，陆温茗会出现在卓扬的事务所了，不过话头到了这里，又难免不让我想起刚认识卓扬的时候。

那时我还不知道这么多的以后，在我看来，我是废柴阴阳师，他是我瞎猫碰见死耗子绑上的衣食父母，机缘巧合下，我坐上了他的车，我依旧记得那个深夜，他驱车而来，流水般的车身划破黑夜，然后载着我一路驶向远方。

那时候的未来是长的，长到我脑中会不安分地冒出小时候的心愿，我想，有朝一日我要遇上一个人，他会像被命运安排好的那样，出现在我不经意等待的十字路口，我会和他一起去往未知，在那里，迎接我们的每一天都是新的，我们会一直这样走下去，走到时间的尽头。

现在，我终于确定我已经找到了这个人。

只可惜，是假的。

都是假的。

“葛叶，我知道你还有许多话想问我。”短暂的停顿后，卓扬率先打破沉默，他将一双深黑的眼睛看定我，仿佛要让人再移不开视线，他说：“不过现在，我们必须得先离开这个地方。”

“你难道就不问问我都看见了什么吗？”我终于忍不住说。

“不重要。”他伸手按上我的额心，声音仍旧笃定，“因为即使你已经知道一切，也并不能改变什么，你现在唯一需要做的，除了做好你自己，就是……相信我。”

“你凭什么就这么确定我会相信你呢？”我看着他的眼睛问。

“葛叶。”他顿住，几乎无懈可击的表情终于出现了一丝松动，半瞬后，他又继续：“如果你一定要认为自己是剑灵，那么好，我实话告诉你，轩辕夏禹剑最后一任的主人，是我。”

我：“……”

“呃，情节急转直下，居然从师生转成主仆了？”一旁的洛小满忽然大煞风景地嗤了一声，“不过话又说回来，叶子姐，其实你这位还是相当不错的，开始要不是他……”

“所以，你还是韩珏，是两千年前的那个人，对不对？”并无心理会洛小满的话，我盯着他，不想放过他脸上任何一个表情，可惜他还是不说话，我心一横，索性加码：“我知道，这个时候你心里肯定又想说我无理取闹了，可我就是想知道，你从一开始接近我，到底是不是因为我长得像云珂？”

“葛叶。”像是早预料到我会追问他，他叹了口气，一副不紧不慢的架势简直要教人想掐死他，“首先，你怎么知道我又要说你无理取闹了？其次，既然连你都已经认定自己是剑灵，那么作为主人的我找到你，难道不是天经地义的？至于你最后的问题，”他好看的眉毛皱了皱，“你真确定要听我的回答？”

我点头。

“是。”他看着我的目光不变，“只是我原本以为该有些变化，谁料到最后还是一模一样。”

“……”

果然是如此吗？我握紧了手心，但终究还是不知道怎么去接受这个答案，许久，我问道：“那我和云珂的关系，到底是不是转世？”

“你应该知道并不是所有的人都能转世。”他叹了口气，依旧没有正面回答问题，“换句话说，转世的是剑灵，而不是你或者云珂，你们只是它选择的结果，而不是选择本身。”

这样的解释还不如不解释！我已然被他绕晕，倒是他说完便揽住我的肩，一副再自然不过的：“葛叶，回家吧。”

我：“什么？”

卓扬：“我说，跟我回家吧。”

我：“……”

那时我就想，如果一份感情一开始没有利用，到最后也不曾被欺骗，这沿途更没有掺杂太多别的东西，那是不是就可以走得长一点走得远一点？

后来我才明白，原来所谓的情其实并不是情，而是自己的本心。

我们是在第二天的中午乘坐渡轮返回港岛的，一夜的台风过境，让这座立于繁华中的城池如同洗去了盛妆的美人，无不将脸上的倦容透了出来。

耸立的大厦间，秋风不停穿梭着，它们往来于这里的每一个角落，仿佛在巡查自己的领地。天空中，铅灰色的云层被压得很低，像随时会倾轧下来。街道上，行人稀疏地走着，我一路呼吸着这里的空气，几乎要以为时光是重叠了多少年前经济萧条的港岛。

我知道，我一定是产生错觉了。事实上，自从我得知了自己和夏禹剑的关系后，一种无法言喻的疏离感就止不住地从心底冒了出来，我不知道这是为什么，但是我想这种孤独感或许仅仅源自于我和他们不同。尽管，我们从小被教育每个人都不一样，可我们内心里明白，我们并不是真的想要不同，而只是单纯地想表现得那么标新立异一点儿而已。

因为人类的天性永远排除异己，而没有谁会真的渴望享受孤独。

我叹了口气，除此以外，我已实在找不到其他可以用以表达，更可怕的，是我其实并不费解这件事，而是费解我自己这个人，抑或者，我其实连人都算不上，只能作为剑灵的一个衍生品……或者，一个容器？

我已不愿意想下去，即使，我曾笃定每个人来到这个世上都是为了完成一件事或者一个使命，但我绝对没有好高骛远地想过我自己的使命会是如此，会这样意外地出现在我20岁通向21岁的某天。

因为你不是，所以你就连想一想都变成了奢侈。

这种神游般的状态不知持续了多久，我只记得当我回到卓扬公寓时，才猛然发现洛小满和萧正不知道什么时候已经回去了。我张了张口想问，但半天，却发现自己好像失去了发声的功能。倒是在一旁的卓扬注意到我表情不对，忙问说："葛叶，你怎么了？不舒服？"

我一愣，刚想接话，倒是一旁的阮誉在看了眼房内的豪华陈设后，挑眉道："没想到叶跟了我这么多年，还不如跟卓老板这几天来得阔气。"

他这话锋间分明迸发出了火药味儿，连我在一旁都听出了不对劲，我抬眼再看他，却见他又是一笑，笑得简直就像是一幅在宣纸上晕开了墨色的山水画，不知又该让多少毛头小伙含恨而死。

但好在，直对上的卓扬也向来不是什么善茬，他推了推眼镜，顺势将话头接下："阮师父这话是在说卓某招待不周？不过我想，葛叶她一定是不会介意的。"话说完他也不等我反应，一把就揽住了我，我眨眨眼，心说敢情他还真是会替自己狡辩，倒是阮誉随即一声轻哼，道："以后叫我阮誉就可以，另外，要是卓老板不介意的话，我打算在这留宿一夜。"

用的是打算，而不是想，可见阮誉的态度昭然。

"这个是自然。"

事实上，说到住房的问题，就又不得不提到我和阮誉从台州刚迁来港岛的那段日子，在我印象里，似乎每隔一段时间就要经历一次搬家，准确地说，就是在不停地在搬家。阮誉对此表示过抱歉，但同时又告诉我人生如寄的道理，当时我还不明白，于是他便给我解释，说人的生命短促，就好像过客暂时寄居在人世间一样。

我记得，我们最后的一间屋子是在铜锣湾，那是港岛最鱼龙混杂的地方，但是他告诉我，说在那种地方，只要你足够留心，就可以发现世上所有人的模样。他还说，人是不能等到功成名就的时候再去观察其他人的，因为等到那个时候，所有人面对你的都会是同一张脸。

他的一生都是如此透彻和不羁，且从不愿违背自己的本心，他甚至也没有喜欢过什么人，女人或者男人，他只是一直坚持地在做着同一件事，并甘愿为此奉献终生。从这一点看，我以为他才是真正的精神修行者，更有着媲美圣僧的强大内心。

可是，就是有着这样的一个师父的我，为什么学不来他的一星半点呢？我看着他的侧脸，蓦地发现，我对外界的感知几乎都已经关闭了，而现在我所有的感觉，都只来源于眼前无数被放大了的细节。

他们的表情、动作、声音，似乎都在一瞬间里幻化成了无数闪光的丝线，组合起来，就是又一番新的认知。说实话，现在连我自己也不清楚这种被强化了感知的能力究竟是好还是不好，但我清楚的是，这两个人，这两个于我而言有着重要意义的男人，正貌合神离着，哦不，是暗流涌动着。

他们一个是剑上刃，一个是绵里针。

而我被夹在中间，像是面对着一道怎么也无法选择的选择题。

我以为，或许有时候人生就是这样，需要你站在一个十字路口，决定你未来的方向。尽管，那时的我并不知晓，或许对茫茫人海中的一些人来说，他们的人生本身就是无解的。

（12）变故

我发誓这是我有生以来遭遇的最严重的一次信任危机。这件事要怎么说呢，实际上，它的确来得非常突然，以至于从一开始我就怀疑它的真实性。

从时间来看，这件事发生在阮誉莫名离开卓扬帝庭豪邸公寓的一天后。而从逻辑来看，说实话，无论从什么角度，我都无法相信是阮誉从卓扬加了密码的保险柜里拿走了除我身上这颗以外的其他四颗女娲石。

事实上，事件发展到这里，一直有个谜团没有解开，那就是从一开始到现在，我都不清楚集齐这五颗女娲石究竟是做什么用的，难道真是召唤神龙？

好吧，我想它当然不是用来搞笑的。

那么，我就只能根据游戏《战国on line》给出的提示以及阮誉寄来第一张明信片来进行比对分析。首先，《战国on line》作为埋藏最深的一个伏笔，以它曾多次以攻略本的形式渗透在我们参与的事件中来看，我就有理由相信，它的存在绝对不是为打酱油的。既然如此，它曾提示过的，以五颗女娲石封印蚩尤之力，想必就具有相当的可信度。

其次，阮誉也曾在明信片特意说明过“封印即将开启”，我想，不论他现在这样做的真正原因为何，依我对他这么多年的了解，都不应该真的怀疑他。

所以，总结以上，女娲石对应封印，想必就应该是没有错的了。

只是，这到底是封印着什么呢？我叹了口气，只觉上天在让我遭遇这一出信任危机的同时，又给我抛下了一个大难题。

此刻，偌大的客厅里，墙面上的石英钟提示已经过去了三个小时，在这三个小时里，我陷在软皮沙发里，听着石英钟嘀嗒走过的声音，一时间，竟也恍惚是经过了10年。我曾听过一句话，说10年到底有多久？久到就像是你我仍然相对，却已物是人非。

我觉得用这句话形容我现在的心情着实很恰当，诚然，这也或许不过是因为我找不到其他可以替代形容的。

但遗憾的是，即使我身体里剑灵的灵能再如何强化了我对细节的掌控度，我也依旧无法知道现在坐在我对面的那个人心里到底是怎样想的。

一些人对另外一些人来说永远是无解的，我只好在心里安慰自己。

因为在过去的整整三个小时中，这个直挺鼻梁上架着副黑色细框眼镜，穿着件米色衬衫和深卡其毛衣的英俊男人都在对着磨砂茶几上一台14英寸的IBM笔记本敲个不停。而我看着他修长的手指敲击在黑色键盘上，甚至不禁会想，这背景色若是换成纯白会是个什么模样？可是一想到这，我不禁又有些黯然，这个问题我曾经问过他，他当时就回答，只有君柏那样的才会用苹果手提电脑来搪塞我。

也就是这样一个男人，换成谁又能轻而易举或者痛定思痛将那句不如我们分开吧说出口呢？大概都会不舍吧，大概都要难过吧。

可是，又有什么办法呢？这个人，从开始到现在……从来在意的都不是我啊。

我深吸了口气，决定挑明话题，却没想就在这时他敲着键盘的手忽然停了下来，他没有合上笔记本，只任由那闪烁的屏幕在他的镜片上投下一片冷蓝色的光，他抬起头看向我，鼻音低沉：“葛叶，你是打算以后都不和我说话了么？”

我得承认，他这一手出其不意地反将一军的确让我乱了阵脚。于是我只好瞪他，倒是他目光不避不退，更惹得我心烦意乱，就这么盯了好半晌，我才木木地答：“你怀疑我师父。”

“不是怀疑，”他一顿，“是肯定。”

我：“……”

这话里挑衅的意味大了去了，怕是个傻子都听得出。自然，我不能容他如此评价阮誉，于是忙辩驳说：“总之我不相信我师父会做这样的事，就算……就算这件事真是他做的，他也一定有要这么做的理由。”

“你倒是护着他，”他话音一挑，起身向我走来，“但你有没有注意到，第一，你的回答太过主观，基本可以归纳为晕轮效应，所以忽略不算；其次，所有的理由都要以事实为依据，但可惜，现在我们看到的唯一事实就是，昨天公寓里的三个人现在只剩下了我们两个，而保险柜中的四颗女娲石和你师父一起不见了。”

条理清楚逻辑准确，真是不打满分都不行。

我哑然看着他，半晌，终于甘拜下风：“……我说不过你。”

听我这么说，他一直绷紧的表情居然出现了一丝松动，“你清楚就好。”他眉眼一弯，再上前，“不过葛叶，即使你都已经认输，我也还是要提醒你，四年前信任的，四年后未必还值得你去信”。

“那你呢！难道你就……”然而，还没等我说完，他高大的身影就随机覆过了我，我一愣，嘴唇已被他不留缝隙地覆过，“不堵住，你又会开始说胡话了”。

他揉了揉太阳穴，离开的时候好看的脸上一脸的无奈。“你总是在怀疑，”他用笃定的语气继续，“可是葛叶，你想过吗？一个人会怀疑，难道不是因为他从未真的信任过？你信任阮誉所以觉得他不会那么做，那么我呢？葛叶，你相信过我吗？”

他说这话时眼睛一直没移开我，而我看着，居然也觉得那深黑的瞳仁里难得地盛了些……示弱？我垂下眼没敢多看，因为我怕多看一眼就会动摇，谁让这个人是这样，好和坏都一样教人分不清楚。

我抿紧唇，半天没“我”出来，倒是他脸上仅有的温柔慢慢冷却，让我不由得开始紧张。

“卓扬，”半天过去，我终于鼓起勇气叫了他的名字，我想，这个人的霸道我实在清楚，并不见得显山露水，却比显山露水要可怕得多得多。因为他的外表再如何淡定沉着，都不过是用来骗人的，但倘若真要到了触及他底线的时候，我知道，他就是一兵一卒都不会退的。

“我……我想搬出去了。”我紧了紧手心，总算说出了决定。话到这，我又不由得有些佩服自己，我以为这很难得，因为下决定和说决定，最大的区别往往在于，一个面对的是自己，一个面对的是别人。

可惜，某人的存在永远比我想象的要高出那么一个零。

他听后看了我一眼，尾音上扬地又哦了声，“那也随你。不过……”

“不过什么？”

并不给我回复，他随即转身将笔记本的屏幕转过，我有些疑惑，下一秒却听他道：“这是我名下的几处不动产，你看看。”他指尖点了点网页，又往下翻了翻，果然，上面正显示着他口中的那些“不动产”的位置以及各项细节说明。

我瞪大眼，瞬间蒙了。我想我活了这20年中过的最大的福利彩也不过是个三角牌的电饭煲，可现在……

我一时无法理解这件事，但好在，我眼前的人很快解惑道：“葛叶，我现在的全部身家都已经给你了，要是这样你还打算离开，”他顿了顿，“难道你真是预备让我晚上睡事务所？”

不得不说，他这一招破釜沉舟当真是刷新了我的底线，甚至他在说这话时连眉毛都没抖一下，简直无法让人怀疑他的诚心。但即使这样，我仍是心有戚戚，因为这个人向来段数太高，而段数这种东西一旦高到一定境界，就难免不让人怀疑是一早设计好的。

实在在这个世上，一般人总是难以在精心设计过的事件里找到破绽，所以，这才有了柯南。但可惜的是，柯南存在的意义就在于，即使这世上有一万个毛利探长，也只可能有一个柯南。对此我深以为是，而这也就导致我想了许久，才勉强借用了一句台词，我说：“你到底是什么星座的？”

卓扬：“……”

很难得见他被我噎住的表情，所以这一瞬里，我的确很有想按快门的冲动。但可惜，这世上的事最玄妙的地方就在于，你永远不可能知道下一秒会发生什么，这就譬如我怎么也无法猜测到下一秒里战况已然逆转，他说：“太阳天蝎，上升金牛，月亮双鱼，你还有什么要问的？”

我：“……”

像他这样的人不用说一定是老天爷专门派下来惩罚我的，我忽然很痛地领悟到，然而，更大的痛却在于，随即他又像想起了什么事，然后从茶几二层的抽屉里拿出一个纸盒递了过来。

我反应不及，甚至还没定睛细看，已听他用不痛不痒的嗓音道：“我本来是打算这月你生日再送，不过既然你的手机昨天提前功成身退……”

他这话不由提醒了我昨天在南哇岛时手机不慎被浸泡了海水的事实，我表情抽搐地扫了眼茶几上他静静躺着的黑色iphone6，同时听他的话音落下：“换成白色，这样我们就能CP了。”

我：“……”

思来想去，第二天的时候我还是打算去见一见陆温茗，此次我见他的目的只有一个，就是找他帮我分析分析最近发生的一系列事。虽然，连我都深知我的这位师兄是个不太靠谱的人，但此刻我却要找一个不太靠谱的人提供帮助，可见我其实是更加的不靠谱。想这话我若告诉他，他则必然会答，他只是小事不靠谱而已，因为在他看来，除了小事就是小事，而他是做大事的人。

我觉得他很矛盾。

简直比我还要矛盾。

对此，我开始思考这件事的可行性，与这同时，坐在我对面的陆温茗则正在研究我们点的花式咖啡上白色的心形泡沫。是的，我刚才忘了说，现在我们所在的地点是星巴克，离公寓帝庭豪邸大概三公里的地方。

而就在这半个小时前，陆温茗曾问我，为什么不就近选择帝庭豪邸楼下的星巴克？我当时回答，因为我觉得这样比较有安全感。他听后认真想了想，然后说，你那大概不是安全感，是犯罪感。

我：……

我以为能有这样的一位师兄其实也不错，因为他虽然未必能解决问题，但能制造问题，也是一样居家旅行的必备能耐，我深以为我就是缺乏了这样的能耐。

时间差不多又过去了一刻钟，我的这位师兄终于放弃了调戏他面前的咖啡，转而语重心长对我道：“我说阿叶你让我放弃和一菲相处的美好时光来跟你拉家常但你却一语不发你是在闹哪样？”

他这是一个长句，且中间没有逗号，我表示怎么着也需要时间消化，但显然，他并没有意识到我的苦恼，而是抬头问我道：“说吧，除了你让我做关于老大的事儿我搞不定，别的咱都可以商量。”

他的这个语气让我联想到了黑帮老大，虽然以他这么个长相出场我会以为自己是进错了剧组，但无论如何，就算只剩我一个人，这一出戏也还是得演下去的。所以我嗯了声，重新又将南哇岛后发生的一系列事的逻辑顺了顺，然后告诉了他。

“什么！你说老大把全部身家都给了你？”他咂了咂嘴，没想居然是直接无视了我费尽心思复述的有关夏禹剑和殷连的事，而是径自将目标瞄准最后的关键词。

我叹了口气，心说有时候还真是不得不承认跟理解方式存在偏差的人交谈是件痛苦的事，但更痛苦的是对方居然丝毫意识不到。半晌，他深吸了口气，再次靠向座椅，“我觉得这个事情不大对”。他压低了嗓音说。

他很少用这样正经的语气说话，但可惜的是，他的话依然没说到点子上。“阿叶，你实话告诉师兄，你是不是在怀疑老大？”他问。

他的这个问题刚好也是我的问题，所以老实说，我也不知道应该怎么回答。我低头抿了口咖啡，点了点头，但接着又摇了摇。

“你真是一个矛盾的少年啊。”他说，“哦不，是青年。”他补充。

我：“……”

“不过呢，既然你找到了你的新好男人师兄我，那我就一定会对你负责到底的。”他挑了挑眉，然后出乎意料地从牛仔裤里抽出了一副扑克牌，“你知道在这个世界上最公平的选择方式是什么吗？”

“打牌？”我被他拿出的牌果断偏离了思路。

“错！是抓阄！”他说。

我：“……”

他说着便旁若无人地开始了他行云流水地洗牌，“我们来赌大小，”他看了我一眼，“如果最后是你的牌大，那你就得继续信老大，反之也一样。”

“你这又是跟哪个电影学的？”我随口问。

“王家卫的电影《2046》啊，你没看过吗？”他问。

我还真没看过，我在心里讷讷的想。“但我看见卓扬的那套公寓门上有这个号码……还……嗯，挺特别的。”我说。

好吧，话题一绕到卓扬身上，我承认我心里某个地方又开始有那么些不痛快，但是，不痛快归不痛快，答案却还是想要知道的。

“去2046的乘客都只有一个目的，就是找回失去的记忆。因为在2046，一切事物永不改变。”他抽出一张牌，漫不经心地说。

“一切事物永不改变？”我下意识重复了声，一边学做他的模样在咖啡桌上的牌阵里随手抽了张牌，一边又想起了当时在南哇岛的小屋中看到的事。

对于那一段我究竟应该怎样形容呢？说实话，我不知道，因为我始终都觉得有哪里出了问题。这就像一条严谨编写好的程序被植入了一个高明的木马，你明知道这样下去，就再难运行指令，但你却无能为力，因为你根本查不出木马在哪里。

我闭上眼，将画面里的细节再次回忆一遍，事实上，当天我确如我相信的那样看到了那间海边的小屋以及里面红色的神台上放置的夏禹剑，但可惜的是，当我醒后，眼前却只有一片黝黑的大海和成堆的礁石。

我从来没有经历过这样真实的幻觉，真实到我无法去客观相信它是假的。我想起《盗梦空间》里的那句台词，This world is no treal（这个世界不是真实的）。我觉得它说得很对，即使我眼下还无法证明。

但这个世上的事，有时候并不需要证据去证明的，我不由沉浸在自己的推论中。然而，我的思路很快被陆温茗打断，他将手里的红桃10压在我手中的小王上，然后说：

“阿叶，看来师兄我只能帮你到这里了。没办法，谁让老大的总攻气场开了外挂，现在连牌都要被推倒了，呜呜呜。”

“我好冷。”我哆嗦了一下，决定把话题兜回来，“开不开挂这件事咱们暂且不计，倒是那些房产怎么办，哦对，还有他的个人账户。”我想了想，然后战战兢兢比出一双手，“我昨天偷偷看了一眼，好像……嗯……好像有这么多。”

“呃……”他顿住了，他看了我一眼，低下头，然后又看了一眼，再来的话语一气呵成：“一直我就觉得老大应该挺有钱途，但我没想到他居然这么有钱途，我说阿叶，要不然你还是考虑从了他吧？”

我：“……”

“你太拜金了亲。”我白了他一眼，鄙视道。

“哎，既然你决定不为五斗米折腰，”他惋惜般摇了摇头，然后用勺子挑碎了咖啡上的心形泡沫，“那我还有一个别的建议，不过通常情况下，我不建议你使用。”

“是什么？”

“你就当那是充话费送的吧。”

我：“……”

我快要崩溃了，哦不，是我已经崩溃了。我长叹了口气，已经不想再去跟他谈论究竟有多少个零的问题，倒是在长达20秒的沉默后，他终于很难得地认识到了自己的错误。

“阿叶，我是不是哪儿惹你不高兴了？”他的表情情真意切，让人挑不出错处，“其实吧，这个事儿你压根不用细想，因为越是细想，就越会漏掉一些大的枝节。”

“比如呢？”我觉得有点靠谱了。

“比如老大2046那栋房子啊，你不是说他已经送给你了吗？”他问。

“不对，除了帝庭豪邸的，他都转给我了。”我好像想到了什么。

“那就是说明只有这里才有问题嘛！你忘了吗，宋娅楠一直阴魂不散不就是为了告诉你所有的秘密都藏在他的房间中吗？况且从前天你前脚进去后脚老大他就跟上来的事情看……嗯，事实胜于雄辩，话说他这会儿不在，不如咱们一起进去看一眼。”

我："啊？"

下一秒，他放下咖啡，凑近了我："阿叶，我说他这会儿肯定不在你信不信？"

"你怎么知道？"我问。

"因为你不在。"他说着翘起唇角，一副心知肚明的样子，"我相信老大，阿叶。"

"为什么？"

"因为这是男人之间的秘密啊，哈哈。"

那个秘密直到很久以后他也没有告诉我，倒是某一天阮誉的一番话点醒了我，他说，一个男人何须为一个女人至此，如果他心里从来没有她。

（13）碧园山庄

我不知道陆温茗究竟是怎么猜到卓扬不在的，总之，一切如他预料的一样，当天我回去时留下的的确是一栋空了的公寓。

但尽管如此，我也并没有那间房间的钥匙，对此，陆温茗表示他有办法。一开始，我也天真地认为他的办法会是运用他传说中应龙的能力将门打开，但显然，我是高估了对他的认识，因为就在我们进门的10分钟后，一名穿着藏青工作服，看上去满脸情路坎坷的开锁匠就跟上来了。

面对此情此景，我只好将他拉到一旁，小声问："你这样，万一等下卓扬回来怎么办？"

远处的开锁匠："你放心，我很专业的。"

可我决计没想到这名开锁匠口中的专业就是很专业地替我们撬开了门，且这整个过程就像在看一场你怎么也无法按暂停的电影，不得不让我深深感到了自己的渺小。

我想，这就如那句话说的，在这个星球上，永远都有一群人生活得让你无法理解，而你也千万不要妄图去理解，因为你的理解永远不可能及他的理解的一个零头。

正当我这边感慨着的同时，我没想到那边的陆温茗已然以迅雷不及掩耳之势交付了开锁匠工钱，然后特工属性全开地将卓扬这间房间视觉强×了一遍。

看着他的模样，我实在心中忐忑，于是低声问："师兄，你现在有没有什么特别的发现？"

他听后认真点点头，又认真停上许久，终于蹦出一句评价："老大真奢侈。"

我："……"

微一顿，我只好抛砖引玉，说："你就不能来点有建设性的意见吗？"说实话，我真的很担心万一卓扬突然回来看到这里的……呃……情况，他会不会以为是家里遭了贼？

"阿叶，"那边已经快步走到小客厅的陆温茗忽然叫住我，我一怔，登时被他从那名贵的海南黄花梨橱柜上蓦地转过来的目光吓了一跳，他说："你信不信你要是不从老大，我就把你打到从？"

我："……"

事已至此，我已本能的开始怀疑这件事的正确性，于是我思了又思，唯有艰难地决定和他兵分两路展开调查。陆温茗表示没有意见，他看了一眼这间套房，随口道："男的左边，女的右边，人妖中间。好了，你可以过去了。"

我："……"

在得以暂时无视这位脱线师兄后，我很快也走了进去，说起来，卓扬这间如同复制了他卧室的房间从结构上讲其实是睡房连接小客厅，只不过是小客厅在左，睡房在右。所以这样划分的话，我的负责范围就是睡房。

如同这整栋公寓的装修特点一样，他的这间并不使用的房间也是同样的低调奢华，我走在图案复古的羊毛毯上，将视线从象牙白灯罩暗蓝底灯托的壁灯转移到宫廷风深橡木沙发上的瞬间，脑中居然闪现的是，如果我真错过了这样的男人，以后会不会后悔？

对此，我并不得而知，因为我曾以为自己和别的姑娘是不一样的，但没想到，原来在面对诱惑，尤其是这样大的诱惑时，我的反应居然和别的姑娘的反应是一样一样的。对于这个结果，我不由感到唏嘘，而唏嘘直接导致的就是，在我叹了口气后，余光忽然瞄到了一丝不对劲，这丝不对劲来自于飘窗后的一点反光，但，即便是玻璃，它反光的颜色又怎么会是银色的呢？我感到很诧异。

想到这，我赶忙上前拉开了窗帘，随着一声金属落地的闷响，果然证实了我的想法。那反光的确不是来自于玻璃，而是一台只露出一角的银色烤漆面的笔记本。

居然藏得这么深，要不是那一点反光，我想我是绝对发现不了这里会有东西的，想来也是，就算是个贼，哪个又会往明显放不了东西的飘窗这里看呢？一准都是先翻箱倒柜去了。

我屏息，刹那间的心情就好似打一出困难模式的游戏副本，终于得到了一个藏宝箱一样。我将笔记本放在飘窗上，紧张又兴奋地将它打开。

起初我也以为这可能会像在千灯古镇那次遇到的一样，会遇到启动密码的阻碍，但让我意外的，画面很快就弹了出来。好眼熟的游戏画面，竟然是《战国on line》！我心一惊，没多想就往角色人物的那栏瞄去——

怎么会？

我愣了足三秒，又揉揉眼再次确认，没想到居然会和白狐公子的头像一模一样！不对，还是说，这个账号根本就是白狐公子！

难得卓扬就是白狐公子？一个惊人的想法紧接着在我头脑中炸开，下一秒，又一封未读的新邮件闪了出来，我正犹豫着要不要点开，只见：

“卓总：

迷宫副本已按照您的想法进入最后的平衡数据和调试阶段，预计半月后可投放市场，这是最新的样本报告（见附件），请查收。

顺祝：合作愉快！

《战国on line》运营团队市场部总监Rose。”

原来他不仅是白狐公子，居然还是整个游戏团队的幕后策划人。但如果真是这样的话，那我岂不是从一开始就掉进了他设好的局里？可是，事情如果就此反推的话，他又是怎么知道我当时一定会选择玩这一款游戏的？

难道他一直都在调查甚至研究我？想到这，冷汗贴着我的背脊就滚了出来，同时间——

“阿叶，你快来看，这是什么？”客厅里的某人忽然打乱了我的思路，而他甚至也没有往我的方向多看一眼，只是直勾勾地盯向他拉开的橱柜门内，“上回在港中医院，林子是不是就是把这个交给了老大？”

我点头，但心里想的却是另外一件事，毕竟以上回卓扬的举动看，我以为，不论怎样，他至少也该将东西换个地方的，可没想到，东西居然还在这里。然而，并不等我想下去，那边陆温茗已然动作麻利地将里面的木盒拿出并打开：

“是‘关睢盏’？”他眼一亮，挑高的声音带动我的心绪也跟着一紧，“这玩意儿……好像是那个周医生的吧？”他说。

居然会是关睢盏吗？我不可置信地望向他，更望向他手里黑釉的茶盏，一时间像是再不知道怎么答。

我想起那个冗长的梦魇，如血般深沉的宫殿里，唯一的光线仅仅来源于熔炉里飞溅起的铁星，静寂里，一个低沉的男音仿佛自黄泉传来，他说，云珂，你可别忘了，你一个凡人，只有当拥有了永恒的生命才能长久地陪在那个人的身边。

这，正是云珂最终会调换关睢盏的真实原因。只让我不明白的是，关睢盏和长庚酒结合后，究竟会是什么样的作用呢？因为那似乎，是卓扬特意为她准备的……

“老大回来了！”突然间，我被陆温茗一声喊打断了思路。

我一吓，本能就向身后看去，但就在这时，我的肩膀被一条胳膊给圈住了，自然，这只能是陆温茗，他冲我露出酒窝，说：“我骗你的，不过阿叶，你看你师兄我都亲力亲为了，你能不能多少给点面子不要走神？”

我：“……小样一边玩儿去！”

“我去，你也太不斯文了！”他捶胸顿足，“那啥老大看上你该不会是因为他本质里其实喜欢把汉子吧？”他说着耸耸肩，并将手举起做出投降模样，“你应该相信我嘛好师妹，不信你自己看！”他指向了对面的橡木沙发。

“怎么了？”我已然被他的神转折弄晕，“我没看出有什么问题啊。”

“我不是让你看那沙发，我是让你看它后面的玻璃墙。”他又指了指。

“玻璃墙怎么了？”我皱眉，上前仔细瞧了瞧，这该怎么说呢？若以我的眼光看，那的确是面工艺精湛的玻璃墙，浅茶色的镜面上暗金色的音乐符错落分布着，很像是月下的旷野上点点萤火虫飞舞着。又倘若从室内装修上讲，这则是为了从视觉上拉伸空间感。

“你都看什么去了亲？”显然，陆温茗很不满意于我的反应，他摇了摇头，试图纠正我：“我是让你看镜子里面的东西。”

……镜子里面的东西？他是不是恐怖电影看多了，我被他说得顿时起了一身鸡皮疙瘩，不过注意力随即也集中到了那面镜子上。

因为镜面反射的关系，摆在沙发背面的物体此刻被呈现在视野里，但因为它本身的颜色和镜面太过接近，所以一不留神，就很容易被忽视。只是，这样东西怎么这么眼熟呢？我心念着，倾身上前打算确认心中的想法，但让我没想到的是……

我尖叫了一声，下一秒整个身体都如坐过山车般迅速向下坠去……

“老大套房的那玩意儿到底是什么？任意门吗？”我听见陆温茗的声音紧随其后，一片凝固般的黑漆中，强烈的眩晕感让我整个人都透不过气来，是的，在前文我就已经说过，我……恐高，更何况这还是压根不知道究竟多高。

所以，在这种情况下，我实在没有心情接他的话，但，我的沉默并不能打消此刻陆温茗的热情，很快，他透出一丝兴奋声音再度传来，“你说我们这要去哪里？”他接着问。

“小卓说你一定会回来，果不其然呢。”这意外插入的第二个声音听着很耳熟……是，君柏？我想睁开眼确认，但急速的下坠感不由又让我闭紧了。

太难受了，这种感觉真是太难受了，简直就是甩了世界级的过山车一条赤道的效果啊！可是，这里到底是哪里呢？为什么我会有种掉进了时空隧道的错觉？并不等我想下去，下一秒——

“你以为为什么小卓一直不让你进来，小朋友？”像是知道我终究会有此一问，那边君柏再次开口，“因为这里是‘虫洞’，是空间的裂缝。”

“空间的裂缝？”我闭着眼，却觉那边陆温茗好像更兴奋了，“就是那个科幻小说家提出由暗物质维持的时空缝隙吗？”

“对，但是极端不稳定。”我听见君柏在远处回答，“这就和那个叫汤姆斯库伯的神棍假设的一样。”

“听说了吗？最近那位华裔的物理学家和他的团队借助阿尔法磁谱仪已发现了40万个正电子，据说这些正电子可能来自人类一直寻找的暗物质。”陆温茗表示很兴奋，不过在兴奋过后，他很快又假设道，“不过这样的话我们会去哪儿？穿越回古代？”

我敢打赌，现在这货脑袋里百分之一百想的是《步步惊×》的桥段，好在，君柏的话随后就给了他的想法以沉重一击，“任何已发生的事都不可改变，可改变的只能发生在未知。”

“所以你这是在间接告诉我人都应该向前看吗？”陆温茗大概皱了皱眉。

君柏：“但你是应龙，虽然目前看来像是转世得不怎么成功。”

陆温茗：“……”

听着他们一路无厘头的吐槽，我也渐渐地适应了这里的环境。实际上，这里说是环境也不尽确然，因为在我看来，这里至多能被形容为虚空，整一隧道的茫茫虚空。

在这里，如同凝固的黑是唯一的主导色，除此以外，就是他们被实质化了的声音，它们幻化作无数条拖曳着长尾的幽暗光带在我们的头顶上方一闪而过，就像漫天的流星雨划过深邃的天幕。我长久望向它们，不自禁也会以为，它们不过是在奔向过去，而我们才是向未知起航。尽管，连我也不知道即将面对的是怎样一个地方，但地狱或天堂，想必都抵不上这刹那里缄默的光。

我自然难以预见我这一穿，会直接穿到了台州的碧园山庄。对于这件事我表示难以理解，因为这是完全不符合物理学上的空间结构的。但君柏告诉我，任何的不可能既然发生了那便是可能，更何况，在虫洞中，空间折叠发生的概率并不小于空间裂缝。

“暗物质的能量和阴阳师身负的灵能从结构上看大体都相似，本质都是改变规则，只不过一个是改变世界的，至于另一个的改变范围则小得多。”他进一步给出解释。

但，他的话陆温茗很快提出了质疑，因为既然都是穿，那为什么好巧不巧地就穿来了这里？实在他的提问也是我的疑问，毕竟碧园山庄这个地方，除了最开始和殷连有关的那件事外，还得加上周唯老房子就在这里的事，所以怎样看，都是太巧了。

“因为那里被小卓设定过。”君柏回答得很坦然，“再者说，碧园山庄原本就是一处风水眼，所以能量也要比别的地方强上许多。只不过由于你俩的堪舆科都是踩线过，所以才没有看出来罢了。”

“不可能吧？老大他有这么厉害？”陆温茗挑了挑眉，自动无视了后半句，“这点他从前没有跟我提过啊！”

哼，果然暴露了！我就知道，一开始他们肯定是串通好的！

“你以为小卓是什么？”像听到什么好笑的事，君柏夸张地笑了起来，“阴阳师吗？一个活了两千多年的阴阳师？”他刻意加重了后面的字眼。而我听到这，心脏也几乎要提到了嗓子眼，是了，面对即将揭晓的真相，我以为大概没有一个人会不心动的。

“他是天狐。”君柏深吸了口气，说。

“天狐！”最近受沈一菲影响开始研读岛国神话的陆温茗听后狠狠吃了一惊，“传说空狐近神位，而天狐再修两千年就是空狐了，难道说……”

“卓扬是天界中人？他是……天族？”我替他将话补完，与此同时，我更想起了在少池岭时天童对卓扬种种匪夷所思的行为……原来如此。

“不单小卓是，”下一秒，君柏得意挑了挑眉，“我也是。”

我、陆温茗：“……”

一阵沉默，不由让我想起了千灯古镇中卓扬莫名消失，随后白狐又巧合地出现；还有在某次亲吻时，我发现他有别于常人的牙齿；甚至，《战国on line》里卓扬的头像也是一只白狐。原来，这么多的暗示……

"小朋友,你不用乱猜测了,那网游的头像是我,谁让小卓当时死都不肯拍。"君柏上前拍了拍我的肩，戏谑道："这么重要的提示一直都摆在眼前，你别告诉我你一直没有猜到呀。"

能猜到才有鬼了好不好？像天族这么稀罕的物种……

"喂，阿叶，你看那是什么！"陆温茗指着远处的墙根，双眼放亮，"上次在少池岭，咱们是不是见过这只猫？"

由于此时天色已经变暗，所以那排被火焚烧过的红砖墙几乎和夜色融为一体。缺乏物业管理导致杂草丛生的墙根处，一只体型硕大的黑猫正警惕地蹲在草丛里，它幽绿色的猫眼望过来，丝毫没有畏惧的意思。

"不止少池岭那次，还有在洋松街169号！"想到这，我脸色霎时就白了，这事实在过渡得太快太急，以致我几乎本能地就跑了上去，然而那猫也机警，见我跑来，低下头迅速衔过个什么东西扭头就跑。

"快追！"陆温茗也大叫了声。

"那是宋宋给我的面具！"看见那金属的银光在路灯下一闪，我眼睛蓦地就瞪大了，因为我分明记得，我是把它藏在自己的行李箱的最深处的，那，这又是怎么回事？

"那猫有问题，等等！"君柏跟在后面说。

"鬼都知道那猫有问题了，哥长这么大就没见过这么大的猫！"陆温茗挤兑道。

"不是，喂……"

君柏和陆温茗的声音是什么时候变远，再变得听不清我已经无法记得了，因为当我终于逮住了那只猫时，我已经在了一栋楼层中没有灯光的旧式过道里，我不确定我是否来过这里，所以当下，我还需要时间来证明。

师父曾说，这世上有些事是不需要去证明的，比如信号和声音，因为即使你终其一生都无法看见它们，也依旧不能否认它们的存在。而在当时，我则故意偏题地问，那么我呢？我对师父的意义是不是也不需要去证明？

说实话，连我自己都忘记这样高深的话是从哪里学来，兴许是哪本小说，兴许是哪集电视连续剧，但不论它来源何处，对当时的我而言，我想，都不过是想厚脸皮地讨一个承诺而已，一个人对另一个人一生一世的承诺。

然而，他听后只是一笑，半晌，道，你要记得，意义这种东西永远只发生在你认为它有意义以后，而叶你对我而言，从来都不是意义。

在当时，我固执地认为他这句话的潜台词是，我的存在是比意义更有意义的事。

但也就是对我说这样一句话的人，我没想到有一天他会用他的式神拦下我，然后神色冷漠地说，放弃吧，叶，你已经没有地方可逃了。

我以为，如果这世上有一样东西能比卓扬欺骗我更来得伤心，那也不过如此了。因为既然命运一定要我面对背叛和别离，那么，我还有何话可说，我已无话可说。

（14）不能说

如我先前猜测的一样，这里正是周唯老家的那栋旧楼。我想，一切的故事如果能在开始的地方结束，其实也是不错的选择。然而总是事与愿违，在阮誉将我绑进这栋房子之后，我在仅仅亮着一盏日光灯的客厅里发现了周唯，此刻，他和我一样被绑在座椅上，但奇怪的是，他的脸上并没有呈现太多的惊恐，而是疏离和疲倦。这让我无法理解，不过我的脱线师兄陆温茗说过，有些事你既然无法理解就不要去理解，因为它的存在也许原本就不是为了理解的。

我觉得他说得很有道理。

然而，就在这看上去很有道理之余，我忽然发现他看我的眼神似乎带着些不对劲，可又由于他嘴上被封了胶条无法说话，所以单凭这一个眼神，我的确很难判断这到底是为了什么。

所以我只好做了一次无责任的猜想。事实证明，人的潜力是无限的，尤其是在这样巨大的压力下爆发出的潜力。可让我怎么也没想到的是，我那被强化了感知的能力会在和他相距将近五米的情况下，清楚看见他深褐瞳仁里穿着驼色羊毛衫的温尘的身影。

这让我觉得不可思议，这瞬间里我本能的反应是，难道温尘也被抓了过来？又从周唯和温尘这两位的容貌程度分析，敢情对方其实是喜欢这样口味的男人（此时我仍认为阮誉是受雇于他人），至于我只是他一时失察错抓的？

……那他失察的偏差也太大了。

“小叶，如果老师问你借一样东西，你肯不肯给？”但可惜，自打他一开腔，我就知道我错了，但更离谱的，是我并不知道自己为什么错。只是，倘若算计人也可以算计得如他这样一团和气的话，那又怎能怪我不辨真假？

“小叶，你知道吗，人有时候说选择，其实是没有选择，因为没有选择，所以才想选择。”他走近了继续道。

“你说的我听不懂。”我实话实说。事实上，我还在为他的突然黑化感到揪心，因为我以前虽然也怀疑过他，但一直以来，我心里的那个声音都选择了不相信，甚至我还想过，如果他真要对我不利的话，那从前他有太多的机会都没有动手，又为什么要等到现在？

太多太多的为什么盘桓在我脑中，就像回音壁上向四面八方发出的声音般，让人找不出源点的方向。于是我只好等在原地，以为这样就能辨清事实的光，然而，我看到的仅仅是周唯的嘴也被黑色的胶带封了上，甚至不知何时，阮誉也站在了他身旁，至于那只黑猫，则在他的臂弯里低吻着他的手掌。

“温老师，不，你不是，你是……”我下意识脱口。

“小叶，你不是已经猜到了吗？在海边的那一晚。”他凤眼微挑，耐心地给出提示。此时，他表情里这一细微的变化，更让我想起了一个人，我瞪大眼，猛然道：

“这么说一切都是真的了！难道你就是……晋侯周子？”

不可否认，在那段记忆里，我的确看到过和他相似的一双眼睛，但即使这样，又真能说明什么呢？更何况，对象还是像温尘这样的一个人……

“喵！”下一秒，一声尖利的猫叫声打断了我的思路，我转过脸，不可置信地看着那只黑猫蹭地从他怀里一跃而起扑向我，陡然间，它的身体也发生了变化，因为……那并不是一只猫，是……一个人！

“阿彩！”我忙避开身体，大喊道。

“臭女人，快给我阿爸偿命来！”她双目赤红，又从其狰狞的面容和异常矫健的身手看来，她已经完全不是一个正常的人了，怎么回事？已经没有时间思考，倒是阮誉的咒语紧随其后，迅速以指尖幻化出的高大式神挡下了阿彩对我的攻击。

“要是不想让你的手下毁掉新的剑灵，就请将她看牢些。”他用毫无起伏的声音道。

“自然，这副和小珂一样的身体，我怎么可能允许人破坏呢？”温尘心领神会地淡笑了声，并以眼神示意阿彩离开，尽管阿彩起初并不肯，但最后还是一脸怨毒地退到了旁边。

“新的剑灵，什么意思？”我声音有些发颤。

“小珂是第一个，你是第二个，这样的解释够清楚吗？”温尘看了我一眼，目光很快移开了。顺着他的视线，我陡然发现就在周唯的手臂上，正被人似吊点滴般地插入了一根医用针头，目光再往下，赫然是流动着鲜红血液的细长橡胶管。

他们到底想干什么！我握紧拳，再也控制不住：“你们为什么要把周医生也牵扯进来！”

这一刻，我不知道自己为什么会这样激动，但或许，仅仅是我的潜意识里，早已根深蒂固了他们善良的印象，所以，我只好盯着他们的眼睛，去强迫自己相信这发生的一切都是真的。

“小叶，你难道忘了晋侯周子的姓了吗？”顿了顿，温尘终于走近了。

晋悼公，姬姓，而古代姬姓就是……周，难道？我眼一亮，顿时将他和周唯放在一起打量起来，“你是他的……先祖？不可能，这也太……”我已无法去估算这么长的时间里究竟存在了多少代，这两人的外表看来实在都是差不多地年轻，又该教人怎么去相信？

“放心，小叶。我不过是需要嫡系王族的一点血来为宝剑开锋而已。”温尘走上前取走一袋已然鼓胀的血浆袋，又动作熟稔地换上一个新的，“殷连呢，东西准备好了吗？”他侧过脸，像是对着空气说。而此时，我留意到站在他身旁的阮誉的表情微微抽动了一下，却是极快的，仿佛是人的错觉。

随后，再度刷新我世界观的事发生了。虽然，这件事在我以前也不是没有看到过，但不同的是，那一次的地点是在阴司鬼市，但这一次却是在活生生的现实。我几乎忘了要眨眼，就看见对面直径约一米的圆内所有的空气分子在一瞬间里同时发生变化，而等我继续想要看清，一道狭长的口子已然从中间被强行撕裂，或者说，那被以蛮力分离的是——空气。

瞬间内更改空气的结构，这样的能为绝不是普通的式神可以做到！果然，一道裹在黑色紧身衣下的人影跟紧就从里面走了出，再看那脸，赫然是……殷连？

我不可置信地看着这张久违的脸，本能地又想去看阮誉，但随即，视线就被殷连手里的长剑钉住了。黄金色的拙朴剑身，正面流耀着日月星辰的剑纹，反面闪动着山川草木的轮廓，赫然是和海边小屋中出现的一模一样……夏禹轩辕剑！并不等我细想下去，殷连忽然一声嗤笑，道：

“看起来，葛小姐对这把剑很期待吗。”

我皱眉，心想不是我对这把剑期待，而是……

想当初在港文博馆密室中任阗恺就是因它丧命，偏偏现在剑又出现在殷连手中，很显然，现在殷连、温尘已经摆明了立场，难道说，一开始其实就是……殷连或者温尘杀了任阗恺？但如果真是，阿彩又怎么可能还会跟过来？

思路似一条理不清的线在我脑中打成一个结，倒是对面的温尘留意到了这点，很快道：“任阗恺是死于‘逆风’。不过，那天想必你也看到了，最后杀他的人，是你。”

“你胡说！”我急忙辩解，并回忆起当天用搜灵术看到的场景，汉服的女孩以诡异的姿态杀死了任阆恺，她转过脸，却是和我一样的面容……

“八月十五那天我根本没去过皇后大道，文博馆密室的事我也是在第二天才知道！”我大喊着说。

“那若我告诉你，他是以你的模样幻化出式神来威胁我，你会怎么样？”他扬了扬眉，面庞迎向日光灯的方向，“但是人，又怎么能阻魔的道路？”

他的语气似有一丝怜悯，但更多的，是冷酷与绝情。我不知道他是什么时候变成这样，抑或者，这才是他本来的模样。

“他的式神是你。”他转过脸，一瞬似被三千魔气附体，“更何况，就算不是你，他的最终死因也一定是因为你，剑灵。”

剑灵。

他的声音依旧动听，像我做过的最美的一场梦境，但此刻就是这样的声音，轻易以这两个字磨灭了我这么多年的动心和热情。

“既然现在夏禹剑和新的剑灵都在，那就是时候开始了。”他顿了顿，接着低俯下身吻了吻我的额头，“小珂，我一定会让你回来的，一定会。”他的话语温柔笃定，但又分明在透过我的身体传达向另一个人。

这一刻，我终于明白，原来他被我误以为是告白的那句：我本想等你长大，但现在看来，是不能等了的真实含义竟是如此，这也就难怪他在那之后并没有向我有过其他的表示。

原来是如此。

原来真的不是他处心积虑，而是我自作多情，却不知长久以来，我在他心里，始终不过是一个替代品，一个为他人准备的容器。

已没有比这更残忍的事，从来从来，这个人要的都不是我的人，而是我的命。

不寒心，怎么能不寒心？没有人会不寒心。

仅有的价值用完，就该丢弃了。我苦笑了笑，一时只觉整个胸腔都堵得厉害，我知道那是剑灵将我所有的感知都强化了，但我想，我其实并不怕我的感知被强化，而是怕即使强化了，有些东西也依旧是假。

于是我很努力地撇过脸，说：“晋侯，你看清楚，我是葛叶。”

“她以前从不这么叫我。”他淡淡勾起唇角，目光仿佛直越过2000年向我望来，“不过没关系，从今往后，你就是她。”

他说着一停，又将地上一袋填满了的血浆袋拿过换上个新的，再拉开冰箱门从里面拿出了五袋血浆。看到这个数字，我不由得惊恐，因为正常男性若失血1/3（女性为1/2）就有可能危及生命，而照他们这个进度抽下去，周唯会不会被他们抽干？但好在，就在我要这样以为下去的时候，他突然叫住了殷连。

下一瞬，客厅里仅有的日光灯也灭了。我意识到，那是他们拉断了电闸，我闭上眼，打算适应光线，但，就在我再次睁眼的时候，诡异的一幕发生了，我竟然在一个恍然间，像是再次来到了海边礁石旁的那间小木屋里。

眼前，我仿佛看到了一张背景完全漆黑的画，在画里，一案朱色的神台被人用画笔渐渐描摹进来，很快，就是它上面那口倒悬的黄金剑。此外，在这整个画面里，我更听不到一丝声音，只能感觉自己颈脖上的那颗叶形吊坠突然变得灼热且发出赤红的光，紧接着，虚空中墨绿、水蓝、金黄、赭石几道光线也相继出现，它们就像是创世之琴上共生共存的五条琴弦，哪怕一个泛音的响起，都是要为神州大地辟开先河，而当五弦齐奏时……

猛地，我的灵魂也似要脱离身体，我绷紧身体努力想要拖延时间，下一刻，一个声音忽然闯了进来，他说：

“叶，一定要坚持住！”

不对，那其实并不是声音，而是空灵地游走在这几种颜色之间的另外一种，我眼眶一酸，眼泪几乎就要落下来，因为那个颜色是那样熟悉，就犹如10万海底一尾闪着蓝光的鱼。

是阮誉！心里的声音响起的同时，另一个声音也猛地跟上，但说的分明是：

“我们都错了！她不是剑灵，更不是新的剑灵。”他的声音如斯笃定，如同给了在场所有人一记响亮的耳光。

“这不可能！”温尘愠怒地打断他。

“言灵不可能会出错，虽然葛叶身上的确有剑灵的气息。”阮誉不徐不疾地继续。

“那现在怎么办？”再一个说话的是殷连，但他并未询问原因，仅仅是道：“轩辕夏禹剑已经饮过王血，这样一来，御守应龙很快就会找来这里。”

他的话音刚落，忽然又见一道金光暴涨开来，我被那光刺得睁不开眼睛，下一瞬，一声清啸的龙鸣破空而至，接着越来越清晰。而这在我听来，只觉是无数金光闪耀的龙文跃动在半空，像是一组无人能懂的函数，但我知道，那就是破解我禁制的密码。

“小朋友,你可让我们好找！”紧接着,君柏的声音也传了来,我沉了沉心思，决定趁这个时间一次性将禁制打开，但让我没想到的是……

怎么回事？不是明明已经读懂了应龙的提示吗？我焦急地问着自己，更用力挣扎着，可惜仍旧无济于事，我皱紧眉，只听一个熟悉的男音直达耳膜：

“我不是早告诉过你，你不是剑灵的吗？”

是卓扬，他，来了？

我不知道我究竟需要花多久去消化我其实不是剑灵的这个事实。但现在，更亟待解决的问题是，我还没来得及说一句话，嘴就被人被迫张开然后灌进了一种冰凉的液体，那就如同是新鲜的甘蔗汁兑上了高纯度的二锅头，一下子让我整个胃都烧了起来。

接下来的一瞬间，我开始出现重度的幻觉，这种感觉让我无法抗拒，就像是面对着一部老式的摄像机在幕布上放出黑白的投影，而我只能看着它飞快地切换着镜头，这个过程让我感到陌生又熟悉，就像是面对着一个完全不同的自己，在经历完全相同的人生。

是的，因为就在这快速的回退中，我看见了自己过往的20年。我想，这世上并不是任谁都有机会像我这样去回溯人生，去看一眼自己生命最初的模样。而这，于我的意义就好比一颗行星终于找寻到了它自己的轨迹，再不必歆羡其他的星辰。

在没有遇到阮誉以前，我并不知道我的人生是可以继续的；在没有遇到温尘以前，我也不知道我的人生是会点亮梦想的；在没有遇到卓扬以前，我更不知道我的人生是为着承担使命的。

但，这一切的一切，都源于一个起点，源于另一个人赐予——孟婉清。

是的，我曾经的确不止一次猜测过此，却都因她种种的表现否定了。一个女人究竟需要多大的决心才能放弃和亲生女儿相认？我不知道，但我知道的是，即使爱的定义有千万种，它也有一种叫作“不能说”。

为了逆天改命，就是赌上毕生修为也要试上一试，即使明知动用作为孟氏一族所有能为来源的这颗女娲石需要启动的咒约会是永世不可相认的“不能说”，又怎么样呢？

是疯也好，是傻也好，那都是她身为一名母亲的选择，而义无反顾，却是她作为先知的命运了。因为没有人希望自己的人生在一开始就是被设定好的，更没有人希望在活着的每一天都是在经历已知的。所以，既然她的宿命已无从改变，那不如索性就改变我的。

而这，已是她对我寄予的最大的爱。

“长庚酒和小朋友融合得怎么样了，我这边快hold不住了！”没有转折，黑暗中，我听见了君柏焦急的声音。

紧接着，是卓扬的一声，“应该可以了”。

“上次你也是这么说，可云珂还不是……”

可惜他的话还没说完，就被卓扬截断了：“你可以理解为‘阳盏’，但在当时，云珂错用了‘阴盏’。”

“‘关雎盏’原来是一对？”

“看名字也知道是一对了。”

“那云珂从前到底怎么死的？”似仍旧不解，君柏趁机问道。

“当长庚酒和关雎盏同时使用时可以用来保存剑灵的本体，但可惜云珂用了‘阴盏’，结果……”

听到这，君柏叹了口气：“那现在不会再错了吧？”

“没法错了。”

“韩珏，枉费小珂对你一片痴心，你却从没有在意过她。”时间并没有过多停顿，第三个声音很快插进了君、卓的二人传中，那是温尘，哦不，是晋侯周子。

“如果面对着一张相同的脸就可以爱上，那想必周子你也不会这样心狠了。”黑暗中，卓扬紧随其后给出评价，他的这个评价何其毒辣，简直就差让我拍手称快，但让我没想到的是，周子居然沉默着没有反击。

这让我不可理解，所谓不在沉默中爆发就在沉默中灭亡，所以我只好等了等，推测这究竟该是多大的灭亡或爆发，果然，这一等，就等来了他匪夷所思的下句：

“‘钥匙’在制造成功的一瞬间就会回归归墟，届时就算你们不想打开‘三界之门’，也无能为力了。”也许是担心我不明白，所以略一顿，他又补充道：“小叶，你是不是还没明白什么是‘钥匙’？融合了剑灵的夏禹剑就是‘钥匙’，至于那五颗女娲石，就是用来淬炼‘钥匙’的。”

果然，这就和那段回忆里描述的一样。我紧了紧手心，一瞬的沉默下来，事实上，这时我也只能沉默，因为我现在根本说不出话来。我捂着胸口，只觉身体里仿佛有某种东西呼之欲出，我想它未必是实体的存在，但不知为何，它却能卡着我的咽喉，犹如一颗吞咽不下的坚硬的核。

“难道说……”瞬间，君柏陡然拉近的声音也顿住了，“正是因为小朋友命格有缺，所以才刚好为剑灵提供了寄主的地方，这，也就导致了小朋友会有云珂的那部分记忆？”

“原来如此。”我听见不远处再次传来温尘的声音。

（15）记忆迷宫

我始终相信这世上某个人的存在一定是为另外某个人准备的解药。

就譬如云珂之于温尘。

这事要从哪里说起呢？事实上，这件事的确来得太突然，就好似一场黑白的梦境里突然跳入了一帧彩色的影像。

那个影像就是被抽离了实体的云珂，但这么说又略显怪异，因为云珂并不是鬼魂，她甚至无法成为鬼魂，它只是一个精神，一个如同用最尖端的光影技术制造出的3D成像。

此刻，她就这样出现在黑暗里，她近乎透明的身体仿佛用闪着银光的线细细勾勒，她浅笑盈盈地朝我看来，宛如遥远时空中造物主分裂了我的另外一个人格。

她没有说话，但尽管如此，我却好像知道她要说什么话，她在轻轻叫着我的名字：葛叶。我不知道这种感觉到底算什么，但我想，或许因为它长久地沉眠在我的身体里，所以成为我的一部分意识。

于是我点了点头，几秒后，她走向了温尘，此情此景，不由让我联想到一场没有对白的电影。而再多的言语，在这被定格的画面前都不得不化成了一声叹息。但很快，这声叹息就变成了裂岸惊涛的暴风雨。

“韩珏！你居然敢利用我！”温尘脸色一变，顿时高喝道。

我愣住，一时没搞清楚情形，倒是黑暗里卓扬又一声“兵不厌诈”！瞬间让整个气氛都烧了起来。此情此景，实在似极了云珂记忆里最后的那个夜晚，红烛即将燃尽的喜房里，他们被横在一柄旷世的宝剑间，对视的眼里似有三千妖魔。

“小珂！”面对着虚空中出现的那道身影，温尘接下来的话语几乎控制不住，“韩珏，你真是跟孤下了一盘很大的棋啊！可恨孤千算万算，居然算漏了这点！”

“可惜你现在发现已经太晚了，因为这世上，自始至终都没有所谓新的剑灵，剑灵——一直只有云珂一个。”卓扬平静地说，“所以你试图打开三界之门以复活云珂这事，从事实上讲，根本不成立。”

“可你为什么要这样做？误导我以为小叶是新的剑灵，对你有什么好处？”

“自然有好处，因为既然我们的目的都是三界之门，那不如索性将计就计，依靠你的力量找出女娲石。”

“所以苏菜馆那次，你其实已经觉察到了？不，应该说从文博馆开始，你就是故意不出现的？等等——”像突然想起什么般，温尘的脸色陡然间狰狞起来，“难道当时任阗恺口中说的那样东西……”

蓦地，我脑中浮现出在密室里听到的那句话：当时任阗恺说的是，你永远也得不到那样东西？原来那样东西就是指……剑灵吗？

“原来你们从一开始就知道剑灵并不是葛叶，仅仅是寄主在她身上的？至于说剑灵，始终都是小珂？”温尘说。

“是。”

“你还真是狠得下心，但我不明白，韩珏，你真就这么恨她？可你又知不知道那时小珂会死并不是因为她错选了关雎盏？她是故意的，故意为你而死，故意成全你的道。可笑，她还那么小，究竟知不知道什么是道，还是，根本就是着了你的道！”

“竟是故意的吗？”随着卓扬一声轻叹，虚空中的人影已然飘到了他们二人的中央。

她冲他们摇头，仅仅是摇头，但还不够，远远不够。蓦地，温尘出乎我们所有人意料地上前一把拥住了她，“你还欠我一个答案，小珂，你不能就这样——”

就这样消失吗？我在心里替他补上。也就是这一瞬间，我好像突然释然了，我喜欢他两年，他喜欢云珂两千年，这之间的光阴实在不可同日而语，但相同的是，我们都在追逐着他人的脚步，并不曾真正交集过，想我对他最大的喜欢，也不过是因为求不得。

求不得，怨憎会，伤别离，这些他都通通经历过，而且经历得比我要久，品尝得比我要多。我想，从这个层面上说，他其实比我更要痛苦，因为自始至终，他都没有走出自己设下的牢笼，所以他无须入魔，早已入魔。大概也是出于此，云珂才决定要那么说——

“她说，这个延续了2000年的故事既然由她开始，就该由她终结。”我抿了抿唇，代替云珂将话说了出来。

“你胡说！”温尘愠怒地看着我。

“我没有胡说，以前，我一直以为心里有个人跟我说话是我的幻觉，但我现在才知道，温尘，你原来比我幻觉得还要严重多得多！云珂早就死了，两千年前就死了，她甚至从来没有重生过，因为轮回的，是我。你看到的我，听到的是我，想到的我，一直都是我！温老师，你放手吧，如果她和你真的有缘，那等她真正转世时，也许你们还会再相遇的。”

“会相遇吗？”他转头看向云珂，然而她终究是不能说话，但此刻，她注视着他的目光，却又好似说了无数的话。我想，或者这就如那句话形容的，短短一眼，望尽长长一生。

下一秒，不知是谁说的一句“钥匙快要形成了”蓦地又让气氛绷紧了。

与此同时，陆温茗裸露在外部的皮肤也呈现出一种耀眼的金色，但很快，它们就像被什么强行吸引般，开始在夏禹剑的剑身上聚焦：一层披过一层的，仿佛水洗般。错综的光影里，所有人都面色凝重，除了霎时像感应到了什么的云珂。

“葛叶！”卓扬的声音在耳边冷不丁地响起，随着他话语的落下，绑住我的尼龙绳也应声斩断。同时间，一串隐晦的密语从黑暗中飘来，而那自墙面里走出的男人赫然是——

“路易斯！”我惊呼出声。

不过他并没有时间答话，因为在这时，我感应到了周围空气的共振，那个声调异常统一，就仿佛所有的空气分子在同一个时间节点被人更改了序号。接着它越来越清晰，越来越响亮，我置身其中，如同看见了远古的神祇上方百米长的金属锁链交纵悬挂着，在它下面，是缀满的数以万计的青铜铃在同时奏响。

那是最古奥的音律，仿佛遗世的神之歌。

“妖族少君的判官笔掌握着三界的灵能‘命令’。”卓扬飞快解释，“现在路易斯已经用‘命令’替我们强行打开了归墟的入口，不过时间有限，我们得尽快找到‘三界之门’。”

妖族少君？路易斯他居然会是地界妖族的少君？我赶忙打量了路易斯一眼，不由想起了另一个可能性，便问道：“既然如此，那直接让‘命令’打开

‘三界之门’不就得了？”

“‘三界之门’只能由‘钥匙’打开。”他顿了顿，“但，我们的目的却是……关上它。”

路易斯说归墟中时间的换算跟现实世界的时间换算很不一样，因为它不是以经过的时间为基准，而是以经过的事件为基准，打一个比方，假如我们一直不经历事件，那我们就会一直停在最初，直到困死在这个时空中。

对于这个说法，我不由感到恐慌，又一想到我们现在已经置身在了这传说中的归墟里，我不由感到了特别大的恐慌。

另外，既然提及了归墟，就不得不再说一说港中医院的地下室。对此，君柏的解释是，那里跟洋松街169号一样，都是归墟的罔象之眼，不过罔象之眼并不是真正的门，因为真正的门在碧园山庄。

听到这，我好像更晕了，倒是君柏似乎发现了这点，当下便学作卓扬的口吻道：“罔象之眼，罔象之眼，看名字也知道是忽悠人的了。”

我：“……”

“碧园山庄的能量很强，”黑暗中，我感觉卓扬靠了过来，“所以我才得以将通道设定在了那，不过，它的能量逐渐增强，却是在11年前才开始的。”

11年前，不就是我和师父从台州离开的那年？想当时我们之所以选择离开正是因为碧园山庄风水规划的事，难道说？

“你以为你师父是什么人？”似已猜到我心中所想，于是声音与黑漆中滴答的水声一齐落下，“三界内只有极少数人能拥有天赋‘言灵’。”

“和‘命令’一样，‘言灵’也是灵能的一种，作用为‘解读’，自然，既能‘解读’，那就能‘破解’。”不知道什么时候跟来的路易斯插话道，“他曾经‘破解’了碧园山庄的风水，为的就是有朝一日可以顺利进入归墟。”

“也正因为他有这项能力，所以‘钥匙’，才需要由他使用。”卓扬补充道。

“但温尘不是说五颗女娲石才能淬炼‘钥匙’吗？”我依旧有些疑惑。

“这之间并不影响。”好在卓扬丝毫没有被我绕晕，“言灵能‘解读’女娲石，就好比剑灵可以明白龙文一样。”

“简单点说，‘钥匙’由两样东西构成，而启动钥匙的也是两样。”他继续解释。

“这么复杂……”我叹了声，忽然又想到了什么，“那两千年前那次呢？我记得，记得云珂那时好像并没有……”

并没有人替她启动才对。

“云珂是真正的剑灵，所以不需要。”提到云珂，卓扬平静的声音难得地出现了一丝波动，“再者，残余的蚩尤戾气感应到了叔周强大的怨气，所以几乎同时就令他入了魔，换句话说，那一次我并没有成功。”

“所以史料上记载的，公元前558年冬11月，一代霸主年仅31岁的晋悼公突然病重，不久后与世长辞，只是忽悠人的？”我问道。

“嗯。”他点点头，眉头忽一挑，“你知道了？”

“《战国on line》的官方资料上不是这么介绍的吗，当初选阵营时你是故意诱导我进春秋五霸的吧？”我撇撇嘴，“但如果我没记错的话，在春秋五霸里，晋国并不在其中啊。”

“葛叶，到目前为止，你是不是都觉得叔周是一个反派？”他没有正面回答我的问题，而是道：“你要知道，圣道之剑会出现在晋国，并不是偶然。作为晋国霸业的中兴者，楚国霸业的终结者，叔周其实是一位政治天才。只是，人……都有弱点。而他作为王者，重情是他最大的弱点。”

“至于你刚才的那个问题，”他看向我，终于将话题引了回来，“你知道后人对他怎么评价吗？说他论谋，不减于晋文公重耳；论智，不屈于郑庄公寤生；论略，不低于齐桓公小白；论才，不逊于楚庄王熊旅；论仁，不亚于宋襄公兹父；论势，不弱于秦穆公任好。所以——”

“拘泥于所谓‘五霸’的说法，本身就很不切实际。可以说，足智多谋的郑庄公、尊王攘夷的齐桓公、制霸中原的晋文公、独霸西戎的秦穆公、问鼎中原的楚庄王、复兴霸业的晋悼公、纵横江淮的吴王阖闾、称雄东南的越王勾践，这八个人串联起了整个春秋时代，他们见证了这数百年的兴衰荣辱。”

“最后一段你是背下来的？”我表示犹疑。

“没办法，看一遍就记住了。”

“……”

“周子有他一路的部署，我也不可能一直按兵不动。所以那个游戏，其实是我们明暗间的对弈。”他边走边说。

“原来如此。”我点点头，心里却一边盘算着，既然在没有经历事件之前这里的时间都是停止的，那不如索性把以前没搞懂的事一次问个够。

“你当时为什么要拿到夏禹剑，或者说，拿回夏禹剑？”参照我看见的那段记忆，我思索了下，决定提问这个截止目前最关键的问题。

“你还记得游戏里对这把剑来由的描述吗？”卓扬幽幽叹了口气，慢慢道：“三千年前，轩辕黄帝为征伐妖族首领蚩尤，铸造出一口神兵，那口神兵，就是轩辕夏禹剑。但是，你知道他为何要锻造神兵吗？”

我自然摇头。

“因为他要一统三界，或者说，他要制造三界的裂缝，打破三界间的平衡。”卓扬说。

“原来最开始的裂缝就是蚩尤……吗？”刹那引入的神话故事，让我觉得有点出戏，但卓扬并不理会，只是继续道：

“为了阻止蚩尤，那场旷日持久的战役上演于逐鹿之野。终于，黄帝在得到以首山之铜铸的轩辕夏禹剑后战胜蚩尤，并借由世间最后的五颗女娲石的灵力封印了蚩尤。”

“这个传说，是所有故事的源头，但——”他话锋一转，“随着时间的辗转，原本封印蚩尤的女娲石渐渐失去灵力，附在轩辕夏禹剑上的蚩尤戾气再次苏醒，所以这才又有了新一轮的烽烟乱世。”

“就是春秋战国时期吗？”我问道。

他嗯了声，“所以当时我的任务，就是收回这把本就属于天族的剑。可惜，在找到剑后却发现它已失去剑魂，不得已，这才需要借助剑灵云珂的力量。”

“难道是收回了剑，就可以结束乱世了吗？”我反应过来，于是问。

“曾经我也以为是。”话到这，他的嗓音猛然低沉下来，而目光也仿佛直越过两千年光阴，回到了当初那个还是军师韩珏的年岁，“那时我最大的想法就是，在这茫茫人海中，能找到那个人，他能够站出来，结束这场乱世。但后来我才想明白，我不可能依靠一个人，或者一把神通广大的剑来结束一个时代。”

“为什么？”

“因为乱世，其实是历史选择下的必然。”

“……好深奥，我们换个通俗易懂的吧？”

“……”

“比如说，嗯，你为什么那么晚才想起要救我？”

“因为剑灵离体后，你命魂不全的缺陷会很快暴露出来，所以需要与关雎盏结合的长庚酒来强化它。我要你的配合。”

“你那样也叫配合？”

“我以为，那样你会乖一点。”

“……”

“下一个，‘三界之门’和‘虫洞’有什么区别？”

“‘虫洞’跨越的是时空，三界间的裂缝跨越的却是界限。”

“葛叶，你还记得上两次来镜灵阁吗？”忽地，路易斯的声音插进了我们的对话中，“你以为店里的那些道具为什么会在突然间抢售一空？”

“难道……是因为裂缝变大了？”我随即推理，“但，它是怎么变大的？”

“因为人族的破坏，”路易斯将目光望向我，微微皱眉，“对环境的过度开采，对动物的残忍猎杀，甚至过度的工业化都让裂缝周围的环境发生了变异，不过，真正将那道口子划开的，却是你的那个朋友，她是叫……宋娅楠？她就是第一个祭品。”

祭品？听到这个词，我心中不由一颤，但是他并未给我消化的时间，而是道：

“对，不过如果只她一个自然不够，但随后又有港中医院、洋松街169号，等等其他地方不断地提供能量。”

“所以乐悦事务所那一次妖精作案，其实也跟这有关？那么，乾坤珠呢？”

我留意到了这点。

“没有它，祭品又如何能划开缝隙呢。”卓扬叹了口气，似不愿我在这个话题上过多纠缠，倒是路易斯的手心里紧接着亮起了一记银紫色的古怪图腾，那图腾如火焰般在黑暗中盛开，瞬间照亮了前路。

也就是在这时，我猛地发现，陆温茗不知什么时候竟然不见了。

但怪异的是，对这一点，在场的几位除我以外，似乎都没有表现出一点担心。我猜想，或许因为他们此刻的担心，都被归到了眼前。

这如同重现了当日归墟里的景象。

我以为，如果一定要用一个词来定义，那就只能是两个字——神迹。

什么是神迹？

就譬如诺亚方舟，再譬如巴别塔。

此刻，空旷的视野下，无数条地下河在黑暗中交汇，就像是无数错综的线条，我无法看清它们的源头究竟在那里，只感觉它们将这里结成了一张发光的网。在这里，唯一的背景色是黑，如墨般的颜色，厚重刷上十数个来回。

“难道归墟真的就是传说中海底的无底之谷吗？”看到这，我忍不住提问。

“那只是你们人族的一个说法，但其实，它是指世界之树的底部。”卓扬说。

“什么？”我霎时被这突然间转到北欧神话的设定噎住了，“可不是又有人说它是世界的终极吗？”我想起了宋娅楠告诉过我的。

“终极？”卓扬听后眉毛一挑，“你知道吗？世界之树还有另外一个名字，乾坤树。”

乾坤树，乾坤珠？难道……

“葛叶，乾坤二字本身代表的就是阴阳。”像看出了我的想法，卓扬朝我点了点头，“不过你要明白，所有的神话和传说都不是空穴来风，所以乾坤树也好，衔尾蛇的传说也好，其实都在说同一件事。”

“就是循环。建构与破坏，生命与死亡。甚至……还包括魔族的这次计划。”

“什么意思？”我问。

“你以为温尘为什么要打开‘三界之门’？因为‘三界之门’打开云珂就

能复活？”他顿住话音，目光也变得凌厉，“因为他是蚩尤意志的继承者，至于蚩尤的野心，一直都是让三界一统，或者说，创世纪！”

“可那样的话……”我不由设想起了人、妖、魔共同生活在一个大都市的混乱画面。

“会灭世，”他打断了我的想象，“秩序的建立需要漫长的时间，而现在的秩序其实是远古至今一轮轮筛选后的结果，所以，创世纪的开始即是末世神话的结局。”

“葛叶，所有的循环一定有一步是归零。这么说你明白吗？”他顿了顿，补充道。

“好像是明白了。”我点了点头。

“那么，考验就要开始了。”下一秒，他揽住我的肩膀的同时加重了话音。

我听见此起彼伏的滴水声。

这种感觉似曾相识，就像是回到了遥远的斑驳着潮湿水汽的记忆里。但，好似又有哪里不同……

“怎么回事？”我忍不住问。

“现在你所看见的一切，都来自于你的记忆。”我听见卓扬的声音仿佛隔着遥远的时空向我传来，我的手心也中尚存余热，但周围已经不见了他们所有人。

“不用太担心，葛叶。现在我们所有人都跟你一样，在经历着自己的记忆。”他说。

“那我们要怎么才能出去？”这种经历对我来说实在已经不是第一次，所以我索性跳到了重点。

“该出去的时候自然就可以出去。”他向我打了句禅机。

“有点绕。”我不明所以。

“小朋友你要记住，‘三界之门’并不是一扇具象的门。”君柏的声音插了进来，“另外，虽然你现在已经不是剑灵了，但好歹也继承了剑灵大半的能力，算算时间，孟婉清在你身上下的咒约也快打开，那么新的灵能就该产生了……”

“你这么描述我会以为自己得了中二病。”我吐槽了一句，又想了想，总结说，“所以你的意思，只要我们每个人从记忆里走出去，就可以抵达‘三界之门’了？”

“对，但你却不能改变过去的一切，”君柏郑重地说，“因为不可逆，就像时间轴永远只能朝着一个方向前进一样。”

“好了葛叶，接下来我们彼此间会停止联络，否则很容易出问题。”并不等我反应，卓扬已然打断了他的话，“另外，我需要提醒你的是，当你发现手心的‘标记’上多了一簇焰火时，就代表我们中有多一个人到达了‘三界之门’”。

按照他所说，果然，我的手心里已经多了一个和路易斯手里一模一样的银紫色图腾。

“这‘标记’就是‘命令’的表达方式之一吗？”我连忙问。

但下一秒，我已经听不到任何回答。

我知道我又陷入了自己的回忆里。

这种感觉的确很奇妙，就像是将时光轴对折，重叠了两个时间节点上的自己。我想，这一改变从某种程度上说，其实也是颠覆了已知世界的规则。

所以，这很难不让人产生幻觉。

“葛叶，”下一秒，我听见头顶上方传来卓扬的声音，“跟在我后面。”

“什么？”我不由咦了一声。

“密室就在这下面。”漆黑的画面中，一位年轻的短发女经理随后闪了起来，镜头再一晃，我的面前已然变成了一条一人宽的狭窄过道。

难道这段回忆是从文博馆开始？我心想着，不由跟了过去。一排壁灯闪烁的过道里，空气里有潮湿的味道，我顿住了下去的步伐，试探性叫了一声：“卓扬？”

“怎么了？”他停住回过头。

不对，不是说了都是回忆吗？可我记得在当时……我们三个之间应该没有对话才对啊。

“阿叶？”后面的陆温茗也凑近看向我。

难道说两个时空的“我”真的重叠了？我顿时被这个想法狠狠吃了一惊，但如果真是这样的话……那我可不可以理解为，我是回到了过去？

“阿叶，你发什么愣啊，快点啊。”陆温茗见我不答话，很快催促道。

“你说我们这样走下去，是不是就会看见一道铁锈的大门，在大门后是任阆恺设下的结界，然后我们顺利打破结界进入密室，会看到里面有一个铜绿色的保险柜，而保险柜里的锦盒早已空无一物？”我照着原先的记忆说。

“你以为自己是‘先知’吗。”面前的卓扬转过身望了我一眼，逆着光，他阴影下的面容似笑非笑，如同一幅虚构的幻像。

“等一等！”我心中一个念头闪过，忽然大声说道。我用力推开身后的陆温茗奋力向原路跑回，脑中瞬间涌起的念头也开始膨胀，它就像是一个气球，迅速膨胀了我的整个身体。

速度是力量的延伸，我记得有人这样说过。所以我忽然间想，也许我可以试一试。

只要我的动作足够快。

于是我释放了式神。

因为既然阴阳师操控式神和现在面对的这结界一样，考验的都是灵能，那么是不是也就可以理解为，只要灵能够高，或者说它在一瞬里的爆发力足以打破这里的临界点，就可以……打破“结界”？

我沉了沉心思，虽然对此并没有足够的把握，但此时此刻，也只有放手一搏了。

随着式神青鸟渐退的光芒，我来到了高中那年的化装舞会上，和我心中所想的一样，这个时间段，刚好是整整四年以前。面对着舞池里不断交织的光影，眼前戴着假面，身着奇装异服穿梭出现的人群，以及礼堂里不断循环播放着的圆舞曲。

一时间我也好似恍惚了。

我下意识地低头看向自己，此刻，我竟然也离奇换成了当年的装束，我穿着深棕色的小马靴，浅卡其的马甲，甚至还故意贴了两撇小胡子。

是的，那个时候，我扮演的是公主的近侍。

可是，我的公主在哪里？我焦急地望向舞池。是了，如果我真的是回到了四年以前，那么这个时候的宋娅楠就应该还没出事才对。既然如此，事情就应该还来得及……

“葛叶，你慌慌张张地在找什么呢？”一副欧洲中世纪公爵扮相的陈文浩突然猝不及防地凑了过来。

“打扮成这样你都认得出，看来我长得也太有辨识度了。”我张望着随口调侃，目光越过人群，我终于在音乐喷泉边的圣诞树旁看见了宋娅楠，此刻，她穿着那条镶有珍珠的白色礼服裙，搭配浅口的米色细高跟鞋，就这么亭亭玉立地出现在视野里，简直就像是宫廷画里走出的公主。

是的，如果我没记错的话，那天在我的力阻下，她终于放弃了波希米亚风格的装扮，换上了更合适的公主风。

“各位女士们、先生们，最激动人心环节马上就要到了，你们都准备好了吗？”

主持人甜美的声音从杜比音效的音箱里传来，我心头一震，猛地记起当年在这之后就是互赠礼物的环节，在那时，正是我将制作好的，以贝母面作成心形托盘的戒指“送”给了她。

原来……当年竟是我亲手将乾坤珠交给了她。

想到这，我心中不由更加懊悔。倒是身旁的陈文浩丝毫没留意到我的表情，目光依旧望着宋娅楠，并啧叹道：“你说要是女神真能看上我，哪怕一天就变EX（前任）我也心甘情愿啊。”

但他不知道的是，就在今天之后，宋娅楠正是穿着这样一条华美的裙子走向生命的终点。

我沉了沉心思，目光迅速从宋娅楠身上转回来，我下意识地摸了摸裤子口袋，果然，一个硬邦邦的物件硌住了我的手。那是一个黑色天鹅绒面的首饰盒，在里面装着的，正是我要送给宋娅楠的礼物。

“陈文浩。”我呼吸急促地拉住了他，“从现在起，别问为什么，你只要把你准备的那份礼物给我就好。”

“什么？”他显然一头雾水。

“我用我的跟你换。”我迅速从口袋里拿出盒子交给他，“我只是觉得……嗯……你的那块复古蓝搪瓷怀表很不错。”

“可我是在家里包装好的，这你都能看见？”他一挑眉，明显诧异。

“我……”我一时语塞，索性强抢过他手里的和我的换上，“总之我比较喜欢你这个就是了，大家兄弟一场，不要这么小气嘛。”

“喂喂！”他还在身后叫着我的名字，但我已无心等他说完，小跑奔向了音乐喷泉。

（16）三界之门

互赠礼物是G大附中每年化装舞会的保留项目，既然是保留项目，那么在形式上自然就讲究些与众不同。

这点上，附中的与众不同表现得很直观，描述得再具体一点，就是除了该环节内的礼物可以由大家自由发挥以外，事件发生的时间和地点都必须由校方来安排。但这并不是我要强调的重点，因为重点是，为了确保其本身的娱乐性和神秘性，主办方低趣味提出了要以丝带蒙住双眼来互赠礼物的狗血要求。

这让大家纷纷感到无奈。

因为这样一来，事件就转了性质，这就好比我们儿时玩游戏丢手绢，但不同的是，此时我们每人都有一条“手绢”，所以到头来，大家可能完全不知道究竟是谁丢了“手绢”。

这样就乱了套。

实在没有人希望将精心准备给女神的礼物交到了女屌丝手上，或是……交到了男屌丝手上，当然，交给男神也不是没有可能的。

但好在，我们要相信群众的智慧。

椭圆形的豪华舞池里，所有的灯光现在都聚集在了这里，光线将这里照射的如同一整块精心打磨的钻石，让每一个横切面都反射出耀目的光芒。

在这所有的横切面下，我蒙上了丝带，努力找寻着舞池里不知站往何处的宋娅楠。是的，在互赠礼物的环节中，还有一个重要的流程，就是我们全部的参与者必须得像洗牌一样站在不同的位置。

不过即使这样，BUG也不是没有。

这点，刚好就对应了我前面说的，因为即使眼睛看不见，我们依旧可以依靠其他的感官去分辨。于是有些人隐晦地选择了事先约好碰到的地点；有些人选择了佩戴有辨识度的饰物，比如我就戴了一双特制的丝质手套；再有些人，则巧妙地选择了一款属于自己的香水。

宋娅楠选择的是爱马仕2005年推出的尼罗河花园。事实上，不论你喜欢与否，它的味道都的确能让人一闻难忘。

宋娅楠曾经小资地告诉过我，说一个人最长久的记忆其实来自于嗅觉，所以她寻芳百度，终于找到了这款尼罗河花园。她说她欣赏它所表达一种永恒的时间观，就仿佛岁月在生生不息的尼罗河上缓缓流淌，当代表重生的莲花盛放，那芬芳便成了古埃及漫漫千年的风沙中一抹最清冽的回甘。

如此的香氛配上如此的描述，我必须得承认，我是无法忘怀。但，我却忘记了，既然我无法忘怀，那么其他人也同样无法忘怀。

陈文浩就是这其中的一个。

在宋娅楠众多的追求者中，陈文浩是表现得太不直观的一个，哦不，准确说，在这以前，他压根就没有表现得直观过。

所以这也就难为我看到这一幕时会惊讶到连下巴都差点掉下来。

此刻，水晶灯明亮的光束打在舞池中的一对璧人身上，乍眼看去，他俩的确显得很般配，但这并不是重点，因为重点是，原本不该出现的黑天鹅绒面的首饰盒此刻居然再次回到了宋娅楠的手里，她看了看陈文浩，又看了看站在不远处的我，表情一时迷茫得仿佛雾里的风景。

但我却没什么看风景的心情，因为我的本意就是调包戒指，可结果戒指现在又回到了宋娅楠手上，这怎能让我甘心？

于是在这瞬间里，我脑中过了十余种想法，终于，我将最佳想法索性锁定为了拉掉电闸。是的，既然第一方案行不通，但我索性一不做二不休地改成将东西趁乱劫走作为第二方案。

我承认我的作为不够仗义。

但下一瞬，比这更令我值得反思的事情发生了。大约三秒以后，舞池里所有的照明以及音响设备都像听到了我的指令一般，霎时间全部断电了。

我愣了足足一秒，反应过来后拔腿就向漆黑中一脸发怔的宋娅楠跑去，在四周都是女生的尖叫声，来回的高跟鞋响，以及男生压低的咒骂声里，我轻易得手了那枚戒指。

这实在要感谢我的视力在这样的光线下不受影响。但不及细想，匆忙间我赶忙又将戒指挂在了身后高大的圣诞树上，因为如果我的记忆没有出错的话，在舞会结束后宋娅楠就会和我一起去更衣间换衣服，所以，我绝不能将戒指放在自己身上。再者说，我也担心藏戒指的时间会不够。

如我预计的一样，并没有过多久，就有学生会的人汇报说断电的原因是由于保险丝被无端烧毁，在紧急处理完以后，舞会很快又恢复了正常。

原本，我也以为事情到这里就会结束，但我忽视了宋娅楠对戒指的执着，以及，即便我改变了过程，它亦不过是换一个角度来走向结果。

所以，当舞池里的灯再次亮起的时候，我看见了宋娅楠发疯般寻找她戒指的一幕，我想，若不是我现在已经被剧透，那么换作当时，我一定会以为宋娅楠是出问题了。因为如果看到这个景象还能淡定，那不是她有问题，就必然是我有问题，但现在更多的问题，是时间的问题。但这不是最严重的问题，因为最严重的问题是……

“小叶，我的戒指怎么会被挂在圣诞树上？”宋娅楠双眼发亮地趴在静止的喷泉边，她说着冲我一笑，继而轻巧地将戒指从挂满礼物的圣诞树上“摘”了下来。

是，我的确想到了调包她的戒指，也想到了趁乱劫走她的戒指，甚至想到了精心藏匿好戒指，但我却没想到，静止下来的音乐喷泉，其实也是……一面镜子！

机关算尽不如天机一笔。

我为无法改变结局而感到深深无力，也就是在这个时候，一股巨大的力量猛地拽住了我，那就仿佛是一块巨大的磁铁，让人丝毫没有反手之力，我下意识地闭紧眼，然而，当我再度睁开的时候……

怎么，这怎么可能！

巨大的惊叹号在我头脑中炸开，我看着眼前的一切，只像是被人狠狠给了一记闷棍，不，是N次方记闷棍。

四壁空空的密室里，空气干燥清冷，唯有头顶一盏白炽灯幽幽晃动着，像昭示着刚才发生的一切不过是我的梦境。

“葛叶，这里并不是文博馆的那个密室，也不是你的记忆。”像看出了我的心思，卓扬随即解释说，他传来的嗓音真实而镇定，仿佛一记再有力不过的强心针。又顿了顿，他继续：“但我没想到结果你还是想改变过去。”

他这两句之间并没有什么必然的逻辑，所以我愣了下，只好下意识地答：“如果给你一个机会，难道你不想改变过去？”

“但你却不能改变过去。”君柏的声音没来由地插了进来，“因为你一旦改变了过去，现在的你就会消失。”

现在的我就会消失？我回味着他的话，白炽灯下，他此刻的目光显得专注和认真，就像是为迎接什么。

“‘钥匙’快要出现了。”下一秒，卓扬道。

什么？钥匙？难道这就是传说中的‘三界之门’？我心下猛地一沉，像想起了什么般迅速打开手掌，果然，象征着路易斯灵能‘标记’的图腾，此时已有四簇不同颜色的火苗同时跳跃着。不过，作为这‘标记’主人的路易斯呢？

“不用看了，路易斯不在这里，”卓扬扫了我一眼，“因为三界之门只会虚拟我们共同的经历而产生。”

“共同？”我抓到了关键词。

卓扬："对，你和我。"

我："……"

敢情他直接把旁边的君柏当小透明呢？我没敢把话说出来，倒是君柏似乎并不在意，而是跃跃欲试地看了我一眼，说："小朋友，是时候释放你的能力'冥想'了。就像你刚才集中注意力时烧毁舞会的保险丝一样，你得试着回忆和阮誉共同生活的经历，然后和他取得联系。"

我："什么？"

卓扬："孟氏一族每隔几代就会产生'冥想'的继承者，'冥想'的作用是可以用来改变回忆里的细节，当然，这种改变并不是真实的改变。至于说这一代，它选择的，是你。"

"原本这项能力在你出生时就被你的母亲封印，但随着剑灵的离开，她对你的封印也同时失效了。所以葛叶，你从来都不是没有用的。"

他最后总结性发言，与此同时，他的那柄薄质长剑也幻化了出来，那剑尖所指，赫然是保险柜的方向，很快，剑身便颤动着发出鸣响，仿佛是在和什么相互感应。

"阮誉的'言灵'在启动密码时会留下漏洞，只要你找出漏洞，密码就会立刻反转，然后将三界之门锁上。"

"我就知道师父他是绝对不会出卖我们的！"证实了这点后，我的勇气好像立刻就足了，只是……

"可我要是找不到呢？"忽然间，我很㞞地想到了另外一个可能性。

"葛叶，你要相信自己，就像我相信你一样。"他的眼睛注视着我，仿佛全世界都在注视着我。

我想，我葛叶这辈子大概都不会再如今天这样重要和被需要，我并不是圣母，也从来没想过要去当圣母，但那又怎么样呢？我的命从一开始就是被人好不容易换回来的，既然我已代替了剑灵活下去，那我就应该用我的双眼替她多看一看外面的世界。

那些所爱的，所恨的；那些惊艳的，平实的……我以为，如果我人生的经历注定要在这一天里用完，我大概也没什么好后悔的了，人生刻骨不过几次，生相知一次，死别离一次，还有一次……就是这次。

豪赌一次。

我闭目回忆过去时，听见时空的缝隙中传来一声天崩地裂的轰响，我不知道那种如同天地初开的声音究竟应该以何来形容，但或许，这世上本就没有一个词是为那洪荒以前的裂恸创造的。

而这反应在我的视野里，就是天空被强行撕开了一道口子，接着阳光直刺入我的眼睛。于是我只好下意识伸手去挡，但下一秒我却不得不意识到，在这个画面里，我不过是个旁观者，因为镜头很快被一只骨节分明的手挡住了。

“当着为师的面晒书，怎么脸也会晒红的吗？”戏谑的声音是来自阮誉，我一愣，立刻反应过来我是回到了台州的那段记忆里，紧跟着，画面也渐渐清晰起来，在我的正对面，年轻的阮誉刚从藤椅上站起，庭院石案上的茶也还温，一片秋叶好巧不巧地落进茶盏中，泛开一圈褶皱似的波纹。

那波纹一下子牵动了我的心绪，这一切实在都太过真实，真实到每一个细节都让人不忍心去相信这只是一段少时的记忆，然而……

“叶，这本书也去替为师晒一晒。”记忆里阮誉的话很快打断了我的思路，他说着向年少的我递过一本书，表情照旧慵懒地想让人揍上去，不过，这一幕我倒是多少有些印象，因为……

“师父，这个字念什么？ai吗？”当时的我随手将书翻了几页，又重新递了回去。画面到这，此刻的我也不由得凑近了，那是一本封皮发黄书名用篆体写的《诗经》，如果我没记错的话，这就是当年那册他不知从哪个古董商处收来的拓本。

“那是yuan字，兔爰，”他重复了一声，然后以一副旧式私塾先生的派头向我解释道：“《兔爰》是《诗经》里一篇伤感时世的诗。以兔、雉作比，来揭示当时社会的黑暗。”

年少的我似懂非懂地哦了声，随即照着那册本朗声读道：“尚寐无吪。我生之后，逢此百罹；我生之初，尚无为。”

怎么当时的我居然是这样读的吗？可我明明记得，这句话的原语序应该是……

“我生之初，尚无为；我生之后，逢此百罹。尚寐无吪。”

下一秒，阮誉的声音与我一齐响起，顿时，一道青色的秘咒猛地幻化成燃烧的凤凰凌空跃起，更让我吃惊的是，那凤凰的一对赤金的瞳仁，分明是我的……

“它不是青鸟，是……青鸾。”卓扬的声音隔着时空传来，我身子一轻，只见眼前的景象已然调换作了先前的密室，倒是我的式神青鸟在冲向那把已然成形的夏禹剑时突然像刹车般停住了，然后绕着卓扬的长剑转了一圈，实在让我诧异。

“青鸾雏凤，果然是天生一对。”君柏的声音插了进来。

“雏凤？难道这把剑叫雏凤？”我愣住了。

“雏凤剑。”君柏道。

我：“雏凤剑？”

“……你以为自己是复读机吗？”卓扬说着绷紧的脸上抽了一抽，随即道：“你知道一个词叫作鸾凤和鸣吗？”

我：“我知道一个词叫颠鸾倒凤。”

卓扬：“……”

我话音落，他的眉角似乎抽得更厉害了，不过即使如此，他的面庞也依旧没曾移开过面前的保险柜，顺着他的视线，我忙也将目光移了过去。

白炽灯昏暗的光线下，剑形的钥匙此时正同时和式神青鸾、凤雏剑互相感应着，蓦地，头顶啪的一声响，灯丝被烧断了。忽来的黑暗中，牵系在他们彼此间的光束也变得明朗，那就像是数以万计的发光丝线彼此缠绕般，组成了一张令人费解的迷宫图。而我在一旁看着，只觉那也似古神庙中的女神在低头抚奏怀中的金色竖琴，敞阔的大殿上，悠长的音调经久盘桓，仿佛是星河纪年时投影向天地的洪荒。

“时间就要到了。”猝不及防间，君柏说。

“你是指三界之门快要锁上了吗？”看着眼前的景象，我忍不住问。

“不，是我要离开了。”他顿了顿，看向我和卓扬也像是凝住了，“我和小卓不一样，这个世界对我来说并没有什么特殊的羁绊……”

“所以，我已经决定回去了，回家。”

“什么？”我一时还没有反应过来。

“小朋友，”他朝我伸出手掌，也就是在这时，我才猛地发现在他手心里并没有和我一样的图腾符号。“路易斯种下的标记只能同时供5个人使用，从现在算起60秒后，他自己、你、小卓、陆温茗，还有阮誉就会从这回到开始设定好的地点里。”他简单给了句解释。

但我对这个解释却无法接受，倒是他也未准备给我说下去的机会，而是轻拍了拍我的肩膀，以一副叮嘱的口吻道：“以后我不在了，还要拜托你以你的灵能来作小卓的‘盾牌’。”

我仍旧摇头。

“真要走了吗？”一度沉声的卓扬忽而向他抬起了眼。

霎时间，气氛也变得压抑，这让我很不习惯，但我再不习惯，也无法走出现在的困局。

“小卓，你知道吗？”君柏说着向保险柜移动了半步，“其实相比起我，我一直都觉得你更像个真正的天族，但是有一点——”

“你太偏执。但说实话，换作是我，我做不到，我做不到牺牲那样长的时间去等那位命中注定的人出现，我不是怕我等不过时间，而是怕她也许永远也不会出现。但，你做到了。”又一顿，他将眼看向卓扬：

“以前，我一直都不明白云珂到底有什么好？但现在我明白了，她让你开了窍，就是她最大的好。也许，爱——就是人界区别于天界的最大的天赋。”

“一辈子只爱一个人，我不认为是什么丢脸的事。”卓扬看了我一眼，“云珂是云珂，葛叶是葛叶，即使她们有着完全相同的一张脸，也并不能说明什么。”

“见过唯心的，没见过你这么唯心的。”我低低嘟囔了一声，但不知为何，眼眶却先一步红了，想我葛叶从来嫌人矫情，但不想自己竟然也会有这样矫情的一天。可，此时此刻，终究不是说这些的好时机，因为我即将面对分离，而这样的分离总是在人没做好准备的情况下。

人生就是不断地放下，遗憾的是，我们还没来得及好好道别。

我忽然记起了这句话，但我知道，我其实并不想记起这句话。于是我只好看着他，看着他一步步地向那墨绿色的保险柜接近，幽暗的光线下，我恍然发现了他的特异之处，那其实来自于他左手无名指上的一枚银色指环，不过是再简单不过的款式，却强大到能将这整个结界中的我们都覆上属于他的银光。到这时我也终于明白，他的灵能是——防御。

“小朋友，我知道你游戏打得还不错。”他鼓励似的朝我点了点头，“以后，别忘了把你的‘叶飞白’练满，还有，下一次洗点别再错了，她的资质最适合的，是半封半辅助系。”

随着他一语双关的话落下，蓦然间，保险柜也发生了变化，果然，正如他开始所说的，三界之门从来都不是具象的形容，而是……

我看见了一星河涡旋般的光。

但，我又好像不止看到了一星河涡旋般的光。

事实上，这样的景象的确让人很难形容，因为它给人最大的感受并不在于它的形态，而是它出现以后产生的视觉冲击。

那就像是在最接近天阙的地方目睹了神明的眼眸，但可惜的是，尽管你也穷极一切想要向人描述它，可就在你看见它的一瞬，你就已经清楚，有些事物的存在，原本就只是为铭刻进你的记忆里的。

因为那并不是星光，而是——神迹。

在那神迹之中，紧接着是那柄诞生于传说的古剑，洞穿了神明的眼眸——

这，也是我脑中最后残存的有意识的影像。

我知道自己是在大脑完全清醒的情况下被催眠的，这让我无法理解。不过……

我揉了揉眼，思绪却被眼前的景象弄得一阵恍惚，与此同时，耳边也传来卓扬磁性的声音：

“释放‘冥想’后的一段时间，你的身体就会进入睡眠状态，不过葛叶你不用担心，我们都在这里。”

敏锐捕捉到了我们这一关键词后，我猛地坐起身看向了大家，此刻，熟悉亮着一盏水晶吊灯的客厅里，陆温茗、阮誉、路易斯正环坐在我的对面，他们的模样仿佛刚刚谈完事，脸上的表情也轻松了许多。

不过，尽管如此，我还是有一点不明白，于是我坐直了身子，问道：“其实我还有一件事……”

我指的是温尘那边的事，在碧园山庄周唯家的老公寓分开以后，那边的后续我就不再清楚了，毕竟在我看来，既然温尘一直都心心念念着云珂，那么自然就不可能这么轻易放手。还有，周唯和阮誉是怎样从温尘那里逃脱的，以及，陆温茗又为什么会在半路失踪？

然而，对于我的一连串问题，他们没有直接回答，而是选择向我道出了这整件事的逻辑：

首先是关于明信片上的那两句——封印即将开启和长庚酒已寻。其实，这里指的封印也并非本意的封印，是说裂缝快到达极限，所以阮誉是在提醒我危机将近。

至于说解释第二句，则要追溯到四年以前，事实上，剑灵跟夏禹剑结合的计划早在四年前就应该进行，因为在那时，三界间的裂缝已经开始有控制不住的趋势。但那样一来，则必然会牺牲掉我，所以师父为了保全我并不让我知道真相，就故意失踪，但其实，他是去找寻一样东西——长庚酒。这点，也就对应了一开始柳姨在塔罗占卜里的那张审判牌——复活。

因为长庚酒的作用对真正的剑灵来说是保存本体，但对我来说，则是确保当剑灵离开我时，本身命魂有缺的我不会发生什么意外。

找寻长庚酒的时间，阮誉花了整整四年。不过，并不是说在这四年里，他只做了这一件事，至于另外一件同样重要的，就是任阗恺。可以说，任阗恺这根隐线早在四年前就已经埋下，但让大家没有料到的是，纵使任阗恺能为卓越，也依旧无法撼动早已入魔的叔周分毫。所以这才有了夏禹剑在刚刚现世以后又遭人抢夺这一说。

然而，在这之前，甚至没有人怀疑到身为附中音乐教师的温尘就是周子。对此，只有一个解释，就是他也在等夏禹剑的出现，因为他和卓扬不同，他并无法真正感应到夏禹剑，所以，他需要以此动作引出卓扬，让卓扬找出“新的剑灵”。除此，他也开始接近我，因为我和云珂长得几乎完全一样，所以他没办法不去怀疑。与此同时，他还布下了另外两颗棋。

一是宋娅楠，对于宋娅楠，他的手段很直接，就是利用宋娅楠对自己的倾慕，所以，乾坤珠一事，真实的情况是宋娅楠自愿献祭，虽然这一点，我至今仍不愿相信。但，宋娅楠不知道的是，乾坤珠的作用是复制，所以这才会有了我在千灯古镇和归墟里看到的“宋娅楠”，可事实上，那不过是被温尘操控了的乾坤珠复制下的她的最后一片灵魂而已。所以，那枚半截面具，其实也是温尘诱我上钩的工具。

二是阿彩，对于阿彩，他的手段就更直接，因为三界之门一旦打开，三界间的秩序就会混乱，这样一来，只要有他的帮助，阿彩的父亲任阗恺就可以“复活”。至于阿彩一度化身那只黑猫，则一直是为了监视我。

现在我们已经知道，即使拿到了夏禹剑，如果没有女娲石，三界之门也照样无法启动。又由于女娲石之间是可以互相感应的，所以他自然还得另作一番布置。

于是这就有了苏菜馆中神秘老板的事，也正是由于这位神秘老板暗中将鬼楼透露给孔方，这才让我们得手了第一颗女娲石，然而，这只是个开始。接着，就是钱广涛奥海中心公寓漏水事件，在这件事上，他依然扮演的是推波助澜的角色，不但如此，他还以画轴鉴定师的身份直接出场帮助过我们一次，至此，就更没有人怀疑到他身上。至于第三次，就到了少池岭事件，可以说，故事真正开始显露隐情也是从这次开始，因为尽管当时的我们并不清楚，但从后续看，这次事件的产生跟一个叫西方天地的论坛有关，又由于组织西方天地的IP曾经攻击过港文博馆并导致资料外泄，所以，这个IP是个关键。而这个IP，就是温尘在港岛的公寓南城故事的IP。

在这以后，就是第四个案件千灯古镇。和前面的都不同的是，沈一菲左眼中的女娲石早在十年前就已经被换下。那么，如此事情就要追溯到十年以前。但，事情到这还有一个疑问，即，孟氏一族只有一颗女娲石的事实，那么，她和葛一行作交易用的女娲石又是哪里来的呢？

很显然，是有人给了她。又根据温尘当时在旧公寓里的那句：我就知道孟婉清那个女人靠不住来推测，另一颗女娲石，应该就是他给的无误。

那么，他的这颗女娲石又是谁给的呢？想到这，我不禁开口问。

“还记得我给你讲的封印蚩尤的女娲石失去灵力，导致附在轩辕夏禹剑上的蚩尤戾气再次苏醒，又一轮烽烟乱世开局的事吗？”卓扬说。

我点点头。

“实际上，当千年前女娲石失去灵力后，便逐渐被蚩尤戾气感染。所以，每个和女娲石缔约的人，实际上，都是在和蚩尤缔约。而这，也就有了女娲石可以完成人心中的愿望一说。”他淡淡解释。

原来是如此。我终于恍然。只是，为了区区一个云珂，我没想到温尘居然会精心布置下如此大的一个局，更让人郁闷的是，明明我和云珂就是同一张脸。思及此，我心中不满不由更深，于是索性问卓扬道：“那个云珂就有这么好？可她要是真这么好，为什么你还是不喜欢她？”

“葛叶你偏题了。”卓扬眉角一抽，“虽然你们有着同一张脸，但她毕竟才是真正的剑灵，行事心性原本就和人界极大不同，所以叔周会钟情她，想必也是因为这个。”他的答案很官方。

“这真的不是因为那个梦吗？”我不禁追问。

“对他而言，或许。”顿了许久，他终于说。

我无言，心道既然如此，那我也只能放弃。深吸了口气，我转而向他问了另一个问题。我得承认，这或许是我这么多问题里，最想弄明白的一个，我说：“那么你呢？为什么要一边对我隐瞒这些？一边又设计了那个游戏？”

“这个答案你确定要知道？”他推了推眼镜，回答得很让我有些意外。

我点头。

“我得让你相信，你的确就是剑灵，因为只有这样，才能真正骗过叔周。”他深吸了口气说。

“可你后来又亲口说我不是，在海边那次。”我疑惑地补充道。

“因为那时已经不需要了。”这时说话的是阮誉，他冲卓扬点点头，道：“叶你难道忘了吗，在那之前，你和夏禹剑之间发生了感应，换句话说，在那时候，温尘已经相信了你是剑灵。”

“所以你们要做的，只是迷惑温尘？”我终于恍然，而阮誉接下来的话，则更加佐证了这一点。

事实上，正是卓扬的一路误导，让温尘一直以为我是新的剑灵，因为只要新的剑灵和夏禹剑结合，就能打开三界之门，复活云珂。但现实的情况是，云珂其实一直寄住在我身上（所以我才会有她的记忆和容貌），但偏偏我和云珂性格完全不同，所以他才始终抱有怀疑，而他的这点怀疑，最终也成了最大的空子，可以说，这就是导致云珂转世后的灵魂会再度和夏禹剑结合的最根本原因。

千年的等待换来的不过是一场骗局。

我想，这件事就算换成是我，怕也是不能接受的。显然地，他的偏执又比我们所有人都更为具体，所以，这又有了他在知晓三界之门即将被反转的一瞬，用尽全身魔气连同殷连的灵能“指引”一起打开了域界（也就是这时我才知道原来殷连的灵能和路易斯相似），进入了三界之门。或许，从某种意义上讲，这对他来说也是另外一种解脱和圆满。

接着是阮誉自己怎样脱逃，这就要归功于路易斯给我们的标记，因为就在我们成功的一瞬间，他也跟随我们一起回到了卓扬的公寓里，至于说周唯，且不说那时温尘的注意力已经不在他身上，就说他是温尘的那重血缘关系，殷连等人终究也不敢动他。

最后是陆温茗，想必大家还记得我当时在进入冥想后的一瞬间听到一声惊天动地的裂响，实际上，那正是应龙和烛阴交战的结果，话到这，就不得不多补充一句关于应龙和烛阴的事：

原来，在亘古以前，这两人就视彼此为天地间唯一的对手，然而，随着夏禹剑的消失应龙也一度失踪，千年后，转世的应龙更是完全忘了那些前尘旧事，未觉醒前，能力更是无法和前世相比，这也就难怪在阴司鬼市时，烛阴会故意放水，目的就是刺激应龙，让他早日觉醒。所以，陆温茗和我一样，都是仅有两世，只不过我被移花接木过，他却货真价实。

觉醒后，应龙的能力自然和以前不可同日而语，而这，也就致使他和烛阴的酣战时会将归墟的域界冲开一道裂缝，并无意加速了我和阮誉之间的联系。

线索到这，事情就基本豁然开朗。只是，对我而言，这也如同做了一场那么长的春秋大梦。梦境里，每个细节都曾真实，然而，在我一觉醒后，却不得不面对重要的人原来已经离开的事实。

宋娅楠、温尘、君柏……那些熟悉的名字，他们在我人生的道路上，都曾各自扮演过不同的角色，但我所不知道的是，原来在另外一个世界，他们的存在也依然与我相关。

回溯并不遥远的记忆，我一直以为自己只是个再普通不过的人，有着三五亲朋，过着每天朝九晚五的日子，做着那么些或许永远都不可能实现的梦想。

然而，命运的伏笔早在一开始就已经落下，它就像一张看不见的网，在我们生命的某个转折中出现，再将我们一一聚齐。对此，我无法客观去评价，我甚至不知道这究竟应该算作巧合还真的是注定，但如果是注定，我只希望这场注定能来得迟一些，久一些。

因为人生遇到的一切皆无法拥有，只能经历。

就好比当我得知卓扬真正的身份是天狐后，曾不止一次地想过，在这漫长如洪荒的时光里，我于他不过一瞬的生命，岁月无痕，我终将老去，他却永远年轻。

对于此，我不知道我是否能够真的接受，但或许，我不应该想那么多，因为在这一刻，我们活下来了，我们都活下来了，我们做了一件许许多多代阴阳师都无法做到的事，我们逆转了一整个时代的契机，即使，我们做的这些甚至无法公之于众，我们遇到的困难尝过的辛酸也永远无法为世人理解，但，当我看着彼此相视的目光时，我知道，这就是整个世界。

这，就是最好的结局。

（17）番外·玻璃樽

——请相信，这不过是从另一个视角开始的尾声。

七岁以前我一直怀疑师父会卖掉我，这是我七岁以前最大的噩梦。

这个噩梦来源于一件小事。尽管，在阮誉看来，这或许并不算得是什么小事，人和人的看法不同，往往在于对事物的定义不一样。

他的定义体现在某年某月某日里突然发现了我其实是一个小姑娘，而且是个完全不知男人为何物的小姑娘。

对此，他感到有些沮丧，因为他和卓扬一样，除了小萝莉，其他都完全提不起兴致。但可惜，在过去的七年里，他一直错误地把我当成小正太抚养，可就在这一天，他大概是预见了我在正太的道路上越走越远的结局，所以，他仓促地做出了一个决定。

可想而知，这个决定想必也不会多么地正常。事实上，由于这件事实在迥异于他往常的风格，所以在那个时候，我一度以为他是哪根神经搭错了线，当然，那时的我还完全不知道这么高级的说法，只觉得他突然把我从骑在他脖子上的做法改成了小心翼翼地牵着我的手走，以致陡然降低了我的视线范围，让我十分不能适应。

更不能适应的，是他忽而文艺情节地带我看了一场电影，在当时，看电影还是很时兴的事，但可惜那是一部爱情喜剧动作片，我把它简称作爱情动作片，它的片名我至今记得，叫作《玻璃樽》。

对于这个片名，我的理解是玻璃瓶，但阮誉并不这么认为，他说，樽和瓶的区别并不在于前者的笔画比较多，而在于前者看上去显然比后者更有萌点。接着他又打了个比方，说这就好比一个小萝莉和一个小正太，虽然乍看上去你可能觉得他们差不多，但如果仔细看，你就会发现，前者显然比后者有萌点的多得多。

我表示完全无法理解。

但他告诉我，说我完全不需要理解，因为我只需要记得一点，那就是在他看来，小萝莉比小正太值钱得多，而我却是个“小正太”。

这下我理解了。并且理解得很透彻。

他很满意。

于是他奖励了我一个玻璃瓶，并美其名曰玻璃樽，而这，几乎成了我年少时不可不提的蠢事之一。记得有人这样说过，人在年少时总会干下那么几件蠢事，但更蠢的，却是忘了毁尸灭迹那些证据证明。

我以为这话总结得很直观。

但让我怎么也没想到的是，这种直观竟会从我的记忆底直接跳脱到了现在，所以，当我重新看见这玻璃樽的一刹那，我的确不知该以什么言表我的无语之情。

可惜，这个世界上最不缺的就是好事之辈，我的师兄陆温茗就是这其中的典型。意料之中的，他很快夺走了那个玻璃瓶，接着指着里面塞满的千纸鹤一脸故意地说，阿叶，当初你就是这么买通你师父不卖掉你的？

我听后一时回不上话。因为我觉得这本身是一个悲伤的故事，可但凡一个悲伤的故事若从他嘴里讲出来，恐怕都会变成一个冷笑话。

但我并不认为我的少年时代是一个冷笑话，至少，我不想这么认为。

短暂的沉默后，倒是客厅里的阮誉接了话，他看向陆温茗手里装满千纸鹤的玻璃瓶，一双透彻的眼里少见地浮了些别的东西，他说，其实那个时候我教你折纸鹤，只是为了给你打发我不在的时间。

是啊，只是打发一个人独处的时光，但谁又知道，那时候的时间真长，长得就像是看着天光在玻璃窗框上溜走，一觉醒来，又变成了夕阳。

我已然忘了那究竟是多少轮夕阳，直到有一天，我猛然发现，玻璃樽里已经塞满了千纸鹤。

师父告诉我，说折一千只纸鹤就能实现一个愿望，但我还没有折满一千只，所以恐怕还实现不了愿望。

我的愿望是师父不要卖掉我。这是我装在玻璃樽里唯一的愿望。也是我现在回忆起来，对少年时代的自己和对阮誉最大的一个误会。

对此，阮誉很是哭笑不得，他说，人年少的执念，有时候真是单纯得可怕。

但显然，卓扬并不同意这个说法。不过他似乎也并不想举例说明，我想，这或许是因为他本身就是一个例子。

可我想错了。

因为他并不是一个例子，他是一本教材，此刻，作为一本经典的反面教材的他从陆温茗手里拿回了那个装满千纸鹤的玻璃樽，然后重新放回了橡木沙发后面。

我深为不解。

但我留意却到了他跟前那面可以当作镜子用的浅茶色的玻璃墙，被光反射的镜面上，他像是被错落着的暗金色的音乐符包围着，一个恍惚，甚至会让人以为他其实是行走在月下的旷野上，在他周围，无数的流萤漫天飞舞。

我顿时愣住，因为这是我在拿到玻璃樽后梦见的第一个画面。虽然我当时一直想不明白，它究竟在向我，向那个不到七岁的孩童暗喻什么。

可我从没想过是命中注定。但或许，这仅仅是由于，在命中注定来临以前，我根本不知道什么是命中注定。

君柏说，他做不到牺牲那样长的时间去等那位命中注定的人出现，并不是怕他等不过时间，而是怕那个人也许永远也不会出现。

忽然间，我开始怀念他说这话时的腔调。

这个问题实在太过寂寞，寂寞到会让人以为，没有想过这个问题的人，大概都是幸福的。而这对我而言，则太过隐晦和高深，就如同那个被装满千纸鹤的玻璃樽，尽管，它或许无法成为这个故事的伏笔，但我想它一定可以成为这段年少记忆的伏笔。

一个人的记忆往往会因一样物件的存在而弥久长新，因为它穿起了你的记忆，就如同穿起了你整个的青春。但我没想过的是，对卓扬来说，我的青春就是他的一场远征。

我并不习惯于这样煽情的比喻。

但或许，只有这样的比喻才能形容我现在的心情，这就好比他接下来告诉我的，他说，葛叶，如果很多事情你能反过来想，你就会就知道，总有一个人的出现是为解释你的前半生。

我摇头。觉得他这话说得不对，因为如果有什么真能解释，那也只能是不属于我的上一世。

只是，剑灵的一生何其短，短到两世加起来也不过四十年的时间，但剑灵的一生又何其长，长到跨越两千年的光阴，她也从未在那个等待她的人心里死去。

但这其中唯一让不明白的，既然我不是真的剑灵，那又为什么在卓扬公寓这间复制的房里，会有我的玻璃樽？

事情到这，我以为我总算是找到了事情的关键。

但可惜的是，对面的卓扬并不这么想，他不过是逐一拉开了客厅茶几、书橱以及床头柜下几处的抽屉，然后让我清楚地看见了更多我幼时留下的痕迹。

竟是这样的态度昭然，仿佛一早就为揭开这答案。

葛叶，对你来说，我是永恒的。并不等我反应，他忽然说。

永恒。

第一次，有人对我用了永恒。事实上，我一度以为它是个极度虚无缥缈的词，但，当我看着他望过来的深黑眼眸时，我忽然觉得这像是被实质化了。

这让我有些头疼。但随即，卓扬给出了他的说辞，他说，葛叶，和我在一起你并不需要担心什么，但如果你真的需要一个理由，那这些都是理由。

下一秒，陆温茗忽而很不厚道地笑了，在他旁边的阮誉，也是难得地翘起了唇角。说来也是，这种毕竟在电视剧里才会发生的戏码和台词，换成是谁，又不会先怔上一怔呢？

葛叶。他再次叫了我的名字，他看定我，然后从衬衣口袋里拿出了一个革质崭新的暗红色方本，我低头接过，心跳却似被谁霎时拨停，只见那证件本上一行烫金小字灼灼惹眼，分明写的是——

全国阴阳师二级资格证书。

从今往后，你再也不是半吊子阴阳师了。随着他话语落下，我想，这是我的另一段行程即将开始了……

（完）

附录

（小说时间轴）

5000年前，逐鹿之战发生，为了阻止蚩尤，黄帝得到轩辕夏禹剑后战胜蚩尤，并借由世间最后的五颗女娲石的灵力封印了蚩尤。

春秋时期，原本封印蚩尤的女娲石渐渐失去灵力，附在轩辕夏禹剑上的蚩尤戾气再次苏醒，又一轮烽烟乱世因此开局。为了平息战乱，天狐（韩珏）肩负寻回夏禹剑的使命下界。

可惜，失去剑灵的夏禹剑并无法带回天界，几番周折，他终于找到剑灵的合适人选，拥有纯粹灵魂的（云珂）。怎想云珂竟会爱上清心寡欲的他，同时间，夏禹剑的现任主人晋国国主也对云珂一见倾心。

错乱的三角恋爱，让各自负有天命的三人陷入微妙的境地，而后云珂为了追求永恒的生命与夏禹剑合体，却不料令悲痛中的晋主感应到蚩尤戾气入魔。一场天狐与蚩尤继承者的决战避无可避，最终，以蚩尤继承者的失败而告终。

入魔的晋主逃逸千年，时光辗转来到现代——

20年前，“先知”孟氏一族最后的继承人孟婉清预知到即将出生的葛叶非同一般的身份，于是将自己的女娲石给了她，并以女娲石缔约，希望能扭转她的命运（第一颗女娲石）。

19年前，柳姨抱走葛叶，将葛叶交给师弟阮誉抚养。

12年前，殷连因“碧园山庄”出卖阮誉。碧园山庄表面上是一处风水眼，实际上是空间的裂缝。

10年前，孟婉清通过神秘人（温尘）得到“空焰铃”，并以空焰铃和葛一行缔约，恢复沈一菲视力（第二颗女娲石）。

4年前，宋娅楠意外死亡，成为打开三界裂缝的第一个祭品。

随着三界裂缝出现，萧正、阮誉、任阗恺达成共识。阮誉为免爱徒牺牲，千里找寻复活圣品长庚酒。

港文博展前夕，“温尘”进入文博馆夺走再次出现的轩辕夏禹剑，并将看护人任阗恺杀害。

“温尘”开设苏菜馆，将鬼楼中事透露孔方，并引导葛叶夺取（第三颗女娲石）。

钱广涛奥海中心房屋布置（隐线），得到（第四颗女娲石）。

“温尘”建立论坛西方天地间接组织驴友去少池岭游玩，得到（第五颗女娲石）。

后记

不知从几时起，看书的时候就养成了喜欢事先翻到最后看作者有没有写后记的癖好。对于后记我的理解是写在最后的最后，这事就好比看一场电影，观众往往看的是台前，但对于导演来说，台前加上幕后才是一部真正完整的戏。

《宿命之门·云珂》是我第一部言情小说，往往人对于任何的第一次总都会有些特别，我自然也不能例外。事实上，从最初的《我在灵管所的那些事儿》，再到《三界异闻录》，最后到现在的《宿命之门·云珂》，这本小说前后更名了多达四五次，最后才定下了现在的名字。我以为，书名或者也如同文字本身，总归是要磨砺到作者认可的地步。

对于这个故事，我脑中最初一晃而过的念头，其实是来源于一座旧式得甚至有些封闭的图书馆，那里经年能闻见新鲜的绿植和陈旧的书页香气，那是我曾工作过的地方，白天我穿梭在它四层高的老式旋转楼梯上，常常仰望天空，那里的天空被周围的建筑分割得只能看见残月般的一片，可我觉得自己应该是一只鸟，鸟儿的天地，不应该只有这一片残月那么大。

于是我开始构思在这栋封闭的老建筑里，人人都该天赋异禀，因为这里，其实也是一个江湖,不是有人的地方就有江湖,而是有江湖的地方,就一定有人。

不但有暗器，有高手，有不知名的路数……还有，绝色。

于是这就有了我们的男主角卓扬，他是第一个从我脑海中跳出的人物，卓尔不群，衣袂飞扬，完美得就像是一个BUG。但，没有人是可以真正成为一个BUG的，所以，这又有了他所谓“前世”春秋战国时期里韩珏的那一段。

在这个时间跨度下，我开始思索爱情，是啊，那么那么长的时间，长到连时光都忘了自己，还会有人记得那片刻的动心吗？

“我与你不过一瞬的生命，我终将老去，而你却永远年轻。”

这个命题，其实一直贯穿故事的始终，并不见得留于纸上，但一定存在于我的意识里。

而葛叶，想必也就是为这个命题诞生的。应该说，这个算不得多漂亮的姑娘，其实是我写过的故事里，运气最好的一个姑娘。

古龙曾经说过，爱笑的姑娘运气一般都不会太差的。

我以为也应该是这个道理。在这个故事里，她就是草根的代表，就像很多普通的女孩子一样，但她和普通女孩子不一样的地方则在于，她是个阴阳师。

这注定了她将成就不同的命运的伏笔，但更深一层的，她身上流着先知的血脉。对于这个设定，我的想法是，其实很多时候人都在等一个命运的契机，在这个契机下，你的生活乃至生命会变得完全不同，就好像《哈利•波特》里，多少人都在等着那张开往霍格沃茨的列车票。

而对葛叶而言，如果她的先知灵力事先没有被封印，她将知道接下来所有事件的契机。可是，当一个人的生活完全活在剧透之下，那么他活着，又有什么意思呢？

应该说，这个设定其实有些哲学的意味，尽管我阐述得并不好，但这确实是我在写作这个故事时，思考过的问题。

接下来说温尘。作为男配，他的戏份严格算来还没有师兄陆温茗多，但他的存在或者说作用却比师兄重要得多。因为在整个故事里，他其实是事件矛盾的幕后推手，而这，也是我处理起来觉得甚是棘手的地方。

以第一视角写故事,原本就决定了读者要随着主人翁的视角镜头不停前进，再加上他的幕后身份，就更加加大了处理的难度。但，这并不能成为我处理不好的最重要原因，我想，在下个故事里，大家将会看到我的进步。

话头再转回到温尘上，对于这位男神老师，我想要表达的，有一大半其实是初恋。初恋大概是这个世上最没结果的东西，否则也就无所谓初字，但，就是这件无结果的事，却也是多少人终其一生，也无法忘记的事。

大概那种感觉，太像是一个梦。

温尘是葛叶曾经的一个梦，这就像是我们每个人都要经历的青春时代，你在遥远的岁月中与一人劈面相逢，时光如洪流奔走，你隔着千万人，却好像只看见了他一人。

说完以上主角，接下来还要谈一谈的便是陆温茗和沈一菲。应该讲，这是一对被设计出的角色。如同故事里的师兄就是为葛叶诞生的一样，在人物的设计上，其实也是如此。如果说，只用内敛腹黑的卓扬和天然呆的葛叶就可以走完主线剧情，那么加上师兄陆温茗，主线剧情则会变得更加精彩和丰富一些。

又至于说沈一菲，一方面，是为了完成主线任务的剧情；另一方面，温柔娴静的性格也和师兄二货脱线的性格有鲜明的对比从而产生冲撞的效果。再者，任何的言情小说，也需要一个女配来烘托女主，虽然在这个故事里，外形上更占优势的沈一菲其实才是女神设定。

但，或许从一开始，我内心就希望，男主爱上女主并不是因为女主的美貌。美貌实在是这世上最经不起推敲的东西，更何况，身为天狐的男主，大概也是一早看腻了世间绝色。

又之所以说卓扬最后会爱上女主，不得不说的是，一部分，的确是因为责任，但，更大的一部分，则是因为他长久以来研究人类的行为模式之后，对葛叶产生的惯性情感。

那样小小的、莽撞的又不怎么会讨人喜欢的女孩子，恰恰是他长久淡漠的心里缺失的一块色彩，或者说，正是葛叶身上那股勃勃的生命力，吸引着这位不食人间烟火的天狐大人的注意。

早年，我曾看过一个对于人成年后选择爱人的心理分析。大概说的是人的人格其实分为显性人格和影子人格，而人类为了追寻完整的自我，往往会不自觉地爱上有自己的影子人格，也就是潜在人格的那个人。

所以从某种意义上说，葛叶是幸运的，因为她遇到了那个对的人，如果她愿意，卓扬大可以让她做一辈子的少女。文里也用了不少细节，比如说维尼熊的针织开衫，比如说Hello Kitty的钱夹，再比如彩虹伞这种尤其少女的设定，尽管，葛叶未必就希望自己是一个少女，但我想，每个女人的心里一定都会有不肯长大的一面。

只是有些人把它放在了外面，有些人把它埋在了心里。

这些小细节是我以为温馨的地方,更是我以为小说最能给人以宽慰的地方。

既然现实已经那么残酷，那为什么不去说一说美好的一面呢？君柏说，换作是我，我做不到，我做不到牺牲那样长的时间去等那位命中注定的人出现，我不是怕我等不过时间，而是怕她也许永远也不会出现。

多少人就是输给了这句“怕他也许永远也不会出现”所以才在当今这个一切都变得快速的时代里匆匆和另一个人牵了手？

人是不该活在童话里的，可如果连自己都不能给自己梦想，那么人活着，又有什么意义呢？

人这一辈子，如果不能成就一件大事，那么能在另一个人眼里找到自己，我想，那大概也是好的。

最后，感谢我的编辑阿九，没有你就没有这篇小说最终的顺利出版，谢谢。

下一个故事，我们再见。

鞠躬。